BELINDA MCKEON

ZÄRTLICH

BELINDA MCKEON

ZÄRTLICH

ROMAN

Aus dem Englischen
von Eva Bonné

Ullstein

Die englische Originalausgabe erschien 2015
unter dem Titel *Tender* bei Picador, London.

MIX
Papier aus verantwortungsvollen Quellen
FSC® C014496
FSC
www.fsc.org

ISBN 978-3-550-08128-6

Gesetzt aus der Aldus
Satz: L42 AG, Berlin
Druck und Bindearbeiten: GGP Media GmbH, Pößneck
Printed in Germany

»Er war der Freund meines Lebens.
Weißt du, so ein Freund ist einzigartig;
den findet man kein zweites Mal.«

James Salter, *Lichtjahre*

WACH
(1997)

Fliehende Träume, es ging um ein Schlafzimmer und um einen Garten, den man durch ein geöffnetes Fenster betrachtet … und eine Windbö, es ging um eine Windbö; der Vers ließ Catherine Äpfel sehen, die schrumpelnd und fleckig und faulend im Gras lagen. *Fallobstsüße Erde,* das war's. Und da war noch etwas, die Flanke eines Tieres, das sich an der Schlafzimmerwand scheuert – aber das konnte nicht sein, oder? Und doch war es da, irgendwo vergraben, erst in diesem Moment war es wieder in ihr Bewusstsein aufgestiegen. Catherine lag auf dem Rasen vor James' Elternhaus, auf einer Wolldecke, und hatte sich als Ersatz für die vergessene Sonnenbrille einen Arm über die Augen gelegt.

Die Terrassentüren standen offen. Sie befanden sich an der Vorderseite des Hauses, links vom Eingang, was ein bisschen merkwürdig war und irgendwie sinnlos – da war doch bereits eine Tür, um hinauszugehen? Aber sie waren hübsch – apart, das waren sie, und modern, und jetzt in diesem Moment standen sie offen, so dass James und seine Eltern zu hören waren. Sie unterhielten sich laut und aufgeregt, typisch für diese Familie. James sagte etwas, seine Mutter reagierte mit einem spitzen Schrei, woraufhin James zu schimpfen anfing, aber auf eine liebevolle und fröhliche Weise. Alle hier schimpften so. Catherine konnte es immer noch nicht so richtig fassen. Wahrscheinlich redeten sie über die Dorfhochzeit, zu der James' Eltern an diesem Nachmittag eingeladen waren; James sollte sie eigentlich begleiten, doch James würde Catherines Besuch als Ausrede vorschieben und zu Hause bleiben. Catherine wusste nicht genau, wie sie das finden sollte; sie lag in einem alten Bikini von James' Schwester draußen auf der Decke und fühlte sich überfordert und schuldig und auch ein bisschen geschmeichelt, was zu entspannen quasi unmöglich machte; nicht, dass es leicht gewesen wäre, im Bikini zu entspannen. Wenn ihre Eltern nur wüssten. Aber ihre Eltern wussten nichts, damit beruhigte sie sich abermals, und dann verdrängte sie den Gedanken schnell wieder.

Aaaach, verdammt noch mal, Mammy, brüllte James, und dann war wieder Peggy zu hören, die ihre Worte mit kräftigem Cavan-Akzent auf den Tisch knallte wie Spielkarten: *Ich sag es dir, Jem, ich sag es dir!* Eben hatte sie noch behauptet, James sei ein frecher kleiner Hosenscheißer; bei der Erinnerung musste Catherine wieder schmunzeln. *Frecher kleiner Hosenscheißer;* mit diesen Worten hatte Peggy ihn bei der Ankunft begrüßt. Sie würden sich auch diese Wendung aneignen. Schon hatten sie sich auf eine eigene Ausdrucksweise geeinigt, auf eigene Witze, eine eigene Sprache, dabei kannten sie sich erst seit jenem Morgen im Juni; es schien so viel länger her zu sein, dabei waren erst sechs Wochen verstrichen, seit James in der Wohnung in der Baggot Street aufgetaucht war, die Catherine sich mit seinen beiden alten Schulfreundinnen Amy und Lorraine teilte. Er hatte eigentlich die beiden besuchen wollen, natürlich, als er an jenem Morgen aus Berlin zurückgekommen war, aber stattdessen hatte er nur Catherine angetroffen, sie war in das Zimmer eingezogen, das er im Oktober geräumt hatte. Er hatte dort für einen Starfotografen gearbeitet, Catherine hatte den Namen nie zuvor gehört, aber der Mann war wichtig, und James hatte es geschafft, sein Assistent zu werden, dabei war er nicht einmal zur Uni gegangen – es war so typisch für James, einfach loszugehen und seinen Willen durchzusetzen, das Ganze wäre für Catherine unvorstellbar gewesen, ihr hätte der Mumm gefehlt, wenigstens in der Zeit vor James …

Jetzt hörte sie James' Vater, ein lustiger und liebenswerter und unendlich geduldiger Mann, der James gerade fragte, ob er nicht bitte wieder in den Garten gehen und seine Eltern in Ruhe lassen könne. *Die Kleine*, sagte er – Catherine war entzückt zu hören, dass über sie gesprochen wurde –, die Kleine würde doch bestimmt gleich umkommen vor Durst. Dann fügte er mit leiser Stimme noch etwas hinzu, unhörbar für Catherine; Peggy rief empört seinen Namen, und James sagte ihm, er sei sehr clever, verdammt clever, und *Da!*, sagte James, und Catherine wusste, er hatte irgendetwas angestellt – seinen Vater ins Ohr gekniffen vielleicht oder so getan oder sich die letzte Scheibe Schinken vom Teller geschnappt. Irgendetwas in der Art. Ein kurzer Moment der Innigkeit. Am Vorabend hatte Catherine gesehen, wie James sich vorgebeugt und seinem Vater einen schnellen, festen Kuss auf die Stirn gedrückt hatte, wie man ein Kind küssen würde; einfach so, im Vorbeigehen, als bedeute es nichts. Kaum zu glauben, aber Catherine war rot geworden. Sie hatte das Gefühl bekommen, sich aufzudrängen und etwas falsch zu machen, allein durch ihre Anwesenheit. Diese Familie war einfach so … so *unglaublich*. Sie war *fantastisch*. Das war befremdlich, denn eigentlich unterschied James' Familie sich kaum von Catherines, in kaum einer Hinsicht – auch Catherines Eltern waren Landwirte und besaßen ein Haus auf einem Hügel, das Essen daheim roch so ähnlich wie das Essen hier, und selbst die Bettwäsche im Gästezimmer kam Catherine bekannt vor, ihre Eltern besaßen die gleiche. Und doch, diese Leute waren irgendwie …

Außergewöhnlich. Das waren sie. Das Wort gehörte eigentlich James, es war eines der Wörter, die sie im Laufe des Sommers von ihm übernommen hatte. Sie hatten so viel geredet, erst in Dublin, wo sie nach seiner Rückkehr aus Berlin ein paar sehr intensive Tage verbracht hatten, und später – Catherine verbrachte den Sommer daheim bei ihren Eltern in Longford, James nahm sein Zimmer in der Baggot Street wieder in Beschlag – am Telefon. So viele neue Ausdrucksweisen hatte sie von ihm gelernt und dass es einen anderen, genaueren, schärferen, kritischeren Blick auf die Welt gab. Fast jeden Abend hatten sie telefoniert; Catherine rief das Münztelefon im Hausflur in der Baggot Street an, und James wartete schon, er begrüßte sie mit einem fröhlichen *hallo*, und dann ging es los, stundenlang manchmal. So viele neue Gedanken, die man sich machen konnte – oder nein, nichts davon war wirklich neu, Catherine hatte sich einfach bloß nie damit auseinandergesetzt. So gesehen wusste sie, nun ja, fast nichts. Geahnt hatte sie das schon im letzten Jahr, das College hatte es ans Licht gebracht, aber erst James und die Gespräche mit James hatten sie dazu angeregt, genauer hinzusehen. Es gab ja so viel zu lernen. James hatte das nicht direkt ausgesprochen – das hätte nicht zu ihm gepasst, er war nicht taktlos, ganz im Gegensatz zu Conor, der sie im College regelmäßig aufgezogen hatte, bis sie sich klein und wertlos fühlte. Es war eher so, dass ihr nach jeder Unterhaltung mit James klarer wurde, dass es unendlich viel zu lernen gab. Dass sie so vieles nicht wusste. Durch die Unterhaltungen mit ihm, durch das Zuhören war Catherine zu der Einsicht gekommen, dass sie alles viel genauer überdenken sollte: ihr Leben und was sie damit anfangen wollte, ihr Studium, ihre Pläne für die Sommerferien, die Beziehungen, die sie nicht geführt hatte. Sie war nicht mit Conor zusammen, egal, wie James es nannte oder wie oft er sich darüber lustig machte. Sie konnte gar nicht genug bekommen, wenn James über das Drama ihres Lebens redete, als wäre es tatsächlich interessant, als würde da tatsächlich etwas passieren. Was nicht der Fall war. Sie mochte es sogar, wenn er sich an ihrem Verhältnis zu ihren Eltern abarbeitete, ein Thema, über das sie sich von allein niemals Gedanken gemacht hätte. Sie müsse, sagte James, endlich anfangen, ihre Eltern als *Menschen* zu betrachten und nicht bloß als Eltern; sie müsse das Verhältnis dieser Menschen zueinander bedenken und wie es Catherines Handeln beeinflusste. Psychologie – wäre James aufs College gegangen, er hätte Psychologie studiert, zumindest behauptete er das. Oder Theologie, hatte er gesagt, woraufhin Catherine gelacht hatte, weil sie es für einen seiner Scherze hielt. Aber James war ernst geblieben; er wolle verstehen, sagte er, woran genau die Leute eigentlich glaubten. Woraus der Glaube gemacht war.

Aber James hatte ein Studium gar nicht nötig, er kannte sich auch so mit allem aus. Mit Kunst natürlich auch; seit einem Jahr studierte Catherine nun Kunstgeschichte, trotzdem wusste er zehnmal mehr als sie. Auch von ihrem zweiten Fach, Englische Literatur, schien er mehr Ahnung zu haben als sie selbst; höchstens auf dem Gebiet der Lyrik sah sie sich ganz leicht im Vorteil. Immerhin. Aber über die Menschen und ihr Verhalten konnte James stundenlang Vorträge halten, und über alle anderen Themen auch. Über Politik zum Beispiel. Vor zwei Wochen hatte Catherine die halbe Nacht wach gelegen und sich Gedanken über Nordirland gemacht, oder vielmehr über die Frage, ob ein Telefonat, in dem das Wort Nordirland fiel – sie und James hatten über Nordirland geredet, besser gesagt hatte James darüber geredet, an einem jener Abende mit besonders schweren Krawallen –, abgehört oder aufgezeichnet würde, zusammen mit Namen und Adresse der Beteiligten, als Verdachtsfall sozusagen, den man zu Protokoll nehmen und im Auge behalten musste. James behauptete, das sei die Regel; gegen Ende des Telefonats hatte er beiläufig erwähnt, er und Catherine stünden jetzt höchstwahrscheinlich auch auf der Liste, sie beide, denn im Zuge der Fahndung würden landauf, landab Gespräche abgehört.

Catherine wollte so schnell wie möglich auflegen, sie erfand eine Ausrede und behauptete, sie würde im Nebenzimmer gebraucht; aber dann war sie noch lange Zeit sitzen geblieben und hatte das Telefon beobachtet, die straff gespannte Schnur aus dem Flur, die freundlichen Ziffern auf den klobigen Wahltasten, und das Pochen in ihren Schläfen hatte sich abwechselnd wirklich und unwirklich angefühlt. Irgendwann war sie ins Wohnzimmer hinübergegangen, wo ihre Mutter mit Anna, Catherines sechsjähriger Schwester, vor dem Fernseher saß. Sie war unfähig gewesen, die beiden anzusehen; auf einmal war sie in Sorge, den beiden könnte etwas zustoßen, nur weil sie und James unvorsichtig gewesen waren. So zu denken war natürlich paranoid, aber auch darauf wusste James am nächsten Abend, als sie ihm von ihren Befürchtungen erzählte, eine Antwort: Er habe trotzdem recht. Das Ganze sei nicht weniger real, bloß weil Catherine sich für paranoid hielt. An jenem zweiten Abend hatte Catherine es versäumt, schnell genug das Gesprächsthema zu wechseln. Eigentlich hatte sie über etwas anderes sprechen wollen, etwas Unverfängliches. Sie wollte jetzt nicht mehr daran denken. Sie wollte nie wieder daran denken. Sie wollte Limonade, nur deswegen war James ins Haus gegangen, er wollte zwei Gläser kalte Limonade holen, jeden Moment würde er damit aus dem Haus kommen, dachte sie und blinzelte in die Sonne. Jeden Moment. Die Gläser würden wunderbar kühl sein, die Eiswürfel würden in der Sonne funkeln, Catherine würde sich aufsetzen und zuschauen, wie James durch die Terrassentüren trat und über die Wiese kam, *du frecher kleiner Hosenscheißer*, würde sie ihm zurufen, und er würde unter dem Metallbogen innehalten, den seine Mutter am Ende des Rasens aufgestellt hatte, und den Gekränkten spielen. An dem Bogen wucherten Rosen in die Höhe, oder Blumen, die Catherine für Rosen hielt; knallrot hoben sich die Blüten vom lackierten Gestänge ab, und endlich hörte sie ihn. Sie hörte Schritte am Haus und dann das Knirschen von Kies, er war es, und jetzt hörte sie auch die Eiswürfel klirren. Catherine spannte alle Muskeln in Armen und Schultern und Beinen an, einfach so, zum Vergnügen, allein wegen des angenehmen Gefühls, das sich einstellte, sobald sie wieder losließ. Sie streckte sich auf der Decke aus, bis Finger und Zehen das Gras berührten und in das kühle, dichte Polster stießen. Sie seufzte, die Sonne ließ die Welt hinter den geschlossenen Augenlidern weißlich glühen, und wieder versuchte sie, ihren Blick – war es noch ein Blick, wenn man dabei die Augen geschlossen hielt? – auf einen der winzigen dunklen Fäden zu richten, die auf ihren Augäpfeln hin und her schwammen. Doch sie ließen sich nicht fixieren, flatterten hin und her wie Vögel.

Es war ihr zweiter Tag in Carrigfinn.

*

Im Laufe des Sommer war James' Haar gewachsen, über seiner Stirn türmte sich inzwischen eine widerspenstige Tolle auf. Noch nie hatte Catherine einen Jungen mit so roten Haaren gesehen, was vermutlich daran lag, dass sie vor ihrer Bekanntschaft mit James rothaarige Jungen konsequent gemieden hatte. Sie hatte sie nicht ansehen, geschweige denn mit ihnen reden können. Aus unbekanntem Grund assoziierte sie mit der Haarfarbe großes Elend; enge Behausungen und Pullover mit V-Ausschnitt und eine namenlose Verzweiflung, wie sie Grundschüler überfällt, die vor der ganzen Klasse gedemütigt werden und sich nicht gegen den Lehrer zur Wehr setzen können, weder mit Worten noch mit Taten. Sie hatte James nie davon erzählt, aber als sie nun sah, wie er sich unter dem Torbogen mit den Rosen hinwegduckte, fiel ihr ein, dass sie ihm unbedingt davon erzählen musste, sicher würde er es faszinierend finden, wahrscheinlich sogar ziemlich interessant, ziemlich lustig. In der Analyse, die er ihr unterbreiten würde, würde die Lächerlichkeit ihrer Abneigung noch deutlicher hervortreten. *Und was hast du eigentlich gegen Pullover mit V-Ausschnitt?*, hörte sie ihn jetzt schon sagen, vor lauter Vorfreude musste sie kichern, sich den Bauch halten, so dass James, der jetzt endlich vor ihr stand, ein misstrauisches Gesicht zog und die Lippen schürzte, was sie nur noch mehr zum Lachen brachte. James war einfach zu komisch, das war wohl das Wunderbarste an ihm. Er war komischer als alle Menschen, die Catherine je kennengelernt hatte. Sein wunderbarer, funkelnder Humor ließ ihn von innen heraus strahlen. Er war schlagfertig und ein begabter Parodist – so begabt, dass seine Darbietungen manchmal fast verstörend waren – und sehr geschickt darin, den Charakter einer Person in einer einzigen, scheinbar beiläufigen Bemerkung zusammenzufassen. Und er war laut und kümmerte sich kein bisschen darum, was die Leute über ihn dachten. In jenen ersten Tagen in Dublin hatte Catherine sich mehr als einmal innerlich gekrümmt, wenn James auf dem Bürgersteig neben ihr ging und sich so lautstark über das ausließ, was seine Aufmerksamkeit in dem Moment band, geradezu fesselte, dass die Leute sich umdrehten. Alte Passanten musterten ihn flüchtig oder glotzten oder zogen eine welke Augenbraue in die Höhe, aber James schien es nie zu bemerken; es sprudelte einfach weiter aus ihm heraus. Sogar gestern Abend war es so gewesen, in Carrick, als sie vom Bahnhof zur Straße nach Carrigfinn gelaufen waren. Er fragte sich nie, wer ihn sonst noch hörte. Es kümmerte ihn nicht, ob man ihn eine Nervensäge nannte, einen Schwachkopf, den jungen Flynn mit dem Gestrüpp aus roten Haaren auf dem Kopf. Als sie an der Straße gewartet hatten, war Catherine krank vor Angst, jemand könnte sie sehen und ihren Eltern davon erzählen, trotzdem lachte sie sich halbtot über seine Witze. Als sie endlich von zwei älteren Damen mitgenommen wurden – Nachbarinnen von James' Eltern, die Catherine von oben bis unten musterten, so sah also das Mädchen aus, das James Flynn nach Hause mitbrachte? –, bekam sie von dem Versuch, sich zusammenzureißen, sogar Bauchschmerzen. Während der Fahrt unterhielt James sich heiter und ohne eine Miene zu verziehen mit den beiden alten Damen, er tratschte über andere Nachbarn, hörte sich mit ernstem Nicken ihre Meinungen und Sorgen an, und währenddessen trat er Catherine immer wieder gegen den Fuß, um sie auf seine Doppeldeutigkeiten hinzuweisen und zum Lachen zu bringen. Als sie am Fuß der Einfahrt aus dem Auto gestiegen waren, hatte Catherine kaum noch Luft bekommen.

Catherine würde auch deswegen bis Oktober in Longford bleiben, weil sie einen Ferienjob bei der Zeitung hatte. Ihre Aufgabe war es, die Meldungen der Presseagenturen umzuformulieren, bis sie sich wie richtige Artikel lasen. Aber der Hauptgrund war eigentlich, dass ihre Eltern wollten, dass sie den Sommer daheim verbrachte; ihre Eltern sahen gar nicht ein, warum sie in Dublin wohnen sollte, wenn sie nicht zum Unterricht oder in die Bibliothek gehen musste. Als sie zum Studium nach Dublin gezogen war, hatten ihre Eltern gewollt, dass Catherine bei der Schwester ihres Vaters in Rathmines wohnt, anstatt sich zusammen mit Schulfreundinnen eine Wohnung zu suchen; und als der Traum von der WG schon in der Orientierungswoche geplatzt war, erschien es Catherine unvermeidlich, das Jahr bei ihrer Tante zu verbringen. Aber dann hatte sie an einem Schwarzen Brett eine Anzeige für ein freies Zimmer in der Baggot Street gesehen und sich die Nummer notiert, die sie zu Amy und Lorraine führte. Beide hatten ebenfalls gerade erst ihr Studium am Trinity College begonnen, studierten aber an der naturwissenschaftlichen Fakultät. Ihr Mitbewohner James war nach Berlin gegangen, kurz bevor die Oktobermiete fällig war, und nun brauchten sie jemanden, der sein Zimmer übernahm, und zwar dringend. Ob Catherine Interesse hätte? Ja, sagte sie mit klopfendem Herzen und zog noch am selben Abend ein. Die Mädchen stammten aus Leitrim; damit konnte sie ihrer Mutter den Umzug schmackhaft machen, es war wie eine Sicherheitsgarantie; immerhin war Leitrim ein Nachbarcounty von Longford, es war praktisch so, als wohnte sie mit Leuten aus der Heimat zusammen, nicht, als würde sie bei Dublinern einziehen oder bei Engländern – oder bei Jungs. Zu Catherines Erstaunen hatte ihre Mutter zugestimmt, wenn auch zögerlich, sie hatte sogar gesagt, sie würde dem Vater die Sache irgendwie verkaufen. Catherine hatte ein glückliches Jahr mit den Mädchen verbracht, sie waren lustig und entspannt und betrachteten die Wohnung als ihr Zuhause, nicht bloß als eine Notunterkunft, der sie am Wochenende den Rücken kehrten. Natürlich würden sie auch den Sommer in der Stadt verbringen, Catherine beneidete sie unendlich um die Zeit mit James, sie beneidete sie um die Zeit, in der sie vor Catherines Auftauchen mit James zusammengewohnt hatten, sogar um die gemeinsamen Schuljahre. Wie konnte man eifersüchtig auf eine Zeit sein, an der man ohnehin nicht hätte teilhaben können? Und doch war es so. Jetzt betrachtete sie James, der sich neben sie auf die Decke kniete. Er reichte ihr ein Glas, es fühlte sich kalt und schwer an.

»Du wirst verbrennen«, sagte sie mit einem Blick auf seine nackten Arme.

»Wir werden alle verbrennen«, antwortete er ernst. »Sieh dir nur deine Aufmachung an, hier draußen, wo alle anständigen Leute dich sehen können, dich und deinen nackten, zur Schau gestellten Körper.« Er schüttelte den Kopf. »Pat Burke kann dich sehen, Catherine. Pat Burke ist empört, das kann ich dir sagen.«

»Ach, hör mit dem alten Knacker auf«, sagte Catherine und trank einen großen Schluck Limonade.

»Prost«, sagte James, was fast wie eine Warnung klang, und stieß sein Glas an ihres. Er trank in großen Schlucken und ließ den Blick bergab schweifen, zum Kanal. Ein kleines Kajütboot war gerade dabei, die Schleuse zu verlassen; Catherine konnte hören, wie die Tore sich wieder schlossen.

»Jawohl«, rief James zu dem Boot hinunter, obwohl die Leute ihn natürlich nicht hören konnten und er sie abgesehen davon gar nicht kannte, »haut ab, ihr Penner! Ihr seid hier nicht willkommen!«

»*Du bist unmöglich, Muriel!*«, zitierte Catherine einen der Sprüche, die in den vergangenen Wochen in ihr gemeinsames Repertoire eingegangen waren. Er stammte aus einem Film, den sie beide mochten, gleich an ihrem ersten gemeinsamen Abend in Dublin hatten sie die Übereinstimmung bemerkt. *Du bist unmöglich, Muriel;* am besten sagte man es mit australischem Akzent und vor Empörung weit aufgerissenen Augen; aber Catherine war zu träge und zu verschwitzt, um sich die Mühe zu machen, außerdem hörte James, der sich gerade neben sie auf die Decke zwängte, sowieso nicht richtig zu.

»Rutsch rüber, Reilly«, sagte er. Nun lagen sie Schulter an Schulter, Hüfte an Hüfte. Die Berührung durchfuhr Catherine wie ein kleiner Stromstoß; sie suchte fieberhaft nach einer Möglichkeit, die Anspannung, die ihrer Meinung nach ganz plötzlich entstanden war, wieder aufzulösen. Aber auf ihren Verstand war kein Verlass; den Befehl, alle Aufmerksamkeit von James' Körper wegzulenken, quittierte er mit gesteigerter, plump zur Schau gestellter Aufmerksamkeit. Catherine hätte genauso gut die Hand ausstrecken und James von Kopf bis Fuß abtasten können.

»Deine Haut«, sagte sie mit seltsam fremder, verzerrter Stimme. »Deine Haut wird in dieser Sonne verbrennen. Du brauchst Sonnenmilch. Du solltest die Creme benutzen, die deine Mutter dir gegeben hat.«

»Ach, verdammt«, grunzte James. »Das Zeug ist uralt. Da kann man sich genauso gut mit Marmelade einschmieren.«

»Na ja, ich habe es benutzt, und ich verbrenne nicht.«

Das zu sagen war ein Fehler, denn nun stützte James sich auf einen Ellenbogen und nahm ihren Körper seelenruhig in Augenschein: die nackten Schenkel, den Bauch, das Dekolleté, oder was in diesem lächerlichen Achtziger-Jahre-Bikini davon übrig war. Am liebsten hätte sie sich in die Wolldecke eingewickelt. James begaffte sie ungeniert; sie versuchte zu lachen, brachte aber nur ein Keuchen heraus.

»Catherine, du wirst blau«, sagte James und legte sich wieder hin, als wäre nichts. »Die siehst aus, als hättest du die Cholera. Muss an der Creme liegen.«

»Was?«, keuchte Catherine wieder, setzte sich ruckartig auf und streckte die Arme aus. Sie merkte schnell, dass er es nicht ernst gemeint hatte, er hatte wieder mal einen Witz gemacht, schon krümmte er sich vor Lachen, aber Catherine hörte trotzdem nicht auf, sich demonstrativ abzusuchen – Bauch, Oberschenkel, Waden, und dann hob sie eine Hüfte an, um den sichtbaren Teil ihrer Pobacken zu überprüfen, nur für alle Fälle. Keine Spur von Blau, nirgends; ihre sommersprossige Haut war von einem glänzenden Fettfilm überzogen und starrte zurück, die zarten, hellen Härchen glitzerten in der Sonne.

»Arschloch«, sagte sie und stieß James in die Seite.

»Ha-ha«, sagte er in einem Singsang, zwei aufeinanderfolgende Töne in Moll, und schlug dazu nicht einmal die Augen auf. Sie spielte mit dem Gedanken, ihm etwas anzutun, sich zu rächen; plötzlich merkte sie, dass sie sich unbedingt wieder in Erinnerung bringen wollte, obwohl sie sich doch eben noch gewünscht hatte, seiner Aufmerksamkeit zu entgehen. Vielleicht sollte sie ihm die kalte Limonade auf das T-Shirt und die Jeans mit den umgekrempelten Hosenbeinen gießen, auf die langen, dünnen Beine und die knochigen Füße, weiß und nackt und ganz ohne Hornhaut. Oder ein paar Eiswürfel aus dem Glas fischen und auf seinen Hals klatschen; sie würden in sein T-Shirt rutschen, noch bevor er merkte, was sie da in der Hand hielt.

»Reilly«, sagte James schläfrig, ließ seine Hand rücklings auf ihren Bauch fallen und zog sie wieder weg, »geh mir aus der Sonne.«

*

Pat Burke: kaum zu glauben, dass der rotgesichtige, schreckliche, alte Pat Burke aus Catherines Dorf zu einem ihrer Running Gags geworden war, aber genau so war es gekommen. Pat Burke hier und Pat Burke da. *Pat Burke schaut zu; Oh, das würde Pat Burke gefallen; Mein Gott, Catherine, was würde Pat Burke dazu sagen?* Sein Name stand für die geheuchelte Empörung der Moralapostel, und Catherine liebte den Geheimcode, auch wenn ihr Herz, wann immer sie ihn benutzte, ein bisschen schneller schlug vor lauter Schuldgefühl. Ihre Eltern wären entsetzt gewesen. Burke hatte sich immer noch nicht ganz von dem Herzinfarkt erholt, den er im vergangenen Sommer erlitten hatte, bis heute musste er jeden ersten Freitag im Monat mit dem Zug zur Kontrolluntersuchung nach Dublin. Jedes Mal kam er mit Informationen über seine Mitpassagiere aus Longford zurück; abends im Leahy's plauderte Burke dann in allen unappetitlichen Details aus, was er auf der Zugfahrt gesehen und gehört hatte; die Shopper, die Urlauber, die Geschwisterbesucher, die aschfahlen Patienten auf dem Weg zur nächsten Untersuchung, zur Diagnose, zu einem Schlauch, einer Maschine; die Kaputten, die Geschwätzigen, die Glücksritter. Und auch am Bahnhof von Dublin gab es viel zu sehen, am ersten Freitag im Juni sogar die junge Reilly, Catherine, oder wie immer sie hieß, Charlie Reillys älteste Tochter, die am helllichten Tag mit einem jungen Kerl – Haare wie ein roter Heuhaufen! – auf einer Bank saß und Händchen hielt, kackfrech und ohne sich darum zu kümmern, ob sie dabei beobachtet wurde.

Dabei hatten sie nicht einmal Händchen gehalten. Sie hatten in der dunklen Bahnhofshalle auf einer Holzbank gesessen, die Köpfe zusammengesteckt und auf die Gleise gestarrt. Ja, dachte Catherine später, möglicherweise hatten sich ihre Hände ganz leicht berührt, immerhin hatten sie sich Catherines Kopfhörer geteilt. James sollte unbedingt einen Song von Radiohead hören, der Catherine zutiefst berührte, ein traurig-schönes Stück von *OK Computer*. Sie hatten ein paar gemeinsame Tage in Dublin verbracht, und nun war Catherine auf dem Weg zu ihren Eltern in Longford, wo sie den Sommer verbringen würde; James hatte darauf bestanden, sie zum Bahnhof zu bringen. Beim Gedanken an die bevorstehende Trennung wurde sie traurig und benommen, kein Wunder bei dem schwindelerregenden Tempo, in dem ihre Freundschaft sich entwickelt hatte – vor drei Tagen hatte sie ihn noch nicht einmal gekannt. Diese Gefühle verwirrten und beschämten sie sehr, schlimmer noch, sie wusste, dass James über den Abschied genauso traurig war, er hatte es ihr nämlich gesagt, mehr als ein Mal sogar. Catherine wusste nicht, wie sie damit umgehen sollte, mit seiner Offenheit, mit seiner unbekümmerten Ehrlichkeit, die so freigebig auszuteilen ihn kein bisschen Überwindung zu kosten schien – weder wurde er rot, noch zuckten Augen oder Lippen –, und ja, ihre Hände hatten sich berührt, besser gesagt ihre Handgelenke, sein Handgelenk hatte sich gegen ihres gedrückt und ihres an seins, Haut an Haut, Knochen an Knochen, eigentlich doch ein ziemlich langweiliger Körperteil, der aber auf so intensive, so überwältigende Weise *James* war. Die düstere Wehklage von *Exit Music* verschmolz mit Catherines Gefühl der Innigkeit, bis sie sich plötzlich schämte, ihm das Lied vorgespielt zu haben, gerade so, als hätte es gefährlich viel zu bedeuten; dass er beim Zuhören nickte und die Augen schloss, machte es nicht besser, es beruhigte sie kein bisschen, und dann der klagende Gesang von Thom Yorke, der jemanden beschwor weiterzuatmen; und in dem Augenblick hob Catherine den Kopf, und da, direkt vor ihr, stand Pat Burke, der alte Spinner, in einem schwarzen Anzug mit schwarzer Krawatte, als käme er gerade von einer Beerdigung. An seinem rechten Revers funkelte eine Ansammlung von kleinen, silbernen Abzeichen, er zwinkerte Catherine langsam und genüsslich zu.

»Hallo, Mr Burke«, sagte Catherine und setzte sich ruckartig auf, was James dazu brachte, sich ebenfalls aufzusetzen und ihrem Blick zu folgen.

»Miss Reilly«, sagte Burke mit Nachdruck, als wäre er ein Butler in einem Roman von Jane Austen und müsste einer größeren Gesellschaft Catherines Ankunft ankündigen; nach einer angedeuteten Verbeugung und einem langen Blick auf James – gar nicht so lang, dachte Catherine, eher lüstern – ging er weiter.

»Wer zur Hölle war das denn?«, fragte James, ließ den Kopfhörer sinken und schaute Burke nach, der in den Zug nach Sligo einstieg.

»Ein Nachbar«, sagte Catherine. Ihr Herz hämmerte. Die Röte brannte auf ihren Wangen.

»Er hat ausgesehen, als wollte er deine Seele holen.«

»Nicht hingucken!«

»*We hope – that you choke – that you cho-o-oke*«, sang er mit leiser, heiserer Stimme.

»Hör auf«, sagte Catherine und rammte ihm einen Ellenbogen in die Seite. »Es ist schlimm genug.«

James schnaubte. »Was ist schlimm genug? Seine Hose? Hast du die gesehen? Er hat einen Arsch wie ein Torfsack.«

»Es ist schlimm genug«, wiederholte Catherine und ließ den Kopf hängen, um ihn wissen zu lassen, dass sie wieder voll und ganz bei dem Song war.

Und natürlich, keine zwei Tage später, an Catherines erstem Sommersonntag zu Hause, warf ihre Mutter ihr schiefe Blicke zu, als wollte sie etwas fragen. Catherine machte sich innerlich gefasst. Sie setzte sich an den Küchentisch und mischte Cornflakes und Coco Pops in einer Schüssel, ihr Lieblingsfrühstück, das sie manchmal so hastig verschlang, dass die Milch keine Gelegenheit hatte, braun zu werden. Es war schon nach elf, und weil sie es nicht früher aus dem Bett geschafft hatte, würde sie ihren Vater zur Ein-Uhr-Messe begleiten müssen. Die anderen waren längst in der Kirche gewesen. Am Vorabend war Catherine zusammen mit ein paar ehemaligen Schulfreundinnen ausgegangen, erst ins Fallon's und dann ins Blazer's, aber es war immer derselbe Mist: Sie traf Leute wieder, die sie ewig nicht gesehen hatte, ließ sich in stockende Gespräche verwickeln und fragte sich die ganze Zeit, ob sie sich mit ihrem gefälschten Studentenausweis Zutritt zum Club würde verschaffen können – ihr Pech, dass alle Läden der Stadt ausgerechnet jetzt, wo sie endlich achtzehn war, neunzehn als Mindestalter eingeführt hatten. Es kam allein darauf an, ob man den Türsteher kannte, ob der Türsteher einen mochte oder ob er sich auf eine Diskussion einließ, so wie gestern Abend, als Catherine argumentiert hatte, dass sie nicht einmal betrunken war und sich in einem Dorf wie Longford niemals würde betrinken können, weil ihr Vater grundsätzlich darauf bestand, sie mit dem Auto abzuholen, egal, wie spät es wurde – manchmal parkte er sogar direkt vor dem Eingang. Wahrscheinlich hatte sie dem Türsteher einfach nur leidgetan, nur deswegen hatte er sie eingelassen. Sie war überzeugt, das Mitleid in seinen Augen gesehen zu haben, als er sie durchwinkte.

Und dann war es im Blazer's so öde gewesen wie immer. Peinliches Tanzen zum *Trainspotting*-Soundtrack, und die Mädchen, die Catherine noch von früher kannte, aus dem Biologie- oder Geographieunterricht, taten so, als würden sie auf E durchdrehen, wo sie doch höchstens acht Flaschen Mugshot getrunken hatten. Bauerntölpel mit Spuckeblasen in den Mundwinkeln, die einen fragten, ob man rummachen wollte. Wer halbwegs gut aussah, stand bald in irgendeiner dunklen Ecke und ließ sich das Gesicht ablecken, und David Donaghy, der Catherine von September 1991 bis Juni 1996 auf unendlich vielen Schulbusfahrten ignoriert hatte, ignorierte sie weiterhin, nur um später mit Lisa Mulligan zu knutschen, die doch eigentlich, Catherine war sich sicher, seine Cousine zweiten Grades war. Jenny, in der fünften Klasse Catherines beste Freundin, brüllte immer wieder: »Lass dich volllaufen!«, um schließlich an der verspiegelten Wand zusammenzusacken und mit David Donaghy zu knutschen, der inzwischen mit seiner Cousine fertig war. Es konnte gar nicht schnell genug zwei Uhr werden. Catherine war fast erleichtert, als sie den Ford Sierra ihres Vaters unmittelbar vor dem Eingang entdeckte.

Doch während der Heimfahrt war er ungewöhnlich schweigsam gewesen, daher wusste Catherine, dass Burke mit ihm gesprochen hatte. Die Gefahr, er könnte sie direkt auf das Thema ansprechen, bestand nicht – zwar stellte ihr Vater die Regeln auf, aber das bedeutete noch lange nicht, dass er sie durchsetzte, schon gar nicht, wenn es um Catherines und Ellens Verhältnis zu irgendwelchen Jungs ging –, doch Catherine war klar, dass ihre Mutter am nächsten Morgen am Küchentresen innehalten würde, genau so, wie sie es nun tat, und zum Auftakt einen Blick und ein kurzes, entschuldigendes Räuspern in Catherines Richtung schicken würde.

Catherine hob den Kopf, ihre Mutter schlug die Augen

nieder und faltete säuberlich ein Geschirrtuch. Im Radio erklärte ein Moderator des Lokalsenders Shannonside die Handharmonika. *Scheiß auf die Handharmonika,* dachte Catherine.

»Hast du vor, dich im Sommer mit deinen Freunden vom College zu treffen?«, fragte sie.

»Eher nicht«, sagte Catherine achselzuckend. »Die meisten fliegen zum Arbeiten nach Deutschland und Amerika und so.« Das stimmte nicht, zeigte aber, was Catherine ihrer Mutter auf einmal unbedingt beweisen wollte: dass ihre Freunde ein richtiges Leben hatten. Dass Menschen in ihrem Alter da draußen unterwegs waren und etwas für sich taten, frei und unabhängig lebten. Auch das stimmte genau genommen nicht, es war die Ausnahme, die meisten ihrer Collegefreunde hielten es wie sie und jobbten den Sommer über in der alten Heimat, auch sie lebten vorübergehend wieder bei ihren Eltern, aber dieses Detail beschloss Catherine zu unterschlagen. Die anderen hätten reisen *können,* allein darauf kam es an. Wenn sie es gewollt hätten, wären sie verreist. Man hätte es ihnen erlaubt. Und ein paar waren tatsächlich weg. Zoe, ein Mädchen aus Catherines kunsthistorischem Seminar, hielt sich gerade in Italien auf. Zoe war eine junge Frau, die sich nichts dabei dachte, einen ganzen Sommer allein in Italien zu verbringen. Und Conor hatte mit seinem Kneipenjob in Chicago herumgeprahlt, auch wenn er letztendlich nicht hingeflogen war, aus Geldmangel. Aber er wollte, er hatte einen Plan. Und James, James hatte ein ganzes Jahr in Deutschland gelebt! Ihre Mutter sollte das ruhig erfahren. Sie sollte erfahren, was für Freunde Catherine hatte. Dann wiederum brauchte sie nicht alles zu erfahren, nicht bis ins letzte Detail, zumindest wenn es um James und Conor ging, denn das hätte Fragen aufgeworfen. Im selben Moment wurde Catherine klar, dass genau das jetzt passieren würde. Sie seufzte schwer.

»Was ist denn?«, fragte ihre Mutter misstrauisch.

»Nichts.«

»Meine Güte, ich versuche bloß, ein bisschen mit dir zu reden!«

»Ich kann dich nicht davon abhalten.«

Ihre Mutter holte tief Luft, als müsste sie sich zusammenreißen. »Ich habe mich gefragt«, sagte sie zögerlich, »ob du vielleicht einen Freund hast? Einen ganz besonderen?«

»Einen *besonderen* Freund?«, äffte Catherine sie nach. Es ging nicht anders. Sobald sie nach Hause kam, verwandelte sie sich in eine Fünfzehnjährige. Es war lächerlich, sie sollte sich das wirklich abgewöhnen. Sie räusperte sich. »Wie meinst du das, einen besonderen Freund?«, fragte sie ruhig.

Ihre Mutter zuckte die Achseln. Sie trug das blau-weiß gestreifte Shirt, das Catherine so gern an ihr mochte. Das leuchtende Weiß, die dunkelblauen Streifen. Die Ärmel waren hochgeschoben, die Unterarme ihrer Mutter schon leicht gebräunt. Catherine wünschte, sie hätte den Teint ihrer Mutter geerbt statt der Sonnenbrand-Gene ihres Vaters. Ihre Mutter trug die Swatch, die Catherine und die anderen ihr zum Geburtstag geschenkt hatten, zum fünfundvierzigsten, das Armband war bunt gemustert und das kleine Uhrenglas reflektierte das Licht, während sie das Geschirrtuch drehte und wendete, auseinanderschlug und neu faltete. Fünfundvierzig, ihre Mutter war *fünfundvierzig*. Es schien unmöglich, war aber nichts gemessen an der Vorstellung, dass sie in ein paar Jahren fünfzig sein würde. Fünfzig. Ihre schlanke, sonnengebräunte Mutter mit den braunen Haaren; ihre Mutter, die immer nur Jeans und Turnschuhe trug und die sich neulich eine Sonnenbrille gekauft hatte, weil sie die angeblich zum Autofahren brauchte. Wie konnte sie fast fünfzig sein? Und wenn Catherine an ihren Vater dachte, wurde es hanebüchen – er war noch einmal zehn Jahre älter als ihre Mutter, aber sechzig war eine Zahl, die man unmöglich mit den eigenen Eltern in Verbindung bringen konnte. Sechzig war doch das Alter, ab dem sie nicht mehr bemerken würden, ob Catherine etwas zugestoßen, ob sie eines Morgens oder eines Abends einfach nicht mehr da war. Was zum Teufel sollte sie tun, wenn ihre Eltern dieses Alter erreichten? Der Gedanke versetzte sie in Panik, manchmal lag sie sogar nachts wach deswegen und starrte die Wand an. Natürlich hatte sie James davon erzählt, aber diese Angst konnte er kein bisschen nachvollziehen; er hatte sie für verrückt erklärt. Besser gesagt hatte er ihr nicht ihre Verrücktheit vorgeworfen, sondern etwas anderes – sie hatte vergessen, was es war, sie hatte das Wort nie zuvor gehört, es hatte irgendwas mit Abhängigkeit zu tun; angeblich war sie von ihren Eltern so abhängig wie ihre Eltern von ihr, jedenfalls hatte er ihr noch an dem Abend am Telefon einen Vortrag darüber gehalten. Er hatte gesagt, er kenne das Alter seiner Eltern nicht einmal genau, knapp über sechzig vielleicht? Oder Ende fünfzig? Catherine hatte sich gewundert. Weil seine Eltern so alt waren und weil ihm die Tatsache, dass auch sie sterblich waren, dass auch ihre Uhr tickte, ganz offensichtlich keine Angst machte. Wie konnte er darüber hinwegsehen? Wie konnte er gelassen bleiben und sich einfach nach Berlin absetzen? *Ach verdammt, Catherine,* hatte er verständnislos gerufen, woraufhin Catherine schnell das Thema gewechselt hatte. Sie wollte nicht mehr darüber reden. Sie und James waren einander so ähnlich, in fast jeder Hinsicht – und doch erkannte sie in manchen Augenblicken sehr genau, wo die Unterschiede lagen. Diese Erkenntnis gefiel ihr gar nicht. Sie bemühte sich dann, sie schnell wieder zu vergessen.

»Und?«, sagte ihre Mutter mit etwas mehr Nachdruck. Catherine hatte ihre Frage nicht beantwortet. »Gibt es da irgendwas, das du mir sagen möchtest? Gibt es jemanden, den du …«

»Nein«, sagte Catherine und rückte vom Tisch ab.

»Sicher?«

»Ja, ganz sicher«, sagte Catherine. »Und ich glaube, das Geschirrtuch ist jetzt fertig gefaltet.«

»Sei nicht so vorwitzig!«

»Ich bin nicht vorwitzig.«

»Ich wollte doch einfach nur mit dir reden.«

»Über den blöden Pat Burke«, spuckte Catherine aus.

»Catherine!« Nervös warf ihre Mutter einen Blick zur geöffneten Küchentür. »Hüte deine Zunge!«

»Was denn? Darum geht es hier doch, oder?«, fragte Catherine wütend. Sie trat an die Spüle. »Er hat mich mit einem Freund am Bahnhof gesehen, und dann hat er es Daddy erzählt, und jetzt kriege ich Ärger, obwohl ich *nichts* getan habe!« Nein, nicht fünfzehn, jetzt klang sie wie eine Zehnjährige, und sie war verzweifelt darüber, wie schnell es passierte, wie reflexhaft ihre Stimme in ein kindisches Weinen umschlug. Doch schon im nächsten Moment fiel ihr ein, dass sie in diesem Haus das Recht hatte zu weinen. Nun könnte sie es ebenso gut bis zum bitteren Ende durchziehen; sie knallte die Schüssel in die Spüle. »Das ist ungerecht!«, rief sie und verschränkte die Arme vor der Brust.

»Catherine, es reicht«, sagte ihre Mutter streng. Sie legte eine Hand auf den Küchentresen und die andere auf den Tisch, um Catherine den Weg zur Tür abzuschneiden. »Ich möchte einfach nur mit dir reden.«

»Ich habe *nichts* getan«, wiederholte Catherine und machte Anstalten, verächtlich zu lachen und ihre Gefühle zu zeigen, aber dann merkte sie, dass sie nur ein Schluchzen herausbringen würde, und hielt lieber den Mund. »Pat Burke ist gruselig. Keiner kann ihn leiden, und trotzdem glaubt ihr ihm immer noch jedes Wort!«

Ihre Mutter zog eine Augenbraue hoch, wie um Catherine zu verstehen zu geben, dass sie das nicht abstreiten, der Tochter aber genauso wenig offen zustimmen konnte. »Er hat gesagt, er hätte dich mit deinem Freund gesehen.«

»Er ist nicht mein Freund.«

»Na ja, wer immer er auch ist, du hast mit ihm Händchen gehalten.«

»Wir haben uns Musik auf meinem Walkman angehört, verdammt noch mal!«

»Tja, wenn du das in aller Öffentlichkeit tust, brauchst du dich nicht zu wundern, wenn die Leute reden.«

»O mein Gott. O mein Gott. Wir haben nichts gemacht! Er ist ein Bekannter von mir! Er ist mit meinen Freundinnen befreundet, zufälligerweise musste er auch zum Bahnhof, und ich wollte ihm diesen Song vorspielen, diesen Song, den ich so mag …«

Sie unterbrach sich. Sie hörte selbst, wie lächerlich das klang. Außerdem hatte sie sich jetzt schon verhaspelt, sie war erschrocken darüber, eine Unwahrheit in die Geschichte eingeflochten zu haben. James hatte nicht zum Bahnhof gemusst. Er war nur ihr zuliebe dort gewesen. Um mit ihr zu warten. Um sie zum Abschied zu umarmen. Um winkend auf dem Bahnsteig zu stehen, mit rudernden Armen, weil ihm völlig egal war, ob jemand ihn sah oder ihn auslachte. Er hatte so fröhlich und ausgelassen gewinkt, dass Catherine sich im Zug am liebsten vor ihm versteckt hätte. Aber das konnte sie ihrer Mutter nicht sagen, sie konnte nichts davon sagen. Ihre Mutter würde es nicht verstehen. Sicher hatten ihre Eltern diese Art von Freundschaft niemals erlebt, eine Freundschaft, in der es keine Minute zu verschenken gibt, weil jede Minute eine Gelegenheit ist, über etwas Wichtiges zu –

»Hör mal, Catherine«, sagte ihre Mutter kopfschüttelnd. »Wir wollen dir gar nicht verbieten, einen Freund zu haben. Du bist jetzt alt genug. Du brauchst mich nicht anzulügen.«

»Oh, vielen Dank auch«, sagte Catherine säuerlich. »Wie nett von dir.«

»Ich habe dir gesagt, du sollst nicht so verdammt vorwitzig sein!«

»Ich bin nicht vorwitzig«, sagte Catherine und klatschte ihre Hände auf den Spülenrand. Es musste doch einen Ausweg geben; es musste doch möglich sein, besser zu argumentieren, sich zu wehren und für die eigenen Bedürfnisse einzustehen? Auf eine würdige, auf eine erwachsene Art. Sie überlegte sich, James beim nächsten Treffen danach zu fragen; er würde eine Lösung wissen. James würde wissen, wie man in solchen Situationen einen kühlen Kopf bewahrt, wie man selbstbewusst klingt und nach ein paar sorgfältig gewählten Worten siegreich aus jedem Streit hervorgeht.

»Ich hasse dieses blöde Arschloch!«, rief sie plötzlich und brach in heftiges Schluchzen aus. Ihre Mutter verdrehte die Augen.

»Du meine Güte, Catherine. Reiß dich zusammen. Du bist achtzehn Jahre alt.«

»Ich *weiß*!«, heulte Catherine. »Darum geht es doch! James ist ein Freund! Er ist mit meinen Freundinnen befreundet, wir hören Musik zusammen, und er war ein ganzes Jahr in Deutschland, und ich habe ihm im Bahnhof nur auf Wiedersehen gesagt, und ich habe die Schnauze voll, nie darf ich machen, was ich will!«

»Catherine«, sagte ihre Mutter und fing tatsächlich zu lachen an. »Hör auf, das ist doch lächerlich. Natürlich kannst du« – sie schnitt eine Grimasse – »*Musik hören*, mit wem du willst. Oder *auf Wiedersehen sagen* oder wie immer man das heutzutage nennt. Daddy hat sich lediglich darüber aufgeregt, dass er es von Pat Burke erfahren hat. Dass Pat Burke ihm etwas über seine eigene Tochter erzählt hat, was er noch nicht wusste. Und ich auch nicht.«

»O mein Gott«, sagte Catherine und schlug sich die Hände an den Kopf. »O mein Gott. Ich halte das nicht mehr aus. Ich …«

»Tja«, sagte ihre Mutter, breitete das Geschirrtuch auf dem Tisch aus und strich es glatt wie eine Landkarte, die sie jetzt unbedingt lesen wollte, »dafür, dass das Ganze nichts zu bedeuten hat, regst du dich ganz schön auf.«

James war nicht ihr Freund. Sie hatte keine Beziehung. Sie hatte weder in der Schule einen Freund gehabt noch in dem langen Sommer nach dem Schulabschluss und auch nicht während des ersten Jahres im College, bis heute nicht. Wie sollte sie auch einen Freund haben, wenn sie wieder zu Hause wohnte? Wobei das für ihre Schwester Ellen kein Hindernis war; Ellen war erst sechzehn und lebte folglich ständig zu Hause, was sie aber kein bisschen davon abhielt, einen Freund zu haben, im Gegenteil, sie hatte Freunde, so viele sie wollte. Nicht, dass ihre Eltern mit Ellen weniger streng gewesen wären als mit Catherine, aber Ellen ignorierte die Verbote, besser gesagt umging sie sie mit der Umsicht und der Geschicklichkeit eines Bombenentschärfers. Ganz besonders jetzt, wo das letzte Schuljahr anstehe, habe sie nicht vor, auf wichtige Erfahrungen zu verzichten, hatte sie Catherine erklärt. Wenn sie also in den Pub gehen wollte, wo die Jugendlichen sich zum Trinken trafen, behauptete sie, bei einer Freundin Mathe zu üben, und wenn ihr Vater sie vier oder fünf Stunden später abholte, stand sie wartend vor dem Haus und kaute Kaugummi, um den Geruch des Cider zu überdecken; und auch dafür, dass ihre Kleidung fürchterlich nach Zigarettenqualm stank, hatte sie stets eine überzeugende Erklärung parat. Die sie niemals vorbringen musste. Denn ihr Vater, hatte Ellen Catherine erklärt, wolle unbedingt daran glauben, dass sie so etwas niemals tun würde, dass sie nie im Leben saufen und rauchen und in dunklen Gassen mit irgendwelchen Typen rummachen würde, und aus diesem Grund hielt er durch und glaubte weiter fest an sie. Ihre Mutter hingegen wisse Bescheid, sagte Ellen; ihre Mutter sei mehr als einmal am Morgen danach in ihr Zimmer gekommen und habe sie ausgeschimpft. Ellen stritt alles ab und machte weiterhin, was sie wollte; sie vermutete sogar, dass ihre Mutter ihr dafür insgeheim eine gewisse Achtung zollte.

»Wenn sie Shane Keegan kennen würde, würde sie darauf *bestehen,* dass ich mit ihm knutsche«, hatte sie Catherine Anfang des Jahres erklärt. »Er ist ein echtes Sahneschnittchen. So was darf man sich nicht entgehen lassen.«

»Ja, genau«, hatte Catherine geschnaubt. »Wenn sie herausfinden, dass du was mit einem Keegan hattest, kriegst du Hausarrest, bis du fünfundzwanzig bist.«

»Sollen sie es doch versuchen«, hatte Ellen gesagt und einen Tennisball gegen die Kinderzimmerwand geworfen. »Wie dem auch sei, ist doch schön, wenn wenigstens eine von uns ihren Spaß hat. Ist doch reine Zeitverschwendung, die Collegezeit nicht dafür zu nutzen, Erfahrungen zu sammeln. Ich an deiner Stelle hätte mir längst diesen Conor geschnappt.«

»Nein, hättest du nicht.«

»Und ob! Scheint ein lustiger Typ zu sein.«

»Na ja«, sagte Catherine matt, »es ist nicht so einfach, wenn man zusammen studiert.«

»Natürlich ist es das«, sagte Ellen und fing den Ball wieder auf. »Du weißt bloß nicht, wie es geht.«

Dabei bist du nicht einmal hässlich; das hatte Ellen gesagt, als sie wieder einmal laut über Catherines fortdauernde Enthaltsamkeit nachgedacht hatte. Na ja, vielleicht nicht gerade Enthaltsamkeit – wenn sie ausging, kam es regelmäßig vor, dass sie einen Jungen küsste beziehungsweise dem Drängen eines Jungen nachgab, der sie küssen wollte, sie ließ sich eine fremde Zunge in den Mund schieben und an den Hintern fassen –, aber so ähnlich. Ein Leben als Single. Nein, ein Leben als Trottel, sagte Ellen, als Catherine ihr die Lage schilderte. Sie sei groß und trage halbwegs modische Klamotten und habe langes Haar, und ihre Haut sei auch ganz in Ordnung. Woran lag es also? Was hielt sie zurück? Sie müsse einfach nur, erklärte Ellen, mit jemandem ins Kino gehen oder in den Pub, zum Knutschen und zum Reden, und wenn sie genug von ihm hätte, könnte sie einfach Schluss machen. So lief das. Es sei denn, man war hässlich.

Nicht einmal hässlich; Catherine fand das seltsamerweise ausreichend. Spätestens im College hatte sie gemerkt, dass die Jungs sie attraktiv fanden – Jungs schauten ihr hinterher, flirteten mit ihr, erzählten ihr, wo die nächste Party stattfinden würde. Und das Zusammenleben mit Amy und Lorraine bedeutete ebenfalls, dass sie viele Jungs kennenlernte. Die Sache mit Conor lehnten die beiden entschieden ab. Conor, der in einem von Catherines Englischtutorien war und den sie das ganze Jahr lang angeschmachtet hatte, mit dem sie eine Freundschaft unterhielt, die hauptsächlich darin bestand, dass er sie aufzog und ihr eine halbe Stunde später die passende Antwort darauf einfiel.

Das Problem, wobei Catherine selbst es nicht als Problem empfand, war, dass sie gar nichts Richtiges wollte. Mit jemandem knutschen, den sie kannte, konnte sie sich nicht vorstellen. Wie sollte man dem anderen danach noch unter die Augen treten? Da waren einfach zu viele Körperflüssigkeiten im Spiel. Schleim, so nannte sie es in ihrer Vorstellung; wenn man nicht aufpasste, drängte sich der Schleim zwischen zwei Menschen. Es war widerlich. Unwürdig. Es war undenkbar. Und Sex: nein. Einfach nein. So weit würde es niemals kommen; nicht, solange sie keine Möglichkeit gefunden hatte, mit der Scham danach zu leben. Was natürlich ein sexuelles Erlebnis voraussetzte, oder zumindest den

Versuch; aber das war ein Denkfehler, den Catherine sich, wie sie meinte, getrost erlauben konnte.

Catherine hatte James am Morgen nach dem Streit mit Conor kennengelernt. Sie war im Pavilion gewesen, einer Bar für Kricketspieler am hinteren Ende des Campus, wo sich alle nach den Prüfungen trafen, oder auch davor, wie im Falle von Amy und Lorraine. Catherines Hausarbeit in Kunstgeschichte war eine Katastrophe gewesen, und sie hatte sich absichtlich volllaufen lassen, um die Erinnerung auszulöschen – keine gute Idee, wenn Conor in der Nähe war. Es war erst halb zehn, Catherine saß zusammengesackt neben ihm auf der Bank und versuchte es mit ihrem ältesten Trick, einem Trick, den sie schon in der Schulzeit – vergeblich – angewandt hatte: Sie ließ sich an seine Schulter sinken und stellte sich schlafend in der Hoffnung, er würde es bemerken, seinen Arm um sie legen und sie an sich ziehen.

Conor legte keinen Arm um sie. Conor rückte ab, so unvermittelt, dass ihr Kopf beinahe gegen die Kante der Holzbank geschlagen wäre. Er machte sich vor allen Anwesenden über Catherine lustig; er stupste sie an – sie stellte sich, starr vor Scham, immer noch schlafend und ließ den Kopf hängen, weil ihr nichts Besseres einfiel – und sagte ihr, sie müsse jetzt aufwachen und nach Hause gehen. Und dann rief er nach Amy, was das Allerletzte war, was Catherine wollte; Amy würde sie für dieses erbärmliche Theater erschlagen, und tatsächlich, als Catherine die Augen öffnete, stand Amy schon vor ihr. Ihre Miene war finster wie ein Gewitter, schon legten sich ihre starken, wütenden Hände an Catherines Ellenbogen.

»Nimm die Kleine mit in die Baggot Street, Ames«, rief Conor, »oder setz sie in den nächsten Bus oder sonst was.«

Catherine zog eine Schnute, ein weiterer alter Trick mit ähnlich niedriger Erfolgsrate. »Ich will nicht nach Hause.«

»Ich bringe sie nicht nach Hause«, sagte Amy, »es ist noch nicht mal zehn.« Sie zog Catherine auf die Beine und schob sie vor sich her, zu der winzigen Damentoilette neben dem Eingang. »Und ich heiße nicht Ames«, schrie sie Conor noch zu.

»Wie du meinst, Schätzchen«, sagte Conor.

»Arschloch«, sagte Amy und gab Catherine einen Stups. »Los jetzt, weiter.«

»Wohin?«

»Du gehst jetzt kotzen, und danach wasche ich dir dein dummes kleines Gesicht mit kaltem Wasser«, sagte Amy. »Trägst du Wimperntusche?«

»Du weißt doch, dass ich mir nie die Augen schminke.«

»Ja, darüber müssen wir auch mal dringend reden«, sagte Amy. Sie hatten die Damentoilette erreicht, Amy schob Catherine in eine Kabine. »Vorbeugen«, befahl sie. »Denk an was Ekliges.«

»Conor ist eklig.«

»Jetzt hör doch mal mit Conor auf«, sagte Amy, »denk an Ungeziefer oder so was. An Würmer.«

»Mit Würmern habe ich kein Problem«, sagte Catherine. »Ich bin auf einem Bauernhof aufgewachsen.«

»Jetzt hör doch mal mit deinem blöden Bauernhof auf«, sagte Amy. »Das interessiert doch wirklich niemanden. Wenn man dich so hört, könnte man glatt meinen, du hättest dich vor einer Hungersnot ins College gerettet. Kühe und Traktoren, verdammt. Na und? Mein Dad hat einen Aufsitzrasenmäher. Hast du mich jemals jammern hören deswegen? Also. Komm mal her.« Sie drückte Catherines Kopf über die Toilettenschüssel. »Mund auf.«

»Warum?«, jammerte Catherine.

»Mund auf«, wiederholte Amy. Catherine gehorchte, Amy schob ihr schnell zwei Finger in den Hals, bis das Mittagessen und ein Schwall Cider in die Höhe schossen.

»Geht doch«, sagte Amy und tätschelte Catherines Hinterkopf. »Braves Mädchen.«

»Ich hasse Conor«, sagte Catherine. Sie hustete, wischte sich über die Lippen. »Ich hasse ihn.«

»Dann verhalte dich entsprechend«, sagte Amy und drehte das Wasser auf. »So, und jetzt besaufen wir uns noch mal von vorn, und morgen kommt James aus Berlin zurück, und wir werden einen ganzen Tag mit ihm verbringen und weitersaufen, und du wirst keine weitere Minute deines herrlichen Suffs mehr an Conor Moran verschwenden. Du wirst nicht mal an ihn denken. Und jetzt wasch dich.« Sie zeigte auf das Becken, verschwand in einer Kabine, schob ihren Rock in die Höhe und ihren Schlüpfer nach unten.

»Soll ich rausgehen?«, fragte Catherine beschämt.

»Wasch dich, Catherine, und mach ein freundliches Gesicht«, sagte Amy, und dann legte sie den Kopf in den Nacken und lauschte auf ihren lauten, mühelosen Strahl.

*

Das ganze Jahr hindurch hatte James in der Baggot Street weiterexistiert, als Fotografie, die jemand mit Tesafilm an den Spiegel über dem Kamin geklebt hatte. Auf dem Bild waren vor allem seine Beine zu sehen, er saß vor dem Sofa auf dem Teppich und wurde rücklings von Amy umarmt, deren lachendes Gesicht aus seinen Haaren herausschaute, einem Gewirr aus roten Locken und Wellen und Wirbeln. Er selbst blickte mit Leidensmiene in die Kamera, aber auf eine ironische, zufriedene Weise.

James war auch eine Reihe von Zeichnungen, die Catherine im Schlaf bewachte und dabei plattdrückte wie getrocknete Blüten, auch wenn sie davon in den ersten Monaten nichts ahnte. Wenn sie kurz vor Weihnachten nicht den Film über einen Künstler gesehen hätten, dessen Zeichnungen die Mädchen an James' Bilder erinnerte, hätte Catherine niemals erfahren, worauf sie schlief; aber so war Amy in Catherines Zimmer gegangen und hatte die große Mappe von unter der Matratze herausgezogen. Lorraine räumte den Teppich frei und schob Teebecher und Zigarettenschachteln und den *Evening Herald* beiseite, der seit zwei Wochen dort lag. Amy legte die Mappe auf den Boden und klappte sie auf.

Keiner der Porträtierten sah ihn direkt an, das war Catherine als Erstes aufgefallen. Er arbeitete mit Kohle, sie konnte sich gut genug an ihren Kunstunterricht erinnern, um das zu erkennen. Sein Strich wirkte überlegt, er schien nichts dem Zufall zu überlassen und achtete auf jedes Detail – den Ring am Finger, die Falte im Stoff, die verhornte Haut am Ellenbogen –, als müsste es eingefangen und vor einer drohenden Gefahr bewahrt werden. Aber es war nicht seine Akribie, sondern der Ausdruck auf den Gesichtern, die darin gespiegelten Launen und Gedanken, die unter der Haut dahinzufließen schienen wie unsichtbare Strömungen, die die aus einem Block ausgerissenen Seiten am meisten auszeichneten. Catherine schaute betroffen zu, wie Amy in der Mappe blätterte, und auf einmal fühlte sie eine unerklärliche Unruhe.

»Keiner merkt es«, sagte sie, ohne nachzudenken, »keiner merkt, dass er gezeichnet wird.«

Amy neben ihr nickte. »Ja, so macht er das. Er beobachtet die Leute heimlich.«

»Der kleine Stalker«, sagte Lorraine, »der kleine Paparazzo-Arsch.«

»Sieh mal, das ist Lorraine«, sagte Amy, und Lorraine heulte auf.

»Ich habe ein Doppelkinn!«

»Doch, das bist du«, sagte Catherine und nahm die Zeichnung in die Hand, »nur mit Doppelkinn.«

»Der hinterfotzige Arsch«, sagte Lorraine und griff nach ihren Zigaretten. »Das habe ich ihm nicht erlaubt.«

Catherine sah Amy an. »Hat er dich auch gezeichnet?«

Sie nickte. »Es ist irgendwo da drin. Während des Irischunterrichts letztes Jahr.«

»Sie hat aus dem Fenster gestarrt und überlegt, ob sie Robbie Fox einen runterholen soll oder nicht«, sagte Lorraine.

»Halt die Klappe«, lachte Amy. Sie blätterte jetzt schneller, hob jedes Blatt an der rechten unteren Ecke an und trennte es vorsichtig vom darunter liegenden. Nach ungefähr fünfzehn Bildern hielt sie inne. »Da bin ich«, sagte sie und zog das Blatt langsam aus dem Stapel.

»Das ist wunderschön«, sagte Catherine leise.

»Findet Robbie auch«, schnaufte Lorraine.

»Nein, im Ernst«, sagte Catherine in das Lachen der anderen hinein. Sie beugte sich vor. Amy trug einen Schulpullunder, die Krawatte über dem weißen Hemd war gelockert, ihr Kinn auf beide Fäuste gestützt. Lorraine hatte sich richtig erinnert; Amy schaute aus dem Fenster. James hatte einen hölzernen Rahmen gezeichnet, darin die Silhouetten der gegenüberliegenden Gebäude, und die kleine Kreole in Amys rechtem Ohrläppchen und den Kuli in ihrer Hand. Und wie in den anderen Porträts auch hatte er einen bestimmten Blick eingefangen, einen Zug um den Mund, der Catherine ein unbestimmtes Gefühl von Sorge bereitete, von Unbehagen. Dabei wirkte die Schulabschluss-Amy auf der Kohlezeichnung kein bisschen besorgt, ganz im Gegenteil, sie machte einen recht zufriedenen Eindruck, war in Gedanken ganz woanders, tief versunken; sie war wunderschön, zart und rehäugig, aber Catherine beschlich bei ihrem Anblick das Gefühl, etwas Verbotenes zu betrachten. Und dann merkte sie, woran es lag: am Winkel. Um Amy aus dieser Perspektive zeichnen zu können, hätte James dicht vor ihr sitzen müssen, leicht nach rechts versetzt; er hätte sich vor sie setzen und dem Lehrer den Rücken zukehren müssen.

»Und du hast wirklich nichts gemerkt?«, fragte sie, aber Amy zuckte nur die Schultern.

»So ist das eben. Man bekommt nichts mit, es ist, als wäre er unsichtbar. Ich weiß auch nicht, wie er es macht.«

Aber am Morgen seiner Ankunft hatte Catherine James fast schon wieder vergessen beziehungsweise war Catherine mit anderen Dingen zu beschäftigt gewesen, um an seine Heimkehr zu denken. Hauptsächlich mit ihrer Erinnerung an den Vorabend, der kurz vor dem Morgengrauen in der Grafton Street geendet war, wo Conor sie bei den Schultern gepackt und auf sie eingeredet hatte. Sie sei ein tolles Mädchen, ein tolles Mädchen, immer wieder sagte er das, obwohl er es skandalöserweise immer noch nicht geschafft hatte, sie in den Arm zu nehmen; eine Geste, die sie sich nun schon so lange und so verzweifelt wünschte, dass sie fürchtete, sich hier vor seinen Augen in Luft aufzulösen, als er seine gleichgültigen Finger an ihre Haut legte, oder ihm alternativ in die Eier zu treten, was sie, wenn sie genauer nachdachte, dann wohl auch versucht hatte – wieder hörte sie Amy *O Gott, Catherine!* rufen. Aber nicht einmal das war ihr gelungen, Conor hatte sich zu schnell wieder aufgerichtet, er war sehr zufrieden, das hatte sie gesehen, und jetzt war er weg und würde den ganzen Sommer in Wexford verbringen, wo sein Onkel einen Pub betrieb, sie würde ihn nicht vor Oktober wiedersehen. Catherine fühlte sich ebenso elend wie erleichtert; keine hämischen Kommentare mehr, kein Spott, keine Launen. Bevor sie vom Pav zum Club gegangen waren, hatte sie ihn gefragt – trotz Amys Ansprache in der Toilette hatte sie es nicht geschafft, sich von ihm fernzuhalten, nicht länger als zwanzig Minuten –, was sie seiner Meinung nach tun sollte in ihrer Lage beziehungsweise Nicht-Lage. Es ging um ihren Ferienjob in der Lokalredaktion von Longfords Tageszeitung. Seit Januar hatte sie den Chefredakteur anrufen und ihn daran erinnern wollen, dass er ihr angeboten hatte wiederzukommen, sobald sie im College war. Aber sie hatte ihn noch nicht angerufen, aus verschiedenen Gründen.

»Aus einem Grund, Citóg«, hatte Conor geschnaubt, »aus einem einzigen Grund. Lähmende Angst.«

»Ich habe keine Angst vor ihm«, hatte Catherine geantwortet, wie immer entzückt darüber, dass er sie mit dem ihr zugeteilten Spitznamen angesprochen hatte. Der Name ergab keinen Sinn, es handelte sich um das irische Wort für Linkshänder, wo Catherine doch Rechtshänderin war. Sie liebte ihren Spitznamen trotzdem und erschauderte vor Glück, wann immer sie ihn hörte. »Wie soll ich Angst vor ihm haben, wenn ich ihn nicht einmal kenne?«

»Genau. Als hätte dich das jemals davon abgehalten, dich zu fürchten.«

»Schnauze.«

Dann hatte Conor einen Dritten ins Gespräch verwickelt, er hatte Catherine – sie beschloss auf der Stelle, es ihm übelzunehmen – vor einer praktisch fremden Person gedemütigt: Emmet Doyle, einem schüchternen Jungen aus Dublin, den Catherine von den Redaktionssitzungen der *Trinity News* flüchtig kannte. Er schrieb hauptsächlich über langweilige Themen, über Politik und die Studentenvertretung, und trug meistens eine leicht eigenwillige Kombination aus gebügelten Hemden und abgewetzten Cordhosen. Weiche braune Locken umrahmten sein Gesicht, und er wurde rot, wenn man ihn ansprach. Das hätte ihn in Catherines Augen sympathisch machen müssen, litt sie doch unter der gleichen Schüchternheit; aber stattdessen irritierte die Gemeinsamkeit sie nur. Sie wünschte sich Männer, deren Gesicht nichts preisgab, nicht erahnen ließ, was im Kopf passierte. Aber da stand Emmet Doyle nun, mit rotem Kopf und bestürztem Ausdruck, während Conor ihm Catherines lächerliche Unfähigkeit darlegte, die Telefonnummer des *Longford Leader* zu wählen. Obwohl Catherine an Conors Arm zog und ihn boxte und ihn bat, die Sache nicht so aufzubauschen, ließ Emmet es sich nicht nehmen, in höflicher, tadelloser, gepflegter South-County-Manier auf Catherines Problem einzugehen. Er schlug ihr vor, wie die Sache anzugehen wäre, was sie dem Chefredakteur sagen, welche Erklärungen sie vorbringen könnte.

»Ich meine, sag ihm doch einfach, du hättest, äh, *Erfahrung*. Du hast Nachrichten geschrieben, und du kennst dich mit dem Layout aus und weißt, was ein Feature ist und so weiter. Ich meine, du hast doch für die *Trinity News* geschrieben, oder? Ich habe deinen Namen gelesen.«

Sie zuckte die Achseln. »Hin und wieder …«

»Sag ihm einfach, du hättest das letzte Interview mit Jeff Buckley geführt«, ging Conor dazwischen.

»Mit wem?«

»Oh verdammt, Citóg«, sagte Conor und schlug sich die Hände vors Gesicht. So ging es immer weiter, ein Katalog der Peinlichkeiten und Dummheiten, bis die ersten Sonnenstrahlen auf die roten Ziegel der Grafton Street trafen und ihr nichts mehr zu tun blieb, als nach Hause zu gehen.

Am nächsten Morgen: ein brummender Schädel, ein Kribbeln auf der Haut, ein seekranker Magen. Amy und Lorraine machten sich auf den Weg zur Prüfung, mit einem Kater, für den sie, daran ließen sie keinen Zweifel, ganz allein Catherine verantwortlich machten. Um ihr Leiden zu lindern, holte Catherine sich eine Tüte Erbsen aus dem Tiefkühlschrank, etwas Besseres fand sich nicht. Sie schlief noch einmal ein, die kalte Tüte auf einem Ohr. Der zweite Schlaf war ein schwarzes Loch der Besinnungslosigkeit, Träume verboten sich von selbst, denn der Körper hatte Schwerstarbeit zu leisten. Als Catherine zwei Stunden später die Augen öffnete, bemerkte sie erstens, dass der Schmerz nachgelassen hatte, zweitens, dass der Lärm unten auf der Straße viel lauter schien als sonst, und drittens, dass der Lärm nicht von der Straße, sondern aus dem Wohnzimmer kam; jemand ging herum, bewegte Gegenstände. Nun setzte er sich hin, der Ledersessel knarzte. Eine Mitbewohnerin, dachte Catherine. Hat die Prüfung abgebrochen und wird mich umbringen, weil ich bis sechs Uhr morgens ausgehen wollte.

»Hallo?«, rief Catherine, ohne den Kopf vom Kissen zu heben. »Hallo?«

Die Antwort war ein weiteres Knarzen; so ächzte der Ledersessel, wenn man sich vorbeugte. Sie hörte eine Bewegung, ein Scharren auf Holz.

»Hallo?«, rief sie noch einmal. »Wer ist da?«

Die Stimme erschreckte sie zu Tode. Es war eine Männerstimme, hellwach und klar. »Hallo?«, fragte sie, und wieder hörte Catherine das Leder knarzen. Jetzt stand er auf. »Hallo?«

»Hallo«, rief Catherine streng, mit Nachdruck, mit so viel Autorität wie möglich, aber ihr Herz pochte, und sie wusste, sie klang verängstigt. Sie setzte sich kerzengerade auf und merkte, dass sie abgesehen von ihrem T-Shirt nackt war und der Unbekannte auf dem Weg in ihr Zimmer. Sie ging blitzschnell alle Möglichkeiten durch. Lorraines Freund Cillian war längst in London, wo er den Sommer über bleiben würde, und Duffy, ihr Vermieter, hatte eine näselnde Stimme, die sie überall heraushören würde.

»Wer ist da?«, fragte die Stimme, noch wacher und klarer. Er hatte das Wohnzimmer verlassen und stand jetzt im Flur.

»*Ich* bin da!«, sagte Catherine wütend.

»Wer ist ich?«, fragte die Stimme nicht weniger wütend zurück.

»Nicht reinkommen, nicht reinkommen!«, schrie Catherine, aber schon drehte sich der Türknauf, und ein Kopf voll roter Locken und Wirbel erschien.

»Du musst Caroline sein«, sagte er. Catherine saß wie erstarrt da und zog sich die Decke bis ans Kinn. Ihr nacktes Bein hing aus dem Bett, die Tüte war geplatzt und die aufgetauten Erbsen auf dem Teppich verteilt. Sie starrte ihn an. Sie starrte auf sein verrücktes rotes Haar, in sein sommersprossengestrahltes Gesicht, auf die zu einem amüsierten Lächeln verzogenen schmalen Lippen. Er trug einen altmodischen Pullover mit grün-grauem Muster, dazu eine Jeans und schwarze Doc Martens, zerkratzt und verbeult, mehr Halbschuh als Stiefel. Er stieß die Tür auf und trat ein.

»Catherine«, sagte sie vorwurfsvoll. Er sollte sich was schämen. Sie wusste jetzt, wer er war, sie erinnerte sich an Amys Worte vom Vorabend, trotzdem, wie konnte er es wagen, einfach so hereinzukommen? Wie konnte er es wagen, dieses Zimmer zu betreten, als wäre es immer noch seins? Es war nicht mehr seins, erst in ein paar Tagen wieder, außerdem war sie fast nackt und er zu weit gegangen, das sollte ihm langsam mal dämmern, dafür würde er sich entschuldigen müssen, später …

Aber James achtete weder auf Catherine noch auf Catherines Tonfall, das wurde ihr schnell klar. James schaute sich in aller Ruhe um und sah, wie Catherine sich das Zimmer angeeignet hatte: der Schreibtisch, auf dem jetzt andere Bücher und Unterlagen und zusammengeknüllte Kleidungsstücke lagen; die CDs auf dem Fensterbrett; am Kleiderschrank nicht mehr nur seine Schwarzweißpostkarten, sondern neue, andere Andenken: ein Gedicht von Patrick Kavanagh, das Catherine im Seminar für irische Lyrik kennen- und liebengelernt hatte; ein Foto von Anna mit dreckverschmiertem T-Shirt und einem Kranz aus Gänseblümchen im Haar; ein Poster von *Muriel's Hochzeit,* Toni Colette im bunten Konfettiregen; das Cover von *Beetlebum,* ein junger Mensch ohnmächtig in einem Blätterhaufen, ob Mann oder Frau, konnte man nicht genau sagen.

James betrachtete die Erbsen. »Immerhin ernährst du dich gesund, Caroline«, sagte er. »Das ist schön.«

»Catherine.«

James sah sie an. »Wie habe ich dich genannt?«

»Caroline.«

»O nein!«, sagte er und schüttelte angewidert den Kopf. »O nein, das passt kein bisschen zu dir. Kein bisschen.«

Er trat einen Schritt vor, streckte die Hand aus. »Ich bin James. Amy und Lorraine haben dir hoffentlich gesagt, dass ich komme?«

»Ja«, sagte Catherine munter, als wären sie in einem Meetingraum. »Tut mir leid, wie es hier ... weißt du, ich hatte gestern meine letzte Prüfung. Ich war lange wach ...« Sie unterbrach sich, zeigte auf die Erbsen, als wären sie eine Erklärung. »Na ja.«

James stieß ein schrilles, schallendes Gelächter aus. »O Catherine«, sagte er und schüttelte wieder den Kopf. »Was du mit deinem Tiefkühlgemüse machst, geht mich nichts an.«

»Ich muss mich anziehen«, sagte Catherine und zog das Bein ein.

»Gute Idee«, sagte James und ging zur Tür. Er drehte sich noch einmal um.

»Tee?«, fragte er, und dann war er weg.

Tee, Pater, das hatte er eigentlich gesagt und dabei die Stimme der verrückten Haushälterin aus dieser Sitcom mit den drei bescheuerten Priestern perfekt nachgeahmt.

Er war also tatsächlich so lustig, wie die Mädchen immer behauptet hatten; ganz offensichtlich war er ein bisschen seltsam, oder ihm fehlten normale Manieren, wo er doch einfach die Tür zu ihrem Zimmer geöffnet hatte und eingetreten war. Mit dem Anziehen ließ Catherine sich Zeit, nicht weil sie besonders hübsch aussehen wollte – ans Duschen war noch nicht zu denken –, sondern weil sie das unvermeidlich peinliche Beisammensein mit diesem Typen so lange wie möglich hinauszögern wollte, am besten, bis die anderen nach Hause kamen. Sie hätte sich verstecken und für den Rest des Tages im Bett bleiben können, dagegen konnte er nichts tun, aber sie hatte Hunger und wusste außerdem nicht einmal genau, ob er nicht doch einfach wieder hereinplatzen würde, mit einem Tee vielleicht, oder um es sich am Fußende bequem zu machen und ihr ein stundenlanges Gespräch aufzudrängen. Auch das hatten Amy und Lorraine über ihn erzählt: Er redete gern. Er redete und redete, in der Hinsicht sei er unvergleichlich, hatte Amy gesagt. Sie meinte das in einem positiven Sinn, und Catherine hatte sich schon darauf gefreut, diesen gesprächigen James kennenzulernen und zu erfahren, wie ein kommunikativer Junge eigentlich aussah. Aber als sie jetzt im Chaos ihres Zimmers stand, sich das alte Holzfällerhemd zuknöpfte und ein Paar Shorts aus dem Kleiderschrank zog, wurde sie misstrauisch. Nicht ihm, sondern sich selbst gegenüber. Wie würde sie sich machen? Wie würde sie sich präsentieren? Was würde er über sie denken? Aber dann fiel ihr plötzlich ein, dass ihr das egal sein konnte. Er hatte rote Haare, trug die falschen Docs und einen Pullover, wie ihre Mutter ihn für ihren Vater ausgesucht hätte. Ihr konnte egal sein, was er über sie dachte. Sie band sich das Haar zum Pferdeschwanz hoch und ging barfuß durch den Flur.

»Geht es schon besser, Catherine?«, fragte er, ohne sie anzusehen. Aus dem kleinen Transistorradio auf dem Küchentresen tönte *Doesn't make it right,* eine Frau sang mit weinerlicher Stimme. Catherine schaltete das Radio aus. James saß am Küchentisch über eine Zeitung gebeugt, die am Morgen noch nicht da gewesen war. Er musste sie mitgebracht haben. Er zeigte auf die Teekanne und auf einen Teller mit Toast.

»Bedien dich«, sagte er.

»Danke.«

Er schnalzte mit der Zunge, und Catherine sah ihn erschreckt an, aber offenbar bezog er sich auf etwas, das er in der Zeitung gelesen hatte. Er war ganz in die Lektüre vertieft und stützte das Kinn auf eine Faust.

Catherine setzte sich. Die Butter auf dem Toast war noch zu sehen, sie hasste das; sie mochte Toast nur, wenn die Butter komplett geschmolzen war. Sie griff dennoch zu, schenkte sich einen Becher Tee ein, und dann saß sie da und fragte sich, ob sie ins Wohnzimmer hinübergehen und sich auch etwas zu lesen holen sollte. Aber vielleicht wäre das voreilig, wahrscheinlich las er nur noch schnell diesen einen Artikel zu Ende, und danach würde er mit ihr reden. Catherine aß ihren Toast, schaute sich in der Küche um, betrachtete James. Seine Haare waren länger als auf dem Foto und wirklich sehr wirr. Er sah fast ein bisschen verrückt aus. Die Sommersprossen waren überall, sogar hinter seinen Ohren; seine Augen strahlten in einem kalten, hellen Blau. Er trug eine silberne Digitaluhr und kaute Fingernägel, das sah sie sofort. Die Spitzen schienen sich ins Nagelbett zu bohren. Beim Gedanken an den Schmerz musste sie sich schütteln, und genau in dem Moment hob James den Kopf und sah sie an.

»Wie meine Katze zu Hause«, sagte er knapp.

»Sorry«, lachte Catherine und spielte die Verwirrte, »ich war ganz woanders.«

»Nein, warst du nicht«, sagte er. »Du hast dir einen gründlichen Blick gegönnt.«

Sie spürte, wie sie errötete. »Das stimmt nicht.«

»Ach, klar«, sagte er und zuckte die Achseln. »Schau woanders hin, Catherine. Ich kann mich nicht in Luft auflösen.«

Sie lachte wieder, aber er ignorierte sie und wandte sich wieder seiner Zeitung zu, und eigentlich, dachte sie nun, war das ganz schön unhöflich. Immerhin wohnte sie hier, mindestens bis Freitag noch, er war hier nur zu Besuch, da könnte er sich ein bisschen mehr Mühe geben, oder? Gleichzeitig merkte Catherine, dass er gar kein Interesse an einer Unterhaltung mit ihr hatte, er war nicht gerade um das Gespräch bemüht. Stattdessen war sie diejenige, deren Verstand in den möglichen Themen wühlte wie eine aufgescheuchte Sekretärin. Sie verwarf eines nach dem anderen: zu banal, zu langweilig, zu nichtssagend, zu fern. Er hingegen blätterte seelenruhig in der Zeitung. Als wäre er der einzige Mensch auf der Welt, der die *Irish Times* las.

»Und, Catherine«, sagte er schließlich, klappte die Zeitung zu und faltete sie schwungvoll zusammen. »Wie war dein Jahr?«

»Mein … Jahr?«

Er nickte, lehnte sich zurück, sah sie erwartungsvoll an. »Hast du dein erstes Studienjahr genossen?«

Catherine starrte ihn an. Was sollte sie auf so eine Frage antworten? Musste er wirklich so direkt sein? Man konnte sich auf andere Weise annähern. Es gab ja auch noch Small Talk.

»Du klingst wie meine Tanten«, hörte sie sich sagen.

Er stutzte. »Tja«, sagte er nach einer Weile. Seine Stimme klang hoch, offenbar meinte er es ironisch. »Was ist daran nicht in Ordnung? Sicher sind deine Tanten ehrbare Frauen.«

»Du kennst sie nicht«, sagte Catherine unsinnigerweise. Was war los mit ihr? Was redete sie da?

»Alles zu seiner Zeit, Catherine«, sagte James mit einem süffisanten Grinsen. Er klopfte auf die Tischplatte. »Also. College. Erzähl mal. Was studierst du?«

»Englisch und Kunstgeschichte.«

Er kniff die Augen zusammen. »Wirklich?«

»Ja. Ich weiß, dass du …«

»Dann kennst du dich mit Kunst aus?«

»Eigentlich nicht«, sagte Catherine, was noch untertrieben war. Kunstgeschichte erschien ihr ähnlich kompliziert wie Theoretische Physik, so wenig Fortschritt hatte sie in dem Jahr gemacht, und mit Englisch sah es nicht besser aus. Sie hatte ein anstrengendes Jahr hinter sich; die Studieninhalte und der Lerndruck hatten sie ereilt wie ein Schock. Bei den Prüfungen in den vergangenen zwei Wochen hatte sie Blut und Wasser geschwitzt. Wahrscheinlich würde sie bestehen, was aber nicht viel zu bedeuten hatte; sie hatte in der »Literatur und Sexualität«-Prüfung eine peinlich schlechte Antwort auf eine Frage zu *Stolz und Vorurteil* gegeben, drei Seiten Gefasel, hauptsächlich über Darcy und dass ihn Elizabeths Sonnenbräune kein bisschen abzuschrecken schien. Während der Schulzeit hatte Catherine mühelos Einsen und Zweien geschrieben, aber in den Wochen vor den Uniprüfungen hatte sie einsehen müssen, dass sie eigentlich so gut wie nichts wusste darüber, wie man sich Wissen, nun ja, aneignete. In der Schule hatte sie einfach jede Menge Stoff auswendig gelernt und auf dem Papier wieder abgeladen, aber im College lief es anders; im College wurde erwartet, dass man seinen Verstand gebrauchte. Im vergangenen Jahr hatte sie sich mehr als einmal gefragt, ob sie überhaupt einen Verstand besaß? Es war so frustrierend. Zu erkennen, dass alles, was man gekonnt hatte, wofür man gelobt worden war, womit man sich durchgemogelt hatte, letztendlich nichts mit Intelligenz zu tun hatte, sondern auf eine mechanische Fähigkeit hinauslief.

»Ja, klar habe ich es genossen«, sagte sie achselzuckend. »Bloß die blöden Prüfungen nicht.«

»Mein Gott, Catherine«, sagte er in gespieltem Entsetzen, »hoffentlich sprichst du so nicht mit deinen Tanten!«

Sie musste lachen. Wie schön, ihren Namen aus seinem Mund zu hören; das war so direkt. Normalerweise schenkten die anderen ihr weniger Beachtung; so gesehen war es schon beinahe frech von ihm, so persönlich zu werden. Geradezu intim. Und doch tilgte er in allerletzter Sekunde jede Intimität durch Ironie, durch seinen Hang zum Spott, der sich auf alles zu legen schien, was er sagte. Sie wollte mehr davon, außerdem war es eine Herausforderung: Sie würde ihn von der Ironie weg in herzlichere Gefilde locken. Sie würde ihm beweisen, dass er mit seiner Einschätzung von ihr danebenlag. Sie war weder dumm noch naiv.

Er gähnte. »Meine Güte, bin ich im Eimer«, sagte er und ließ den Kopf hängen.

»War der Flug lang?«

Er sah sie an. »Flug?«, fragte er fast verächtlich.

»Du bist doch aus …«

»Ich bin nicht geflogen, verdammt, ich habe die letzten drei Tage in der Führerkabine eines LKWs gesessen.«

»Drei Tage?«

»Der Fahrer musste einmal quer durch Europa seine Auslieferungen machen.«

»Oh.«

»Durch Holland. Durch jede Nebenstraße in Belgien. Auf scheiß Rastplätzen schlafen, in der Fahrerkabine. Das Geschnarche von dem Arsch. Durch Frankreich. Und vor einer halben Stunde finde ich mich auf der O'Connell Bridge wieder, ich weiß auch nicht, wie ein bosnischer Flüchtling.«

»Oh.«

»Ich wünschte, ich hätte genug Geld, um zu fliegen. Ein Kumpel von meinem Alten hat die Reise für mich arrangiert. So bin ich hingekommen, und so ging es zurück. Alles gratis.«

»Na ja«, sagte Catherine, »ich bin ehrlich gesagt noch nie geflogen.«

Er sah sie an. »Das glaube ich dir gern.«

Sie spürte die Röte auf ihren Wangen brennen. *Halt doch die Klappe,* das lag ihr auf der Zunge, aber sie hatte ihn gerade erst kennengelernt; da konnte man so etwas nicht sagen, oder? Genauso wenig wie *Und, wie oft bist* du *schon geflogen?,* denn dann hätte er gemerkt, wie sehr er sie getroffen hatte. Catherine saß da und schmorte in ihrem eigenen Schweigen. Nach einer Weile sah er sie an und seufzte.

»Ach, nimm mich nicht so ernst, Catherine, es tut mir leid. Ich bin einfach nur kaputt von der Reise. Es war der reinste Alptraum.«

»Ja, das muss wirklich schlimm gewesen sein«, sagte sie zögerlich.

»Das war es auch. Du hättest mal den Fahrer hören sollen. Schwarze, Schwarze, Schwarze. Tunten, Tunten, Tunten. Frauen. Die Titten von Frauen. Oh, hat er gesagt, ich habe eine tolle kleine Hure aus Italien durchgenommen, genau da, wo du jetzt sitzt, und ihr Arsch war hier. Weißt du, ich dachte echt, ich hole mir was von der, Filzläuse oder einen Tripper oder so was, aber nein, die war blitzsauber. Tolles Mädchen.«

»O mein Gott«, sagte Catherine.

»So ein Drecksack.«

»Jesus.«

Er sah sie flüchtig an. »Du bist jetzt hoffentlich nicht schockiert?«

»Nein!«

»Du willst deinen Toast essen, und ich rede über italienische Prostituierte.«

»Ich bin schon fertig«, sagte sie ein bisschen zu hastig. Sie klang wie ein Kleinkind.

»Tja, dann«, sagte James und reckte die Arme in die Höhe. »Wollen wir uns in den Salon begeben?«

Das Wohnzimmer war riesig, mit hoher Decke, Kamin, Stuck und einem großen Erkerfenster, letzte Überreste einer Pracht, die früher einmal das ganze Gebäude ausgezeichnet hatte, ein dreigeschossiges Haus im georgianischen Stil mit Keller und breiter Steintreppe. Die Mädchen-WG bewohnte das Erdgeschoss, in den beiden Wohnungen darüber tummelten sich, dem Lärm nach zu schließen, an die zwanzig Personen. Im Souterrain lebte ein Paar Mitte dreißig, das sich regelmäßig über zu laute Musik beschwerte und montagmorgens mit Märtyrermiene die Mülltonnen an die Straße rollte, auch wenn es gar nicht an der Reihe war.

Duffy, der Vermieter, war ein dünner, glatzköpfiger Mann aus Westmeath. Er fuhr einen schwarzen Mercedes und trug immer einen dunklen Anzug unter seinem schäbigen Regenmantel. Die Miete war am Ersten des Monats fällig, aber Duffy holte sie ab, wann immer es ihm passte. Er erwartete, sie jederzeit vorzufinden, bar in einer kleinen Holzkiste auf dem Kaminsims. Wenn er vorbeikam, schaute er sich gründlich um und inspizierte den Ofen, die Dusche und die Schlafzimmer, alles wie mit einer bösen Vorahnung.

»Ihr solltet mehr auf Sauberkeit achten«, sagte er und zeigte in eine Ecke, auf einen Kleiderhaufen oder das schmutzige Geschirr. »Ist doch nicht schön, wie ihr Mädchen mit der Wohnung umgeht.«

Anfangs war Catherine in seiner Gegenwart noch nervös geworden, aber dann hatte sie sich von Amy und Lorraine abgeschaut, wie man am besten mit ihm sprach, in gelangweilten Einsilbern nämlich, die nur ein Minimum an Information enthielten. Duffy hatte sich gefreut, als Catherine in James' Zimmer eingezogen war; dass ein, wie er es nannte, Junggeselle mit zwei Mädchen zusammenlebte, gefiel ihm gar nicht, außerdem konnte er ausgerechnet diesen Junggesellen nicht leiden.

»Hat er in Dublin keine Arbeit gefunden?«, war Duffys erste Frage gewesen, als Amy und Lorraine ihm von James' Umzug nach Berlin erzählt hatten. »Nein, natürlich nicht. Wie der schon aussah. Ich bezweifle allerdings, dass einer wie er woanders mehr Glück hat.«

»Arschloch«, hatten Amys Lippen stumm geformt, nur Catherine hatte es gesehen.

Nun suchte James in der Holzkiste nach Zigaretten. Er wurde nicht fündig, entdeckte aber kurz darauf eine Schachtel Marlboro im Bücherregal. Er zündete sich eine an, ließ sich in den Sessel sinken und streifte seine Doc Martens ab.

»Ich muss schon sagen, es ist schön, wieder hier zu sein.«

Catherine setzte sich ihm gegenüber aufs Sofa und nickte. »Die Mädchen werden sich freuen.«

»Ich kann es kaum erwarten, sie wiederzusehen.«

Sie war selbst überrascht über den Stich der Eifersucht, den sie spürte, als er so über Amy und Lorraine sprach. Verdammt noch mal, sie hatte ihn eben erst kennengelernt. Gleichzeitig wusste sie, woran es lag, woher diese Sehnsucht kam: Sie hatte sich von ihren alten Schulfreundinnen entfremdet, jenen Mädchen, die noch vor einem Jahr ihre engsten Vertrauten gewesen waren. Sie beneidete Amy und Lorraine darum, weiterhin so eng befreundet zu sein. Und nun kam auch noch James dazu, mit dem sie ebenso eng befreundet waren. Auf einmal wurde Catherine sich ihrer Außenseiterrolle schmerzlich bewusst, dabei waren Amy und Lorraine noch gar nicht da; noch hatte sie James für sich allein.

»In Berlin war es bestimmt echt cool, oder?«, fragte sie, um das Thema zu wechseln.

»*Cool*«, äffte er sie nach. »Ja, es war großartig.«

»Mochtest du deinen Job?«

Er grinste. »Du klingst wie meine Tanten.«

»Sehr lustig.«

James zeigte auf den Aschenbecher, der unter dem Sofa auf dem Boden stand. »Nein, wirklich«, sagte er und nahm den Aschenbecher entgegen, »ich mochte es. Der alte Malachy ist schon ein komischer Vogel. Aber die Arbeit ist interessant. Auf jeden Fall interessanter als alles, was ich hier machen könnte.«

»Wie bist du an den Job gekommen?«

Er zuckte die Schultern. »Ich hab ihm geschrieben.«

»Wow.«

Er zog eine Augenbraue hoch. »Na ja.«

»Und was hast du gemacht?«

»Ich habe assistiert, Catherine«, sagte er. »Was bedeutet, dass ich alles gemacht habe. Na ja, Malachy drückt auf den Auslöser. Meistens.«

»Amy hat gesagt, er wäre ziemlich berühmt, ich hatte gar keine …«

Er sah sie an. »Du hast noch nie von Malachy gehört?«

Sie schüttelte den Kopf, die Röte kribbelte abermals auf ihren Wangen. Warum hatte sie das gesagt? Sie hätte den Mund halten und ihn reden lassen sollen; es hatte gar keinen Grund gegeben, ihr Unwissen zu zeigen. Aber James war entzückt; er lachte in sich hinein.

»Der arme alte Malachy würde sich jetzt für eine Woche ins Bett legen, wenn er das gehört hätte. Er glaubt, er stünde auf jedem Lehrplan jeder Uni.« James zog an der Zigarette. »Eine seiner Arbeiten wurden bei einer Gruppenschau im Irish Museum of Modern Art gezeigt, zusammen mit Sachen von Wolfgang Tillmans. Hast du das nicht gesehen?«

Sie schüttelte den Kopf. »Ich nehme mir aber ständig vor, öfter hinzugehen.«

»Tja. Und er hat auch schon mal im MoMA ausgestellt, aber ich denke nicht, dass du da warst.«

Catherine wollte den Mund aufmachen und etwas antworten, aber er fiel ihr ins Wort.

»Und im September planen wir eine große Ausstellung in Madrid, im Museo Nacional, und dann in Rom und dann in Tokio, glaube ich.« Er runzelte die Stirn. »Nein, zuerst in Tokio. Im Februar. Das wird der Horror.«

»Und du wirst ihn begleiten?«

»Oh, nein. Ich bin nur der Studioassistent. Für seine Reisen hat er andere Sklaven.«

»Das wäre ja so fantastisch.«

James zuckte zusammen. »Ehrlich gesagt würde ich den LKW-Fahrer Malachy jederzeit vorziehen.«

»Ach, wirklich?«, sagte Catherine und lachte nervös. James drückte seine Zigarette im Aschenbecher aus und grinste und musterte sie von oben bis unten. Er nickte.

»Hm«, sagte er.

Catherine zuckte zusammen, ihr rechtes Bein schoss vor, als hätte ihr ein Arzt gegen das Knie gehämmert. »Was ist denn?«

»Ach, nichts«, sagte James, als hätte er einen Irrtum bemerkt. »Ich dachte nur.«

»Was denn?«, fragte Catherine atemlos.

»Ich habe mich bloß gefragt, was Malachy mit dir anstellen würde.«

Catherine wich zurück, als hätte er versucht, sie zu packen. James lachte laut.

»Oh, ich liebe es, die Leute zu verunsichern«, sagte er und klatschte in die Hände. »Jeder reagiert anders auf die Kamera. Bei dir hat es sogar gereicht, von einer Kamera zu *reden*, um einen Fluchtreflex auszulösen.«

»Das stimmt nicht.«

Er blinzelte. »Doch, doch, ich kann es mir gut vorstellen. Frontal.« Er rahmte Catherine mit beiden Händen ein. »Und in einer Nahaufnahme. So dass man jede Pore sieht.«

Sie schüttelte energisch den Kopf. »Das gefällt mir gar …«

Er winkte ab. »Was dir gefällt oder nicht, tut nichts zur Sache.«

»Ich hasse Nahaufnahmen«, sagte Catherine. »Ich habe ständig irgendwelche Pickel und Mitesser. Und meine Zähne …« Sie kniff die Lippen zusammen.

»Was ist mit deinen Zähnen?«

Sie schüttelte den Kopf.

»Sie funktionieren doch, oder?«

Sie zuckte die Achseln.

»Du kannst damit kauen?«

»Selbstverständlich kann ich damit *kauen.*«

»Wie auch immer. Er interessiert sich nicht für schöne Menschen. So tickt der alte Malachy nicht. Du kannst dich entspannen.«

»Vielen Dank auch«, sagte Catherine mürrisch. Die Wendung, die diese Unterhaltung genommen hatte, gefiel ihr gar nicht. Hatte er sie beleidigt? Hatte er angedeutet, sie wäre hässlich?

»Bitte sehr, gern geschehen«, sagte er grinsend. Eigentlich waren auch seine Zähne nicht die besten; ein bisschen schief und ziemlich gelb. Auf einmal wurde Catherine sehr müde; sie wünschte sich, Amy oder Lorraine würden nach Hause kommen und ihn übernehmen. Eine von den beiden sollte sie erlösen. Sie war neugierig auf ihn geworden, aber diese Art von Gespräch konnte sie nicht unbegrenzt lange führen, schon gar nicht mit einem Jungen. Nach einem Jahr im College hatte sie sich schon verbessert, aber es fiel ihr immer noch schwer, Themen zu finden und passende Antworten. Sie spürte den Druck als körperliche Last. Was sollte sie zum Beispiel sagen, jetzt in diesem Moment, als sie ihm gegenübersaß und er sich eine weitere von Amys Zigaretten anzündete. Wahrscheinlich könnte sie ihn über Malachys Fotografien ausfragen, wie sie aussahen, aber sie traute sich nicht einmal das zu; am Ende würden ihr die Fachbegriffe fehlen. Er hatte von Porträts gesprochen, von Mittelformat. In ihrem Seminar über die Kunst des zwanzigsten Jahrhunderts war auch Fotografie vorgekommen, aber ganz offensichtlich hatte sie nicht aufmerksam genug zugehört. Sind seine Fotos traurig oder sind sie ernst, hätte sie am liebsten gefragt, aber das klang zu banal; schon konnte sie sich vorstellen, wie James ihr einen Vortrag über die Irrelevanz von Gefühlen hielt. Vielleicht könnte sie fragen, ob Malachy auch Aktfotos machte, aber wahrscheinlich fragten so etwas höchstens absolute Kunstbanausen, die es im Grunde nur darauf abgesehen hatten, andere nackt zu sehen.

James seufzte gedehnt. »Also, Catherine.«

Sie schluckte. »Also«, sagte sie und suchte fieberhaft nach einem Thema, mit dem sie ihn von dem ablenken könnte, was er nun zu ihr sagen würde. Ihr fiel nichts ein. Sie nickte, fügte sich in ihr Schicksal.

»Also«, wiederholte er und zwinkerte ihr zu. »Hast du einen Freund?«

Eine Art dumpfer Schwindel überkam sie, ähnlich dem Kater, nur dass dieses neue Gefühl mit Alkohol nichts zu tun hatte. Es war allein ihre Schuld, sie konnte nicht abstreiten, dass sie sich selbst reingeritten hatte. Dieser Typ, den sie nicht einmal kannte, höchstens von einem Foto, von ein paar Zeichnungen, die, wenn man mal drüber nachdachte, immer noch unter ihrer Matratze lagen – sie selbst hatte diesen Typen in ihr Leben gelassen. Genauer gesagt hatte sie ihm erlaubt einzutreten, sie hatte sich mit ihm unterhalten und Tee mit ihm getrunken, und jetzt saß sie hier und schaute ihm beim Rauchen zu, in albernen Shorts, die sie eigentlich nie trug und die zu viel von ihren Oberschenkeln entblößten, außerdem war ihr Hemd nicht richtig zugeknöpft, natürlich musste er da auf falsche Gedanken kommen, wie sollte es anders sein? Sie verfluchte sich selbst. Wie kam sie da nur wieder raus? Sie starrte aus dem Fenster in den gleichgültig blauen Himmel. Im Sessel räusperte sich jemand demonstrativ. Sie sah James aus dem Augenwinkel winken.

»Hallo?«

»Sorry«, sagte sie und wandte sich ihm wieder zu. »Sorry, ich habe dich gehört.«

»Heißt das nein?«

Sie schluckte. »Ich habe für so etwas gerade keine Zeit. Für eine Beziehung.«

Er blies eine Qualmwolke aus. »Ja, wer würde dich auch wollen. Bei den Zähnen.«

Catherine starrte ihn ungläubig an. »O mein Gott!«

»Ja, wirklich, du bist fast so schlimm dran wie Shane McGowan, Catherine, seien wir ehrlich. Schlimmer noch. Die eine Hälfte abgebrochen, die andere verfault.«

»Du Penner«, sagte Catherine, setzte sich kerzengerade auf. Ihr Herz klopfte. »Du blöder rothaariger Penner!«

James warf den Kopf in den Nacken und brach in schallendes Gelächter aus. Sie sah seinen langen, schutzlos dargebotenen Hals, den offenen Mund. Es sah aus, als wollte er Regen trinken. Er brüllte vor Lachen. Er schlug mit den Handballen auf die Sessellehnen. Er schnappte nach Luft, senkte den Kopf und kniff die Augen zusammen, wie um sich zusammenzureißen, aber dann ging es wieder los. Es sah fast so aus, als weinte er. Sobald sie den Gedanken einmal gefasst hatte, konnte Catherine nichts anderes mehr sehen: So sah er also aus, wenn er weinte und von Schluchzern geschüttelt wurde. Es war zu seltsam. Noch nie hatte sie einen Mann weinen sehen. Auch jetzt nicht, daran musste sie sich erinnern. Aber dennoch. Ihn so zu sehen bescherte ihr einen seltsamen Nervenkitzel, das ungute Gefühl, etwas zu sehen, was nicht für ihre Augen bestimmt war. Als er sich endlich beruhigt hatte und japste und stöhnte, als sei das alles zu viel für ihn, diese Qual, die er ihretwegen erlitt, hatte Catherine schon vergessen, worüber sie eigentlich geredet hatten.

Aber nicht James. »Ach, Catherine«, sagte er kopfschüttelnd. »Catherine, Catherine. Deine Zähne sind wunderbar.« Er griff zur Zigarette, gestikulierte damit in ihre Richtung. »Du bist insgesamt sehr hübsch. Sicher stehen die Kerle bei dir Schlange.«

»Nein«, sagte sie schnell und überlegte sich im selben Moment, dass das die falsche Reaktion war, »ich meine …«

»Ach, komm schon.«

Sie müsste es anders versuchen. Sie beschloss, sich interessant zu machen.

»Na ja«, sagte sie zögerlich, »so gesehen lief da im letzten Jahr wirklich was, aber eigentlich war es nichts Ernstes. Nichts, worüber wir reden müssten.«

»Das ist schön. So soll es sein.«

»Nein, so meinte ich das nicht. Ich weiß gar nicht, wie ich es erklären soll. Ich meinte gar nichts.«

»Okay?«, sagte James langsam.

»Nein. Ich meine, da war jemand. Aber es ist nichts. Nichts ist passiert.«

James zog eine Augenbraue hoch. »Ich glaube, du solltest jetzt ohne deinen Anwalt nichts mehr sagen.«

»Verdammter Mist«, sagte Catherine. Warum hatte sie das mit Conor überhaupt erwähnt? Sie war so eine Idiotin. Sie würde jetzt nicht über Conor reden. Sie würde diese peinliche Situation nicht zusätzlich verschlimmern.

»Wie heißt er?«, fragte James und schnippte Asche von seiner Zigarette.

»Conor.«

Er schüttelte den Kopf. »Kein guter Name.«

»Nein«, sagte Catherine und krümmte sich innerlich.

»Vergiss ihn.«

»Gute Idee.«

»Wir dulden hier keine Conors. Conors sind hier ab sofort verboten. Conors sind gesellschaftlicher Abschaum.«

»Jetzt geht es mir schon viel besser«, sagte Catherine und lachte, und seltsamerweise stimmte das sogar.

»Das ist schön«, sagte James mit einem gravitätischen Nicken.

»Und du?« Ihr Stimme sprang in die Höhe, als sie sich auf dieses unbekannte Territorium wagte, aber sie musste einfach fragen; es war einfach nur höflich, nachdem er sich so interessiert an ihrem Liebesleben, an ihrem was auch immer gezeigt hatte.

»Ich?«

»Gibt es da ein nettes deutsches Mädchen?«

Seine Augenbrauen schossen in die Höhe. »Nein«, sagte er bestimmt, »kein nettes deutsches Mädchen.«

»Ein nicht so nettes deutsches Mädchen?«

»Auch nicht.«

»Oh, das solltest du ändern«, sagte Catherine, probehalber in dem spöttischen Tonfall, den er selbst angeschlagen hatte. »Wenn du wieder dort bist, meine ich«, fügte sie schnell hinzu.

»Mal sehen«, sagte er und klang auf einmal sehr gelangweilt.

»Im Ernst.«

Er warf ihr einen strengen Blick zu. »Was?«

Catherine fing zu stammeln an. »Na ja, du solltest jemanden kennenlernen. Du weißt schon. Eine Deutsche. Die sehen gut aus, oder? Blond.« Sie holte Luft. »Manche wenigstens, oder?«

Er seufzte. »Ja, Catherine. Da hast du recht.«

»Also?«

»Also«, sagte er achselzuckend und drückte die zweite Zigarette aus. »So sieht es aus.« Er sah sie an, atmete tief durch, ihre Kehle wurde schlagartig trocken.

»Ich ...«

»*Both of us lonely*«, fing James zu singen an, »*longing for* ... irgendwas.«

Was zum Teufel ging hier vor sich? Was sollte sie davon halten? Sie lachte zögerlich, nur um irgendein Geräusch zu erzeugen, Hauptsache, sie übertönte seinen merkwürdigen, leidenschaftlichen, ja, was denn, Bariton? Nein, ein Bariton wäre tiefer und dunkler; wahrscheinlich war er ein Tenor.

»Du kannst nicht besonders gut singen«, sagte sie, was eigentlich nicht stimmte, aber sie musste irgendetwas sagen, um die Anspannung zu lösen, den peinlichen Moment des Angesungen-Werdens zu beenden. Er sollte aufhören. Was tat er da? Was tat sie da? Ihr Mutter würde sie erschlagen – *erschlagen* –, wenn sie Catherine jetzt sehen könnte, wenn sie wüsste, wie sie die letzte Stunde verbracht hatte.

»Im Sommer«, sagte er. Endlich sang er nicht mehr, aber was sollte das? Catherine blinzelte ihn verständnislos an.

»Wie bitte?«

»Ich sagte, was machst du im Sommer?«

»Oh«, sagte sie erleichtert, »ich fahre nach Hause. Nach Longford. Ich hatte einen Job.«

»Du hattest?«

Sie seufzte, erinnerte sich an den Anruf, den sie vor sich herschob. »Ich wollte den Chefredakteur unserer Lokalzeitung um einen Job bitten.«

James sah beeindruckt aus. »Oh.«

»Ich habe ein bisschen für die Collegezeitung geschrieben, und ...«

»Worüber?«

»Kunst«, sagte sie mit einem kleinen Triumphgefühl, denn er schien tatsächlich beeindruckt und kniff die Lippen zusammen, als gäbe er sich geschlagen. »Und über Literatur.«

»Literatur«, äffte er sie nach, und wieder schoss ihr die Hitze in die Wangen; doch schon in der nächsten Sekunde nickte er zufrieden. »Sehr gut. Sehr gut, Catherine. Ist es das, was du beruflich machen willst?«

»Ja, vielleicht.«

»Schreibst du noch andere Sachen?«

Sie schluckte. »Gedichte«, sagte sie und bereute es sofort. Da blitzte etwas in seinen Augen, sicher war das Spott. »Na ja, obwohl sie natürlich grottenschlecht sind.«

Er runzelte die Stirn. »Natürlich?«

»Egal.«

Er sah sie aufmerksam an. »Ich finde es sehr gut, dass du Gedichte schreibst. Das ist wirklich sehr gut.«

Sie wand sich. »Mach dich nicht lustig.«

»Ich mache mich nicht lustig.«

»Doch, zu Recht. Ich wollte eigentlich nur sagen, ich hätte den Lokalredakteur anrufen müssen, vor sechs Monaten schon, ich habe es meiner Mutter versprochen, aber ich habe es nicht getan.« Sie holte Luft. »Und morgen muss ich nach Hause, und sie glaubt, ich hätte den Job. Ich hätte wirklich gern einen Job! Aber ich habe keinen. Ich habe Angst davor, dass sie es rausfindet.«

James runzelte die Stirn. »Ist deine Mutter gewalttätig, Catherine?«

Sie musste lachen. »Du spinnst.«

»Wird sie dich schlagen? Wird sie dich in den Keller sperren?«

»Halt den Mund. Es ist meine Schuld. Ich hätte anrufen müssen.«

Er warf einen Blick auf seine Armbanduhr. »Es ist halb

drei«, sagte er. »Wie viele Zeitzonen liegen zwischen hier und Longford?«

Sie starrte ihn an. »Sehr lustig«, sagte sie dann. »Aber klar, du bist aus Leitrim.«

Er zuckte die Achseln. »In Leitrim ticken die Uhren noch mal ganz anders.«

»Hör auf. Das ist nicht lustig.«

»Nein, wirklich nicht«, sagte er und stand auf. »Komm«, sagte er und streckte ihr eine Hand entgegen.

»Wohin?«

»Steh auf«, sagte er. »Das Telefon ist im Hausflur, oder?«

»Ich kann ihn doch *jetzt* nicht anrufen.«

»Besser jetzt als morgen.«

»Nein«, sagte sie kopfschüttelnd. »Es ist zu spät. Monate zu spät. Das kann ich mir abschminken.«

»Und dann? Den Sommer über vom Gedichteschreiben leben? Komm schon.«

»Nein«, protestierte sie, wurde aber schon auf die Beine gezogen. Er trat einen Schritt zurück, plötzlich standen sie händchenhaltend voreinander. James' Gesicht wirkte entschlossen, dicht unter der Oberfläche schien schon der nächste Heiterkeitsanfall zu brodeln, aber dann lachte er doch nicht, er lächelte nicht einmal.

»Die Nummer?«, fragte er forsch.

»In meinem Zimmer«, jammerte Catherine.

»Kleingeld?«, fragte er und wühlte in seinen Taschen. »Bitte sehr«, sagte er und reichte ihr eine Fünfzigpencemünze.

»Ach, verdammt«, stöhnte Catherine. »Ich habe ja nicht mal was an.«

»Es ist ein Telefon, Catherine. Komm schon. Wir bringen das jetzt hinter uns, und dann trinken wir den geklauten Wein.«

»Den was?«

»Aus Eddies LKW«, sagte er mit grimmiger Miene und schob sie zu ihrem Zimmer. »Ich finde, den habe ich mir verdient. Außerdem bin ich mir ziemlich sicher, dass er ihn selber geklaut hat.«

Während sie in ihrem Adressbuch nach der Nummer des Lokalredakteurs suchte, kam ihr ein neuer Gedanke. »Du darfst aber nicht danebenstehen, wenn ich mit ihm rede«, rief sie in den Flur.

Er erschien im Türrahmen. »*Du bist unmöglich, Muriel!*«, sagte er mit einem Blick auf das Poster am Kleiderschrank.

»Im Ernst«, sagte Catherine, »du darfst nicht neben mir stehen.«

»Das hatte ich gar nicht vor.«

»Und du lauschst auch nicht an der Tür.«

»Kein Lauschen an der Tür? Ich lasse dich nicht mehr zurück in die Wohnung, wenn du nicht tust, was ich dir sage. Los jetzt.« Er zeigte hinaus. »Und wage es ja nicht, dich hier ohne Job blicken zu lassen. Sollen unsere armen Kinder verhungern?«

»O Gott«, sagte Catherine lachend, als er sie in den Hausflur schob. »Warum bist du zurückgekommen?«

*

Der Abend gehörte ihnen. Amy und Lorraine kamen von den Prüfungen nach Hause und warfen sich James an den Hals, sie jubelten und johlten und weinten sogar ein bisschen vor Freude, weil er endlich wieder da war. Zwischendurch hatte Catherine wieder das Außenseitergefühl, wenn sie die drei so betrachtete, wenn sie sah, wie glücklich und entspannt sie waren, aber das gab sich bald, dafür sorgte James. Der Abend gehörte ihnen, sie kochten zusammen und brachen dann gemeinsam auf, sie gingen ins Searson's und dann ins Donoghue's und weiter zum Tanzen ins RíRá, und dann torkelten sie lachend wieder nach Hause, alle zusammen. Der nächste Tag gehörte Catherine und James allein, sie spazierten durch die Stadt, gingen ins IMMA und in die St. Patrick's Cathedral und in den Park hinter dem Dublin Castle, alles Orte, die Catherine nicht kannte, die zu besuchen sie vergessen hatte; zuletzt gingen sie zum Campus, wo Catherine sich wie eine Angeberin fühlte, und weiter zur Nationalgalerie, bloß dass sie ihr letztes Ziel nicht ganz erreichten, sondern stattdessen in einem kleinen Pub namens Lincoln Inn hängenblieben. Und der Abend war wieder für sie alle da und der darauffolgende Tag ein Freitag, Catherine musste ihr Zimmer räumen und ihren Rucksack packen und zur Connolly Station laufen, und James sagte, ich begleite dich zum Bahnhof. Ich helfe dir mit deinem Gepäck. Und während sie im Bahnhof saßen und auf den Zug warteten, sagte Catherine: *Du musst dir etwas anhören; hör dir mal diesen Songtext an. Hör mal. Hör zu.*

*

»Fliehende Träume. Wie geht es weiter?«

»Was?«, fragte James träge und von seiner Hälfte der Picknickdecke aus.

»Du weißt schon, das Septembergedicht von Thomas Kinsella.«

»Weiß ich nicht.«

»Es stand auf der Leseliste, sicher hast du es gesehen. Alle mussten es lesen.«

»Ich weiß nicht, Reilly. Du bist hier die Dichterin.« Er zog die Knie an, streckte die Beine wieder aus. Sie spürte, wie er näher heranrückte.

»Ich weiß auch nicht, was mit meinem Kopf los ist«, sagte sie und versuchte zu ignorieren, dass ihr Herz schneller schlug.

James seufzte. »Fliehende Träume. Und das Feuer lockt die Menschen an?«

»Das sind zwei völlig verschiedene Gedichte. Das zweite ist von Austin Clarke. Hast du wirklich gedacht, es würde so weitergehen?«

»Ich weiß es nicht, das habe ich dir doch gesagt«, antwortete er unwirsch. »Ich kann mich an meine verdammte Abschlussprüfung nicht erinnern.«

»Als die Nacht das Meer umrührte …«

»Hör mal, wo wir schon beim Thema sind, würdest du dich bitte mal rühren und Platz machen? Ich liege hier praktisch auf dem Gras.«

»Eigentlich brauchen wir zwei Decken«, sagte Catherine hoffnungsvoll.

James schnaubte. »Also, ich gehe nicht noch mal rein. Dann fängt meine Mutter wieder mit dieser Hochzeit an …«

»Wirklich?«

»Ja. Sie will unbedingt, dass ich mitgehe. Und du auch, verdammt.«

»Na ja, ich hätte nichts dagegen …«

»Du machst wohl Witze.« Er setzte sich auf, sein Schatten fiel über Catherines Gesicht. »Auf wessen Seite stehst du?«

»Okay, schon gut«, sagte sie und hob eine Hand. »Ich wollte nur nicht, dass du meinetwegen Ärger bekommst.«

»Ärger«, spuckte er aus. »Du machst mir keinen Ärger. Du hast mich gerettet.«

»Das ist doch schön«, sagte sie verunsichert.

»Ja«, sagte er und ließ sich, offenbar zufrieden, auf die Decke sinken.

*

Ein paar Tage zuvor hatte James Catherine in der Redaktion des *Longford Leader* angerufen und sie für ein ganzes Wochenende in sein Elternhaus in Leitrim eingeladen, ab Freitagabend. Der Plan war genial, verkündete er, denn so könnte er wieder einmal seine Eltern besuchen – es wurde höchste Zeit –, ohne zu dieser schrecklichen Hochzeit der Nachbarn gehen zu müssen, denn durch Catherines Anwesenheit wäre er entschuldigt. Gleichzeitig würden sie einander endlich wiedersehen, der Abschied am Bahnhof war schon einen Monat her, und es gab Dinge, die konnte man am Telefon nicht besprechen. Der Zug fuhr durch ihre Heimatstadt, Catherine könnte zusteigen, und sie könnten zusammen reisen, und auf dem Rückweg am Sonntag könnte sie in Longford aussteigen und er weiterfahren bis Dublin.

»Das ist die perfekte Lösung«, sagte er hochzufrieden. »Meine Güte, die hätten mich während der Kubakrise gut gebrauchen können!«

»Es geht nicht«, sagte Catherine in der Hoffnung, dass keiner der Kollegen sie hörte. Sie legte sich eine Hand über den Mund. »Ich kann hier nicht weg.«

»Was soll das heißen?«, fragte er scharf. »Gibt es eine Atomkrise in Longford, von der ich nichts mitbekommen habe? Ich dachte, du wärst nur für Geburten und Todesfälle zuständig?«

»Es ist nicht wegen des Jobs«, sagte sie so leise wie möglich, »es liegt an meinen Eltern.«

James schwieg.

»Hallo?«, fragte sie verzweifelt. »Ich würde ja gern. Aber ich darf nicht über das …«

»Catherine«, fiel James ihr ins Wort, »nicht schon wieder. Nicht schon wieder dieser Blödsinn über deine Eltern. Ich habe es satt, mir diesen Quatsch anzuhören. Du bist kein Grundschulkind mehr. Du kannst tun, was du willst.«

»Ich kann nicht einfach abhauen und das Wochenende bei dir verbringen. Was soll ich ihnen sagen?«

»Warum solltest du ihnen überhaupt etwas sagen?«

»Ich muss!«

»Dann erzähl ihnen, dass du nach Dublin fährst. Amy hat Geburtstag.«

»Ich war wegen Amys Geburtstag ein ganzes Wochenende weg, im Mai.«

»Dann eben Lorraine. Lorraine feiert Verlobung. Lorraine wird beerdigt. Was weiß ich. Erzähl ihnen irgendetwas. Du sagst ihnen, du würdest mit dem Zug um halb sieben nach Dublin fahren, und gehst zum Bahnhof. Dort wartest du auf den Zug *aus* Dublin und steigst ein. Ich bin schon da. Ich halte dir einen Platz frei.«

»Ich weiß nicht, James. Was, wenn jemand mich ...«

»Pat Burke? Du willst dich doch jetzt wohl nicht mit den Pat Burkes dieser Welt rausreden, Reilly? Wir treffen uns im Zug. Das ist abgemacht. Weißt du was, um ganz sicherzugehen, treffen wir uns auf dem Bahnsteig in Longford. Nie hat dieser Satz in der Geschichte unserer Nation aufregender und vielversprechender geklungen!«

»Ich weiß nicht«, sagte Catherine, aber da hatte James schon aufgelegt.

Nach dem Telefonat ging sie in die Küche, wo Anna mit einem Malbuch am Tisch saß und ihre Mutter an der Spüle stand und Salat und Radieschen wusch.

»Du hast aber schrecklich lange telefoniert«, sagte Anna, ohne den Kopf zu heben.

»Wirklich?«, sagte Catherine und beobachtete den Rücken ihrer Mutter.

Anna nickte, verzog angewidert das Gesicht; es sah auf

eine groteske Weise erwachsen aus. »Wie kann man sich so viel zu erzählen haben?«

Catherine lachte laut. Das war ganz klar ein Kommentar, den ihre Mutter während des Telefonats abgegeben hatte. Ihre Mutter ermahnte Anna in scharfem Ton, und ganz ohne Catherine zuzuzwinkern oder eine Augenbraue hochzuziehen. Sonst tat sie das immer, wenn das Kind vorlaut war oder etwas Süßes sagte. Aber nun kehrte sie ihren Töchtern den Rücken zu und starrte aus dem Fenster in den Garten oder in die Hecke oder in den Himmel; zu den jungen Kälbern, die über die Weide sprangen, oder zu der Plastikschaukel, die sich im Wind drehte, zu dem weißen Gartenstuhl, den Anna oder eine Windbö umgeworfen hatten. Catherine hatte ihr Buch im Garten vergessen, erst jetzt fiel es ihr wieder ein; sie ging hinaus, um es zu holen.

In Wahrheit belastete Catherine nicht nur die Frage, wie sie ein Wochenende in Carrigfinn verbringen könnte. Sie wunderte sich auch, was ein Wochenende in Carrigfinn zu bedeuten hätte. Tage und Nächte mit ihm, ganz ohne die anderen, ohne den Puffer. An ihrem letzten Tag in Dublin, dem Pat-Burke-Tag, hatten sie einander zum Abschied umarmt, und Catherine hatte sich sofort gefragt, was die Geste zu bedeuten hatte und was da los war. Denn etwas war los. Sie hatte sich ihm sehr nah gefühlt, und die Telefonate hatten den Eindruck nur bestätigt; James hatte ihn bestätigt, indem er am Telefon so offen war, so direkt. An jenem ersten Nachmittag in der Baggot Street hatte er sie mit der Aussage, er freue sich auf Amy und Lorraine und könne das Wiedersehen kaum erwarten, fast ein bisschen erschreckt. Dass Jungen so ernst und gefühlvoll redeten, kannte sie höchstens aus dem Fernsehen. Ehrlich gesagt war sie, als er es gesagt hatte, kurz zusammengezuckt. Wenn er einen Witz gemacht und es ironisch gemeint hätte, wäre es etwas anderes gewesen; aber da war keine Ironie, nur eine seltsame, unerschrockene Offenheit. Während der Telefonate war es ähnlich gewesen, und wieder hatte sie gemeint, sich ihm irgendwie entziehen zu müssen; er sagte, er vermisse Catherine, wolle sie wiedersehen, sehne sich nach ihrer Gesellschaft. Sie hatte auf Sarkasmus gelauscht, auf Spott, aber nein, er meinte es ernst. Er sprach alles aus, was man, so hatte sie es zumindest gelernt, für sich behalten sollte.

Ironisch war höchstens Catherines Reaktion. So lange hatte sie sich danach gesehnt, so oft hatte sie versucht, einem Jungen auf Gefühlsebene näherzukommen. Und jetzt war es offenbar passiert, und sie war vollkommen ratlos. James war nicht ihr Typ. Er redete zu viel. Und wie er aussah! Diese verfilzten roten Haare. Sommersprossen wie Kuhfladenspritzer. Seine Kleidung: ausgebeulte Pullover, ausgetretene Docs, verwaschene, durchlöcherte Socken in Dunkelblau, von einem Stoffgürtel zusammengehaltene Jeans. Er war einfach nicht … er war großartig, man konnte gut mit ihm reden … aber sie begehrte ihn nicht, nicht auf diese Weise. Und dennoch genoss sie seine Gegenwart so sehr, mehr als die Gegenwart jedes anderen. Wenn sie sich mit ihm unterhielt, schien ihr Gehirn zu wachsen. Sie sehnte sich nach einem erfüllteren Leben. Nie hatte sie einen Menschen wie ihn getroffen. Hatte das nicht etwas zu bedeuten? Was wusste sie schon? Was wusste sie schon, wie es sich anfühlte, mit jemandem zusammen zu sein, eine Beziehung zu führen, verliebt zu sein, anstatt es sich immer nur einzubilden? Sie hatte sich in der Vergangenheit auf andere Strategien verlegt; Begegnungen wurden abgespeichert und Blickkontakte gezählt wie Münzen, als würde das etwas nützen, als könnte man sich davon einen Passierschein kaufen. Mit James war alles anders, vielleicht war es endlich so, wie es sein sollte. Vielleicht hatte sie das mit den Beziehungen bislang missverstanden, so wie sie in den vergangenen Jahren vieles missverstanden hatte. Als er zum ersten Mal anrief, war sie so aufgeregt und glücklich gewesen, seine Stimme zu hören, dass sie sich beinahe verhaspelt hätte, und ihm schien es ähnlich ergangen zu sein. Und noch etwas hatte sie herausgehört, eine Art Erleichterung. Erleichterung darüber, dass sie sich tatsächlich über seinen Anruf freute. Das musste doch etwas zu bedeuten haben?

Lorraine habe Geburtstag, das erzählte sie ihrer Mutter, und Amy habe ihr zu Ehren eine »kleine Party« organisiert. Bei den Worten »kleine Party« warf ihre Mutter ihr einen Blick zu, der Catherine verriet, dass ihre Mutter ihr erstens kein Wort glaubte und zweitens ein bisschen enttäuscht war, dass Catherine nicht ein bisschen einfallsreicher war, wenn sie schon eine Ausrede für das Wochenende in Dublin erfand. Aber Catherine kam es einzig darauf an, ihre Mutter glauben zu machen, sie würde bis Sonntagabend in der Baggot Street sein. Um sechs verließ sie die Redaktion des *Longford Leader* und ging zum Bahnhof. Sie schaute dem Zug nach Dublin hinterher, der um halb sieben abfuhr, dann setzte sie sich und wartete auf den, der sie in die entgegengesetzte Richtung bringen würde. Der Zug rollte zehn Minuten später ein, James steckte schon den Kopf zur Waggontür heraus und winkte ihr zu. Sie schämte sich zu Tode. Er sah aus wie ein Verrückter. Er winkte auf königliche Art, wie ein Monarch auf der Durchreise durch Longford. Die Passagiere auf dem Bahnsteig bemerkten es wohl, argwöhnisch hoben sie die Augenbrauen, sie wirkten verwundert oder auch unverhohlen empört. Ein Mann in der Uniform des Eisenbahnunternehmens schüttelte genervt den Kopf; als der Zug zu einem Halt kam, legte er eine Hand an die Waggontür.

»Das ist gefährlich«, sagte er.

»Er ist …«, wollte Catherine sagen und kam näher, aber da sprang James schon aus dem Waggon und umarmte sie, und sie nahm nichts mehr wahr als den kräftigen Druck seiner Arme, sein Lachen, ihren Namen, immer wieder. Ihren Namen.

»Hi«, sagte sie in einem hohen, heiseren Piepton.

»Würden Sie die Leute bitte einsteigen lassen«, sagte der Mann von Iarnród Éireann verärgert.

»Oh, wir wollen auch mit«, antwortete James, ohne Catherine loszulassen.

»Bitte, machen Sie den Weg frei«, sagte der Schaffner.

»James!«, zischte Catherine.

»Oh«, sagte er und drückte sie noch einmal, »es ist so schön, dich zu sehen!«

Neben ihnen schnalzte jemand mit der Zunge. »Verflucht noch mal. Diese verfluchten …«

Carrigfinn war ein weißgekalktes Bauernhaus mit schwarzen Fensterrahmen und einer breiten Wiese davor. Von der Straße führte eine lange, geteerte Einfahrt den Hügel hinauf.

»Meine Güte, als Kind war ich immer so neidisch auf Leute mit geteerter Einfahrt«, sagte Catherine, als sie durch das Tor traten. »Die konnten Rad fahren und Rollschuh und alles.«

»Ja, stimmt«, sagte James nachdenklich. »Na ja, Rollschuhe haben wir nicht, aber wenn du möchtest, kannst du das ganze Wochenende ums Haus radeln.«

»Ha, ha.«

»Da hinten ist mein alter Herr. Schnell, mach dich ein bisschen frisch!«

»Was?«, fragte Catherine erschreckt.

»Ich mache Witze, Reilly! Um Himmels willen.« Er hob eine Hand. »Hallo, Daddy«, rief er.

Ein Mann stand am Garagentor. Er drehte sich um, und da erst konnte Catherine sehen, dass er die braunen Holzplanken mit knallgrüner Farbe überstrich.

»Na, da seid ihr ja«, sagte er, legte vorsichtig den Pinsel ab und kam ihnen entgegen. Er war groß und hatte weiße Locken; die Ärmel seines blauen, mit grüner Farbe beschmierten Overalls waren hochgekrempelt. Seine Unterarme waren gebräunt. Er kam ihnen ein paar Schritte entgegen, hielt inne, stemmte eine Hand in die Hüfte und legte die andere, wie Catherine verwundert sah, auf James' Schulter.

»Na«, sagte er noch einmal, und James wiederholte die Begrüßung und gab ihm einen Kuss auf die Wange. Der Vater ließ die Hand auf James' Schulter liegen, drückte zu, ließ los.

»Fidelma McManus und ihre Mutter haben uns mitgenommen«, sagte James und trat zurück, neben Catherine.

»*Jaysus*. Hoffentlich hattest du ein paar Neuigkeiten für sie«, sagte sein Vater schmunzelnd. Er nickte Catherine freundlich zu. »Hallo.«

»Hallo, Mr Flynn«, sagte Catherine. Es klang absurd, wie ein Kläffen. »Schön, Sie kennenzulernen«, fügte sie ein wenig ruhiger hinzu.

»Wer ist die Kleine?«, sagte er zu James. »Sag ihr, sie soll nicht so einen Unsinn reden.«

»Daddy, das ist Catherine«, sagte James. »Catherine, das ist mein Vater, Mick.«

»Schön, dich kennenzulernen, Catherine«, sagte James' Vater und schüttelte ihre Hand.

»Catherine wohnt jetzt in der WG in Dublin.«

Sein Vater verzog das Gesicht. »Welche WG?«

James schnaubte genervt. »Das weißt du doch, Daddy, verdammt. Die Mädchen, mit denen ich zur Schule gegangen bin. Amy und Lorraine.« Er verdrehte die Augen, Catherine versuchte zu lachen. »*Welche WG*«, wiederholte er kopfschüttelnd.

Sein Vater zuckte die Achseln. »Ach ja, die«, sagte er und zwinkerte Catherine zu. »Ich kann mir nicht alles merken.«

»Du kannst dir alles merken, was dich interessiert«, gab James zurück.

»Und, woher kommst du, Catherine?«

Catherine nannte ihm den Ort, woraufhin der Vater sich trocken an James wandte: »Na, da hat die Suche dich weit geführt.« Er drehte sich wieder zum Garagentor um. »Wie findet ihr die Farbe?«

»Das Haus wird aussehen wie ein Postamt.«

James hatte recht, es war genau dasselbe Grün.

»Los jetzt, stör mich nicht bei der Arbeit und geh rein zu deiner Mutter«, sagte sein Vater und verscheuchte sie mit einer Geste.

Die roten Haare hatte James von seiner Mutter geerbt. Peggy. Ihr Akzent klang fast nordirisch, ein liebevoller Singsang durchzog ihre Sätze. Sie hatte ein freundliches Gesicht und umarmte James so stürmisch, wie James Catherine am Bahnhof umarmt hatte. James stellte Catherine vor, auch sie wurde umarmt. Sie waren gerade rechtzeitig zum Abendessen. Als sie am Tisch saßen, zog Peggy James auf, weil er nicht früher aus Dublin zu Besuch gekommen war, weil er nie anrief, weil er aus Berlin keine Postkarten geschrieben hatte.

»Was in aller Welt wollt ihr mit Postkarten aus Berlin anfangen?«, fragte James mit vollem Mund.

»Na ja, Jem, ich hätte einfach gern welche bekommen«, antwortete seine Mutter.

»Ihr bekommt auch so schon genug Post«, sagte James. »Deine blöden Kataloge und dieses ganze Zeug.«

»O Catherine«, sagte Peggy in gespieltem Entsetzen, »er ist ein schlimmer Junge.«

»Ja«, lachte Catherine.

»Ein schlimmer, schlimmer Junge. Eins sag ich dir, ich weiß gar nicht, woher wir ihn haben. Alle anderen Kinder sind wohlgeraten.«

»Meine arme Mutter«, sagte James, stand auf, umarmte sie von hinten und vergrub sein Gesicht an ihrem Nacken. »Du redest nur Unsinn, weißt du das?«

»O Catherine«, lachte Peggy mit Tränen in den Augen, »siehst du jetzt, womit ich leben muss?«

»Ach komm schon, du magst das«, sagte James herablassend, drückte ihr einen trockenen Kuss auf die Schläfe und setzte sich wieder hin.

»Gott helfe mir«, sagte Peggy immer noch lachend und zeigte auf die Gemüseschüssel in der Tischmitte. »Catherine, Liebes, bedien dich, ja?«

»Ach, ürigens, Mammy«, sagte James und kratzte mit seinem Messer an der Butter, »ich kann nicht mit zu Edels Hochzeit, jetzt wo Catherine zu Besuch ist.«

»Jem!«, sagte Peggy und ließ das Besteck sinken. »Das geht auf keinen Fall. Du kannst die Kleine bestimmt mitbringen. Sicher freuen sich alle, sie kennenzulernen.«

James schüttelte den Kopf, ohne von seinem Teller aufzublicken. »Catherine hasst Hochzeiten«, sagte er, »das kann ich ihr nicht antun.«

»O Jem«, seufzte seine Mutter, und damit war das Thema erledigt.

Fliehende Träume: Der Rest der Zeile wollte ihr partout nicht einfallen, aber es war ohnehin egal; seit James' Eltern vor einer Stunde zu der Hochzeit gefahren waren, hatte sie ganz andere Sorgen. Sie und James hatten noch eine Weile in der Sonne gelegen, und dann hatte James einen Spaziergang zum Kanal vorgeschlagen. Und dort unten hatte er sich geoutet – endlich, dachte Catherine hinterher, obwohl es sich in der Situation selbst eher unpassend anfühlte, wie ein Widerspruch zu allem, was zwischen ihnen war; als hätte das Ganze sich in eine andere Richtung entwickeln sollen. In der Situation selbst hatte sie das Gefühl zu schwimmen, was sie übrigens nicht konnte, sie hatte es nie gelernt – ihre Arme ermüdeten zu schnell, sie bewegte die Beine falsch, sie veratmete sich immer wieder, bis die verängstigten Lungenflügel flatterten –, was zur Folge hatte, dass sie in der Situation zu ertrinken glaubte. Aber was bedeutete es schon, tadelte sie sich hinterher, wenn sie zu ertrinken glaubte, wo doch James hier derjenige war, der sich abstrampelte, der kämpfte, der nur mit Mühe seine angestrengten, abgehackten Sätze herausbrachte?

Ein Boot schob sich in die Schleuse, eine weißglänzende Jacht. An Deck saß eine geduldige, gebräunte Familie aus Mutter, Vater und zwei kleinen Töchtern. Sie sprachen Französisch, zeigten in die Stromschnellen und trugen steife, sperrige Rettungswesten in Orange. Catherine und James winkten ihnen zu und lächelten, sie setzten sich für eine Weile auf die steinerne Kaimauer und ließen die Beine baumeln und schauten dem Schiff zu, wie es vom Wasser in die Höhe gehoben wurde. Die Kinder riefen, der Vater legte den Kopf in den Nacken, die Mutter war mit dem Ruder beschäftigt. Das Wasser stürzte in einem breiten Schwall in die Schleusenkammer wie aufgestautes Regenwasser von einer riesigen Markise.

»Daddy hat ein Auge auf dich geworfen«, sagte James.

Catherine sah ihn erschreckt an. »Was?«

»Der da unten, Catherine«, sagte er trocken. »Nicht mein armer alter Dad. Jesus!«

»Oh«, lachte sie. Sie schaute zu dem Franzosen hinunter; er war gerade mit einem seiner Kinder beschäftigt.

»Nein, stimmt nicht«, sagte sie, aber wie so oft, wenn sie sich von einem Mann beobachtet fühlte, griff sie sich ins Haar. Sie zupfte sich den Pferdeschwanz zurecht.

»Oh ja«, grinste James breit, »und *maman* ist alles andere als glücklich darüber, das sag ich dir. Sieh mal, was für Mörderblicke sie zu deinen langen Beinen raufschickt.«

Catherine blies die Backen auf. »Sei nicht albern. Außerdem sind ihre Beine bestimmt um Meilen länger als meine.«

»Sieh mal, schnell«, raunte James mit verzogenem Mund, und tatsächlich, der Mann schaute zu ihnen herauf und stemmte eine Hand in die Hüfte. Die Frau sagte etwas zu ihm, woraufhin er anfing, sich an einer Seite der Jacht zu schaffen zu machen.

»Also wirklich, Reilly«, sagte James und knuffte sie in die Seite. »Machst eine Familie kaputt.«

»Hör auf«, lachte sie.

»Weißt du, Catherine, du solltest mal die Augen aufmachen«, sagte er und rückte von der Kante ab. Er zog die Knie an, umschlang sie mit den Armen. »Wirklich.«

Catherine zuckte die Achseln. »Auf so was zu achten ist doch sinnlos.«

»Ja?«

»Ist doch egal, ob mich ein alter Franzose begafft, den ich noch nie gesehen habe und nie wiedersehen werde.«

»Nein, es ist total wichtig! Wenn du mich fragst.«

»Warum?«

James schob die Unterlippe vor.

»Warum?«, fragte Catherine noch einmal. »Sieh dir seine Frau an!« Sie zeigte zu der Französin hinunter, die jetzt auf die Knie gegangen war und ein Tau zusammenlegte. Sie hatte lange, muskulöse, sonnengebräunte Beine, in ihrem blonden Haar steckte eine Sonnenbrille. »Ich meine, wenn sie seinem Typ entspricht, kann er wohl kaum auf mich stehen.«

James verdrehte die Augen. »Du meine Güte, Catherine!«

»Was? Ich sehe kein bisschen aus wie sie.«

»Du bist eine Frau«, sagte er knapp.

»Nein.«

»Du bist keine Frau?«

»Ich bin ein Mädchen.«

Er schüttelte ungeduldig den Kopf. »Ist doch egal.«

»Nun, das sehe ich anders.«

»Nun«, sagte er und klang fast verärgert, »du genießt den Luxus, nicht meiner Meinung sein zu müssen.«

Catherine erschrak. Sie versuchte zu lachen. »Was ist los mit dir?« Sie stupste ihn an. »James?«

»Nichts ist los mit mir, Catherine«, sagte er mit belegter Stimme. »Überhaupt nichts.«

Er stand auf, sie tat es ihm gleich, beschämt und verwirrt; was hatte sie getan? War er sauer auf sie, weil sie so naiv war? Conor hatte sich im vergangenen Jahr ständig über sie geärgert, er hatte sie für ihre Jungfräulichkeit verhöhnt und sie spüren lassen, dass sie alles falsch machte. Aber so war James nicht – oder doch? Wie war er eigentlich? Während Catherine versuchte, mit ihm Schritt zu halten, kamen die alten Zweifel wieder hoch. Was passierte hier? Sie war hier zu Besuch, aber sie hatte auf keine ihrer Fragen eine Antwort bekommen. Sie war allein mit ihm. Sie waren immer wieder allein gewesen. Und nun gingen sie nebeneinander, Schulter an Schulter, an diesem wunderschönen Tag, die Sonne glitzerte auf dem Wasser, der Himmel war strahlend blau – was war das? Sie verstand es einfach nicht. Waren das *sie*? Auf einmal verspürte sie Lust zu lachen, auch wenn nichts komisch war. *Das hier!*, schrie ihr Verstand, *das hier! Das hier!*, hallte es von ihrer Schädeldecke wider, und als James stehen blieb und sich zu ihr umdrehte, erstarrte sie in Panik. Lief das so ab? Wenn er jetzt versuchen würde, sie zu küssen, würde sie sich in den Kanal werfen. Das wäre, als hätte einer ihrer Onkel sich ihr unsittlich genähert. Aber worauf sollte das zwischen ihnen sonst hinauslaufen? Sie hatte ihn hierher begleitet, sie hatte sich ihm anvertraut. Wenn es jetzt passierte, was sollte sie dagegen sagen? Wer war sie, sich zu wehren? Sicher lief es immer so.

»Catherine«, sagte James, und sie zuckte zusammen. Er sah es und lachte laut.

»Alles okay?« Er legte eine Hand an ihren Arm. Sie spürte sich selbst zittern.

»Sorry«, sagte sie, »ich war nur …«

»Hast du Angst, ich würde dich ermorden?«, fragte er und legte seine Hände an ihren Hals. »O Catherine«, sagte er grinsend, kopfschüttelnd, »es tut mir leid, es tut mir so leid, dir das antun zu müssen …«

»Hör auf«, sagte sie und zwang sich zu lachen. Sie spürte seine Finger an ihrem Hals und war wie gelähmt.

Er trat einen Schritt zurück. »Du bist aber schreckhaft.«

»Ja?«

Er seufzte, steckte die Hände in die Taschen. »Catherine, hör mal, ich muss dir etwas sagen.«

Sie schnappte nach Luft, und er sah sie misstrauisch an – und da war noch etwas in seinem Blick, so etwas wie Gekränktheit.

»Sorry, sorry«, sagte sie, »es ist nur … es ist so verdammt heiß, findest du nicht?«

Er zuckte die Achseln. »Es ist warm.«

»Also, mir ist heiß«, sagte sie.

»Catherine«, sagte er noch einmal und zog die Schultern hoch. »Eben habe ich dir doch gesagt, dass meine Mutter dich wirklich sehr mag?«

Catherine nickte. Auf dem Weg zum Kanal hatte er ihr gesagt, wie angetan seine Mutter von ihr sei und wie sehr sie sich wünschte, dass sie James zu der Hochzeit der Nachbarn begleitete. Catherine war ein wenig unangenehm berührt gewesen und hatte nur gelacht, aber er hatte darauf beharrt: Seine Mutter sei wirklich begeistert von ihr. Glücklicherweise waren in dem Moment die Franzosen auf ihrer

Jacht vorbeigekommen, bis auch sie zu einem unangenehmen Thema geworden waren. Und jetzt das hier, was immer es war. Catherine spürte, wie sich unter ihren Achseln und auf ihren Handflächen der Schweiß sammelte.

»Deine Mutter ist so nett«, sagte sie nickend. »Deine ganze Familie. Ich meine, die aus deiner Familie, die ich kennengelernt habe. Und die anderen sicher auch …«

»Und weißt du, meine Mutter betrachtet uns insgeheim schon als verlobt.«

Etwas brach sich Bahn, ein unglaubliches, entsetzliches Geräusch. Es klang wie ein Lachen, irgendwie, hoffte Catherine; es war kein Lachen, könnte aber als eines gelten. Möglicherweise käme sie damit durch. Der Himmel, das grasbewachsene Ufer, das glitzernde Wasser des Kanals, alles schien sich zu drehen.

»Das ist doch lächerlich«, sagte sie und lachte normal weiter. Sie wartete darauf, dass James mitlachte, aber er schüttelte bloß den Kopf.

»Ich habe doch gesehen, wie sie dich beobachtet. Und ich habe euch heute Morgen gehört, als ihr allein in der Küche wart, so laut habt ihr geschnattert.«

»Du meine Güte, das war nur Small Talk«, sagte Catherine mit bebender Stimme. Was zur Hölle war hier los? »Sie hat sich nach meiner Familie erkundigt.«

James nickte knapp. »Familie, das gefällt ihr. Die nächste Generation.«

»Tja. Dein ältester Bruder ist verheiratet, oder? Und Edel ist auch praktisch verlobt, hat sie gesagt.«

»O ja«, sagte James grimmig. »Alle erfüllen ihre Pflicht.«

»Ja dann …«

»Nein, nein, meine Mutter ist entzückt«, sagte er mit einem rätselhaften Lächeln. »Das sehe ich ganz deutlich. Sie freut sich auf die Zukunft.«

Catherine schnappte nach Luft, sog einen Atemzug ein

und stieß ihn ebenso angestrengt wieder aus. Das musste, sagte sie sich, ein Scherz sein; sie waren erst achtzehn – nun ja, James war zwanzig, aber auch das war noch sehr jung –, und sie hatten sich vor nicht einmal zwei Monaten kennengelernt, wussten voneinander nicht viel mehr als den Namen, außerdem sah sie ihn nicht so, nicht auf diese Weise – also konnte das hier gar nicht sein, auf keinen Fall – aber in was war sie da hineingeraten, was hatte sie angestoßen? *Jetzt jetzt jetzt* pulsierte es immer weiter, ein Pochen in ihrem Blut; und wie schaute er sie eigentlich an? Was war das im Blau seiner Augen? Fast wie Wut sah es aus, wie Hass, aber das konnte nicht sein, er konnte sie doch nicht hassen – nicht, wenn er so mit ihr sprach, wenn er versuchte, sie in diese Zukunft zu pressen –, aber tat er das überhaupt? Wäre es möglich? Handelte es sich um eine Halluzination, um Voodoo?

»Aber ich werde niemals heiraten, Catherine«, sagte James da und schüttelte den Kopf.

»O Gott, ich auch nicht«, krähte Catherine.

James winkte ab. »O doch, natürlich wirst du, irgendwann«, sagte er und schnalzte mit den Zunge. »All das kommt natürlich auf dich zu.«

»Nein, nein, ich möchte niemals heiraten«, sagte Catherine, um keinen Raum für Zweifel zu lassen. »Ich will frei sein. Und ich kann mir sowieso nicht vorstellen, den Richtigen zu treffen. Du weißt schon.«

Endlich lachte James, so lange hatte sie darauf gewartet; aber es klang nicht so beschwingt, wie sie gehofft hatte, sondern irgendwie hohl. Harsch. »O ja, Catherine«, sagte er, »ich glaube, ich weiß schon.«

Am besten wäre es wohl, dachte Catherine, gar nichts mehr zu sagen; nichts, was ihr einfallen und weiterhelfen könnte, keine Worte, die sie jetzt tragen würden. So verwirrt war sie noch nie gewesen; ihre Ratlosigkeit war abgrundtief und bestand aus verschiedenen Schichten, die sich übereinanderschoben. James schien vor Wut zu kochen, er stand wie erstarrt vor ihr und strahlte eine Verbitterung aus, die irgendwo aus seinem Inneren zu kommen schien, und sie war nur zufällig die Zielscheibe – oder vielleicht doch die Ursache? Sie sah es in seinen Augen und in seiner Schulterhaltung, in seinem angespannten Kiefer, sie sah all das und wollte weglaufen. Was hatte sie ihm getan?

»Ich will dir damit etwas Bestimmtes sagen, Catherine«, platzte es aus James heraus.

»Ja?« Ihr Herz klopfte.

»Ich will damit nur sagen, dass ich meiner Mutter die Freude nicht machen kann. So bin ich nicht.«

»Okay«, sagte Catherine verwirrt.

Er sah sie an. »Ich bin … *anders*«, sagte er langsam.

»Okay.«

»So ist das.«

Sie nickte schnell, drückte das Kinn nach unten und wieder nach oben. Sie hatte alles verstanden und doch nichts. Sie hatte verstanden, aber auf ihren Verstand war kein Verlass. Zu oft schon hatte sie sich geirrt. Sie hörte nicht genau zu, wurde schnell melodramatisch, sagte zu schnell das Falsche, übertrieb maßlos.

»Okay«, sagte sie noch einmal.

James biss sich auf die Unterlippe, drückte seine Zähne tief hinein. »Ich habe vor einer ganzen Weile beschlossen, es dir zu sagen, aber wir hatten keine Gelegenheit … am Telefon geht das nicht …«

»O Gott«, sagte sie und hatte das Wohnzimmer vor Augen, den Apparat im Flur. »Natürlich nicht. Nein, nein.«

»Deswegen habe ich dich gebeten herzukommen.«

»Ja.«

»Weil ich mich dir so nah fühle. Und weil ich es dir persönlich sagen wollte.«

»O ja! Ich bin ja so froh, dass du es mir gesagt hast, James, so froh …«

»Du bist natürlich nicht die Erste, die es erfährt.«

»Natürlich nicht«, sagte sie hastig und war sofort ein bisschen gekränkt.

»Amy und Lorraine wissen Bescheid, ich habe es ihnen vor ein paar Wochen erzählt.«

»Okay«, sagte sie, nickte, bemühte sich verzweifelt um das richtige Maß an Munterkeit. »Okay«, wiederholte sie und klang dabei wie ein nervtötender Papagei.

»Sie haben natürlich gesagt, sie hätten es längst gewusst.« James lachte auf. »Diese Hexen.«

»Ha!«, sagte Catherine in gleichbleibend munterem Tonfall.

»Aber weißt du, mein eigentliches Problem ist, dass ich es meiner Mutter sagen muss. Weil sie es natürlich noch nicht weiß. Aber es ist an der Zeit, ich muss mit ihr reden.«

»Oh …«, sagte Catherine, aber James schüttelte den Kopf, um sie zum Schweigen zu bringen.

»Ich muss es ihr endlich sagen, das habe ich an diesem Wochenende wieder einmal gemerkt. Wie sie sich über deinen Besuch gefreut hat … verstehst du? Es ist an der Zeit.«

»Okay.«

»Und es wird nicht einfach, Catherine«, sagte er und kickte einen Kiesel über den staubigen Pfad. »Das weiß ich.«

»Äh, nein«, sagte Catherine schnell.

»Nein, nein«, sagte er entschieden, »sie wird es nicht gut aufnehmen.«

Catherine schluckte. Sie wollte das Richtige sagen, und als es ihr endlich einfiel, spürte sie eine Welle der Erleichterung. »Aber deine Mutter ist super«, sagte sie und nahm seinen Arm. Bei diesen Worten stellte sie sich Peggy vor, wie sie heute Morgen am Küchentisch gesessen hatte, in einer Hand die Zigarette, Goldreifen am Arm, Sommersprossen auf der Nase. Sie hatte ein Top mit V-Ausschnitt getragen, ein hübsches, modisches Top, wie es nicht viele Frauen ihres Alters tragen würden, fand Catherine. Aber sie sagte nichts davon, denn nichts davon würde James jetzt weiterhelfen. Aber sie war überzeugt, dass seine Mutter es verkraften würde, denn seine Mutter war, sie sagte es noch einmal, *super*.

Er schüttelte den Kopf. »Nein, Catherine, das glaube ich nicht.«

»Warum nicht?« Catherine verspürte einen Stich; auf einmal meinte sie, in einem Kampf zu stecken, den sie unbedingt gewinnen musste. »Warum sagst du so etwas? Anfangs wird sie vielleicht überrascht sein. Aber sie ist toll, James. Sie liebt dich über alles.«

»Darüber, wie sie *jetzt* ist, reden wir aber nicht, Catherine«, zischte James und zog seinen Arm weg. In diesem scharfen Ton hatte er noch nie mit ihr gesprochen. Er ging weiter, schob die Hände in die Hosentaschen. »Wie sie *jetzt* ist«, sagte er über seine Schulter, »ist nicht das Problem. Die Frau, die sie jetzt ist, hat ein ganz bestimmtes Bild von ihrem Sohn. Sie wünscht ihm eine Freundin wie dich … na ja, ich habe es dir schon erklärt.«

»Sie wollte einfach nur höflich sein, verdammt noch mal!«

James hielt inne und drehte sich zu ihr um. Ganz kurz meinte sie, Tränen in seinen Augen zu sehen. Aber nein, er weinte nicht. Er schnitt eine Grimasse. Offenbar war er zutiefst enttäuscht; er sah aus, als hätte er mehr als genug von ihr. Er seufzte, starrte an ihr vorbei auf die Felder am anderen Ufer. »Vielleicht hätte ich nicht zulassen dürfen, dass sie überhaupt auf solche Gedanken kommt.«

Catherine schwieg. Sie war jetzt selbst den Tränen nah, sie warteten nur darauf; sie wagte es nicht, den Mund aufzumachen.

»Ich meine, das hier, kannst du es nicht sehen … alles, wie sie uns sieht, wie sie sich über dich freut … das alles ist das *Warum*, Catherine.« Er schüttelte den Kopf, und jetzt sah sie auch, dass da in seinen Augen keine Tränen waren, sondern nur der Schmerz.

»James«, sagte sie matt.

»Ich stand Amy immer so nah … das weißt du doch.«

Sie nickte. Er hatte ihr erzählt, dass Amy während der letzten Schuljahre seine beste Freundin gewesen war und dass sie sich, seit Amy studierte und er in Berlin lebte, ein bisschen voneinander entfernt hatten. Es war traurig, aber gleichzeitig unvermeidlich. Außerdem hatte er jetzt sie. Er hatte Catherine. Catherine hatte nie wirklich zu Ende gedacht, wie er das gemeint haben könnte. Und weil sie ein verschrecktes kleines Mädchen war, hatte sie nicht gewagt nachzufragen. Wenn sie daran dachte, wie viel souveräner Amy sich in dieser Lage verhalten hätte, spürte sie eine heftige Eifersucht; wahrscheinlich hatte Amy ihm, dachte Catherine plötzlich, längst bewiesen, wie erwachsen sie war. Hatte er Amy und Lorraine gesagt, dass er mit seiner Mutter sprechen würde? Wahrscheinlich. Und wahrscheinlich hatten sie vollkommen anders reagiert als Catherine; wahrscheinlich war ihre Reaktion ruhig und besonnen ausgefallen.

»Und weißt du, ich glaube, früher hat meine Mutter sich Hoffnungen gemacht, aus mir und Amy könnte etwas werden, aber damals war mir das egal«, sagte er. »Wir waren noch Kinder. Und Amy hat mich nie hier zu Hause besucht, im Gegensatz zu dir.«

»Okay«, sagte Catherine und nickte.

»Ich will damit nur sagen, dass ich nie miterleben musste, dass meine Mutter sich so sehr über ein Mädchen freut. Über ein Mädchen, das mich hier besucht, meine ich.«

»Ja.«

»Aber jetzt reicht's. Wirklich. Es ist schlimm genug. Ich bin zwanzig Jahre alt, Catherine. Ich muss Farbe bekennen. Sie muss es erfahren.«

»Natürlich«, sagte Catherine und streckte die Hand nach ihm aus, fand aber keine Stelle zum Andocken; er schien von einer Art Kraftfeld umgeben zu sein. Sie versuchte es an seinem Oberarm, dort, wo sein Vater ihn am Vortag berührt hatte. Sie tätschelte ihn. Er schien unter der Berührung zusammenzuzucken, als hätte er damit nicht gerechnet, aber dann entspannte er sich. Dann wiederum seufzte er schwer, vielleicht war er gar nicht entspannt, sondern einfach nur erschöpft.

»Ehrlich gesagt mache ich mir vor Angst in die Hose«, sagte er kopfschüttelnd.

»Das wird schon«, sagte sie, schloss ihre Finger um seine Schulter, wie sein Vater es getan hatte. Sie rechnete damit, dass er sie jetzt umarmen würde, aber er blieb stehen, wo er war.

»Das wird schon«, sagte sie noch einmal, und mit diesen Worten schien es entschieden. Er nickte heftig, ging weiter.

»Und du«, sagte er.

»Na ja«, sagte sie und versuchte, mit fester, vielleicht sogar heiterer Stimme zu sprechen, »ich freue mich für dich. Ich bin froh.«

Er nickte. »Ich auch. Es war wichtig. Es war an der Zeit.«

»Es ist an der Zeit«, sagte Catherine und nickte eifrig, »es ist wichtig.« Wenn sie einfach nur wiederholte, was er sagte, wenn sie ihm seine Worte widerspiegelte, konnte gar nichts schiefgehen. *Hauptsache keinen Schaden anrichten.* Vor allem musste sie sich, dachte sie jetzt, auf ihren Gesichtsausdruck konzentrieren. Besonders auf den Ausdruck in den Augen kam es an und auf den Zug um den Mund. Lächeln. Lächeln. Durch die Nase atmen. Nicht zu tief, nicht zu angestrengt. Augen aufreißen, strahlender Blick. Bloß nicht zeigen, was in dir los ist; bloß die Verblüffung verbergen, diese Verwirrung mit ihrem einfältigen Tosen und Toben, die Verwunderung, den Drang zu glotzen. Sie durfte sich nicht anmerken lassen, dass aus dem *Jetzt! Jetzt! Jetzt!* ein *Schwul! Schwul! Schwul!* geworden war – denn das wäre falsch, absolut falsch. Es kam jetzt vor allem darauf an, ihre Gefühle auf Abstand zu halten, ein ruhiges und verständiges und offenes Gesicht zu zeigen, das Gesicht einer Person, die weiser und besser war als sie und die sie unbedingt sein wollte. Er las in ihrem Gesicht, er suchte nach einem Vorgeschmack auf die kommenden Reaktionen – nach einem Vorgeschmack auf das Leben, das ihn erwartete. Und sie würde ihm keinen Anlass geben, in noch schärferem Ton mit ihr zu sprechen. Sie war Amy, das hatte sie soeben beschlossen; sie war Lorraine. Sie hatte den Dreh raus. Sie wusste Bescheid. Ihr konnte man alles erzählen, ihr konnte man vertrauen, bei ihr fand man Schutz und Trost. Aber es knallte trotzdem durch ihren Kopf, sie bemühte sich heimlich, es niederzubrüllen; so durfte sie nicht denken, so durfte sie es nicht sehen; sie sollte jetzt nur Augen für James haben, ihren Freund, ihren besten Freund, der sich wieder in Bewegung gesetzt hatte. Catherine folgte ihm über die grauen Gehwegplatten am Kanalufer, verwittert und voller Vogeldreck, bis zum Pfad durch die Wiese, den wer weiß wie viele Füße im Laufe von wer weiß wie vielen Jahren getrampelt hatten.

*

Sie war trotzdem aufgeregt. Sie hatte das Gefühl – und sie war kein bisschen stolz darauf –, ein kostbares Geschenk erhalten zu haben. Oder vielmehr entdeckt zu haben, dass sie immer schon im Besitz des Geschenkes gewesen war, nur eben ahnungslos; wie diese Priester in Dublin, die nicht gemerkt hatten, dass das Gemälde im Esszimmer ein Caravaggio war. Sie kannte keine Schwulen. Nicht im richtigen Leben. Und schon gar keine irischen, höchstens Senator David Norris, den Exzentriker und Joyce-Menschen, der für die Gesetzesänderung gekämpft hatte, aber den kannte Catherine natürlich nicht persönlich. Fast war es ein Traum, ein Traum innerhalb eines Traums – es gab Männer, die nicht nur lieben konnten, sondern die so sehr lieben konnten, dass sie andere Männer lieben konnten. Der Gedanke war natürlich absurd, aber so sah sie es. Sie konnte es nicht anders sehen. Sie fühlte eine große Zuneigung zu James, der jetzt neben ihr ging, eine Zärtlichkeit, die fast schon an Dankbarkeit grenzte. Denn jetzt ... jetzt was? Jetzt hatte sie auch einen? Da war sie wieder, ihre eigene Oberflächlichkeit, es war so deprimierend, James durfte auf keinen Fall davon erfahren. Er durfte nicht wissen, dass sie nichts taugte. Nicht – wie sagte man? Nicht unvoreingenommen war. Kein Fels in der Brandung für ihn, kein sicherer Hafen.

Aber das durfte er nicht wissen.

Außerdem könnte sie sich ändern. Vielleicht würde sie ihm, sobald das erste Erstaunen vorüber war, eine bessere Freundin sein. Keine dumme Touristin, die neben ihm hertrottet und krampfhaft bemüht ist, nicht zu gaffen.

Auf einmal merkte sie, dass James über David Norris sprach, besser gesagt über den Sommer vor vier Jahren, als das Gesetz zur Entkriminalisierung angenommen wurde. James war damals fünfzehn gewesen und hatte die Mittelschule besucht, die reinste Hölle, das konnte er ihr sagen, einfach nur furchtbar. Alle hatten darüber geredet und sich lustig gemacht – im Unterricht, im Schulbus, nachmittags in den Geschäften, vor der Kirche und im Radio, ganz besonders im Radio. Alle redeten darüber, das Thema schien unerschöpflich und allgegenwärtig, und dazu immer diese

Angst, die anderen könnten irgendwann, irgendwie merken, dass sie über *dich* redeten. Dass du einer von *denen* bist.

»Beweisstück A«, sagte er, als sie das Gartentor erreichten, und für einen Moment glaubte sie, er meine das Haus, oder das frisch gestrichene Garagentor, dessen leuchtendes Grün ihr sofort ins Auge stach. Sie musste an die unschuldigen Unterhaltungen vom Vorabend denken; aber dann merkte sie, dass er von sich selbst sprach.

»Aber keiner hat was gemerkt«, sagte sie, um ihn zu trösten, merkte aber sofort, wie oberflächlich das klang. »Damals, meine ich«, fügte sie hastig hinzu, »keiner hat was gemerkt, so lange du es nicht wolltest.«

»Nein, keiner hat was gemerkt«, sagte er und ging zu der Decke zurück, die immer noch auf dem Rasen lag. Er faltete sie zusammen, klemmte sie sich unter den Arm und reichte Catherine ihr Glas. »Niemand. Dafür habe ich verdammt gut gesorgt.«

»Na ja, dann«, sagte sie unsicher, als sie den lackierten Torbogen seiner Mutter durchschritten.

An den nächsten Abend würde Catherine sich, davon war sie überzeugt, bis an ihr Lebensende erinnern. Eigentlich passierte nicht viel, aber alles war perfekt. Der Abend war perfekt, so warm, dass sie draußen sitzen konnten. Beim Sonnenuntergang stand der Himmel in Flammen, und danach tauchten zaghaft die Sterne auf. James' Mutter hatte ihnen Essen in den Kühlschrank gelegt, sie kochten zusammen: Catherine stand am Herd und briet die Steaks, James ging in den Gemüsegarten, um Salat und Frühlingszwiebeln und Radieschen zu ernten, alles von getrockneter Erde bedeckt, als er es in die Küche trug, und aus dem Gewächshaus seiner Mutter holte er winzige Tomaten in einem dunklen, leuchtenden Rot, die süßer schmeckten als alle Tomaten, die

Catherine je gegessen hatte. Im Schrank im Esszimmer fand James eine Flasche Wein.

Zum Essen setzten sie sich nach draußen. Als James die Gläser füllte, tuckerte unten an der Straße ein Traktor vorbei. Er fuhr schnell; jemand hatte es eilig, nach Hause zu kommen. Aus Gewohnheit verrenkte Catherine sich den Hals.

»Was zum Teufel ist da?«, fragte James und schaute in dieselbe Richtung.

»Traktor!«, rief Catherine so aufgeregt, wie andere Leute »Feuer!« geschrien hätten. Es handelte sich um ein altes Ritual, das sie und ihre Schwester gepflegt hatten. James sah sie fragend an.

»Okay, meine Liebe«, sagte er und schüttelte langsam den Kopf, »nun werde ich den Doktor anrufen und mich mit ihm über deine Tabletten unterhalten müssen.«

Catherine lachte. »Ellen und ich haben das früher immer gesagt. Als wir jünger waren und die Sommerferien zu Hause verbrachten, haben wir eine Vorliebe für Männer auf Traktoren entwickelt. Für junge Männer natürlich. Für Jungs. Nicht für die alten Knacker. So verzweifelt waren wir nicht.«

»Ah«, sagte James, »ich verstehe.«

»Wenn eine von uns einen Traktor hörte, rief sie die andere, und dann sind wir zu unserem Aussichtspunkt gerannt …«

Er kriegte sich vor Lachen kaum wieder ein, warf den Kopf in den Nacken. »Euren *Aussichtspunkt*?«

»Ja. Eine erhöhte Stelle hinter der Hecke vor unserem Haus. Im Rhabarberbeet. Wir haben uns hingehockt und durch die Hecke gespäht. Die Höhe war ideal, um in die Führerkabine des Traktors hineinzuschauen.«

»Mein Gott. Wie raffiniert!«

»O ja!«

»Im Ernst, das habt ihr genial vorbereitet, Catherine. Mit militärischer Präzision!«

»Eine hohe Kunst.«

»Toll«, sagte James und biss in eine der winzigen Tomaten. »Und dazu stimmt es noch. Nichts ist schöner als ein junger Kerl auf einem Traktor.«

»Nichts«, sagte Catherine und spürte einen neuen Freudenschauder, wegen dieser Sache, die sie jetzt miteinander verband. Erstaunlich, wie viel sie auf einmal teilten – und wie viel mehr noch auf sie wartete.

»Mein Gott, so viele Typen, die ich dir zeigen muss«, sagte sie und setzte sich aufgeregt auf. »Im Ernst, James, ich kann es kaum erwarten. Wir werden so viel zu gucken haben!«

»Und ob«, sagte James und hob sein Weinglas. »Rhabarberbeet, wir kommen.«

»Und dann in Dublin im College ...« Catherine schüttelte den Kopf. »Das ist super, James. Das ist ...«

Der Wein war ihr zu Kopf gestiegen, sie merkte es selbst. Hauptsächlich deswegen war sie jetzt so schwatzhaft. Aber sie war froh darüber. Der Wein erlaubte ihr, sich frei auszudrücken. Er legte ihr die Worte in den Mund, die ihr sonst nicht einfallen wollten, zumindest ein paar davon. »Und sicher gibt es Typen, die du mir zeigen willst«, sagte sie und beugte sich vor und drückte seine Hand. Auch das hätte sie vorhin nicht gewagt. »Ich kann es nicht erwarten, sie kennenzulernen. Ich meine, auf wen stehst du so? Im Moment?«

»Auf wen ich stehe?«, sagte er nüchtern, und fast klang es, als wollte er sich über sie lustig machen. Sie blinzelte verunsichert. »Auf wen ich stehe«, wiederholte er und starrte den Salzstreuer an.

»Ja«, sagte sie und versuchte, möglichst zuversichtlich zu klingen. »Da muss es doch jemanden geben.«

James' Lippen zuckten, aber er sagte nichts. Nach einer Weile, in der Catherine fürchtete, er könnte sauer auf sie sein, legte er sein Besteck hin und schob sich eine Hand in die Hosentasche. Er zog seine Brieftasche heraus, eine Klappbörse aus braunem Leder, und öffnete sie.

Catherine lachte nervös. »Bietest du mir Geld an, damit ich endlich die Klappe halte?«

»Scheißgute Idee«, sagte er, aber dann suchte er nach etwas; er wühlte in seinen Karten. Er hielt inne, zog etwas heraus, ein kleines, weißes Rechteck. James runzelte die Stirn, reichte Catherine das Stück. »Da«, sagte er achselzuckend, als wäre es nichts.

Das Rechteck war ein Foto oder ein Ausschnitt davon. Jemand hatte es aus einem Foto ausgeschnitten. Offenbar war es anlässlich einer Feierlichkeit aufgenommen worden: Der Junge trug einen Smoking, auch wenn er die Jacke abgelegt und seine Fliege gelockert hatte. Er hatte dunkle Haare und lächelte in die Kamera. Wahrscheinlich war er beschwipst, er wirkte leicht orientierungslos und hatte den Arm um jemanden gelegt. Der Jemand war abgeschnitten.

»Er heißt Keith«, sagte James leise.

»*Bei Armani gibt's doch keinen blauen Smoking*«, zitierte Catherine einen der Filme, über die sie an jenem ersten Abend in Dublin gelacht hatten. Jetzt gehörte der Satz ihnen. James lachte auch, aber nur ganz kurz.

»Wohl wahr«, sagte er.

Keith war kein Schönling; das war Catherine zuerst aufgefallen. Er war auch nicht hässlich; er sah einfach nur normal aus, irgendwie. Gewöhnlich, unauffällig, und sein Lächeln war eigentlich ein Lachen; jemand hatte etwas gesagt, um ihn zum Lachen zu bringen, kurz bevor der Auslöser gedrückt wurde.

»Hübsch«, sagte Catherine in der Hoffnung, dass es überzeugend klang.

»Das Foto wurde bei unserer Abschlussfeier letztes Jahr aufgenommen.«

Sie tippte an die rechte Bildkante. »Hast du seine Freundin rausgeschnitten?«

»O nein«, platzte er heraus, »nein, nein. Auch wenn es danach aussieht. Nein, da stand nur ein Mitschüler.«

»Den du weniger mochtest.«

»Genau«, sagte James.

»Und du hast das Foto gemacht?«

»Ich bitte dich. Soll das eine Beleidigung sein? Es ist nicht mal scharf.«

»Und er sieht direkt in die Kamera.«

»Klugscheißerin!«

»Und bessere Fotos hast du nicht von ihm?«

James schüttelte schnell den Kopf. »Nein. Nein. Leider nicht.«

»Schade«, sagte Catherine und gab ihm das Bild zurück. »Er sieht nett aus.«

James nahm das Foto und betrachtete es, und sie rechnete fast schon damit, dass er mit dem Finger darüberfahren würde, was er aber nicht tat. »Er hat ...«, sagte er und schüttelte dann den Kopf.

»Nein, red weiter«, sagte sie, und ihr Herz klopfte schneller. Sie befahl sich, ruhig zu bleiben. Das käme nicht in Frage, auf gar keinen Fall würde sie hier sitzen und sich daran ergötzen, wie James über einen Jungen redete. Diesem Impuls würde sie nicht nachgeben; sie würde kein Kribbeln auf der Haut spüren, auf der Zunge, in den Fingerspitzen. Sie räusperte sich. »Red weiter«, sagte sie noch einmal, beugte sich vor und ergriff seine Hand. »Erzähl es mir.«

Filigran. So beschrieb er es, so beschrieb er sein Gesicht und was ihm daran so gefiel. James starrte die Fotografie an, als sei er wieder ganz in diese andere Welt abgetaucht: ein Ballsaal in einem Hotel, ein Sommerabend im vergangenen Jahr, schlaffe Luftballons, am Boden Girlanden und Ciderpfützen, und aus den Lautsprechern plärrt *Live Forever*. Mädchen in Abendkleidern und Jungs in geliehenen Smokings, und alle sind aufgekratzt und trinken zu viel und fangen irgendwann zu streiten an. Catherine hatte die gleichen Fotos, von ihrer Abschlussfeier, auch sie hatte einen Jungen im zerknitterten Smoking gehabt. Der Junge war längst vergessen; er hatte von ihrer Schwärmerei ohnehin nichts bemerkt.

»Wusste er Bescheid?«, fragte sie James.

Er sah sie an. »Bist du verrückt?«

»Wo ist er jetzt?«

James schob das Foto zurück in seine Geldbörse. »England«, sagte er. »Er studiert Pharmazie. Da drüben kommt man leichter an einen Studienplatz.«

»Oh, Pharmazie«, sagte Catherine und klang dabei wie ihre eigene Mutter, die sich über die Berufswahl des zukünftigen Schwiegersohnes freut. Sie musste lachen und hoffte, James würde mitlachen, aber er schien ihr nicht einmal zugehört zu haben.

»Ich sollte das Foto wirklich wegschmeißen. Stell dir mal vor, ich werde von einem Bus überfahren, und in meiner Geldbörse findet man dann ein Foto von Keith Dunne. Du liebe Güte.«

»Ich werde als Erste am Unfallort sein und dafür sorgen, dass keiner es zu sehen bekommt«, sagte Catherine, und weil sie nicht sicher war, dass der Satz als Witz angekommen war, fügte sie hinzu: »Und dein Geld würde ich auch nehmen.«

»Du wärst gemacht«, sagte James und schenkte ihnen nach.

Sie zögerte. Er bemerkte es, beobachtete sie aufmerksam.

»Red weiter«, sagte er, im selben Tonfall wie sie Minuten zuvor.

Sie lachte. »Ich habe mich nur gefragt, ob es in Berlin jemanden gibt.«

»Nein«, sagte er kopfschüttelnd, »nein, nein.«

»Aber die deutschen Jungs sehen gut aus, oder? Manche?«

James grinste. »Manche. O ja.«

»Also? Dann muss es doch jemanden gegeben haben.«

»Was meinst du mit *jemanden*? Ob ich einen Freund hatte? Noch nie, das habe ich dir doch gesagt.«

»Nein, ich wollte nur wissen, ob du dich für jemanden interessiert hast. Gab es dort einen zweiten Keith?«

Er zuckte die Achseln. »Ich hatte einen Nachbarn. Stefan.«

»Hübscher Name.«

James zog eine Augenbraue hoch. »Alles an ihm war hübsch.«

»Wirklich?«

»Er wohnt eine Etage über Malachy.«

»Und du hast ihn kennengelernt?«

»Er schaute mehrmals pro Woche vorbei, um ein bisschen zu plaudern. Er und Malachy kennen sich seit Jahren – er ist schon ein bisschen älter, über dreißig.« Wieder musste er grinsen. »Ich glaube, der alte Malachy steht auf ihn.«

»Oh«, sagte Catherine. »Malachy ist schwul?«

»Malachy ist nichts«, sagte James knapp. »Oder nein, warte – was Malachy ist, steht nicht zur Debatte. Nicht für mich, meine ich. Abgesehen davon, dass ich keine Lust habe, über dieses Arschloch zu reden.«

»Ach so«, sagte Catherine und nickte, ohne verstanden zu haben, aber das wollte sie sich nicht anmerken lassen. Wieder spürte sie ihre Unzulänglichkeit deutlich, ihre Naivität angesichts dieser Welt, in der James gelebt hatte und die sie sich nicht vorstellen konnte: diese älteren Leute, ihre Ateliers, ihr Schwulsein oder eben nicht Schwulsein oder was immer James meinte. Ihr Leben – College, ihr Elternhaus, die langen Tage in der Redaktion des *Leader* – war im Vergleich dazu so beschränkt und gewöhnlich. Daran musste sich etwas ändern, dringend, das wurde ihr nun mit Hilfe des Weins klar. Sie würde sich ein interessanteres Leben zulegen. Ein abwechslungsreicheres Leben. James war schon dabei, ihr zu helfen, und sie spürte eine Welle der Dankbarkeit. Er aß jetzt, so dass sie ihn unmöglich damit stören konnte, abgesehen davon hätte sie die richtigen Worte nicht gefunden und gezwungenermaßen idiotisch geklungen – was sollte sie sagen, danke, dass du schwul bist?

»Und bei Stefan hättest du keine Chance?«, fragte sie stattdessen.

James schüttelte den Kopf. »Stefan steht auf Frauen. Die meisten seiner Skulpturen zeigen Frauen. Oder Teile von Frauen.«

»Oh.«

»Schreckliches Zeug. Als hätten Rodin und Koons sich zusammen bekifft. Aber es verkauft sich gut.«

»Ich kann nicht glauben, dass er nicht schwul ist«, sagte Catherine und spürte die Ungerechtigkeit wie einen Stich. »Kannst du ihn nicht irgendwie überzeugen?«

»Ach, Catherine«, sagte James in einem Tonfall, der ihr vermitteln sollte, dass es so einfach nicht war.

»Und es gibt keinen anderen?«

»Einen anderen?«

»Irgendjemanden, der auch schwul ist. In Berlin.« Sie fing an zu stottern, fand die richtigen Worte nicht. »In Deutschland, meine ich. In deinem …«

James legte den Kopf schief, als müsste er nachdenken. »Lass mal überlegen, gibt es in Deutschland jemanden, der schwul ist … hmmm.«

»Hör auf!«, sagte sie und überspielte ihre Scham mit einem Lachen. »Du weißt, wie ich das meine.«

»Ich weiß, was du meinst, Catherine«, sagte er so freundlich, dass sie plötzlich ein schlechtes Gewissen bekam. »Ich weiß, was du meinst. Aber nein. Da ist niemand. Niemand, den ich getroffen hätte.« Er zeigte auf ihren Teller. »Fertig?«

»Noch nicht.«

»Sieht aber fertig aus. Willst du den Fettrand wirklich essen? Die Barbarin aus Longford …«

»Ich meine, du hast ihn noch nicht getroffen«, sagte sie und reichte ihm den Teller. »Wenn du zurückgehst, wirst du jemanden kennenlernen.«

»Ach, wirklich?«, sagte James.

»Du könntest«, sagte Catherine und schämte sich wieder. »Ich meine, vielleicht. Ich meine …«

»Du liebe Güte, das wird von Sekunde zu Sekunde schlimmer. Hör auf.«

»Ach komm schon, James«, lachte sie, »du weißt, wie ich das meine!«

»Ja«, sagte er und lehnte sich zurück. »Auf die Hoffnung.« Er hob sein Glas, es war so leer wie das von Catherine, aber sie stießen dennoch an.

»Ich habe da so eine Ahnung«, sagte sie. »Du wirst einen Freund finden, und ich auch, und dann können wir unsere Erfahrungen vergleichen.«

»Hmm«, sagte James und schaute gen Himmel.

»Oder sogar Fotos«, sagte Catherine mit leicht anzüglichem Unterton. James sah sie ungläubig an, sie zwinkerte ihm zu, und dann lachten sie beide.

»Mein Gott, ich liebe Wein«, sagte Catherine traurig. »Ich wünschte, wir hätten noch mehr.«

»Mehr Wein!«, sagte James in gespieltem Entsetzen. »Was glaubst du, wo du hier bist? Im Clarence House?«

Sie schmollte. »Gibt es noch *irgendwas* zu trinken?«

»Vielleicht noch Whiskey«, sagte er skeptisch, stand auf und stellte die Teller auf das Fenstersims neben der Terrassentür.

»Dann bring mir Whiskey!«, sagte Catherine und schlug mit der Faust auf den Tisch, so dass das Besteck klirrend in die Höhe flog. Eigentlich hatte sie noch nie Whiskey getrunken, aber jetzt wäre Whiskey genau das Richtige. Genau das brauchten sie jetzt. Sie legte den Kopf in den Nacken und breitete die Arme aus, und James, der hinter ihr stand, beugte sich herunter und umarmte sie. Sie konnte ihn riechen beziehungsweise das Duschgel, das er vor dem Kochen benutzt hatte, und noch etwas anderes, Warmes, klamm und leicht säuerlich; das Essen wahrscheinlich oder der Wein, vielleicht auch ein Hauch von Achselschweiß; vielleicht war er während der Beichte ins Schwitzen gekommen. Der Ärmste. Sie umarmte ihn noch fester, drückte kräftig zu. James knurrte leise und drückte ihr, bevor er sich losmachte, einen harten, schnellen Kuss auf den Kiefer.

»Catherine«, sagte er und richtete sich auf, »sieh dir das an.«

Sie schaute hin: der Garten im Mondlicht, am Himmel die Sterne, gestochen scharf und selbstbewusst; die stille, sanft abfallende Wiese, die sich bis an den Kanal erstreckte.

»Ich wünschte, es könnte immer so sein«, sagte er.

»Ich auch.«

»Du und ich, dieses Wetter, diese Ruhe.«

»Ja«, sagte Catherine und merkte, dass sie den Atem anhielt. Sie wusste, warum: Damit sie nicht dazu kam, noch etwas zu sagen, etwas Unüberlegtes, Dummes, das den Augenblick wie so oft verderben würde. Das hier war neu. Er hatte ihr noch etwas geschenkt: dieses Innehalten.

»Ja«, sagte sie noch einmal und hörte James über sich seufzen.

»Und jetzt hole ich uns was zu trinken«, sagte er und ging zur Tür. »*Zu trinken*!« Er verschwand im Haus und zog die Tür hinter sich zu; durch das Glas sah sie ihn vom Wohnzimmer in die Küche gehen. Sie spürte einen Schauder der Vorfreude und genoss das Gefühl. Er war erst eine halbe Minute weg, aber schon waren ihr so viele Sachen eingefallen, die sie ihm unbedingt erzählen musste.

*

Alles würde gut werden, hatte Catherine gesagt, und einen Monat später, James hatte sich seiner Mutter gegenüber geoutet, sagte sie es immer noch: Alles wird gut. Ihr blieb nichts anderes übrig. Sie musste daran glauben, denn James schien mittlerweile in einem Zustand zu leben, in dem ein solcher Glaube nicht bloß naiv, sondern verblendet erschien.

»Ja«, sagte er, wenn Catherine ihm Mut zusprechen wollte. Er klang kein bisschen verärgert oder sarkastisch; seine tonlosen Antworten ließen vermuten, dass er Catherines Worte zur späteren Begutachtung abgespeichert hatte; irgendwann würde er die Energie haben, sich damit zu befassen und zu entscheiden, ob er sie annehmen oder verwerfen sollte. Sie waren wieder in Carrigfinn. James war am Donnerstag aus Dublin gekommen. Er würde ein paar Tage bei seinen Eltern verbringen und dann nach Berlin fahren. Catherine war kurzfristig angereist, um ihn noch zu sehen; er hatte sie gleich nach dem Gespräch mit seiner Mutter in Longford angerufen.

»Catherine«, hatte er gesagt, »du musst herkommen. Du musst sofort zu mir kommen, Catherine.«

Catherine hatte auf seinen Anruf gewartet; sie hatten vereinbart, dass James sie anrief, sobald er mit seiner Mutter gesprochen hatte. Alles würde gut werden, das hatte sie ihm immer wieder gesagt, seit Wochen schon. Ja, möglicherweise würde seine Mutter erst einmal stutzen, vielleicht würde sie nicht sofort wissen, wie sie darauf reagieren sollte, aber dann würde sie ihn verstehen, da war Catherine sich ganz sicher. Sie würde souverän reagieren, denn sie war super. James hatte das nie geglaubt; James hatte jedes Mal widersprochen und etwas von Wunschdenken gemurmelt; alles wäre viel komplizierter, als Catherine ahnte. Aber Catherine war sich ganz sicher, sie hatte sogar einen Streit angefangen und ihm vorgeworfen, er *wolle* pessimistisch sein, tief in seinem Innern *wünsche* er sich anscheinend, dass seine Mutter es schlecht aufnahm. Wenn sie jetzt daran zurückdachte, schämte sie sich sehr. Wen hatte sie mit ihrer Zuversicht und ihren cleveren Theorien beeindrucken wollen? Wem hatte sie etwas vormachen wollen?

»Catherine«, hatte er am Telefon gesagt, seine Stimme kaum mehr als ein ersticktes Flüstern. Ein Hauchen.

Nein, gar nicht gut, hatte er gesagt, es sei gar nicht gut gelaufen, woraufhin sie sich erschreckt hatte, über die Tränen in seiner Stimme und über ein bestimmtes Gefühl – lange bevor das Mitleid einsetzte –, ein gemeines, unanständiges Unwohlsein darüber, dass er weinte, sich in Tränen auflöste, und sie es sich anhören sollte. Aber dann löste er sich doch nicht auf, er redete weiter, mit fester Stimme. Nein, gar nicht gut, sagte er, kein bisschen. Catherine fragte nach den Details, nach dem Wann und Wie und ob es so gelaufen war wie geplant, ob er seinen Text aufsagen konnte, den er vorbereitet hatte, den sie gemeinsam vorbereitet hatten; sie fragte nach dem Timing und dem Ort, als redeten sie über einen Heiratsantrag. Als hätte er nicht gebeichtet, sondern geworben. Aber war es dann wiederum nicht genau das gewesen? Hatte er nicht auf den Segen seiner Mutter gehofft? Hatte er sie nicht gebeten, ihn anzuhören, ihn wahrzunehmen, ihn anzunehmen wie bisher? Aber seine Mutter hatte ihm nur gegenübergesessen und den Kopf zwischen ihren Händen vergraben.

»Sie hat den Kopf zwischen ihren Händen vergraben, Catherine, und dann hat sie geweint und geweint. Sie hat sich die Haare gerauft. Sie hat ihre Haare gepackt und daran gerissen, als wollte sie sie sich ausreißen. Ich glaube, das war es, sie hat es tatsächlich versucht.«

»Nein, nein«, sagte Catherine, um ihn zu beruhigen, aber er ließ sich nicht beruhigen.

»Du musst herkommen«, sagte er nur. »Ich kann hier nicht allein sein. Bitte, Catherine. Bitte, komm her.«

Sie nickte. »Ich komme morgen früh. Ich werde meinen Eltern sagen, ich hätte am College was zu regeln. Ich nehme den Zug um …«

»Nein, nicht morgen, Catherine. Heute. Heute Abend. Bitte.«

»James«, sagte sie, und sein Name blieb ihr im Hals stecken. »Das geht nicht. Wie soll ich ihnen das erklären? Sie wissen, dass so spät kein Zug mehr nach Dublin fährt. Sie würden wissen, dass …«

»Das ist mir egal, Catherine. Mir ist egal, was du ihnen sagst.«

»Ich weiß nicht. Es ist so kompliziert.«

Es war sein Schweigen nach diesem letzten Satz, das die Sache am Ende entschied. Sein flacher, langsamer Atem.

»Ich komme«, sagte sie. »Ich werde mir an der Tankstelle jemanden suchen, der mich das letzte Stück mitnimmt.«

»*Catherine*«, sagte ihre Mutter ungläubig, als Catherine in die Küche kam und verkündete, die Nacht bei ihrem guten Freund James verbringen zu wollen. Sie war nicht gleich nach dem Auflegen in die Küche gegangen, sondern hatte zunächst noch geduscht und sich die Haare gewaschen, um in einem vorzeigbaren Zustand in Carrigfinn aufzutauchen. Sie hatte sich sogar die Beine rasiert, weil sie beim Duschen gemerkt hatte, dass es überfällig war. Wie immer hatte sie sich geschnitten, aber inzwischen blutete es nicht mehr. Dachte sie. Sie stand auf der Schwelle zur Küche, im Bademantel und mit Handtuchturban auf dem Kopf.

»*Catherine*«, sagte ihre Mutter noch einmal und sah dabei aus, als würde sie gleich loslachen, so unmöglich war das, was Catherine eben gesagt hatte. Und sie hatte es nicht nur ihrer Mutter angekündigt, nein, auch ihr Vater war zugegen; er war gerade mit der Feldarbeit fertig geworden und saß am Küchentisch und hatte eine aufgeschlagene Ausgabe des *Leader* vor sich. Er trug immer noch seinen Overall und sah müde aus. Die Zeitung erschien mittwochs, aber er bewahrte sie sich für den Freitagabend auf. Dann setzte er sich damit an den Küchentisch und las sie von vorne bis hinten durch und diskutierte alle interessanten Artikel mit seiner Frau.

Jetzt starrte er seine Frau ebenso ungläubig an, wie die Catherine anstarrte. Ihr Gesichtsausdruck verriet, dass jetzt dringend gehandelt werden musste, dass die Idee, die soeben in den Raum gestellt wurde, sich schnellstens zusammenfalten und verschwinden sollte. Sich auflösen sollte.

»Jemand muss mich zum Bahnhof bringen«, sagte Catherine und schnürte den Bademantel enger zu. »Wenn ihr keine Zeit habt, kann ich ein Taxi nehmen. Ich bin morgen Abend wieder zurück, spätestens am Sonntag.«

»Patricia«, sagte Catherines Vater. Patricia war der Name ihrer Mutter. Es klang irgendwie flehentlich. Er hatte Catherine immer noch nicht direkt angesehen.

»*Catherine*«, wiederholte Catherines Mutter. Sie stand am Küchentresen und schenkte sich einen Tee ein. Die Teekanne war uralt, niemand außer Catherines Mutter konnte den Tee ausschenken, ohne dass etwas danebenging; aber nun ging etwas daneben, das konnte Catherine sehen. Ihre Mutter runzelte die Stirn; sie betrachtete die Teekanne, als wüsste sie nicht mehr, wie sie in ihre Hand gekommen war. Sie stellte die Kanne ab.

»James hat mich gebeten, heute noch zu kommen«, sagte Catherine. »Seine Mutter ist krank. Ich möchte ihm Gesellschaft leisten.«

»Patricia«, wiederholte ihr Vater, mit noch mehr Nachdruck diesmal.

Catherines Mutter hob die Hand; ob sie ihre Tochter oder ihren Mann meinte, war nicht ganz klar. »Catherine, Liebes«, sagte sie sanft, »du kannst den Jungen doch nicht einfach so zu Hause besuchen. Warum fährst du nicht morgen früh hin? Ich kann dich bringen und abends wieder abholen, wenn du möchtest.«

»Nein.« Catherine schüttelte den Kopf. »Er braucht mich jetzt. Ich muss …«

Nun reichte es ihrem Vater. Das Verb *brauchen* zu benutzen war in diesem Zusammenhang ein Fehler, es war zu fordernd, zu sinnlich und zu unbesonnen, das merkte Catherine sofort, aber nun war es zu spät. Ihr Vater drehte sich zu ihr um. Diese strahlend blauen Augen – Catherine hatte sie von ihm geerbt. Vor nicht einmal fünf Minuten hatte sie diese Augen im Badezimmerspiegel gesehen. *Wage es nicht,* hatten sie gesagt; und nun sagten die Augen ihres Vaters dasselbe.

»Catherine, hör mal«, sagte er und hob so wie ihre Mutter eine Hand. »Deine Mutter und ich können nicht zulassen, dass du dich in Gefahr begibst. Deine Mutter und ich haben mehr Lebenserfahrung als du.«

»Aber ihr wisst gar nichts über James«, sagte Catherine, und ihre Mutter schnappte hörbar nach Luft. Diesen Ton verbat sie sich; so wurde in ihrem Haus nicht geredet. So liefen die Gespräche hier nicht ab. Ihre Mutter sagte noch einmal ihren Namen, nicht mahnend, sondern erschreckt. Ihr Vater riss die Augen auf.

»Wir wissen genug«, sagte er ruhig. »Wir wissen, dass Pat Burke euch zwei erwischt hat, in Dublin.«

»Charlie!«, rief Catherines Mutter. »Lass das.«

»Nein, nein«, fuhr ihr Vater fort und stützte einen Ellenbogen auf die Tischplatte. Sein Kiefer mahlte. »Du brauchst nicht zu denken, wir wüssten über dich und diesen Kerl nicht Bescheid!«

»Aber da ist nichts zwischen uns«, sagte Catherine. Sie sprach mit ruhiger, fester Stimme. Sie war fest entschlossen, nicht in ihr altes Verhaltensmuster zurückzufallen; das hier war kein gewöhnlicher Streit. So etwas wie das hier hatte sie noch nie gewagt; noch nie hatte sie ihrem Vater widersprochen. Und wenn es schon sein musste, wollte sie es richtig machen. Ihre Augen strahlten im selben Blau. Ihre Gedanken nahmen denselben Weg; sie konnte praktisch spüren, was er jetzt gerade dachte. »James interessiert sich nicht auf diese Weise für mich«, sagte sie, »es gibt also nichts, worüber ihr euch Sorgen machen müsstet. Und selbst, wenn ich etwas von ihm wollte, was nicht der Fall ist …«

»Um Gottes willen, würdest du bitte mit diesem Unsinn aufhören, Catherine«, sagte ihr Vater und lehnte sich zurück. Er sah ihre Mutter an. »Patricia. Kannst du das bitte beenden? Wenn sie jetzt nicht aufpasst, wird sie auch morgen nirgendwo hinfahren.«

»Catherine«, sagte ihre Mutter und kam um den Tresen herum. Ihr Blick war flehentlich, er sprach die alte, lautlose Sprache: *Tu, was er sagt, wir finden später eine Lösung. Aber jetzt musst du gehorchen. Sag nichts mehr.*

»Ich muss um acht am Bahnhof sein«, sagte Catherine kopfschüttelnd, aber die Aufmerksamkeit ihrer Mutter war bereits woanders, ihr Blick zu Boden gewandert. Catherine schaute an sich hinunter und sah ein Rinnsal aus Blut über ihr nacktes Schienbein laufen.

Ihre Mutter wiederholte ihren Namen, so leise, dass der Vater es nicht hören konnte. Sie nickte in Richtung des Blutes. »Du solltest …«

»Das ist nichts«, sagte Catherine gereizt, »ich habe mich beim Rasieren geschnitten.«

»Und«, sagte ihr Vater nickend, »habe ich es dir nicht gesagt?«

»*Was* hast du gesagt?«, fragte Catherine.

»Catherine«, sagte ihre Mutter und nahm sie beim Ellenbogen, »geh und mach dich sauber. Die Diskussion ist beendet.«

»Du kannst nicht einfach so bei diesem Jungen übernachten, fertig«, sagte ihr Vater. »Das können wir nicht erlauben. Wir wissen doch alle, wohin das führen würde. Was soll er von dir denken, wenn du einfach so über Nacht dort bleibst?«

»Ich hatte nicht vor, so aus dem Haus zu gehen«, sagte Catherine zaghaft. »Ich wollte mir vorher noch etwas anziehen.«

Ihre Mutter sah sie an, als wollte sie ihr ins Gesicht schlagen. »Catherine«, sagte sie streng.

»Wie oft willst du meinen Namen noch sagen?«

Ihre Mutter seufzte. »Sei nicht so vorlaut, Catherine.«

»Ich bin nicht vorlaut«, sagte Catherine und verwischte das Blut an ihrem Schienbein. »Ich bin achtzehn Jahre alt und wohne die meiste Zeit woanders. Mir etwas zu verbieten ergibt doch gar keinen Sinn.«

»Wenn es nach mir ginge, würdest du immer hier wohnen!«, sagte ihr Vater.

»Tue ich aber nicht. Ich wohne in Dublin und bin hier nur zu Besuch.«

Wie er aussah, als sie das sagte, wie er zu Boden schaute. Catherine verspürte eine stechende Schuld – und seltsamerweise auch so etwas wie Einsamkeit. Aber sie blieb standhaft.

»Es ergibt doch gar keinen Sinn, mich kontrollieren zu wollen«, sagte sie. »Ich bin alt genug.«

»Es *reicht*«, sagte ihre Mutter. »Du kannst morgen früh nach Leitrim fahren und morgen Abend zurückkommen. Jede Menge Zeit, deinen Freund zu besuchen. Mehr kannst du ohnehin nicht für ihn tun.«

»Ich habe es euch doch gesagt, seine Mutter ist krank.«

»Und was willst du dagegen unternehmen? Du wirst sie kaum gesund machen können.«

»Was fehlt ihr denn?«, fragte ihr Vater.

»Sie hat«, sagte Catherine, schluckte, suchte nach einer Krankheit. Warum hatte sie sich keine überlegt? »Sie hat Depressionen.«

Ihr Vater sah ihre Mutter an, als bestätige das seinen Verdacht. Ihre Mutter schnalzte mit der Zunge. »Du liebe Güte.«

»Was soll das jetzt schon wieder heißen?«

»Warum will der Junge dich damit belasten?«

»Das kannst du dir doch denken«, sagte ihr Vater.

»Nein, so ist das nicht!«, rief Catherine. Sie war selbst erschreckt darüber, wie leicht es ihr fiel, hier vor ihrem Vater zu stehen und so mit ihm zu reden. »So ist das nicht«, wiederholte sie.

»Catherine, es reicht«, sagte ihre Mutter und versuchte, sie aus der Tür zu schieben.

Aber offenbar wollte ihr Vater weiterstreiten; er war aufgestanden. »Catherine, hör mal«, sagte er, und ganz kurz fürchtete sie, er würde auf sie zukommen, aber er blieb am Küchentisch stehen, »Catherine, ich war auch mal jung. Ich weiß genau, wie es war, in deinem Alter zu sein, und ich weiß auch, wie es dem Jungen gerade ergeht. Ich kann nachvollziehen, was er für dich empfindet.«

»O mein Gott. Ich habe es euch tausendmal gesagt! Euch beiden! James ist nicht …«

»Was du, wenn du über Nacht in Leitrim bleibst, möglicherweise vergisst«, sagte ihr Vater. »Es reicht. Was sagt es über dich aus, wenn du einfach so da hinfährst? Was soll dieser Junge dann über dich denken?«

»So *ist* das nicht«, sagte Catherine und verdrehte die Augen. »Er ist nicht mein Freund.«

»Pat Burke …«

»Pat Burke ist mir egal!«, rief sie. »Warum ist euch Pat Burke so wichtig? Was hat Pat Burke je für euch getan? Ihr seid nicht mal befreundet!«

»Nun, er war freundlich genug, mir zu erzählen, was er gesehen hat.«

Catherine schnaubte: »Gar nichts hat er gesehen.«

Ihr Bein blutete wieder. Sie rieb sich mit der Ferse am Schienbein. Ihre Mutter schnalzte wieder mit der Zunge. »Wie hast du das wieder angestellt? Kannst du nicht ein bisschen besser aufpassen?«

»Sie will gar nicht besser aufpassen, Patricia. Darum geht es ja.«

»Redet nicht so über mich!«

»*Catherine*«, sagte ihre Mutter. »Ich hole dir jetzt ein Pflaster, und du ziehst dich an, und wir reden nicht mehr darüber. Es hätte gar nicht so weit kommen dürfen. Du weißt genau, dass …«

»Sie weiß nichts, Patricia«, fiel Catherines Vater ihr ins Wort. »Du hast keine Ahnung von der Welt«, sagte er zu Catherine. »Und woher auch? Aber deine Mutter und ich, wir wissen Bescheid, und es ist unsere Aufgabe, dich zu schützen. So ein junger Bursche hat Bedürfnisse, das ist nur natürlich, und wenn du dich ihm einfach so auslieferst …«

»Verdammt noch mal, das reicht«, sagte Catherine. Noch nie hatte sie in diesem Ton mit ihrem Vater gesprochen, aber nun merkte sie, dass es möglich war. Es war berauschend. »Verdammt noch mal«, wiederholte sie und blickte in die entsetzten Gesichter ihrer Eltern. »James hat an mir kein Interesse. Dafür gibt es einen einfachen Grund.«

»Vielleicht glaubst du, …«, sagte ihr Vater, aber Catherine hob die Hand.

»James hat kein Interesse an mir, weil James schwul ist.«

Einen Moment lang herrschte Schweigen in der Küche. Niemand schien auch nur zu atmen. Aber das konnte gar nicht sein, ihre Mutter schnappte nach Luft, das sah Catherine genau; sie atmete auch wieder aus und wirkte plötzlich, als hätte sie Mühe, auf den Beinen zu bleiben. Auch ihr Vater musste atmen. Er stand immer noch am Küchentisch, schüttelte den Kopf.

»O Catherine«, sagte ihre Mutter. »Warum hast du …«

»Siehst du«, sagte ihr Vater in triumphierendem Ton zu ihrer Mutter, »siehst du? Siehst du jetzt, wie wenig sie auf sich aufpassen kann? Siehst du es? Habe ich dir nicht immer gesagt, dass da noch mehr dahintersteckt? Habe ich es nicht gesagt?«

»O Gott«, murmelte ihre Mutter.

»Was ist denn?«, fragte Catherine. »Was ist so schlimm daran? Viele Leute sind schwul.«

»Nun, hoffentlich kennst du nicht noch mehr von denen«, sagte ihr Vater.

»Charlie«, sagte ihre Mutter empört, »genug!«

»So verbringst du deine Zeit in Dublin? Mit solchen Leuten? Haben wir dich deswegen aufs Trinity College geschickt? Damit du dich mit solchen Leuten abgibst?«

»James geht nicht aufs College«, sagte Catherine.

»Wo zum Teufel hast du ihn dann kennengelernt? Wo zum Teufel treibst du dich rum?«

»Catherine«, sagte ihre Mutter, »der Junge hat große Probleme.«

»Er *ist* das Problem«, sagte ihr Vater.

»Er hat Probleme. Besser, du hältst dich fern von ihm.«

»So was ist unheilbar«, sagte ihr Vater.

»Charlie«, sagte ihre Mutter, »ich bitte dich.«

»Es reicht«, sagte ihr Vater, setzte sich wieder hin, schlug die Zeitung auf und wieder zu. »Bis hierher und nicht weiter. Das sage ich dir. Du wirst nicht mal in seine Nähe fahren. Andernfalls brauchst du dich hier nicht mehr blicken zu lassen.«

»Sag so etwas nicht«, sagte ihre Mutter mit brüchiger Stimme. Catherine fühlte sich elend. »Sag so etwas nicht, zu keinem deiner Kinder!«

Ihr Vater zögerte.

»Charlie«, sagte ihre Mutter, »bitte.«

»Catherine, du wirst hier immer ein Zuhause haben«, sagte er, ohne den Blick von der Zeitung zu heben. »Aber ich möchte nicht, dass du dich mit solchen Typen abgibst. Das ist hoffentlich klar.«

»Nur für ein paar Tage«, sagte Catherine und ging hinaus.

Ellen wartete im Schlafzimmer auf sie, mit weit aufgerissenen Augen.

»Was zur Hölle war das denn?«

»Tut mir leid«, sagte Catherine und zog ein paar Kleidungsstücke aus der Kommode. »Es ging nicht anders.«

»Du richtest so was an, und jetzt darf ich es auslöffeln?«

»Du musst gar nichts auslöffeln.«

»Verpiss dich«, sagte Ellen und zwängte sich an ihr vorbei, und zu ihrem Entsetzen sah Catherine, dass ihre Schwester weinte.

*

Der Abend in Carrigfinn war nicht gerade angenehm. Ebenso wenig der darauffolgende Tag. Den ganzen Abend und den ganzen nächsten Tag waren sie angespannt, fragten sich ständig, wer als Nächstes hereinkäme. Oberflächlich betrachtet war es dasselbe Haus, das sie vor einem Monat besucht hatte. Peggy hatte Catherine innig umarmt und ihr gesagt, sie sei froh, sie wiederzusehen. Peggy nannte sie *Schätzchen. Meine Kleine.* Aber Catherine war nicht mehr dieselbe, nicht für Peggy, so wie Peggy für sie jetzt eine andere war. Diese neue Peggy hatte auf James reagiert, wie sie nun einmal reagiert hatte, genau so nämlich, wie James es vorhergesehen hatte. Obwohl Catherine immer behauptet hatte, es würde anders kommen, *nein, nein, das wird nicht passieren. Alles wird gut. Besser als gut.*

Also schön: Es war anders gekommen. Manchmal hob Catherine den Kopf, tagsüber und auch am Abend, und merkte, dass Peggy sie beobachtete, ihre Miene wirkte beinahe vorwurfsvoll. Sie und James steckten in Schwierigkeiten. In großen Schwierigkeiten. Catherine wagte kaum, sich zu rühren, sie wagte es nicht einmal, den anderen in die Augen zu sehen. James' Vater wunderte sich über die Stille und die Vorsicht, das merkte sie. Er versuchte immer wieder zu scherzen, sie und James aus dem Haus zu locken, und dann warf er ratlose Blicke in Peggys Richtung und ging schließlich wieder, an die Arbeit, wo sich Probleme lösen ließen, wo auf die Mechanik der Dinge Verlass war und jede Handlung die erwarteten Folgen hatte. Sicher glaubte er, sie alle wären unglücklich über James' bevorstehende Abreise, und teilweise hatte er recht, Catherine fürchtete sich tatsächlich davor, nach Hause zurückzukehren und James nicht mehr einfach so anrufen oder besuchen zu können. Er würde Hunderte von Kilometern entfernt sein, in einer fremden Stadt in einem fremden Land, das sie nicht einmal kannte. Nicht, dass das Land zu kennen etwas geändert hätte. Bald würde er weg sein und sie immer noch hier, das stand ihr bevor, und allein bei der Vorstellung bekam sie Atemnot. Aber sie durfte nicht so viel nachdenken, das war jetzt nicht wichtig. Wichtig war nur James. Wichtig war, James beizustehen. Ihr fiel jetzt erst auf, dass an den Wänden in seinem alten Kinderzimmer keine Poster waren, ganz anders als bei ihr zu Hause, wo immer noch ihre selbstgebastelten Collagen mit Fotos aus *Just Seventeen* und *NME* hingen. An James' Wänden klebte nur Tapete, sie zeigte Efeu oder irgendeine andere grüne Pflanze, die in die Höhe rankte. Catherine saß angelehnt an einer Wand und James an der anderen, sie saßen und warteten, stundenlang. James war immer noch vertieft in *Mrs. Dalloway,* Catherine hatte *Orlando* aufgegeben. Draußen schien die Sonne, aber was draußen war, betraf sie nicht. Catherine ließ sich aufs Bett sinken, am liebsten hätte sie ein bisschen geschlafen. James' Beine lagen immer noch auf ihren, drückten mit vollem Gewicht auf ihre Knie. Bald würde es Zeit zum Abendessen sein, sie würden in die Küche gehen und sich an den Tisch setzen müssen, James' Mutter würde lächeln und seufzen wie immer und so tun, als wäre alles in Ordnung, und gleichzeitig keinen Zweifel daran lassen, dass nichts in Ordnung war; und James' Vater würde versuchen, sie zum Lachen zu bringen. James würde sarkastisch und kurz angebunden sein, Catherine würde aus lauter Verlegenheit zu viel reden, sie würde plappern und ihm damit in den Rücken fallen, das hatte sie schon beim Frühstück getan und beim Mittagessen. Aber was sollte sie tun – schweigen und sich grämen? Sie konnten doch nicht beide so still sein.

Schlafen; sie wollte nichts lieber als schlafen. Sie war so müde. Ganz kurz spürte sie Heimweh, den brennenden Wunsch, sofort nach Hause zu fahren, aber das ging nicht, allein beim Gedanken wurde sie panisch. Ellens Gesicht, das Gesicht ihrer Mutter, das Gesicht ihres Vaters. Sie verdrängte alles. Morgen würde sie abreisen. Morgen würde sie nach Hause fahren.

»Schläfst du?«, fragte James und bewegte die Beine.

»Nein«, sagte Catherine müde.

»Nicht einschlafen«, sagte James, und dann hörte sie ihn eine Seite umblättern.

MONDSCHAUM UND SILBER
(1998)

1

Die obere Hälfte der Dose war ein roter Zylinder, darauf der Markenname in Schreibschrift, ganz unten stand in von Gelb durchzogenen Blockbuchstaben das Wort SOUP.

Zwiebelsuppe mit Rinderfond klang übel. *Pfeffertopf* – was sollte das bitte schön sein? Und Gerste war eine Getreideart, nicht wahr; ein Getreide, das nur dort wuchs, wo der Boden besonders fruchtbar war.

Es handelte sich um echte Suppenkonserven, darum ging es hier. Eine kreisrunde, goldglänzende Leinwand weiter hinten zeigte eine echte Marilyn, und in einem Nebenraum hingen die echten Jackie-O-Bilder, überschwemmt von einem verwaschenen Blau. Irgendwo hing der echte Mao, selbstgefällig und grellbunt und aufgedunsen. Einer von mehreren echten, wenn man es genau nahm. Ein Mao, sechs Jackies, eine Marilyn, ihr Lippenstift glänzte sogar in Monochrom noch, das Muttermal ein winziger Dreckfleck auf der Farbe. Nicht *die* echte Marilyn, darum ging es hier, das war der …

»Lass mich raten, Citóg«, sagte eine Stimme hinter ihr. »Du arbeitest dich gerade durch die vielen Ironieschichten hindurch. Du wunderst dich, wie sie sie selbst sein kann und gleichzeitig nicht sie selbst. Du fragst dich, was du eigentlich siehst. Was sehe ich …«

»Warum sehe ich *dich*, Moran? Das ist doch hier die Frage.« Catherine drehte sich um. »Was tust du hier?«

»Date«, sagte er achselzuckend. »Und, was meinst du?«

»Ich finde seine Sachen aus den Sechzigern am besten«, sagte sie kühl.

»Oh, keine Frage«, sagte Conor, »von fünfundsechzig bis sechsundsechzig, würde ich sagen. Um es einzugrenzen.«

»Danach ging es nur noch bergab.«

»Mmmh«, sagte Conor und nickte eifrig. Sie gingen langsam weiter, zum riesigen Siebdruck eines Dollarscheins.

Eigentlich wusste Catherine nicht, wann Andy Warhol auf seinem kreativen Höhepunkt gewesen war. Aber die sechziger Jahre klangen plausibel, so etwas würde man von Warhol denken, sie hatte es einfach so dahingesagt, wie so oft, und wie so oft hatte es funktioniert. Sie war damit durchgekommen. Sie konnte es noch nicht ganz glauben, aber so war es. Wenn man nur selbstbewusst genug auftrat und mit fester Stimme sprach, nickten die anderen und pflichteten einem bei. Dann wurde man automatisch als Expertin angesehen. So war das. Es war ganz einfach.

Sie hatte es in diesem Jahr im College gemerkt: Wenn man der Welt den Eindruck vermittelte, dass man jeder Schwierigkeit gelassen gegenübertreten würde, entpuppten sich die meisten als wenig spektakulär. Im Gegenteil, sie erwiesen sich als auf eine lustige Weise beherrschbar. Hausarbeiten. Lektürelisten. Treffen mit Dozenten. Artikel für die *Trinity News*. Inzwischen schrieb sie regelmäßig für die Bücherseite der Collegezeitung, es machte ihr Spaß. Außerdem hatte sie, seit sie sich zusammengerissen und aufgehört hatte, Conor nachzutrauern, jede Menge Jungen kennengelernt. Conor war jetzt nur noch ein Kumpel, und gar kein schlechter; er war einer von vielen. Darauf war sie nach dem zweiten Collegejahr am stolzesten: Sie hatte jetzt viele Freunde. Zu viele vielleicht. Vielleicht waren es auch keine Freunde, sondern eher Bekannte, auch wenn sie über den Unterschied nicht gern nachdachte. Sie war zufrieden. Ob sie nun durch den Torbogen schritt oder in ein Seminar ging oder in die Bibliothek – sie war zufrieden damit, auf dem Campus keine Strecke mehr zurücklegen zu können, ohne mindestens ein bekanntes Gesicht zu sehen, manchmal auch mehr als eins, je nach Tageszeit. Wenn sie Zeit hatte und nicht gerade auf dem Weg zu einer Veranstaltung war, brauchte sie manchmal eine geschlagene Stunde, um ans Ziel zu kommen, so vielen Leuten lief sie in die Arme, so viel gab es zu besprechen. Sie war wie im Rausch, ihre Tage wimmelten nur so von Begegnungen, und nie hatte sie genug Zeit, mit allen zu reden, mit denen sie reden wollte, geschweige denn all die Bücher zu lesen, die sie lesen wollte, die Gedichte zu schreiben, die sie schreiben wollte. Es gab so viel zu lernen, zu klären, abzuspeichern.

»Und«, sagte sie und schloss zu Conor auf, »wer ist die Glückliche?«

»Alice aus dem Theaterkurs«, sagte er. »Tolles Mädchen.«

»Sind sie das nicht immer?«

»Sei nicht eifersüchtig«, sagte Conor. »Bist du mit Rafey hier?«

»Ich treffe mich mit Zoe. Rafe und ich haben uns getrennt.«

»Was?«, sagte Conor erschreckt. »Aber am Valentinstag wart ihr noch zusammen!«

»Ja. Das war unser letzter Abend.«

»O Citóg, wo ich mir so viel Mühe gegeben habe, euch zu verkuppeln!«

Sie zuckte die Achseln. Sie genoss diese Situation: Conor war entsetzt, weil sie mit einem Typen Schluss gemacht hatte, den er ihr vorgestellt hatte. Das gefiel ihr. Das sollte sie öfter tun.

»Mein Gott, du bist unmöglich zufriedenzustellen«, sagte Conor kopfschüttelnd. Aber dann grinste er, und Catherine verdrehte die Augen; sicher würde er jetzt irgendetwas Anzügliches sagen.

»Moran, lass es gut sein«, sagte sie.

»Aber hoffentlich war es wenigstens eine neue Erfahrung?«

»Moran!«

»Soll ich *Clitóg* zu dir sagen? Hat der gute alte Rafey dich endlich zur Frau gemacht?«

»Ach, halt doch einfach die Klappe«, sagte Catherine, musste aber lachen. Sie konnte nicht anders, wenn Conor sie aufzog.

»Kommst du später zur Party vom Doyle?«, fragte er und lehnte sich an die Wand.

Mit dem Doyle war Emmet Doyle gemeint, jener Junge, der Catherine ein Jahr zuvor netterweise erklärt hatte, wie sie sich den Job in der Redaktion doch noch erschleichen könnte. Er war nicht mehr so schüchtern wie früher; im Laufe des vergangenen Jahres hatte er sich in einen Vollblut-Kolumnisten verwandelt. *Dreck!*, so hieß Emmets Kolumne für die *Trinity News*. Es handelte sich um eine Hommage an die amerikanischen Journalisten, von denen er zum ersten Mal im Seminar für Mediengeschichte gehört hatte. Genau genommen war Emmet mehr Dreckschleuder als Schatzgräber, und oft nahmen gequälte, erzwungene Richtigstellungen und Entschuldigungen für vorherige Beiträge den größten Platz seiner Spalte ein. Offiziell handelte es sich bei *Dreck!* um eine Abrechnung mit Heuchelei und Verschwendungssucht im Collegealltag, aber eigentlich nutzte Emmet seine Kolumne eher, um Leute zu verhöhnen und bloßzustellen. Oft lag er entsetzlich daneben; im November hatte er fröhlich und sehr detailliert vom Absturz eines ehrwürdigen Dozenten beim Historikerball berichtet, wo der Mann in Wahrheit nach sieben trockenen Jahren zum ersten Mal rückfällig geworden war. Im Februar hatte er gegen die Collegeleitung gewettert, weil sie die Ehrendoktorwürde an »faule und unbedeutende Loser« verleihe, und er hatte zum Boykott der anstehenden Verleihung aufgerufen –

am Tag als Nelson Mandela zum diesjährigen Ehrendoktor ernannt wurde. Meistens richtete sich die Kolumne jedoch gegen die verschiedenen Studentenverbindungen und die Studierendengewerkschaft und gegen weitere naheliegende Opfer: die Tutoren, das Wachpersonal, die Geistlichen, die amerikanischen Touristen, die geduldig in der Schlange warteten, um das *Book of Kells* zu sehen, und gegen die Studienanfängerin, die sich die Haare blau gefärbt hatte. Seine Kommilitonen überzog er mit Spitznamen. *Die Dichterin,* so nannte er Catherine, seit er zwei ihrer Gedichte aus dem Papierkorb des *Ikarus* geklaut hatte, dem Literaturmagazin des College. Catherine ging ihm seither aus dem Weg, sie hatte keine Lust auf seine berühmt-berüchtigten Partys.

»Das geht nicht«, sagte sie. »James kommt morgen zurück.«

»Morgen? Ich dachte, er würde erst im Sommer wiederkommen.«

»Tja«, sagte Catherine achselzuckend. »Er hat sich umentschieden. Er kommt morgen. Und deshalb will ich nicht wegen einer blöden Party verkatert sein. Ich hole James ganz früh vom Flughafen ab.«

Das stimmte nicht, James hatte die Heimreise wieder im Lastwagen angetreten, und er hatte Catherine und den Mädchen geschrieben, dass er irgendwann am frühen Nachmittag in der Baggot Street eintreffen würde. Dass sie Conor so leichthin angelogen hatte, erschreckte sie selbst. Es wäre nicht einmal nötig gewesen. Sie blinzelte, atmete schneller, fürchtete, der Lüge überführt und bloßgestellt zu werden oder, schlimmer noch, dass ihre wahren Beweggründe ans Tageslicht kamen. Was waren die noch mal genau? Warum hatte sie geglaubt, lügen zu müssen? Warum musste sie ihre Freude über James' Rückkehr vor Conor verbergen, warum durfte er nicht wissen, was sie für James vorbereiten wollte? Weil er sie dann auslachen würde? Aber Conor lachte sie ständig aus, und es gefiel ihr – aber nein, diesmal gefiel es ihr gar nicht. Diesmal durfte Conor die Wahrheit nicht erfahren. Diesmal war anders, das merkte sie jetzt. Diesmal war ganz privat.

»Es geht nicht«, sagte sie entschuldigend. »Nächstes Mal.«

»Mach doch, was du willst, Citóg«, sagte Conor achselzuckend. Dann hatte er einen neuen Einfall. Er runzelte die Stirn. »Sag mal. Das hat doch nichts mit deiner Trennung von Rafe zu tun? Dass dieser James zurückkommt?«

»Rafe und ich hatten uns nichts mehr zu sagen. Wir hatten nichts gemeinsam. Außerdem weißt du doch, dass James schwul ist. Ich habe es dir erzählt.«

»Ja, ich weiß, ich weiß, du und dein schwuler bester Freund. Du hast ihn erwähnt. Ein paarmal.«

»Halt die Klappe«, lachte Catherine, konnte aber ein schlechtes Gefühl nicht unterdrücken. James wusste nicht, dass Catherine ihn im Laufe der letzten Monate vor einigen ihrer Collegefreunde geoutet hatte. Er kannte diese Leute nicht persönlich. Es war einfach so passiert; es war ihr sozusagen herausgerutscht, als sie den Leuten von ihrem Freund in Berlin erzählte, dem begabten Fotografen. Fast immer hatte sie zu viel getrunken, und fast immer hatte sie am nächsten Morgen ein schlechtes Gewissen; dann wiederum war es ja nicht so, als würde James aus seiner Veranlagung ein Geheimnis machen. Er hatte sich Catherine, Amy, Lorraine gegenüber geoutet, und seiner Mutter. Dennoch. Sie würde ihm beichten müssen, dass Leute wie Conor und Zoe Bescheid wussten. Sie würde den Punkt sofort ansprechen müssen, immerhin wollte sie James schnellstmöglich auf den Campus mitnehmen und allen vorstellen. Wahrscheinlich hatte sie jetzt ein Problem. In ihren Briefen an ihn hatte sie den Umstand unterschlagen. Auf einmal bekam sie vor lauter Nervosität Magenkneifen. Sie winselte leise, Conor beugte sich vor.

»Alles in Ordnung?«

Sie schüttelte den Kopf. »Nein.«

»Tut es dir leid, wegen Rafe?«

»Meine Güte!«, rief sie. »Warum gehst *du* nicht mit Rafe ins Bett, wenn du so auf ihn fixiert bist?«

»Also echt, warte mal«, sagte Conor und hob beide Hände, »ich meine, ich bin ja froh, dass deine Tunte zurückkommt, aber das heißt noch lange nicht, dass alle so ticken.« Er nickte in Richtung des Mädchens, mit dem er gekommen war. Sie stand vor der Marilyn. »Ich verlege mein Rohr da, wo jeder vernünftige Mann es verlegen würde.«

»Rede nicht so«, sagte Catherine mit klopfendem Herzen. Er lachte, sie starrte ihn verwirrt an. Durfte er so reden? Hatte er James beleidigt? Ja, anscheinend schon, aber sicher war Catherine sich nicht. Aus Conors Mund klang fast alles wie eine Beleidigung, wenn man es denn so auffassen wollte. Dann wiederum war es doch sicherlich keine Frage der Auffassung? Sie sollte es wissen, sie sollte in dieser Frage klarer sein, Stellung beziehen. Es war ja nicht so, dass Conor ein Problem mit Schwulen hätte; er hatte geradezu ehrfürchtig genickt, als Catherine ihm vor Monaten an einem Abend von James erzählt hatte. Angeblich kannte er selbst ein paar Schwule; er war ziemlich sicher, dass einer seiner alten Schulkameraden schwul gewesen war, und im Theaterkurs gab es sowieso welche. Sowieso, hatte Catherine geantwortet, und wie immer, wenn sie von James sprach und was für ein enges Verhältnis sie pflegten, war sie stolz. Aber sollte sie jetzt und hier Stellung beziehen? Sollte sie stellvertretend wütend werden? Sie funkelte Conor böse an, suchte nach einem Angriffspunkt. Conor grinste.

»Ergibt doch Sinn, Citóg.«

»Ach verpiss dich, Moran«, sagte sie und drehte sich wieder zu den Suppendosen um. Conor lachte.

»Gib ihm einen Kuss von mir«, rief er im Weggehen.

James kam früher zurück als geplant. Eigentlich hatte er, so wie im Vorjahr, bis Juni in Berlin bleiben wollen, möglicherweise sogar bis zum Herbst, aber er konnte nicht mehr. Er hatte bis Weihnachten durchgehalten und bis weit in den Januar hinein, aber dann hatte er Catherine geschrieben, er habe genug. Er hatte genug von Berlin, er hatte genug von Malachy, und er vermisste Dublin. Er sagte, er wolle dort fotografieren, die Wohnung in der Baggot Street fehle ihm sehr, und Amy und Lorraine auch, und Catherine. Am meisten vermisste er Catherine, hauptsächlich ihretwegen kam er zurück. Das wusste sie. Das hatte James ihr immer wieder in seinen Briefen geschrieben, seit dem vergangenen August. *Ich vermisse Dich. Ich vermisse Dich so sehr. Die ganze Zeit. Ich vermisse Deine Stimme. Ich vermisse Deine Gesellschaft. Ich vermisse Deinen grottenschlechten Humor. Ich vermisse Deine Vorliebe für lächerliche Typen. Ich vermisse es, mit Dir zu reden und Dir zuzuhören und mit Dir zusammen zu sein und in Dein Zimmer zu platzen wie an jenem ersten Tag. Ich vermisse Dich. Wirklich. Ich vermisse Dich so sehr, die ganze Zeit.*

Catherine schrieb ihm dasselbe zurück. *Die ganze Zeit,* schrieb sie, *jeden Tag* – und es war nicht gelogen, denn Catherine dachte jeden Tag an James, und jeden Tag gab es mindestens einen Moment, in dem sie wünschte, er könnte bei ihr sein, und fast jeden Tag schrieb sie am aktuellen Brief weiter. In manchen Wochen schickte sie ihm mehr als einen, und einmal, kurz nach Weihnachten, bekam sie drei Briefe binnen weniger Tage, ein jeder so lang und ausführlich wie der davor; aber das war kein Ersatz für seine Anwesenheit, und das schrieb sie ihm auch. Sie schrieb es ihm ständig. E-Mails waren schneller, aber James hatte nur selten Zugang zu Malachys Computer, also korrespondierten sie auf anderen Wegen. Außerdem ließ sich eine E-Mail nicht in den Händen halten, keine Tinte war aufs Papier geflossen, hastig und direkt aus der Hand der vermissten Person. Beziehungsweise aus dem Stift in der Hand der Person, was fast dasselbe war; es war fast so, als könnte man sie berühren.

In ihren Briefen schilderte Catherine alles, was ihr passiert war, sie warf ein Netz über alles, was sie hörte und sah und las und erlebte, um es für James festzuhalten, als könnte es ihm zuliebe ein zweites Mal passieren. Denn sie vermisste ihn wirklich; *Ich vermisse Dich Ich vermisse Dich Ich vermisse Dich,* so beendete sie ihre Briefe an ihn – wegen des Rhythmus –, und dann setzte sie noch ihren Namen darunter und eine Reihe aus Küssen. So bereitwillig ließen die x sich aufs Papier setzen, das fiel ihr ja so viel leichter, als tatsächlich jemanden zu küssen oder zu umarmen. Ihm zu schreiben, dass sie ihn vermisste, war auch viel leichter, als es ihm ins Gesicht zu sagen, und auch leichter, als von seiner Sehnsucht zu lesen; wenn er so überschwänglich wurde, spürte Catherine immer noch ein gewisses Unbehagen, so nackt wirkte er in seiner Offenheit und Bedürftigkeit. In dieser Hinsicht waren sie und James einfach sehr verschieden. Es fiel ihm leicht, seinen Gefühlen Ausdruck zu verleihen, es war ganz natürlich für ihn, sie in Worten und Gesten zu zeigen.

Oder zumindest war es ganz natürlich für ihn, bei bestimmten Leuten so zu sein. Mit anderen, das wusste Catherine sehr wohl, ging er nicht so unbefangen um. Mit anderen Jungen. Auch diesmal hatte er in Berlin niemanden kennengelernt; da war niemand, dem er seine Zuneigung hätte schenken können, weder mit Worten noch mit Taten, noch sonst. Die letzten sechs Monate waren ein Reinfall gewesen, das hatte er ihr geschrieben, die reinste Qual, das sagte er mehr als einmal. *Einsam,* dieses Wort hatte er benutzt, wieder und wieder. *Allein*: noch so ein Wort. *Nie*: ein weiteres, und wann immer Catherine es las und unter dem

Eindruck dieses Wortes einen Blick auf seine trostlose, angeblich jetzt schon in Stein gemeißelte Zukunft erhaschte, wusste sie, dass es nun ihre Aufgabe war, zu widersprechen, zu trösten und andere Wörter zu finden, Wörter wie *irgendwann* und *jemand* und *bald*. Wieder sagte sie ihm, alles würde gut werden. Alles würde gut, besser als jetzt, er würde das Leben und die Leichtigkeit finden, die er verdient hatte. Denn auch ihr war es so ergangen; darauf baute sie ihre Argumentation auf, sie stellte einen Vergleich an und betonte, wie sehr sich für sie alles zum Besseren gewendet hatte in diesem letzten Jahr. Noch ein Jahr zuvor war sie so verschüchtert gewesen, so unsicher; sie schien nirgends hineinzupassen, sich nichts und niemandem anschließen zu können. Vor den Seminaren, für die sie sich jetzt begeistern konnte, hatte sie noch vor einem Jahr schreckliche Angst gehabt; inzwischen verbrachte sie täglich mehrere Stunden in der Bibliothek und verschlang Romane und Essays und Gedichtbände. Ihr Liebesleben war praktisch nicht existent gewesen, doch mittlerweile kam sie kaum noch zur Ruhe. Da war Rafe gewesen und vor ihm andere. Sie hatte diese Jungen nur geküsst oder mit ihnen geflirtet, aber die Küsse waren großartig gewesen, verdammt großartig, und beim Flirten hatte ihre Haut am ganzen Körper gekribbelt, und eine unbändige Aufregung hatte in der Luft gelegen, die Luft hatte geknistert vor all diesen ungeahnten Möglichkeiten, dem neuen Wissen um die eigene Macht. Als Aidan – er war der Erste gewesen, Aidan, der ältere Student aus dem Chaucer-Tutorium –, als Aidan draußen vor der Party der bildenden Künstler eine Hand an ihre Wange gelegt und leise ihren Namen geflüstert hatte, als er sie an sich gezogen und seinen Unterleib an ihren gedrückt hatte, hatte sie ihre eigene Haut gespürt wie nie zuvor, ihren eigenen Körper, ihre Lust. *Deswegen* machen alle so viel Aufhebens darum, hatte sie gedacht, als Aidan ihr seine Zunge in den Mund schob. *Deswegen* küsste man Menschen, die man kannte, und nicht bloß irgendwelche Fremden aus der Disko, rein mechanisch war das, was für ein Unterschied zu diesem Stromstoß, diesem Aufwallen. Dass man sich an jemanden schmiegen, ihn küssen, mit ihm lachen konnte, ohne zu merken, wie die Stunden verflogen, dass es plötzlich zwei Uhr nachts war und alle Freunde nach Hause gegangen und die Mauer im Rücken kalt und feucht. Jemand schob seine Hand in dein Haar, jemand streichelte deinen Rücken, schob seine Hand unter dein Top, in deinen Hosenbund. Die Lippen, die Zunge eines anderen, sein Lächeln, und dann innezuhalten und zu hören, wie er über dich sprach, dass er angeblich schon so lange ein Auge auf dich geworfen habe, dass du dies für ihn seist und das – alles gelogen, dachte Catherine, alles zu perfekt und zu idealistisch, aber dennoch. Einen anderen Menschen zu schmecken, ihn zu fühlen, seine Haut, seine Statur. Mit Rafe war es komplizierter gewesen, denn mit Rafe hatte sie tatsächlich geschlafen, und mit jemandem ins Bett zu gehen war nicht dasselbe, wie ihn zu küssen; mit jemandem ins Bett zu gehen war nichts, was man instinktiv und ohne viel nachzudenken tat – aber Rafe und die Verantwortung für den Sex mit Rafe gehörten nun der Vergangenheit an, darüber musste sie sich nun keine Gedanken mehr machen. Rosa Riemen?, hatte James in seinem ersten Brief nach ihrem ersten Mal mit Rafe geschrieben; sie hatte so laut gelacht, dass Amy aus dem Flur in ihr Zimmer gekommen war und darauf bestanden hatte, die Passage vorgelesen zu bekommen. Rosa Riemen. Ich habe ja schon einige Bezeichnungen gehört, schrieb er, aber die ist neu. Und er hatte noch weitergeschrieben: Er hatte Catherine gelobt, ihr gratuliert, er hatte sie aufgezogen, bis sie prustete und rot wurde. Sie hatte das so natürlich nicht geschrieben, sie hatte lediglich nach einer Möglichkeit gesucht, Rafes hübschen Teint zu beschreiben, aber das war egal; James eignete sich Beschreibungen an und verarbeitete sie zu etwas völlig Neuem, und Catherine liebte es, ihm dabei zuzusehen. Wenn sie seine Briefe las, meinte sie, seine Stimme zu hören, die Schadenfreude in seinen Augen zu sehen, seinen Sarkasmus, sein Entzücken.

Gleichzeitig sah sie seinen Kummer, seinen Schmerz. Einmal schrieb er ihr, es sei vielleicht keine so gute Idee gewesen, nach Berlin zurückzugehen und sich auf ein zweites Jahr mit Malachy einzulassen; vielleicht war es ein Fehler. Ja, die Stadt ist schön, schrieb er, aber an manchen Tagen war ihre Schönheit der reinste Hohn, eine Beleidigung. Es fiel ihm schwer, diese Schönheit nicht persönlich zu nehmen. Wenn er so etwas schrieb, wusste Catherine, dass er nicht bloß die Stadt mit ihren Galerien und ihren Plätzen meinte, sondern auch die Menschen, die dort lebten, die Männer. Er hatte niemanden kennengelernt. Er hatte den Durchbruch nicht geschafft. Natürlich hatte er Leute kennengelernt, aber die gehörten immer zu irgendwem; für James gab es niemanden. In den ersten Monaten kreisten fast alle seine Briefe um dieses Thema, und seine Schilderungen waren so lebhaft, dass Catherine meinte, die Szenen vor Augen zu haben, die Enttäuschung am eigenen Leib zu spüren, und immer meinte sie, etwas daran ändern zu müssen. Als könnte sie einfach die Hand ausstrecken und ihm auf die Schulter legen, wenn er beispielsweise im Hausflur vor Malachys Atelier stand und sich mit einem Deutschen namens Florian unterhielt und sagte, er habe keine Zeit und könne später nicht mit Florian und den anderen in die Bar gehen – wenn Catherine so etwas las, wollte sie ihm einfach nur einen Schubser geben. Sie wollte ihm sagen: Doch, du musst, ansonsten wirst du nie erfahren, wohin es geführt hätte. Aber er blieb passiv. Er beobachtete die Männer aus der Ferne und sehnte sich heimlich. Und wenn sich dann wie so oft herausstellte, dass er sie nicht haben konnte, dass er nie den Hauch einer Chance gehabt hatte; wenn der Mann plötzlich eine Freundin hatte oder auch nur mit einer Frau gesehen wurde, brach es James jedes Mal das Herz. *Manchmal,* hatte er einmal geschrieben, *kommt es mir einfach so verdammt kompliziert vor. Viel zu kompliziert. Ich weiß auch nicht. Ich würde es mir am liebsten verbieten, aber es ist so schwer, nichts zu fühlen …*

Über Weihnachten schrieb er ihr eine Reihe von Kurznachrichten, deren akkurate Zeitangaben ihr fast surreal erschienen, als sie sie Anfang Januar endlich zu sehen bekam – *Heiligabend, 16 Uhr; Heiligabend, kurz vor Mitternacht; erster Weihnachtstag, 10 Uhr; Silvester, Sonnenuntergang.* Er hatte die Feiertage praktisch im Studio verbracht; der Termin für die Ausstellung in Tokio rückte näher, für Malachy kam es nun auf jede Stunde an. Catherine erklärte sich James' trübe Laune und seine Zerstreutheit mit Überarbeitung, mit einer Art Heimweh, obwohl er vehement behauptete, er wäre froh darüber, nicht daheim sein zu müssen. Wie hätte er, das schrieb er ihr, das Weihnachtsessen mit seiner Mutter überstehen sollen? Aber gegen Jahresende trieften seine Briefe geradezu so vor Einsamkeit, dabei hatte er fast nur über Malachy geschrieben, den alten Sklaventreiber; aber Catherine sprang die Panik aus allen Buchstaben und allen schiefen Zeilen an. Er freue sich sehr auf ihre Briefe; er wünsche sich jeden Tag einen neuen langen Brief von ihr. Er habe in Berlin, schrieb er, nichts als ihre Briefe, keinen anderen Grund zur Freude. Diese Behauptung irritierte Catherine, mehr noch, sie jagte ihr Angst ein, und hastig blätterte sie um in der Hoffnung, etwas Unbeschwerteres zu entdecken, einen Grund zu lachen oder Informationen über Kunst und über das Licht, über Berlin, irgendetwas, das sie ablenken würde. Sie wollte gar nicht wissen, dass er Probleme hatte, ihr wunderbarer, blitzgescheiter Freund; dass er eine schwierige Zeit durchmachte und sie ihm nicht helfen konnte, dass sie sich manchmal sorgte, die Probleme könnten ihn mit Beschlag belegen und nie wieder freigeben. Ihr Leben, die hektischen Romanzen, die Freunde, die Stunden in der Bibliothek, das Notizbuch mit den angefangenen und den fertigen Gedichten, ihre routinierten Artikel für die *Trinity News*, die regelmäßigen Besuche zu Hause, wo immer noch eine gedrückte Stimmung herrschte zwischen ihr und den Eltern, wo aber nichts für immer zerbrochen war, anders als zwischen James und seiner Mutter – ihr eigenes Leben erschien ihr im Vergleich zu James' Problemen klein und kindisch. Und doch mochte sie es, so wie es war; sie liebte es, und sie wollte es gar nicht anders. Und wenn sie einmal ehrlich war, wenn sie schonungslos ehrlich war, musste sie zugeben, dass sie James weniger oft schrieb, als er es gebraucht hätte. Manchmal schickte sie den fertigen Brief nicht ab. Das Schreiben machte ihr so viel Spaß wie immer, aber irgendetwas hielt sie davon ab, wirklich jeden Brief einzuwerfen. An ihn zu schreiben war eine Art Tagebuchersatz, und manche Briefe behielt sie für sich, weil sie, als sie endlich fertig wurden, heillos überholt waren. Der Brief, in dem sie darüber geschrieben hatte, wie es war, Rafes Freundin zu sein, und wie der Sex mit ihm nach jenem ersten, unbeholfenen Mal sich entwickelt hatte, war zugleich der Brief, in dem sie ersten Trennungsgedanken Ausdruck verlieh, und zuletzt beinhaltete derselbe Brief sogar noch eine Schilderung der Trennung, Rafes gelassene Reaktion, ihre Enttäuschung danach, wahrlich kein Höhepunkt, wenn James die Wortwahl entschuldige. James brauchte gar nichts zu entschuldigen, denn James würde den Brief nie zu Gesicht bekommen, es sei denn, sie holte ihn aus der Schreibtischschublade und überreichte ihn persönlich, morgen Nachmittag, wenn James in die Baggot Street zurückkam. James war ihre Schweigsamkeit in den vergangenen Wochen durchaus aufgefallen, ohne dass er sich selbst deswegen zurückgehalten hätte. Oft kam Catherine aus der Uni zurück und hatte eine Mail von ihm bekommen, in der er mit ihr schimpfte und sie provozierte und behauptete, sehr enttäuscht von ihr zu sein. Aber eigentlich meinte er es natürlich nicht so.

Dennoch. Er kam nach Hause. Das allein zählte jetzt, das allein ließ sie glauben, dass alles in Ordnung kommen würde. Von seinem Entschluss hatte er ihr vor über einem Monat berichtet, und allein zu wissen, dass er zurückkommen würde, dass sie sich bald wieder gegenüberstehen würden, hatte dazu geführt, dass Catherine in der Korrespondenz noch nachlässiger wurde und ihm viele ihrer langen Briefe, Markenzeichen ihrer Trennung – denn genau das war es in ihren Augen gewesen, besonders in den ersten traurigen Wochen, eine gewaltsame Trennung, ein trostloses Leben im Exil –, gar nicht erst schickte. Seit er beschlossen hatte, die Distanz zwischen ihnen wieder aufzuheben, den physischen Abstand, hatte sie unbewusst vielleicht entschieden, dass es gar nicht mehr nötig wäre, ihm so ausführlich zu schreiben. Seit sie seinen Satz gelesen hatte – *Ich komme zurück. Ich habe genug von dieser Stadt. Klappt das Schlafsofa aus* –, war er gewissermaßen schon wieder zu Hause; wenn sie ihm etwas mitteilen wollte, reichte es oft schon aus, es einfach hinzuschreiben; er war ja quasi hier bei ihr und nicht mehr darauf angewiesen, die Informationen per Luftpost zu erhalten. Er war wieder da. Nun ja, noch nicht ganz, aber so gut wie, und auf seinem Weg nach Hause würde er den Pessimismus, der sich in Berlin über ihn gelegt hatte, einfach abschütteln. Hier zu Hause würde die Einsamkeit keine Chance gegen ihn haben, sie hätte keine Gelegenheit mehr, ihn zu belasten und seinen Alltag und seinen Schlaf zu stören. Catherine würde ihm nicht von der Seite weichen. Alle würden ihm beistehen. Das Leben selbst war auf seiner Seite, dieses knisternde, spannende, unbändige Ding namens Leben; sie und er würden alles gemeinsam tun, und alles würde wieder gut. Besser als gut.

Zoe erschien um halb vier und jammerte über ihren Kater, den kaputten Regenschirm und den Bus, der nicht gekommen war. Catherine hatte sich inzwischen die gesamte Ausstellung angesehen, begleitete Zoe aber trotzdem noch einmal hindurch. Vor *5 Deaths* blieben sie stehen. Das Bild zeigte einen Unfallort und eine echte Leiche, eine Tote, die mit starrem Blick unter einem riesigen Autowrack lag.

»Das ist zu viel«, sagte Zoe und verzog angewidert das Gesicht. »Mir doch scheißegal, wie wuchtig der künstlerische Effekt ist. Ich finde so was unmoralisch.«

»Es ist lange her«, sagte Catherine.

»Wo ist da der Unterschied?«

»Meinst du nicht, dass es sich jedem echten Gefühl entzieht?«

»Ich sehe da eine tote Frau«, sagte Zoe. »Sie ist immer noch genauso tot wie vor vierzig oder was weiß ich wie vielen Jahren.«

»Ich weiß nicht«, sagte Catherine. »Ich glaube, es geht darum zu verstören. Eigentlich ist das kein Foto einer toten Frau.«

Zoe kniff die Augen zusammen. »Geht's noch, Citsers?«

»Es handelt sich um ein Kunstwerk auf der Basis eines Fotos einer toten Frau. Genauer gesagt einer Sterbeszene. Ich glaube, es geht hier um die Mechanik des Sterbens. Nicht um den konkreten Menschen. Für die Polizei wäre das Foto genauso wichtig, wenn unter dem Auto keine Tote läge oder zwanzig.«

»Na ja, Warhol hätte sich ohne die tote Frau nicht dafür interessiert«, sagte Zoe.

»Komm«, sagte Catherine, die das Thema wechseln wollte. »Du musst die Kissen sehen.«

»Kissen?«, fragte Zoe, die eben behauptet hatte, in der Nacht keine zwei Stunden geschlafen zu haben. »Es gibt hier Kissen?«

»Aus Silber«, sagte Catherine und ging voraus.

Die Silberkissen bestanden eigentlich aus Folie: dicke, längliche Heliumballons, die einen sanften, schläfrigen Pfad in die Luft des weißen Ausstellungsraums zeichneten. In der Ecke saß eine Aufpasserin und las. Sie hob nicht einmal den Kopf, als die Mädchen hereinkamen und Zoe laut zu staunen anfing.

»So hübsch!«, keuchte sie und zeigte in die Höhe. »Sieh mal, wir sind überall gespiegelt! Wir sind so winzig.«

Die Folie der einzelnen Kissen war zerknittert und matt, vermutlich, weil die Leute monatelang hineingeboxt hatten. Die meisten Kritiken zu der Warhol-Ausstellung hatten sich auf diese Installation bezogen und auf die Tatsache, dass man sie berühren durfte. Nun rieben die Kissen sich aneinander, was ein leises Geräusch wie von träge tickenden Uhren erzeugte. Die Ballons klebten zusammen, schoben sich aneinander vorbei, blockierten einander. Etwa zwanzig Stück waren noch da, anfangs waren es vermutlich mehr gewesen; die Decke war an manchen Stellen sichtbar, und einige Ballons hatten unmerklich, aber stetig an Volumen verloren und strebten nun weniger selbstbewusst in die Höhe als andere. Manche hatten sich komplett verausgabt und lagen nun als schlaffe Hülle am Boden, und Catherine fragte sich erneut, ob der traurige Anblick – niemand hatte sich die Mühe gemacht, sie in die Ecke zu fegen – zur Installation gehörte.

»Fang«, sagte Zoe und schlug in ein Kissen. Der Silberballon gab nach, Zoe schlug beglückt weiter, wieder und wieder. Sie sprang lachend herum, forderte Catherine auf, es ihr gleichzutun. Catherine zögerte kurz und machte dann mit, ringsum schimmerte das Silber, es stieg in die Höhe und fiel herunter. Sie steigerten sich immer weiter hinein, sprangen und schlugen und rempelten einander und die Wände an und lachten hysterisch. Sie waren wie Kinder mit ihren roten Wangen und dem zerzausten Haar, sie waren ganz außer Atem und droschen weiter, bis es wie ein Gewitter klang, nein, wie ein Hagelschauer, nein, wie ein Wasserfall in den Bergen, wo silbrige Spritzer auf graue Steine klatschen; und dann tauchte jemand in dem kleinen, säuberlich ausgesägten Durchgang auf, hinter dem die Jackies und die Marilyns und die Suppendosen warteten, und als Catherine es merkte, schämte sie sich sofort, gleichzeitig spürte sie so etwas wie Trotz und Stolz; sie waren zu zweit, sie waren achtzehn und neunzehn Jahre alt und tobten durch einen Ausstellungsraum im Irish Museum of Modern Art, sie kreischten und torkelten und schlugen die Kunst, als wäre sie ein verhasster Feind; sicher hielt der Mensch im Türrahmen sie für verrückt, sicher hatte er wenig Nachsicht mit ihnen. In dem Augenblick war es Catherine egal und nicht egal zugleich, sie verspürte ebenso viel Scham wie Triumph, ihre Ausgelassenheit war ihr peinlich, und gleichzeitig durfte sie damit anstellen, was sie verdammt noch mal wollte, aber das war im einen Moment, und im anderen erkannte sie die Person im Türrahmen, und wenn sie geglaubt hatte, sie wäre atemlos nach so viel Springen und Hopsen und Schlagen, hatte sie sich gründlich geirrt, sie hatte noch jede Menge Atem, den es ihr jetzt allerdings verschlug, sie erstarrte und ringsum sanken die Silberballons nieder, Zoe rempelte sie an, Zoe tollte immer noch herum, und James war da, ein schmaler Junge im Türrahmen, nein, kein Junge, er wirkte jung und alt zugleich, sein rotes Haar stand ihm in dicken, ungekämmten Locken vom Kopf ab, seine Haut war blass, die Sommersprossen verwischt, sein Lächeln nervös, und jetzt bewegten sich seine Lippen, und er sagte ihren Namen.

2

»Was zum Teufel. Was zum Teufel?«

»Überraschung! Überraschung! Überraschung! Überraschung!«

»Du solltest doch … morgen! Du hast gesagt, du kommst morgen an, oder? Du hast von morgen gesprochen. Sonntag!«

»Ich weiß. Ich wollte dich überraschen.«

»O mein Gott, James, o Gott, du hast mich zu Tode erschreckt!«

»Tut mir leid.«

»Nein, es tut dir kein bisschen leid. Kein bisschen. Du Penner!«

»Nein, es tut mir nicht leid. Ja, ich bin ein Penner.«

»Wie bist du hergekommen? Woher wusstest du …«

»Jemand hat mich mitgenommen. Das habe ich dir doch gesagt. In seinem LKW. Ich bin Mittwoch losgefahren statt Donnerstag.«

»Nein, ich meinte, wie bist du *hierher* gekommen? Woher wusstest du, wo ich bin?«

»Ach so. Amy war zu Hause. Sie hat mir gesagt, wo du bist. Du interessierst dich für Kultur, du braves Mädchen! Ich habe den Bus genommen. Was ungefähr so lange gedauert hat wie die Fahrt von Berlin nach Dublin.«

»Du *Penner*! Ich kann es nicht glauben! Ich kann nicht glauben, dass du hier bist«

»Ich kann nicht glauben, dass du eine Orgie mit unbezahlbaren Warhols veranstaltest, aber bitte.«

»O mein Gott. O mein Gott. Im Ernst, James, das ist unglaublich. Wie kann es sein, dass du *hier* bist?«

»Wie kann es sein, dass niemand dir Handschellen anlegt?«

»Hör auf, James, im Ernst. Ich kann es nicht glauben. Ich kann es nicht glauben. Du bist tatsächlich *hier.*«

»Ich bin hier.«

»Du bist *hier.*«

»Ich bin wieder zu Hause.«

»Du bist *hier.*«

*

Als sie von Emmet Doyles Party nach Hause gingen, war es schon nach drei. Sie torkelten aus unterschiedlichen Gründen, James, weil er todmüde, und Catherine, weil sie stockbesoffen war. In der Wohnung war alles dunkel; Amy und Lorraine waren entweder noch unterwegs oder schon im Bett.

Alles war jetzt gut; der Alkohol und die Musik und die Gesellschaft der anderen hatte alles, einfach alles wiedergutgemacht. James hatte natürlich nicht zu Emmets Party gewollt, er hatte sich geweigert und darauf hingewiesen, dass er dort niemanden kannte, dass er zu müde für so eine Großveranstaltung war, dass er einfach nur zu Hause bleiben und erzählen wollte, ganz in Ruhe. Aber Catherine und die anderen hatten ihn überredet. Die anderen wollten, dass Catherine mitkam, und nach ein paar Drinks wollte Catherine das auch. James hatte sich geweigert, aber dann konnte sie ihn überreden; es würde lustig werden, versprach sie, er würde jede Menge neue Leute kennenlernen, da würden jede Menge attraktive Jungs sein. Zoe hatte Catherine beigepflichtet, sie hatte James bedrängt und bezirzt, sie hatte sich verschwörerisch vorgebeugt und geflüstert, als würde sie ihn schon ewig kennen, so gut wie Catherine, als wüsste sie genau, was ihm fehlte, was gut für ihn war; als Catherine das sah, spürte sie einen Stich, sie war irritiert und ein bisschen eifersüchtig, weil James Zoes Drängen so schnell nachgab; aber hauptsächlich war sie erleichtert gewesen, denn nun könnte sie ausgehen, zusammen mit den anderen, anstatt allein mit James zu Hause zu sitzen und sich mit einer lebensgroßen Version all dessen konfrontiert zu sehen, was James in seinen Briefen beschrieben hatte. Sie hatte natürlich ein schlechtes Gewissen deswegen, sie kam sich vor wie ein schlechter Mensch; aber sie war jetzt nicht bereit dafür, noch nicht, wo er gerade erst wieder da war und neben ihr saß und sich anlehnte und immer wieder ihre Hand drückte, unter dem Tisch in dem Pub in der Thomas Street, wo sie sich nach dem IMMA mit den anderen getroffen hatten. Morgen vielleicht, das sagte sie sich, aber nicht heute. Heute Abend wollte sie Spaß haben, sie beide brauchten Spaß, sie hatten etwas zu feiern, sie würden sich Dublin als die geballte Macht präsentieren, die sie fortan sein würden. Von der Thomas Street ging es in die Buttery Bar, wo sie weitertranken, bis es an der Zeit war, zu Emmets Party zu gehen. Catherine lallte und torkelte jetzt, und James – was mit James war, hatte sie vergessen – und sie und Zoe waren aufgedreht, und auf einmal war Conor dabei, und Conor sagte irgendetwas zu James – Catherine wusste nicht mehr, was es war, aber sie hätte Conor umbringen können. Vielleicht hatte sie es tatsächlich versucht, oder vielleicht hatte sie auch nur versucht, ihn in die Schranken zu weisen, sie wusste es nicht mehr genau; hatte sie mit ihm gesprochen, hatte sie ihn angebrüllt, als sie den Front Square überquerten?

»Habe ich deinetwegen mit Conor gestritten?«, fragte sie James, als sie wieder zu Hause waren und sie sich in einen Sessel sinken ließ. James schob die Sofakissen beiseite und mühte sich mit der grauen, platten Daunendecke ab, die Amy oder Lorraine aus der Abstellkammer hinter dem Fernseher geholt hatten. Das Zimmer lag im Halbdunkel; Catherine hatte die Deckenleuchte eingeschaltet, aber James hatte sich sofort über die Helligkeit beschwert und seine Augen abgeschirmt und sich an der Lampe neben dem Fernseher zu schaffen gemacht, bis sie glimmte. Er trug ein Polohemd und Boxershorts, Catherine hatte gar nicht bemerkt, wie er sich ausgezogen hatte, was bedeutete, dass sie kurz eingenickt sein musste. Er stand mit dem Rücken zu ihr, sie musterte seine mageren Waden und wie seine Rückenwirbel sich unter dem Stoff des Hemds abzeichneten.

»Du bist so *dünn*«, sagte sie, und plötzlich erschien ihr der Umstand viel wichtiger als alles, was Conor zu ihm gesagt hatte oder auch nicht; abgesehen davon war egal, was wichtiger war, da James ihr offenbar gar nicht zuhörte; offenbar hatte er gar nicht vor, sich umzudrehen oder zu antworten.

»James«, sagte sie und streckte die Hände nach ihm aus, was nicht funktionierte, weil ihre Hände natürlich an ihr festgewachsen waren; sie beugte sich vor, um sich einen Schuh auszuziehen. »James!«, wiederholte sie, flehentlich und laut, und dann holte sie weit aus und schleuderte den Schuh in James' Richtung.

Sie verfehlte ihn. James drehte sich um, sein Gesicht war von Müdigkeit entstellt.

»Ich habe dich gerufen«, sagte Catherine, und auf einmal wog ihr Kopf schwer auf ihrem Hals; er kippte immer wieder nach vorn und nach hinten, die Sessellehne konnte ihn nicht halten, obwohl Sessellehnen doch zu so etwas gut waren? »Ich habe dich gerufen. Ich habe dich was gefragt.«

»Geh schlafen, Catherine«, sagte James und verkniff den Mund zu einer schiefen Linie. Er trat an sie heran, zog sie auf die Beine und begleitete sie an die Tür.

Sie schmollte. »Ich will aber nicht schlafen. Ich will über die Party reden. War super, oder? Die sind alle so cool!«

James öffnete die Tür. »Geh schlafen, Catherine. Ich habe keine Kraft mehr. Geh ins Bett.«

»Ich bin ja so froh, dass du mitgekommen bist«, sagte sie, aber da hatte er die Wohnzimmertür schon geschlossen.

*

Den Sonntag konnte sie abschreiben, aber am Montagmorgen war Catherine wieder klar im Kopf. Es kostete sie einiges an Mühe, James dazu zu bewegen, sein Sofabett zu verlassen, aber um elf waren sie beide auf dem Campus und saßen auf einer Bank vor dem kunsthistorischen Institut und tranken Kaffee und verschafften sich einen Überblick.

»Da ist Shane«, sagte Catherine und packte James beim Arm. »Weißt du noch? Ich habe dir von ihm geschrieben.«

»Shane, der Russe?«, fragte James und schaute sich um. »Wo?«

»Da hinten«, sagte Catherine, »aber glotz jetzt bitte nicht so dahin!«

Es war zu spät, James glotzte. Catherine kannte Shane nicht persönlich, hatte ihn in ihren Briefen an James allerdings ausführlich beschrieben; er studierte Russisch, war kurz vor dem Abschluss und in Catherines und Zoes Augen einer der attraktivsten Studenten auf dem gesamten Campus. *Du solltest ihn mal sehen, James,* hatte Catherine ihm im Oktober oder November geschrieben, *du wärst hingerissen, er ist so unglaublich sexy.*

»Der?«, fragte James skeptisch. »Der mit den grauen Haaren?«

»Von den Haaren habe ich dir doch geschrieben! Er ist wegen der Haare so sexy!«

»Wie alt ist der Kerl? Vierzig?«

»Nein!«

»Er sieht aber so aus. Bist du sicher, dass das nicht Aidan ist?«

»James«, sagte sie und boxte ihn auf den Arm.

»Wann lerne ich den berühmten Aidan überhaupt mal kennen?«

»Komm jetzt nicht mit Aidan, konzentrier dich auf Shane.«

»Ich kann das nicht nachvollziehen«, sagte James kopfschüttelnd, »kein bisschen.«

»Aber er ist göttlich!«

»Er sieht ganz okay aus. Mehr nicht.«

»Warte mal, bis er aufsteht. Er ist groß. Vielleicht änderst du dann deine Meinung.«

»Also wirklich, Catherine. Du übertreibst.«

»Nein«, sagte sie und tat beleidigt, wobei sie in Wahrheit tatsächlich ein kleines bisschen beleidigt war. Shane war der Hit. Das so unverhohlen abzustreiten und Catherine mit ihrer Bewunderung so auflaufen zu lassen; Shane so anzustarren und abfällige Kommentare über ihn zu machen; fast fühlte sie sich hintergangen. Sie warf einen Blick über die Rasenfläche in der Hoffnung, einen anderen der vielen Jungen zu entdecken, von denen sie ihm geschrieben hatte, aber da waren nur die üblichen Normalos. Sie rauchten und tranken Kaffee und blätterten in ihren Notizen und bereiteten sich auf die Nachmittagsseminare vor. Was auch Catherine jetzt tun sollte, wie ihr einfiel; um drei Uhr musste sie ins Romantik-Tutorium, und spätestens am Abend war ihr Artikel für die *Trinity News* fällig. Aber irgendwie erschien es ihr nicht richtig, ihre Zeit ohne James zu verbringen. Er war gerade erst zurückgekommen. *Endlich*. Er war *hier*, jetzt. Das musste sie auskosten. Sie konnte nicht so tun, als wäre heute ein ganz gewöhnlicher Montag und James weit weg in Berlin; sie brauchte ihr Leben nicht mehr für die Briefe an ihn aufzusparen.

»Ich kann nicht fassen, dass du Shane nicht atemberaubend findest«, sagte sie. »Seit Monaten freue ich mich darauf, ihn dir zu zeigen.«

»Tja. Sorry.«

»Jetzt habe ich gar keine Lust mehr, dir die anderen zu zeigen.«

»Ach, Catherine«, sagte er und hakte sich unter. »Ich will sie alle sehen. Ich habe einfach nur das Gefühl, in einer Filmkulisse gelandet zu sein. Und als Nächsten stellst du mir den rosa Riemen vor?«

»O mein Gott«, flüsterte sie, »so darfst du ihn nicht nennen, falls wir ihn treffen!«

»*Falls*? Ich dachte, es geht hier um *wenn*?«

»Rafe kommt nicht mehr oft auf den Campus. Ich glaube, er lernt lieber zu Hause. Oder vielleicht will er nur in Ruhe kiffen.«

James runzelte die Stirn. »Du hast ihn umgebracht, nicht wahr, Reilly? Du hast seinen Leichnam zerteilt und im Vorgarten vergraben. Der schöne Schwanz in der Farbe eines Sonnenuntergangs in Longford ist für immer dahin.«

»O mein Gott, hör auf damit«, sagte Catherine und schlug nach ihm, aber in Wahrheit wollte sie gar nicht, dass er aufhörte. So viele Monate hatte sie sich genau danach gesehnt: James hier an ihrer Seite, wie er mit ihr die Jungs begutachtete und ihr mit seinen unvergleichlichen Witzen und Kommentaren und unglaublichen Unterstellungen die Lachtränen in die Augen trieb, genau so, wie sie es vom letzten Sommer in Erinnerung hatte. Sie war so dankbar, ihn wieder um sich zu haben, sie war die glücklichste Person auf dieser Rasenfläche, auf diesem Campus, in dieser Stadt; alle anderen hatten nur ihr blödes Dublin, sie aber hatte James.

»Tja, *der* wäre eher nach meinem Geschmack«, sagte James und setzte sich ruckartig auf. Catherine sah sich hektisch um.

»Wer?«

»Der«, sagte James und streckte den Arm aus und zeigte über den Rasen. Catherine schnappte nach Luft, zog seinen Arm herunter.

»Du meine Güte! Nicht so auffällig, bitte!«

»Ach, wen interessiert's? Der guckt doch gar nicht.«

Der nicht, aber andere schon, dachte Catherine; sie war jetzt zu besorgt, um nachzufragen, wen er gemeint haben könnte. Sie sah keine bekannten Gesichter, nur das von Emmet Doyle, der an einem Mülleimer stand und eine Coladose knackte. Bei seinem Anblick fühlte Catherine sich erneut schuldig, James auf seine Party geschleppt zu haben. Sie suchte weiter, aber da war sonst keiner. Wenn sie James' Blick folgte, landete sie höchstens wieder bei Emmet.

»Du meinst doch nicht etwa den Doyle?«, fragte sie ungläubig.

»Ach ja«, schnaubte James, »seinen lächerlichen Spitznamen hatte ich vergessen. Ja, der ist mir auf der Party schon aufgefallen. Sehr hübsch. In der Tat.«

»Ich bitte dich«, stieß Catherine hervor. »Doyle?«

»Warum nicht?«

»Er ist ein Spinner«, sagte Catherine. »Er schreibt für die *Trinity News.*«

»So wie du.«

»Ja, aber ich schreibe nicht so viel wie er. Der wohnt praktisch in der Redaktion. Und den Rest der Zeit rennt er durch die Gegend und gibt überall seinen Senf dazu und beleidigt die Leute.«

»Klingt nach deinem guten Freund Conor.«

»Nein, er ist viel schlimmer«, sagte Catherine. »Er hat ein paar meiner Gedichte gelesen, und seither macht er sich über mich lustig. Er *rezitiert* sie. So ein Arschloch.«

»Tja, sein Literaturgeschmack ist mir egal. Ich finde ihn einfach nur attraktiv.«

»James …«

»Wirklich. Sieh dir mal diese Apfelbäckchen an.«

»James!«

»Was du schon wieder für schmutzige Gedanken hast, Reilly. Wie hieß er gleich? Oder soll ich ihn bei seinem *nom de plume* nennen?«

»Emmet«, sagte Catherine mürrisch.

»Benannt nach Robert Emmet, dem großen Patrioten? Nun, ich werde ein Epitaph für dich schreiben, mein Junge. Komm her, und ich schreib dir ein hübsches kleines Epitaph.«

»Ich glaube nicht, dass er besonders patriotisch ist. Er war auf einer katholischen Jungenschule.«

»*Komm näher, du scheuer Jesuit!*«, rief James da, zu Catherines Entsetzen. Sie schlug die Hände vors Gesicht, was James natürlich nur weiter anspornte. Als er fertig war, wollte Catherine vor Lachen und vor Scham von der Bank fallen, nur dass James sie festhielt. Er musste selbst lachen, umarmte sie mit aller Kraft, verbarg sein Gesicht an ihrem Hals. Er bebte immer noch vor Lachen, und wie er da an ihrer Schulter hing, sah es aus, als würde er von Schluchzern geschüttelt, und einen Moment lang fürchtete sie, er könnte tatsächlich weinen. Aber dann seufzte er gedehnt und sie wusste, alles war in Ordnung, er musste sich einfach nur wieder beruhigen, er war völlig durchdrungen von dem Glücksgefühl, als komisch wahrgenommen zu werden.

»O Catherine«, sagte er, ohne sie loszulassen, »ich bin ja so froh, dass du wieder da bist.«

Sie schnaubte: »*Du* bist wieder da!«

Er hielt inne. »Was? Was habe ich gesagt?«

»Du hast gesagt, du wärst froh, dass *ich* wieder da bin.«

»Ach, du, ich … ist doch scheißegal, wer wieder da ist«, sagte er und umarmte sie noch fester, und obwohl ihr der Gedanke peinlich war, wünschte sie, er würde sie endlich loslassen. Sie wusste, wie gern er seine Zuneigung zeigte, so war er eben, aber mittlerweile fand sie die Umarmung ein wenig zu lang, außerdem waren sie hier in der Öffentlichkeit. Sie schrumpfte in sich zusammen, versuchte, sich loszumachen, irgendwie zum Ende zu kommen; sie klopfte ihm auf den Rücken, sanft, aber bestimmt; ein Mal, zwei Mal, drei Mal. Er wiederum fing erneut zu lachen an und wiederholte das Klopfzeichen auf ihrem Rücken, außer dass er nicht sanft klopfte, sondern ziemlich fest, fast schlug er sie; als wären sie hier beim Hurling, als würden sie nach der Partie abseits des Spielfeldes weiterringen.

»Sehr lustig«, murmelte sie. »Dir entgeht auch gar nichts, was, Flynn?«

»Nichts, Reilly«, sagte er zufrieden und drückte ihr viele kleine Küsse auf den Hals.

Sie verbrachten den ganzen Tag miteinander, tranken einen Kaffee nach dem anderen und führten ein Endlosgespräch. Sie stellte James allen Bekannten vor, denen sie begegneten; sie diskutierten über die Attraktivität beziehungsweise die mangelnde Attraktivität der verschiedenen Jungen. Rafe war nirgendwo zu sehen, zu Catherines Erleichterung, aber gegen Abend kam ihnen Aidan auf der Rampe entgegen, direkt aus seiner Romantik-Vorlesung, das Buch von Chaucer unter dem Arm und erpicht darauf, über die Frau aus Bath zu reden. Aber sobald Catherine ihm James vorgestellt hatte, wollte Aidan nur noch über Berlin sprechen; er habe, sagte er und schoss Catherine einen rätselhaften Blick zu, schon so viel über James und seine Arbeit gehört, über seine tolle Zeit in Berlin; es müsse großartig sein, dort zu leben, nicht wahr? Er selbst sei auch schon einmal da gewesen, aber das sei Ewigkeiten her, die Mauer habe noch gestanden, er habe inzwischen aber viel Gutes über die Stadt gehört, wie hedonistisch und lebendig es dort zugehe. Auf typische Aidan-Art pausierte er nach den Fragen nicht lange genug, um eine Antwort zu bekommen; er redete immer weiter. James sah ihn amüsiert an, das merkte Catherine, aber da war noch etwas in seinem Blick, eine Art Misstrauen.

»Wie fandest du ihn?«, fragte sie, nachdem Aidan sich verabschiedet hatte.

James zuckte nur die Achseln. »Ich will nach Hause«, sagte er. »Können wir los?«

»Oh«, sagte Catherine betreten. »Ich muss noch meinen Artikel schreiben.«

»Was für einen Artikel?«, fragte James leicht gekränkt.

»Das Interview mit McCabe. Ich habe es dir doch erzählt. Der Abgabetermin ist heute, ich bin immer noch nicht fertig.«

»Tja«, sagt er und lehnte sich an das Geländer. »Soll ich auf dich warten?«

»Nein, fahr schon mal nach Hause«, sagte Catherine und runzelte die Stirn, als fiele es ihr schwer, ihn um diesen großen Gefallen zu bitten. »Ich werde mich beeilen und bin in etwa einer Stunde zu Hause. Es dauert nicht lange.«

»Versprochen?«, fragte James in gespielter Verzweiflung.

»Versprochen«, sagte Catherine, und dann umarmten sie einander wie zwei Menschen, die sich für die nächsten Wochen nicht wiedersehen werden, oder Monate, oder Jahre. Kurz darauf überquerte sie mit schnellen Schritten den Front Square und merkte, wie schön die Abendluft war. Der Mond schien hell und verwandelte das Kopfsteinpflaster in einen schimmernden, grauen See. Ganz kurz meinte sie, jemand habe ihren Namen gerufen, aber dann war es jemand anderes; jemand anderes rief den Namen einer anderen.

Catherine tippte das Interview mit McCabe ab, sobald sie einen Arbeitsplatz in der Redaktion gefunden hatte, und kürzte es widerwillig um mehrere hundert Wörter. Seine guten Zitate waren zu lang, sie wünschte, sie könnte sie alle behalten; aber dann wäre kaum noch Platz für die Romankritik. Sie druckte den Artikel aus. Emmet sah die Blätter aus dem Drucker rutschen und ging los, um sie Catherine zu bringen. Auf dem Weg zu ihrem Schreibtisch las er die erste Seite.

»*Patrick McCabe betritt das sonnendurchflutete Café Irie in Temple Bar und sieht aus wie ein Mann, der zerstreut und hochkonzentriert zugleich ist*«, las er vor. »Was soll das werden, ein Roman?«

»Gib her«, sagte Catherine und riss ihm die Blätter aus der Hand. Er grinste sie an, und für den Bruchteil einer Sekunde verstand sie, was James gemeint hatte – Emmet war tatsächlich attraktiv, auf seine eigene Weise. Seine Haut war makellos rein, seine Augen dunkelblau, die Gestalt schlank und jetzt in diesem Moment an Catherines Schreibtisch gelehnt; aber er war irgendwie unscheinbar; an Jungen wie ihn hatte sie nicht gedacht, als sie sich ihre Tuscheleien mit James vorgestellt hatte.

»Übrigens, Dichterin, da ist ein Brief für dich gekommen«, sagte er und nickte zu den Postfächern an der gegenüberliegenden Wand hinüber. »Hast du ihn gesehen?«

»Nein«, sagte Catherine und stand auf. »Wann?«

»Vor ein paar Tagen«, sagte Emmet achselzuckend. »Wahrscheinlich von der Frau von McCabe. Damit du aufhörst, ihn zu belästigen.«

»Blödmann«, lachte sie und holte den Brief aus dem Postfach. Er war handgeschrieben und in Dublin abgestempelt. Sie riss ihn auf und fand eine kurze Nachricht von der PR-Agentin des Schriftstellers Michael Doonan, der sie monatelang nachgelaufen war. Die Frau informierte sie darüber, dass sie ein kurzes Interview mit Doonan führen dürfe, vierzig Minuten an einem Freitagnachmittag am Monatsende; alle Fragen müssten sich auf Doonans neuen Roman *Allmächtiger Antrieb* beziehen und keinesfalls auf die ältere Trilogie, auf der eine neue und sehr umstrittene TV-Serie basierte. Ihr blieben einige Wochen zur Vorbereitung, umso besser; sie kannte nur ein einziges seiner Bücher und wollte gut vorbereitet sein. Er gab nur selten Interviews.

»Und?«, fragte Emmet. »Eine einstweilige Verfügung?« Er kam heran und stellte sich neben Catherine und ihr Postfach. Er grinste so breit wie immer, aber schon errötete er wieder; unübersehbar schoben die Flecken sich an seinem Hals aufwärts.

»Sehr lustig«, sagte sie und steckte den Brief in ihre Tasche. »Viel Spaß noch. Ich muss nach Hause. Das Essen wartet.«

»Was? Wohnt deine Mutter jetzt bei dir?«

»Nein, du Schlaumeier. Mein Freund James.«

»Ach, *der* James?«, sagte Emmet pikiert. »Der Rothaarige, mit dem du heute Vormittag vor der Kunstgeschichte gekuschelt hast? Du hast mir das Herz gebrochen, Reilly. Ich dachte wirklich, das wäre etwas Besonderes gewesen am Samstagabend. Ich habe dir mein Zuhause gezeigt …«

»Und hundert anderen Leuten.«

»… und heute Morgen komme ich aus meinem Politikseminar …«

»Um halb zwölf? Wohl kaum.«

»… und sehe dich – du hast übrigens keine Ahnung von meinem Stundenplan! – in den Armen eines anderen Mannes. Du hast mir das Herz gebrochen, Reilly. Ich bin am Ende.«

Das war typisch Doyle, er schichtete Sarkasmus und Spott und Dreistigkeit übereinander, bis man von den Gefühlen darunter nichts mehr erahnen konnte. Es war wie eine Geheimsprache, in die er und die anderen bei der *Trinity News* gern verfielen: Immer war alles zutiefst ironisch.

Catherine versuchte manchmal, ebenso zu reden, aber so sehr sie sich auch bemühte, aus ihrem Mund klang es immer bloß zickig.

»Verpiss dich, Doyle«, sagte sie, und da war es schon wieder passiert: Die Worte klangen viel schärfer, als sie beabsichtigt hatte, aber Emmet schien nichts bemerkt zu haben.

»Du hast ihn zu meiner Party mitgebracht, richtig? Ich habe mich kurz mit ihm unterhalten.«

»Ja. Er ist gerade aus Berlin gekommen.«

»Ja, der deutsche Bauernakzent ist mir gleich aufgefallen.«

»Sehr lustig«, sagte Catherine und sammelte ihre Sachen zusammen: Notizblock, Jacke, Tasche. »Okay«, sagte sie und ging zur Tür, »ich bin weg.«

Emmet folgte ihr. »Studiert dein Freund hier?« Sie erreichten das Treppenhaus. »Ich habe ihn vor Samstag noch nie gesehen.«

»Nein, er ist kein Student.« Sie drehte sich um, Emmet stoppte abrupt und stand jetzt dicht vor ihr. Er wich einen Schritt zurück, Catherine ebenfalls. Sie schwiegen eine lange Weile; Catherine wusste nicht, wie sie es deuten sollte.

»Und, musst du nicht eine Zeitung zu Bett bringen?«, fragte sie schließlich in schnippischem Tonfall.

Emmet sah sie verständnislos an, dann verdrehte er die Augen, das spöttische Grinsen war zurück. »*Zu Bett bringen?*«, höhnte er. »Wo hast du das denn gelernt, beim *Longford Leader*? Es heißt *in Druck geben.*«

»Gute Nacht, Emmet«, sagte Catherine, stieg die Treppe hinunter und winkte über ihre Schulter, ohne sich umzusehen.

Er beugte sich über das Gelände. »Gute Nacht, Dichterin!«, rief er ihr nach.

3

Um kurz nach neun Uhr am nächsten Morgen schlich Catherine ins Wohnzimmer, um James so zu wecken, wie er sie am Vortag geweckt hatte: Sie würde sich auf ihn stürzen und auf seinem Bett herumhopsen. Aber dann blieb sie vor dem Sofa stehen und betrachtete ihn im Schlaf. Er lag auf der Seite, hatte sich beide Unterarme über den Kopf gelegt und das Gesicht in die Armbeugen gedrückt. Sie erinnerte sich daran, dass er in Carrigfinn im Sommer genau so geschlafen hatte. Die Luft im Wohnzimmer war zum Schneiden dick; sie roch abgestanden und leicht säuerlich, nach einer durchträumten Nacht.

James seufzte, nahm die Arme herunter und riss unvermittelt die Augen auf. Er starrte Catherine an, starrte durch sie hindurch. Catherine zuckte zusammen; er sah aus, als hätte er etwas Furchtbares gesehen. Doch schon im nächsten Moment blinzelte er verschlafen und sah wieder aus wie James.

»Morgen!«, sagte sie fröhlich und pikste ihn in die nackte Schulter.

»Nein, nein«, sagte er und zog sich das Kissen über den Kopf. »Es ist nicht Morgen, Catherine. Geh weg. Es ist mitten in der Nacht.«

»Zeit zum Aufstehen«, sagte sie, trat ans Fenster und öffnete die Läden. »Mein Gott, hier drinnen ist es immer so stickig, wenn wir Übernachtungsbesuch haben.«

Er stützte sich auf die Ellenbogen und runzelte die Stirn. »Ach, dann bin ich ein Übernachtungsgast?«

»Was hast du heute vor?«, fragte sie und setzte sich auf die Sofakante.

»Sag du es mir«, meinte er achselzuckend. »Wahrscheinlich muss ich mir noch mehr alte Knacker ansehen, auf die du stehst, weil du einen Vaterkomplex hast. Mein Gott, Reilly, du hast überhaupt keinen Geschmack, ist dir das klar?«

Catherine drückte ihm das Kissen aufs Gesicht, bis er protestierte und zappelte, dann ließ sie ihn lachend los. James setzte sich auf und kniff sie in die Taille, versuchte, ihren Bauchnabel zu berühren. Catherine quiekte und versuchte, sich zu befreien, doch er hielt sie fest. Er drückte sie nieder, vergrub sein Gesicht an ihrem Nacken und knurrte und drückte, bis sie kaum noch Luft bekam. Catherine wand sich in seinem Griff, er kitzelte sie jetzt nicht mehr; er rührte sich gar nicht mehr, sondern hielt sie allein mit seinem Körpergewicht fest. Er seufzte.

»Und, was machen wir heute, Brain?«

Das war einer ihrer Witze, sie fanden dieselben Cartoons lustig. Catherine antwortete prompt. »Dasselbe wie jeden Tag, Pinky. Wir reißen die Weltherrschaft an uns!«

»O Reilly«, sagte er und schnüffelte, »wir sind ganz schön bescheuert, weißt du das?«

»Ja«, sagte sie zufrieden.

»Im Ernst, was machen wir heute?«

»Na ja, ich habe ein paar Vorlesungen. Und ich habe einen Termin bei Dr. Parker. Wir müssen über meine Plath-Hausarbeit reden.«

»*Daddy, Daddy …*«

»Halt die Klappe«, sagte Catherine und strampelte sich los. James grunzte.

»Na schön«, sagte er. Sie spürte seine Bartstoppeln in ihrem Nacken. »Nimmst du mich mit? Oder was soll ich machen?«

»Oh«, sagte sie überrascht. »Du willst mich wieder begleiten?«

»Ach«, sagte er peinlich berührt, »war das nicht so geplant? Ich dachte …«

»Nein, nein«, sagte sie hastig und war nun ihrerseits peinlich berührt, sie errötete sogar und war froh, dass er hinter ihr lag und ihr Gesicht nicht sehen konnte, »natürlich kannst du mitkommen, ich dachte bloß, …«

»Na ja, ich komme natürlich nicht mit, wenn du das nicht willst«, sagte er und drehte den Kopf auf dem Kissen hin und her. »Nein, nein. Natürlich. Du hast deine Vorlesungen. Wenn ich Vorlesungen wollte, würde ich ja selbst aufs College gehen.«

»Es ist einfach so«, sagte sie und drehte sich um. James atmete ihr ins Gesicht; sie zuckte zurück, ließ sich aber nichts anmerken. »Ich dachte einfach nur, du hättest genug zu erledigen. Du hast gesagt, du hättest diese Woche jede Menge zu tun – eine Dunkelkammer finden, vielleicht sogar einen Job, und dann …«

»Ja«, sagte er leise.

»Ich meine, wir können uns doch später treffen.«

»Ich bringe dich hin«, sagte er, »und wir sehen uns später. Wie wäre das?«

»Okay«, sagte sie. Er spürte ihr Zögern und reagierte prompt – er zuckte zusammen, sein Mund wurde zu einem schmalen Strich, sein Blick verdüsterte sich. Um die Stimmung aufzulockern, kitzelte sie ihn, bis er um Gnade flehte.

»Raus aus den Federn«, sagte sie, sprang auf und lief in die Küche. »Neuer Tag, neues Glück.«

»Scheiß auf den Tag«, hörte sie ihn murmeln, und dann verkroch er sich wieder in seinem provisorischen Bett.

Sie brauchte Ewigkeiten, ihn zum Aufstehen zu bewegen, und als sie den Campus erreichten, war sie für ihr Expressionismus-Tutorium spät dran. Trotzdem nahm James sie, als sie vor dem Eingang an der Nassau Street standen, beim Ellenbogen und zog sie zum Häuschen des Wachdienstes.

»Komm mal kurz«, sagte er, »du musst dir etwas ansehen. Ich möchte dir was zeigen.«

»James, ich bin spät dran.«

»Es dauert nicht lange«, sagte er, drehte sich zu dem schmalen, hohen Fenster des Wachhäuschens um und tippte an die Scheibe. »Ich liebe das. Sieh mal.«

Catherine sah nichts als einen weißhaarigen Wachmann. Mit seiner Uniform, den Epauletten und der Schirmmütze wirkte er bereit für den Krieg. Er warf James einen misstrauischen Blick zu, gähnte, schaute wieder weg. »Die vielen Gesichter«, sagte James, und da sah sie, was er meinte: Hinter der Scheibe klemmte eine lange Reihe von Studentenausweisen. Sie waren auf dem Campus oder in der Stadt verloren gegangen und hier abgegeben worden. Nun blickten die kleinen Gesichter ernst auf den Gehweg hinaus und warteten darauf, von der lebensgroßen Version ihrer selbst abgeholt zu werden; eine merkwürdige Aneinanderreihung von Vermissten, die niemand vermisste.

»Ich mag das«, sagte James und fuhr mit dem Finger über das Glas, ganz langsam, als läse er Blindenschrift. »Ich mag es, wie die Menschen auf Passfotos aussehen«, sagte er, »wie sie eingefangen wurden.«

»*Eingefangen?*«, fragte Catherine skeptisch.

»Ja. Wie der Fotograf sie ein bisschen zu früh eingefangen hat. Kurz bevor sie die Miene aufsetzen können, mit der sie fotografiert werden wollten. Noch bevor sie nachdenken können.«

»Ich denke bloß, Mann, sind die hässlich«, sagte Catherine und trat einen Schritt zurück. Ein Junge, den sie aus dem Seminar für amerikanische Lyrik kannte, ging vorbei. Sie lächelte ihn an.

»Nein, nein«, sagte James, ohne sich aufzurichten. »Sie sind perfekt. Sieh dir mal das hier an!«

Er zeigte auf den Ausweis eines bleichen, mürrisch dreinblickenden Mädchens. Er studierte ihre Züge, als wäre sie Botticellis Venus. Catherine kannte die Studentin vom Sehen, in natura war sie eigentlich ganz hübsch. Wahrscheinlich konnte sie sich auf diesem Foto nicht leiden. Vielleicht hatte sie den Ausweis absichtlich verloren in der Hoffnung, einen neuen ausgestellt zu bekommen, mit einem vorteilhafteren Passfoto; doch wie Catherine im vergangenen Jahr am eigenen Leib erfahren hatte, funktionierte der Trick nicht. Das Passfoto war im Computersystem des College eingespeichert und blieb bis zum Abschluss dasselbe. Auf ihrem Studentenausweis sah Catherine aus wie ein Junkie: schlaffe Mundpartie, strähniges Haar, abgewetzte Jeansjacke, die sie an ihrem fünfzehnten Geburtstag gekauft und dann ununterbrochen getragen hatte; erst vor kurzem hatte sie sich von der Jacke getrennt und sie bei der Oxfam-Filiale in der Great George Street abgegeben. Wahrscheinlich lief jetzt eine andere in dieser Jacke durch Dublin, was ein seltsamer Gedanke war; die andere ahnte nichts vom Vorleben des Kleidungsstücks. Catherine trug inzwischen eine braune Wildlederjacke, die sie in einem Secondhandladen in Harlequin gekauft hatte. Das Futter war fleckig und an manchen Stellen gerissen, aber das Wildleder fühlte sich weich und samtig an. Catherine strich sich beim Reden mit der Hand über den Kragen – eine Angewohnheit, die Emmet Doyle im Übrigen nicht entgangen war, er hatte sich mehr als einmal in der Redaktion über Catherine lustig gemacht und sie nachgeahmt.

»Ich wünschte, ich könnte solche Fotos machen«, sagte James, »sie sind so wahrhaftig.«

»Aber das sind Fahndungsfotos!«

»Nein«, sagte James kopfschüttelnd, »Fahndungsfotos

sehen noch mal anders aus. Auf einem Fahndungsfoto muss man erkennbar sein, aber hier ist alles egal. Die Leute treten vor die Kamera, und *peng,* fertig. Dem Fotografen ist egal, ob sie zufrieden sind oder nicht. Der Nächste, bitte!«

»Ich hasse meins«, murmelte Catherine.

»Oh!«, sagte James und streckte die Hand aus, »darf ich es sehen?«

Sie schnaubte. »Keine Chance!«

»Ach, komm schon! Bitte. Bitte, ich möchte es sehen! Ich möchte dich genau so fotografieren.«

»Du machst wohl Witze«, sagte Catherine und legte eine Hand an ihre Tasche, als fürchtete sie, James könnte einfach hineingreifen. »Ich muss jetzt los, Roberts lässt immer die Türen abschließen. Was machst du jetzt?«

»Keine Ahnung. Warten«, sagte James verträumt und ohne sich von den Porträts abzuwenden.

Er wartete. Er wartete auf sie, bis sie aus dem Tutorium kam, und er wartete während der Vorlesung danach. Nach dem gemeinsamen Mittagessen bestand er darauf, dass sie ins Café en Seine gingen, wo es »richtigen« Kaffee gab. Catherine ließ sich nur widerwillig und aus reinem Schuldgefühl darauf ein, eigentlich hätte sie in die Bibliothek gehen und sich auf den Termin bei Dr. Parker vorbereiten müssen, aber bitte. Wie oft war sie nicht allein durch diese Straße zu diesem Café gelaufen und hatte davon geträumt, James an ihrer Seite zu haben? Wie viele Briefe hatte sie ihm geschrieben und von ihren Vorlesungen und ihren Mittagspausen erzählt, von allem, was sie gesehen und gedacht hatte, und nun ging er neben ihr und redete wie ein Wasserfall über seine neue Philosophie des Porträts, hakte sich wie immer bei ihr unter; worüber genau wollte sie sich beschweren? Was passte ihr nicht? Auf den Termin würde sie sich auch nach dem Kaffeetrinken noch vorbereiten können. Sie würde nicht mehr brauchen als einen überzeugenden Titel und fünf Minuten, um die Gedichte zu überfliegen. Sie lehnte sich an James an, spürte das alte Kribbeln, die Freude über so viel Nähe, lächelte, nickte, als er über Perspektive sprach. Und dann entdeckte sie ihn. Ein junger Gott. Kein Zweifel, so sah er aus, er war eine Schönheit, und er kam ihnen direkt entgegen. Er war ungefähr in ihrem Alter, trug aber Anzug und Krawatte, was bedeuten musste, dass er wohl doch ein paar Jahre älter war; vielleicht arbeitete er irgendwo in der Nähe in einem Büro und machte gerade Mittagspause. Er sah atemberaubend aus, groß und schlank, sein kurzes Haar war leicht zerzaust und seine Haut makellos und blass, seine dunklen Augen wirkten so wundervoll besorgt; seine Lippen sahen aus, als hätte er einen Schlag abbekommen, so voll waren sie, oder als hätte jemand daran gesaugt; als hätte ihn jemand zu lange geküsst. Und nun kam er ihnen entgegen, er hatte die Hände in den Taschen seines schicken blauen Anzugs vergraben und lief mit großen Schritten, und Catherine brauchte nicht einmal an James' Arm zu ziehen oder ihn in die Seite zu knuffen, damit er zu reden aufhörte und hinsah, damit er den Anblick genoss, hier vor seinen Augen, denn James war abrupt stehen geblieben.

»Heilige Scheiße«, sagte er, mitten auf der Dawson Street, und starrte den Jungen an, als wäre der sein seit langem vermisster Bruder. »Heilige verdammte Scheiße.«

Catherine wollte im Boden versinken. »*James*!«, sagte sie und schlug die Augen nieder. »Meine Güte.«

Aber James beachtete sie gar nicht. Er gaffte den Jungen an, der immer näher kam und dann an ihnen vorübereilte, die Augen glücklicherweise immer auf den Campus gerichtet.

»Kennst du ihn?«, fragte Catherine verdutzt.

James ignorierte die Frage. Er drehte sich um und schaute dem Jungen nach. James' Mund war verkniffen, sein Blick beinahe böse, aber er sagte kein Wort. Catherine sah ihn ratlos an. Erlaubte er sich einen Scherz? Zog er hier so etwas wie eine Show ab?

»James«, sagte sie, »ist alles in Ordnung?«

Der Junge änderte jetzt seinen Kurs. Er bog nach links ab, schlängelte sich durch die Menge und verschwand in einem Buchladen.

»Komm«, sagte James und setzte sich in Bewegung.

Während sie vorschützten, in der Abteilung für irische Belletristik zu stöbern, und dabei nur Augen für den Jungen hatten, gelang es Catherine nicht, James zu ein bisschen mehr Zurückhaltung zu bewegen. Er glotzte, er runzelte die Stirn, er lief gegen Büchertische und warf Stapel um, so dass sich andere Kunden irritiert zu ihnen umdrehten. Nur der Junge schien nichts zu bemerken. Offenbar war er auf der Suche nach etwas ganz Bestimmtem und würde unbeirrt weitersuchen, bis er es gefunden hatte.

»Er ist so *hübsch*!«, flüsterte Catherine und merkte, wie nichtssagend diese Worte waren, wie naiv und einfältig; außerdem war völlig unerheblich, ob der Junge hübsch war oder nicht. James' Reaktion lud die Atmosphäre ringsum mit einer Art Hochspannung auf; wie sie da neben ihm stand und verstohlen Blicke zu dem Jungen hinüberwarf, fühlte sie sich wie ein kleines Mädchen, das einen weiteren Glitzersticker für ihr Sammelalbum entdeckt hat.

»Sieh ihn dir nur an«, sagte James. »Mit seinem *Buch*.«

Das klang, als wäre ein Buch etwas Skandalöses; als wäre es tatsächlich ein Grund, den Jungen nicht zu bewundern, sondern ihn zu verachten.

»Einfach zu süß, insgesamt«, sagte er laut.

»James! Er wird dich hören!«

James warf ihr einen schnellen Blick zu. »Er wird hören, wie ich ihn beobachte?«

»Nein, aber …«

»Tja, dann«, sagte er. Der Junge bewegte sich durch einen Gang, James ging hinterher.

»Verdammt noch mal«, zischte Catherine, »das ist doch …«

»Was denn, Catherine?«, fragte James und drehte sich zu ihr um. »Was? Musst du los? Wollen wir uns später im Café treffen?«

Catherines Kiefer klappte herunter. Sie spürte, wie ihr die Hitze ins Gesicht stieg. »Nein, aber anscheinend …«

James runzelte die Stirn. »Anscheinend was?«

»Ich weiß auch nicht«, stammelte Catherine, »ich meine, er …«

»Catherine, verdammt noch mal«, sagte James durch zusammengebissene Zähne, und wieder erschrak sie. Er wirkte jetzt tatsächlich sehr wütend. Auf sie. Ihretwegen. Aber was hatte sie ihm denn getan? Sie hatte doch nur versucht, mit ihm zu reden. Auf ihn einzuwirken. Er durfte die Leute nicht einfach so anstarren. Er durfte nicht so laut über sie reden, er sollte sich ein wenig zurückhalten. Er sollte es einfach geschickter angehen. Diskreter.

»Ich muss jetzt wirklich in die Bibliothek«, sagte sie und hielt in Erwartung seiner Antwort den Atem an.

James sah sie an, als würde er jeden Moment explodieren und sie anbrüllen; aber dann war er plötzlich wieder vollkommen entspannt, ließ die Schultern und den Kopf hängen und nickte. »Okay«, sagte er matt und legte den Roman beiseite, den er in der Hand gehalten hatte, »wollen wir gehen?«

Erleichtert ging Catherine voraus. An der Tür wollte sie sich umdrehen und etwas Aufmunterndes zu ihm sagen, das Thema wechseln, aber dann hielt sie inne. James war verschwunden. Verwirrt sah sie sich um, ließ den Blick durch den Laden schweifen und dann auf die Straße, nur für den

Fall, dass James unbemerkt nach draußen geschlüpft war, aber er war nirgendwo zu sehen. Sie drehte sich zur Kasse um; womöglich wollte er etwas bezahlen? Aber nein, dort war er nicht, und auch nicht in der Leseecke oder auf der Treppe zur Galerie. Er war verschwunden.

Ebenso wie der hübsche Junge, wie sie jetzt mit klopfendem Herzen bemerkte. Ihre Wangen glühten. Der hübsche Junge hatte eben noch vor den Neuerscheinungen gestanden, aber nun war auch er weg. Catherine ging in den Laden zurück und schaute nach rechts und links. Ringsum verschwammen die anderen Kunden, die hohen Regale und die Bücherstapel, die grünen, zerknitterten Einkaufstaschen. Sie arbeitete sich bis in die Reiseabteilung durch, wo Poster von Stränden und Wolkenkratzern und mittelalterlichen Gassen und blaugesprenkelte Weltkarten an den Wänden hingen. Ihr Puls raste, als sie die Gänge absuchte, sie fing an zu schwitzen, aber sie konnte die beiden nirgends finden, weder James noch den Jungen, diesen Jungen, auf den sie James völlig überflüssigerweise aufmerksam gemacht hatte. Sie sprach James' Namen laut aus, klang dabei verletzt und verwirrt. Eine Frau warf ihr schiefe Blicke zu. Kümmere dich um deine eigenen Angelegenheiten, alte Hexe, dachte Catherine, aber schon im nächsten Augenblick hatte sie die Frau vergessen und sah sich wieder nach James um. Warum tat er ihr das an? Warum verschwand er einfach mit … mit …

Sie ging weiter in die nächste Abteilung, und da war James, er drückte seine Oberschenkel gegen einen Büchertisch und blätterte in einer Ausgabe mit buntem, abstraktem Cover. *Birthday Letters*, las sie, und dann spürte sie einen vertrauten Ruck durch sich hindurchgehen, auf einmal fühlte sie sich deplatziert, wie aus der Zeit gefallen, wie in einem anderen, früheren Leben; erst am Sonntag hatten sie und James die Kritiken zu diesem Buch gelesen, Ted

Hughes neue Gedichte über Sylvia Plath. Catherine hatte beschlossen, sie zu kaufen und in Vorbereitung ihrer Hausarbeit zu lesen. Dass James ausgerechnet in diesem Buch blätterte, erschien ihr irgendwie surreal, als würden sich Vergangenheit und Zukunft übereinanderschieben.

»Oh«, sagte sie mit möglichst fester Stimme, »du hast es gefunden.«

James blinzelte überrascht. »Was denn?«

»Das Buch von Hughes. Ich wollte es kaufen.«

»Ich kaufe es dir«, sagte James munter, ließ das Buch zuschnappen und steckte es sich unter den Arm, aber sein fremdes Lächeln machte Catherine misstrauisch. Irgendwie schaute er an ihr vorbei. Sie drehte sich um und erblickte den Jungen, keine drei Meter entfernt und mit einem Buch in der Hand. Er stand an einen Büchertisch gelehnt und stützte sich mit dem Ellenbogen auf ein niedriges Regal. Es sah aus, als posierte er für ein Foto. Sogar seine Mimik war perfekt, wie einstudiert. Er schien nicht zu bemerken, dass Catherine ihn beobachtete – und James wohl auch –, dabei spürte sie, dass er ihre Blicke durchaus wahrnahm und genoss. Scheinbar geistesabwesend strich er sich mit einem Finger über die Augenbraue. Catherine schnürte es die Kehle zu; was war das? Was hatte das zu bedeuten? War es ein Zeichen? Sie spürte, wie der Schweiß unter ihren Achseln und auf ihren Handflächen zusammenlief. Der Raum schien auf sie einzustürzen und sich gleichzeitig rasend schnell zu entfernen. Catherine musste sich an einem Tisch abstützen.

»Komm«, sagte James in ihrem Rücken und marschierte zur nächsten Kasse.

Sie hätte heulen können. Ihr war schlecht. Dass es so weit kommen konnte zwischen ihnen; dass irgendetwas nicht mehr stimmte. Dass es zu einem Ungleichgewicht gekommen war, wenigstens fühlte es sich für Catherine so an, zu einer Zeitverschiebung. Was war passiert? Sie fand keine Worte dafür, sie verstand es ja nicht einmal. Wo kamen diese Wut und dieser Wunsch nach Abgrenzung her, dort in der Lücke zwischen ihnen, wo ihre und seine Persönlichkeit einander berührten? An dem Nachmittag saß sie in der Bücherei und versuchte zu lernen, aber ihr wurde immer wieder schwindelig bei der Erinnerung an den Schreck im Buchladen: Sie wollte sich zu James umdrehen und etwas sagen, aber er war nicht mehr da, und der Junge, der Fremde, war plötzlich auch verschwunden. Was hatte sie gedacht? Was hatte sie sich vorgestellt? Zwei aneinandergepresste Körper, Münder, Geschlechter in der Lyrikabteilung von Hodges Figgis? Hatte irgendein Teil von ihr tatsächlich geglaubt, es könnte so sein? Hatte sie das allen Ernstes befürchtet? Und was hatte das, wenn es stimmte, zu bedeuten? Denn offenbar gab es keine Zweifel, nicht bei so viel Pulsrasen und Schweiß und Panik; wie sie durch den Laden gestolpert war und seinen Namen gerufen hatte, als wäre sie eine Mutter, die ihr Kleinkind aus den Augen verloren hat; allein die Aussicht, ihn an diesen Jungen zu verlieren, zusehen zu müssen, wie er im nächsten Café mit ihm verschwindet … Was hatte das zu bedeuten? Was verriet es über sie, über sie als beste Freundin?

Es war nichts Gutes, wie man es auch drehte und wendete. Sie würde es nicht zulassen.

*

Abends stand James vor der Kunstfakultät an das Geländer gelehnt und wartete schon, als sie und Zoe aus der Vorlesung über moderne Malerei kamen. Zoe entdeckte ihn zuerst, lief ihm winkend entgegen, rief seinen Namen. Catherine ließ sich zurückfallen; sie war immer noch erschüttert von den Ereignissen des Nachmittags, traute sich selbst nicht über den Weg, fürchtete sich vor James' Reaktion; aber er lächelte und ließ sich von Zoe umarmen und küssen. Er zwinkerte Catherine über Zoes Schulter hinweg zu.

»Überraschung«, sagte er, als Zoe ihn losließ, und dann stellte er sich vor Catherine und küsste sie zur Begrüßung.

»Wie war dein Tag?«, fragte sie ein wenig zu fröhlich, und ganz kurz meinte sie, einen verächtlichen Ausdruck in seinen Augen zu sehen; aber nein, sie bildete sich das alles nur ein, er lächelte wie immer und nickte freudig.

»Gut, gut«, sagte er und hielt seine Kameratasche in die Höhe. »Ich habe eine Dunkelkammer gefunden. Hier auf dem Campus, um genau zu sein. Ich habe deinen Kumpel Aidan getroffen, und er hat mir jemanden von der Photography Society vorgestellt.«

»*Aidan*?«

»Ja. Offenbar ist er mit dem Schatzmeister des Vereins befreundet …«

»Man muss kein Student sein, um die Dunkelkammer der PhotoSoc zu benutzen?«, fragte Zoe.

»*Na ja*«, sagte James und zog eine Augenbraue hoch, »eigentlich schon. Aber wenn man den richtigen Leuten sexuelle Gefälligkeiten verspricht, tut sich immer ein Hintertürchen auf.«

Zoe kreischte vor Lachen und krallte sich in James' Schulter, als würde sie jeden Moment umkippen. James fiel in ihr Gelächter ein und freute sich offensichtlich sehr über ihre Reaktion. Wieder spürte Catherine diesen seltsamen Stich der Eifersucht, wie am Samstag im IMMA, wo die zwei sich auf Anhieb gut verstanden hatten, nur dass der Schmerz diesmal stärker war, fast körperlich; sie verspürte den Impuls, Zoe zu packen und wegzustoßen, das Thema zu wechseln, diesem blöden, albernen Getue ein Ende zu machen. Sie konnte nicht ertragen, wie sehr Zoe die Situation genoss, wie sie James mit Blicken anbettelte, noch einen Spruch zu klopfen, als wäre das alles, als wäre er nicht so viel mehr …

»Das bedeutet wohl, dass ihr mich hier öfter zu Gesicht bekommen werdet«, sagte James und machte sich von Zoe los. »Das ist doch eine gute Neuigkeit, oder? Oder?«

»Ja«, stieß Catherine hervor.

»*Natürlich*«, fügte Zoe begeistert hinzu. »Dann können wir immer Kaffee trinken gehen! Und Mittag essen! Ich kann dir Simon vorstellen!«

James zog eine Augenbraue hoch. »Wer ist Simon?«

»Mein schwuler Freund«, sagte Zoe und klimperte mit den Wimpern.

»Ach, wirklich«, sagte James und warf Catherine einen fragenden Blick zu.

»Er lebt in England«, sagte Zoe. »Aber manchmal kommt er zu Besuch! Irgendwann dieses Jahr!«

»Super«, sagte James trocken. »Ich werde es mir in den Kalender eintragen.«

»Ach, komm schon«, sagte Zoe. »Jetzt sei nicht so. Wir suchen dir derweil einen anderen, nicht wahr, Catherine?«

»Klar.«

»Es gibt immer noch die LGB Society, für lesbische und schwule Studierende …«

»Ach ja«, sagte Catherine und drehte sich schuldbewusst zu James um, »das wollte ich dir noch erzählen. Es gibt da einen Verein …«

»Danke, Mädels, ich habe vorläufig genug«, sagte James knapp, und ganz kurz fürchtete Catherine, er könnte beleidigt sein; aber dann ließ er sich ohne jeden Widerstand von Zoe unterhaken und lachte ihr ins Gesicht, weil sie ihn so erwartungsvoll ansah.

»Aber zunächst einmal, James«, sagte sie, »möchte ich eines von dir wissen: Kommst du mit in die Buttery?«

»Was gibt es da?«

»Alkohol, dienstags zum Sonderpreis. Und Jungs sind da auch, jede Menge Jungs. Kommst du mit, Cits?«

»Ich habe einen Termin bei Dr. Parker.«

»Was für einen Termin?«, fragte Zoe.

»Wegen dem Essay, den ich schreiben will. Über Sylvia Plath.«

Zoe zog eine Grimasse. »Tja, dann gehen James und ich schon mal vor. Du kannst ja nachkommen, wenn du mit dem Club der toten Dichter fertig bist, ja?«

»Okay«, sagte Catherine und sah ihnen nach.

»Und, Citóg«, sagte Conor zu ihr, als sie eine gute Stunde später an der Bar der Buttery stand. »Wie ich hörte, läuft da jetzt was mit Doyle? Meine Güte, du machst auch vor nichts halt.«

»Wie bitte? Hat er das behauptet?«

»Er musste es nicht aussprechen. Wo doch alle wissen, dass ihr euch gestern zusammen aus der Redaktion geschlichen habt …«

Catherine schnaubte. »Du meine Güte! Wir haben uns nur für eine Minute unterhalten.«

»Cits, nun komm mal runter!« Conor legte ihr eine Hand an die Stirn. »Du bist ja total aufgekratzt. Wie dein Freund da drüben.«

Er zeigte zu dem Tisch hinüber, an dem James und Zoe saßen. Ein paar andere hatten sich dazugesellt, auch Aidan und Liam, ein Junge aus Nordirland, den Aidan vor kurzem in der Bibliothek kennengelernt hatte. James stand im Mittelpunkt, er erzählte und gestikulierte wild, sein heiteres Gesicht glühte vor Aufregung; er schrie fast und brach immer wieder in Gelächter aus, und auch Zoe kreischte vor Vergnügen, was ihn nur noch anzufeuern schien. So führte er sich auf, seit Catherine dazugestoßen war, ehrlich gesagt ging es ihr langsam auf die Nerven; sie stand nicht an der

Bar, weil sie etwas zu trinken holen wollte, sondern weil sie ganz kurz ihre Ruhe brauchte. Aber von James genervt zu sein war das eine; dass Conor sich über ihn lustig machte, etwas vollkommen anderes. Sie warf Conor einen warnenden Blick zu, um ihn in die Schranken zu weisen, was aber, typisch für Conor, den gegenteiligen Effekt hatte.

»Gott sei Dank hast du mir verraten, dass er schwul ist«, sagte er höhnisch. »Ich wäre von allein nämlich niemals draufgekommen. Sieh ihn dir an!«

»Wie bitte?«, fragte Catherine pikiert.

»Susan Sontag, *Notes on Camp*, Citóg. Hast du das denn nicht gelesen? Dein Freund offenbar schon.«

Seine Reaktion auf ihr entsetztes Gesicht – aufgerissene Augen, in der Bewegung erstarrter Mund – bewies ihr, dass er verstanden hatte. Catherine zitterte vor Wut, auch das nahm er zur Kenntnis; sie konnte ihm seine Gedanken von den Augen ablesen.

»Verpiss dich, Moran«, flüsterte sie. »Verpiss dich. Hast du gehört? Hast du mich verstanden?«

Er versuchte zu lachen, aber das Geräusch entwich mit leichter Verzögerung und hing seltsam zusammenhanglos in der Luft. »Meine Güte, Cits«, sagte er und wollte ihr eine Hand auf die Schulter legen, »hör mal …«

»Nein«, sagte sie und wich zurück, noch bevor er sie berühren konnte. »Ich will gar nichts hören. Ich will deinen blöden Mist nicht hören. Jetzt hörst du mir zu. James ist mein Freund. Mein *bester Freund*.«

Conor verzog das Gesicht, sah sie plötzlich aus kalten, spöttischen Augen an. »Oh, das ist aber süß, Citóg.«

»Du kannst dich lustig machen, über wen du willst«, sagte sie und ballte die Hände zu Fäusten, »aber nicht über ihn. Nicht so.«

»Ich mache mich lustig, über wen ich will, Schätzchen.«

»Nein. Nicht, wenn ich dabei bin.«

Er lachte ein helles, verdutztes Lachen. »Cits. Reiß dich zusammen, Herrgott noch mal. Das ist ja peinlich.«

»Ich meine es ernst, Conor. Wirklich.« Zu ihrem Erschrecken musste sie feststellen, dass sie den Tränen nahe war; sie spürte sie als Druck ganz hinten in der Kehle, als Kribbeln in den Augen. Auch Conor hatte es bemerkt, und auf einmal schlug sein Hohn in etwas anderes um – nicht Mitleid, sondern Staunen. Er schaute zu James hinüber.

»Das ist doch verrückt«, sagte er leise, und ganz kurz sah es so aus, als wollte *er* jetzt weinen; aber so war Conor nicht, so würde er nie sein, er reckte das Kinn in die Höhe und hüstelte angestrengt. »Scheiß drauf«, sagte er und schulterte seinen Rucksack.

»Er hat sich nicht geoutet, Conor«, jammerte Catherine. »Er hat noch niemandem …«

»Ist mir scheißegal. Was geht mich das an?«

»Man darf sich über ihn nicht einfach so lustig machen. In der Öffentlichkeit. Mach dich über mich lustig, wenn du willst, über Zoe und Emmet und Aidan, aber …«

Conor legte gereizt die Stirn in Falten. »Wieso sollte ich?«, fragte er. »Ich bin hier raus. Für so was ist mir meine Zeit zu schade.« Auf dem Weg nach draußen begegnete er Emmet; Catherine sah, wie Conor den Kopf schüttelte und etwas zu Emmet sagte und wie Emmet den Kopf drehte und sie ansah. Sie lehnte sich an den Tresen und wischte sich mit Daumen und Zeigefinger über die Augen. Als Emmet neben ihr stand, hatte sie sich gefangen; sie kniff die Augen zusammen, sah ihn in gespielter Strenge an und machte sich auf den nächsten Spruch gefasst.

»Ach, Dichterin«, sagte er. »Komm, wir suchen uns ein Lokal, wo es was Besseres zu trinken gibt als das Spülwasser von gestern. Hast du im Stag's Hausverbot?«

4

Emmet in veränderter Umgebung zu sehen – nicht, dass das Stag's Head irgendwie besonders gewesen wäre, aber immerhin lag es nicht auf dem Campus – war eine echte Erfahrung. Die Veränderung war unspektakulär, er nannte Catherine immer noch wahlweise Dichterin oder Landei, und noch bevor das Bier vor ihnen stand, hatte er über mehrere Dozenten und Kommilitonen abfällige Kommentare gemacht, für die er, würden sie abgedruckt, Verleumdungsklagen kassieren würde; doch irgendetwas war anders. Er wirkte zögerlich, so hätte Catherine es beschrieben, wenn man sie gefragt hätte – sie war ganz automatisch dabei, die Beobachtung festzuhalten und auszuformulieren, als schreibe sie James einen Brief. Sie könnte James natürlich später davon erzählen, sie würde es ihm erzählen *müssen*, denn er würde sie fragen, wohin sie plötzlich verschwunden war; aber das würde nicht dasselbe sein. Der Gedanke, in einem Brief aufzuschreiben, wie Emmet sie in der Buttery angesprochen hatte, gefiel ihr zu gut (sie würde natürlich auslassen, dass James gleich danebengesessen und schallend gelacht hatte). Sie würde ihr kurzes Wortgeplänkel beschreiben und wie sie über den Front Square und durch die Dame Street und eine schmale Gasse bis zum Stag's Head gelaufen waren, wo sie sofort einen Tisch ergattert hatten, obwohl das dort praktisch unmöglich ist; wie der ausgestopfte, halb verrottete Fuchs auf sie hinuntergeblickt und Emmet zwei große Bier von der Bar geholt hatte.

Es war, dachte sie, als wollte er sich bewusst zurücknehmen, ihr Raum geben. Dabei wirkte er kein bisschen verschlossen, es war nicht so, als säße er stumm oder gelangweilt da oder als vermittelte er den Eindruck, er würde die Einladung bereuen. Aber irgendetwas war anders, bloß dass sie es nicht beschreiben konnte. Sie hatte den Eindruck, dass er ihr gar nicht richtig zuhörte, nicht wirklich mit ihr sprach, sondern sie insgeheim beobachtete, wie man einen Menschen beim Gespräch mit einem Dritten beobachten würde, am anderen Ende der Tafel, aus sicherem Abstand, wo man sich in aller Ruhe seine Gedanken machen konnte.

Außerdem lächelte er mehr als sonst, auch das war ungewöhnlich. Er zeigte ihr nicht das höhnische Doyle-Grinsen, das überall auf dem Campus für Ärger sorgte, sondern eine neue, nie gesehene Art von Lächeln. Wozu brauchte er das Grinsen, dachte sie jetzt, wenn er so lächeln konnte? Es war beinahe rührend. Beinahe schüchtern. Das hätte sie Emmet Doyle niemals zugetraut, egal, wie freundlich er nach ein paar Guiness wurde, wie verräterisch sein Erröten manchmal war.

»Also«, sagte er, und das Lächeln wich dem Grinsen. »Ich habe dein Interview mit dem Typen aus Monaghan gelesen. Das war ziemlich gut.«

»Danke«, sagte Catherine überrascht.

»Er klang wie ein Spaßvogel.«

»Ja. Er war zum Schreien komisch.«

»Zum Schreien«, wiederholte er mit einem Bauernakzent, den Catherine gar nicht hatte. »Dann hat es ihn nicht gestört, dass du sein Buch nicht gelesen hast?«

Sie warf Emmet einen irritierten Blick zu. »Was?«

»Du hast ganz offensichtlich improvisiert. Der arme Kerl!«

»Hör mal«, sagte Catherine und zeigte mit dem Finger auf ihn, »im Gegensatz zu dir denke ich mir meine Interviews nicht einfach aus!«

»Na ja«, sagte er, »selbst schuld«, und dann hob er sein Bierglas und tat so, als wollte er ihr mit ihr anstoßen; und als Catherine ihr Glas erhoben hatte, prostete er dem Fuchs zu.

»Nun«, sagte er, nachdem sie eine Weile alles an Klatsch aus der Redaktion durchgekaut hatten, was ihnen eingefallen war. Emmet schilderte in lebhaften Details die Fünf-Uhr-Panik von Derek Galvin, Chefredakteur der *Trinity News,* als der komplette Sportteil vor seinen Augen vom Bildschirm verschwunden war. »Und, hatte dein Freund das Essen fertig, als du gestern Abend nach Hause gekommen bist?«

»Na ja, es gab Toast«, sagte Catherine, was gelogen war. James hatte am Abend zuvor Shepherd's Pie für alle gekocht – sie hatte nicht lügen wollen, aber dann war es ihr irgendwie so herausgerutscht, vielleicht, weil Toast lustiger klang, weil sie Emmet so zum Lachen bringen wollte, wie er jetzt lachte, sein Gesicht strahlte vor Freude und seine Augen blitzten.

»Er muss eine wunderbare Zeit in Berlin gehabt haben, oder?«, fragte er nach einer Weile. »Dein Freund.«

»James.«

»James«, sagte er mit gespielt gravitätischem Nicken. »Was hat er da drüben gemacht?«

»Er ist Künstler«, sagte Catherine und hörte, wie ihre Stimme vor lauter Wichtigkeit ganz belegt wurde; sie musste sich räuspern. »Er hat für einen berühmten Fotografen gearbeitet, Malachy Clarke.«

»Tja, von dem habe ich nie gehört, dabei bin ich ein Kunstkenner. So berühmt kann er nicht sein.«

»Nimmst du eigentlich jemals irgendwas ernst?«, fragte Catherine und legte den Kopf schief. Es war als Witz gemeint, aber sobald sie es ausgesprochen hatte, merkte sie, dass er es anders auffassen würde; schon wurde er rot, schon blühten die ersten scharlachroten Flecken an seinen Wangen auf. Catherine bekam ein schlechtes Gewissen.

»Sorry, ich …«, sagte sie, aber er fiel ihr ins Wort.

»Sorry, genau. Nun, hat James sich gut amüsiert in Berlin? Muss ein aufregendes Jahr gewesen sein.«

»Na ja«, sagte Catherine und schluckte. »Ich glaube, es war ganz okay.«

»*Okay*? Ich würde verdammt noch mal alles tun, um ein Jahr in Berlin zu leben! Wie kann das nur okay sein?«

Sie schüttelte den Kopf, wurde wütend auf sich selbst. Wie hatte sie sich in diese Lage bringen können? »Es ist kompliziert«, wiegelte sie ab. »Eigentlich möchte ich nicht darüber reden. Weißt du, James ist schwul.«

Sofort bekam sie ein schlechtes Gewissen; sie hatte es schon wieder getan, schon verfluchte sie sich dafür, aber dann sah sie Emmet mit weit aufgerissenen Augen begeistert nicken.

»Oh«, sagt er. »Okay. Okay. Dann ist dein Freund also schwul. Das ist – super. Das ist cool! Das ist wirklich super, Reilly. Richtig cool.«

»Er ist schwul, ob du das gut findest oder nicht, Doyle.«

Er sah sie verunsichert an. »Wie meinst du das?«

»Ich meine, er braucht deine Erlaubnis nicht.«

Wieder machte sich Unsicherheit auf seinem Gesicht breit, aber schon im nächsten Augenblick fing er zu grinsen an. »Die hat er auch nicht, dieser Perverse«, sagte er gestelzt, »läuft durch die Gegend und umarmt unschuldige Jungfrauen und fotografiert, ja was eigentlich, nackte Männer?«

»Sehr lustig.«

»Das ist kein bisschen lustig, Reilly. Weiß deine Mutter, dass du dich mit Homosexuellen rumtreibst?«

Sie schnitt eine Grimasse. »Das ist eine gute Frage«, sagte sie und leerte ihr Bierglas.

Catherine holte eine neue Runde, und weil die Rede auf Catherines Mutter gekommen war, unterhielten sie sich über ihre Familien. Er erzählte von seinem großen Bruder, der Medizin studierte und sich durch *Dreck!* und Emmets Ruf auf dem Campus nur wenig beeindrucken ließ; erst letzte Woche hatte er Emmet eine Standpauke gehalten und ihm gesagt, er solle endlich erwachsen werden.

»Er war nicht bei deiner Party?«

Emmet schnaubte. »Samstagabend. Wahrscheinlich spielt er da immer Bridge.«

»Siehst du ihn oft?«

Emmet schüttelte den Kopf. »Und, wie ist deine Familie so?«

»Meine?«, fragte Catherine überrascht. »Ach, die ist in Ordnung. Sie wohnt in Longford.«

»Besuchst du sie oft?«

»Hin und wieder. Nicht so oft wie letztes Jahr.«

Er schnalzte mit der Zunge. »Das lasterhafte Leben einer Dichterin in Dublin.«

»Würdest du bitte aufhören, mich so zu nennen?«

»Vielleicht«, sagte er. »Du hast eine kleine Schwester, oder? Das hast du mir erzählt.«

»Wirklich?«

»Ja«, lächelte er. »Letztes Jahr in der Redaktion. Du hast gesagt, sie wäre ganz schön frech.«

»Anna. Ja. Sie ist sieben.«

»Ich wünschte, ich hätte Geschwister in dem Alter«, sagte Emmet lächelnd. »Wahrscheinlich habt ihr immer jede Menge Spaß, wenn du nach Hause fährst?«

»Sie ist zum Totlachen. In Sachen Mimikry macht ihr keiner was vor … du solltest mal sehen, wie sie unsere Mutter nachmacht!«

Emmets Lachen klang echt. »Und wann wirst du sie wiedersehen?«

»Bald. Ich muss mal wieder dahin. Obwohl sie gerade dabei sind, das Haus umzubauen und mein Kinderzimmer auszuräumen. Es ist also nicht gerade der beste Zeitpunkt.«

»Die räumen dein Zimmer aus?« Er sah sie gespannt an, als warte er auf eine Pointe. »Mein Gott, die müssen sich über deinen Lebenswandel aber mal richtig ärgern.«

Sie lachte. »Ja, so ähnlich«, sagte sie. Und dann hörten sie, wie jemand von der Tür aus ihre Namen rief. Catherine hob den Kopf und sah Zoe und James hereinkommen. Sie winkten und lachten und wirkten sturzbetrunken und hochzufrieden darüber, Catherine und Emmet aufgespürt zu haben; ganz offensichtlich waren sie in der Stimmung für noch mehr Alkohol.

Aber auf dem Heimweg zwei Stunden später wurde James still. Er hakte sich nicht bei Catherine unter, erzählte nicht von seinem Abend und fragte sie auch nicht, warum sie mit Emmet verschwunden war. Er starrte zu Boden, als liefe er allein nach Hause. Catherine versuchte zu plaudern, aber er gab nur einsilbige Antworten, und spätestens hinter St. Stephen's Green gab sie es auf und verfiel ihrerseits in Schweigen.

Erst als sie wieder in der Wohnung in der Baggot Street waren und im grellen Flurlicht standen, fiel Catherine auf, wie blass James war, wie trüb sein erschöpfter Blick, und fast hätte sie Angst bekommen; am liebsten hätte sie ihn allein im Wohnzimmer zurückgelassen und die Tür hinter sich zugemacht. Aber wie sich herausstellte, war das unmöglich; James' Bett war belegt. Lorraines Freund Cillian war zu Besuch, und weil Amy und Lorraine sich ein Zimmer teilten, mussten Lorraine und Cillian, wenn sie Sex haben wollten, eine Matratze ins Wohnzimmer schleppen. James' Bettwäsche hatten sie vor der Tür aufgeschichtet, seine Klamotten lagen auf dem Küchentisch. Lorraine hatte einen Zettel geschrieben: *Sorry J! Kannst Du bei C schlafen?*

»Ach verdammt«, murmelte James wütend.

»Du kannst bei mir übernachten, auf dem Teppich«, sagte Catherine und schenkte sich ein Glas Wasser ein. »Das ist in Ordnung.«

»Ach verdammt«, wiederholte er und rieb sich die Schläfen. »Meine Sachen einfach vor die Tür zu werfen … aber ich bin selbst schuld. Ich hätte mir längst ein eigenes Zimmer suchen müssen.«

»Du bist doch erst seit ein paar Tagen zurück«, platzte Catherine heraus. »Das ist kein Problem. Komm, wir gehen schlafen.«

Aber James blieb am Küchentisch sitzen. Er nahm eine Marlboro aus Lorraines Schachtel, zündete sie an und seufzte schwer. »Ich habe die Schnauze voll«, sagte er und starrte zum Küchenfenster hinaus. Draußen war es dunkel. »Ich habe jetzt schon die Schnauze voll.«

Wenn sie selbst nicht so müde gewesen wäre; wenn sie noch klar im Kopf gewesen wäre – sie war nicht so betrunken wie er, aber alles andere als nüchtern, sie hatte vier oder fünf große Bier getrunken –, hätte sie ihn einfach dort sitzen und jammern lassen. Sie hätte gespürt, dass der Alkohol und die Müdigkeit aus ihm sprachen und das, was ihn gerade plagte. So gesehen hatten sie noch kein einziges Mal über das wirklich Wichtige geredet, dabei hätte eine echte Freundin ihn doch sicher längst gefragt, was los ist, wie es in Berlin war, warum seine Briefe so düster klangen, warum er es dort so unerträglich gefunden hatte, dass er zurückkommen musste. Sie hätte gespürt, dass es das Beste wäre, bis zum Morgen zu warten. Sie hätte die Tür zu ihrem Zimmer offen stehen lassen können, damit er nach der Zigarette nachkommen konnte, sie hätte ihm vielleicht eine Hand auf die Schulter legen und *alles wird gut* sagen können, und dann hätte sie ihn auf die Stirn küssen und *bis gleich* sagen können. Wenn sie nicht so wütend gewesen wäre – auf sich selbst, weil sie nachmittags im Buchladen überreagiert hatte; auf James, der sich in der Buttery bei den anderen angebiedert hatte; auf Conor, der schlecht über James geredet hatte; auf James – noch einmal –, weil er sie auf dem Nachhauseweg angeschwiegen hatte – ja, ohne diese Wut, ohne die Erinnerungen an diesen Tag, an dem so viel passiert war wie sonst an mehreren Tagen zusammen, hätte sie sich vernünftig verhalten.

Aber sie war nicht vernünftig. Der Ärger stieg erneut in ihr hoch, sie spürte ihn als Kribbeln in den Fingerspitzen. »Kannst du nicht endlich mal mit dem Gejammer aufhören?«, sagte sie und kippte den Rest des Wassers in die Spüle. »Wäre das möglich?«

James starrte sie an. »Wie bitte?«, fragte er ungläubig, weil sie es gewagt hatte, so mit ihm zu reden. Was Catherine noch wütender machte. Sie schüttelte den Kopf.

»Warum musst du alles immer so negativ sehen?«, fragte sie. »Du jammerst über deine Bettwäsche im Flur, als hätte die ganze Welt sich gegen dich verschworen!«

»Meine Bettwäsche«, sagte James langsam und erhob sich. »O Catherine. Es geht doch nicht um meine Bettwäsche.«

Ihr Herz raste. Sie waren beide zu betrunken für so ein Gespräch, aber nun war es zu spät.

»Es geht hier nicht um meine Bettwäsche, Catherine«, sagte James und trat einen Schritt auf sie zu. »Es geht um heute Abend, richtig? Du hast dich für ein Date mit dem süßen kleinen Emmet abgesetzt …«

»Mit dem süßen kleinen Emmet?«, sagte Catherine. »Der Typ ist mindestens eins achtzig groß!«

James grinste höhnisch. »Ach ja? Wirklich? Schön für dich!«

»Ich glaube es nicht. Das ist doch lächerlich! Willst du mir sagen, du wärst …«

»Ich wäre was, Catherine? Was?«

»Emmet Doyle ist mir scheißegal!«, rief Catherine und riss die Arme in die Höhe, als wäre es ein Beweis. »Du kannst Emmet Dolye gern für dich haben! Im Stag's hast du dich ja ganz schön an ihn rangemacht! *O Emmet, erzähl mir mehr von dir*«, flötete sie mit weit aufgerissenen Augen. »*Erzähl mir von seinem satirischen Ansatz*. Du meine Güte. Bitte sehr, du kannst ihn haben, viel Glück!«

James starrte sie an. Jetzt war er noch bleicher als zuvor. Er wich zurück, bis er gegen den Küchentresen stieß, wo Schluss war mit Zurückweichen. Seine Lippen waren zu einer schmalen Linie zusammengekniffen. Die Zigarette klemmte noch zwischen den Fingern seiner rechten Hand, die Aschesäule wurde immer größer.

»James«, sagte Catherine matt. »So meinte ich das nicht. Ich weiß ja, dass …«

»Du weißt *was?*«, sagte James verächtlich. Seine Augen waren riesig.

Sie schüttelte schnell den Kopf. »Ich habe es nicht so gemeint.«

»Du hast doch keine Ahnung, Catherine«, sagte er, weniger zu ihr als zu der Asche, die nun zu Boden fiel. »Du weißt *nichts* über mich. Was weißt du schon? Was habe ich dir erzählt?«

Wieder schüttelte sie den Kopf. »Ich weiß genug«, sagte sie. »Ich weiß, dass wir immer noch nicht über Berlin geredet haben. Aber ich habe deine Briefe gelesen, ich weiß, wie schwer du es dort hattest, und ich wollte dich immer danach fragen … aber nicht jetzt. Nicht heute Abend. Lass uns schlafen gehen. Okay? Wir gehen schlafen, und morgen …«

James lachte verbittert. »Jetzt willst du mir auch noch vorschreiben, wann ich schlafen gehen oder aufstehen soll?«

»*James*«, sagte sie, und es klang nicht wie sein Name. Sie stand unter Schock, wusste nicht mehr, was sie sagte.

»Was?«, keifte er sie an. »Was willst du von mir? Ich soll gute Laune haben? Ich soll verdammt noch mal den Alleinunterhalter spielen?«

»James!«

»Ich bin verdammt noch mal am Ende, Catherine! Ich bin total erschöpft. Ich bin seit drei Tagen wieder da und weiß schon wieder ganz genau, warum ich weggegangen bin. Aber in dieses Drecksloch in Berlin kann ich nicht mehr zurück, also sag es mir: Was zum Teufel soll ich jetzt machen?«

»Bleib hier«, sagte sie kraftlos

»Ich bleibe hier«, sagte er und nickte, als denke er ernsthaft darüber nach. »Und höre mir an, wie ihr euch mein Leben vorstellt, ja? Und kichere und schmachte schöne Jünglinge an, zusammen mit euch? Und die ganze Zeit weiß ich, dass es für euch kein Problem wäre, einen davon in den nächsten Pub zu schleppen, wohingegen es für mich unmöglich ist, es ist verdammt noch mal undenkbar …«

Seine Stimme wurde brüchig. Catherine war den Tränen nahe, sie versuchte, sich ihm zu nähern, aber er hob abwehrend die Hand.

»Ich schaue den anderen zu, Catherine. Ich sehe, wie sie ihr Leben leben und Leute kennenlernen, in die sie sich verlieben können. Sie haben Dates und belegen das Wohnzimmer mit ihren Matratzen und ich … was bleibt mir?«

»James, du bist gerade erst angekommen! Auch du wirst …«

»Ich werde was? Was denn, Catherine? Ja, Zoes Freund kommt zu Besuch, aber wann denn, dieses Jahr, nächstes vielleicht? Ach ja, für so traurige Gestalten wie mich gibt es ja noch die LGB Society – danke übrigens, dass du mich auf den Verein aufmerksam gemacht hast, Catherine! –, denn wenn ich mir Zugang zur Dunkelkammer des College verschaffen kann, schaffe ich es auch in den Schwulenverein, und dann wird alles gut, oder wie, Hauptsache, wir bleiben unter uns? Ist es das? Läuft das so?«

»Was war mit dem Jungen heute Nachmittag, bei Hodges Figgis?«, sagte Catherine und konnte selbst nicht glauben, dass sie davon anfing. »Er schien so …«

James sah sie erstaunt an. »Wie?«

Catherine zuckte hilflos die Achseln. »Er hat sich über die Augenbraue gestrichen, da dachte ich …«

»Willst du dich über mich lustig machen, Catherine?«, fragte er mit vor Entsetzen verzerrtem Gesicht. »Machst du dich über mich lustig?«

»Nein! Ich wusste doch nicht … ich dachte, du und der Typ, ihr flirtet miteinander. Du warst einfach verschwunden …«

»Ich bin verschwunden, um ihn anzugaffen«, sagte James kühl. »Um ihn zu stalken. So mache ich das, seit fünf Jahren schon, in Berlin habe ich es zu einer Kunstform erhoben; und wie es aussieht, ist auch hier nicht viel mehr für mich drin als das. Ich starre einen Typen an, und der kriegt entweder nichts davon mit oder wendet sich angewidert ab.« Er schüttelte den Kopf. »*Er hat sich über die Augenbraue gestrichen*? Du meine Güte.«

»James«, schluchzte Catherine. Sie fühlte sich gedemütigt und weinte wie ein Kind. Sie presste sich eine Faust an den Mund. »Bitte. So ist das nicht. Hier in Dublin wird es besser, ganz bestimmt, das verspreche ich dir.«

James ließ den Kopf sinken und trommelte sich mit den Fäusten gegen die Stirn. Catherine fühlte eine solche Verzweiflung und Angst, aber sie wusste, sie durfte sich ihm jetzt nicht nähern. Sie durfte ihn nicht umarmen. Sie konnte ihn nicht trösten, denn er wollte nicht getröstet werden. Er hatte es gar nicht nötig, dass sie seine Einsamkeit beschönigte oder leugnete. Er schlug sich gegen die Stirn und riss sich an den Haaren, und dann saß er nur noch erschöpft da und keuchte. Catherine sagte ihm, es sei an der Zeit, ins Bett zu gehen.

Er schüttelte den Kopf. »Ich will dir keinen Platz wegnehmen.«

Sie hatte ihn gar nicht in ihr Bett einladen wollen, sie hatte gedacht, er würde auf dem Boden schlafen, aber nun merkte sie, dass sie sich nicht mehr korrigieren konnte, außerdem war es ohnehin egal. Sie würden schlafen. Er war James. Er würde sich kaum an sie heranmachen, sie würde wohl kaum in der Nacht wach, weil er plötzlich seinen Schwanz an ihre Schenkel drückte. Er musste sich ausruhen, und sie würde ihm dabei helfen, und morgen früh würde die Welt schon anders aussehen. Das wusste Catherine mit absoluter Sicherheit.

*

Später in der Nacht wachte sie auf und merkte gleich, warum: Ihr war eiskalt. James hatte die Decke weggezogen. Sie zupfte sanft daran, und James grunzte. Sie zog fester, er stieß sie mit der Schulter weg. Catherine lag zitternd im Halbdunkel und betrachtete ihn, wie er sich an der Decke festklammerte; den Schlaf, dachte sie bei sich, ging er ebenso wild entschlossen an wie alle anderen Projekte. Sie betrachtete sein feingeschnittenes Gesicht, die hohen Wangenknochen, die vollen Lippen, die Bartstoppeln an seinem Kinn. Auf einmal wurde ihr bewusst, wie schön er war; er war nicht attraktiv im herkömmlichen Sinn, sondern auf eine ganz eigene, erfülltere Weise. Es war zu ungerecht, dass niemand ihn bewunderte, wie sie ihn jetzt bewunderte, aus dieser Perspektive, aus solcher Nähe. Es war ungerecht, dass niemand in der Nacht neben ihm aufwachte und merkte, dass er Kissen und Decke an sich gerissen hatte. Catherine erschauderte und zog abermals an der Decke. Als James nicht losließ, stieß sie ihm sanft mit dem Ellenbogen in die Rippen. Er schrie auf, so erschreckt und schrill, dass Catherine lachen musste.

»Was hast du mit mir gemacht?«, fragte er so ängstlich, als wäre er soeben in einem fahrenden Zug aufgewacht. »Was hast du mit mir gemacht?«

»Gib mir Decke ab«, sagte Catherine. »Die ist nicht für dich allein da.«

»Du hättest mich nicht *schlagen* müssen«, sagte er bekümmert.

»Ich habe dich nicht geschlagen. Du bist nicht aufgewacht.«

»Du hast mich geschlagen.«

»Schlaf weiter«, sagte Catherine, und James schlief weiter.

5

»Komm schon«, sagte Zoe in der darauffolgenden Woche zu Catherine. Catherine saß in der Bibliothek und versuchte, sich auf das Interview mit Michael Doonan vorzubereiten. »Den ganzen Tag schon sitzt du hier rum. Zeit für einen Tee!«

»Keine Zeit«, sagte Catherine und zeigte auf den Bücherstapel.

»*Allmächtiger Antrieb*«, las Zoe. »Was für ein Angebertitel. Ich befehle dir, eine Pause zu machen. Seit Tagen warst du nicht an der frischen Luft.«

Das stimmte nicht, im Gegenteil, fast zwei Wochen lang hatte Catherine herumgetrödelt und Zeit mit James verbracht, aber es überraschte sie kein bisschen zu hören, sie sähe schlecht aus. Es ging ihr schlecht. Sie fühlte sich träge und faul und musste sich zu allem zwingen, gleichzeitig spürte sie eine innere Angespanntheit, fast schon Panik. Sie hatte versucht, Doonans Bücher zu lesen, kam aber nie über die ersten paar Seiten hinaus; die Buchstaben schienen sich vor ihren Augen aufzulösen. Sie wusste nicht, was ihr fehlte, sie war unruhig und wie gelähmt zugleich. James war in der Dunkelkammer und entwickelte die Aufnahmen, die er am Vormittag von Aidan gemacht hatte, draußen vor der alten Bibliothek. Sie waren um vier Uhr verabredet und wollten gemeinsam nach Hause gehen. Catherine hatte ständig auf die Uhr geschaut und sich gefragt, wie lange sie noch warten musste. Sie hatte kaum etwas geschafft. Als Zoe erschien, hatte Catherine sich gefragt, ob sie zur Dunkelkammer hinübergehen sollte. Das Büro der PhotoSoc befand sich in Haus vier; sie könnte unter einem Vorwand dort auftauchen. Sie könnte behaupten, sie habe nur einmal sehen wollen, wie James vorankomme. Aber dann wiederum durfte man in eine Dunkelkammer nicht einfach so hineinspazieren. Dann würde Licht auf die Filmrollen fallen, und alle Aufnahmen wären zerstört – nein, ausgeschlossen, das ging natürlich nicht. Aber warum zog es sie überhaupt dorthin? Denn hin wollte sie unbedingt, sie vermisste ihn. Das war doch verrückt. Sie waren für vier Uhr verabredet, bis dahin war es keine halbe Stunde mehr. Sie würden den ganzen Abend zusammen haben. Sie hatten eine ganze Woche miteinander verbracht, zwei Wochen eigentlich; sie hatten in Cafés und Parks herumgesessen und Ausstellungen besucht und sich in den Geschäften umgesehen. Vor einer Woche noch hatte sie sich von ihm bedrängt gefühlt; vor einer Woche noch hatte sie sich gewünscht, er würde mehr auf eigene Faust unternehmen und sie in Ruhe lassen. Und jetzt das. Aber was denn eigentlich? Was war das für ein Gefühl? Was waren das für Gefühle, denn es waren eindeutig mehrere; mehrere Gefühle, von denen sie sich nun abermals bedrängt fühlte. Sie fühlte sich in die Ecke gedrängt und überfordert. James …

»Komm schon«, sagte Zoe und zog sie in die Höhe. »Dies ist eine Intervention, Citsers. Teepause!«

Catherine hatte es bereits geahnt. Zoe wollte wieder einmal über Emmet sprechen, darüber, wie es zwischen Catherine und Emmet so lief, »nach dem Stag's«.

»Nicht ganz so spannend wie *nach dem Sex*«, sagte Zoe augenzwinkernd, »aber es ist ein Anfang.«

»Ich habe es dir schon gesagt, Zoe. Du bist auf dem Holzweg. Wir haben nur was getrunken. Und über die *Trinity News* geredet. Mehr ist nicht passiert. Warum auch?«

»Warum nicht?«

»Weil er Emmet ist! Er ist ein Loser.«

»Er ist süß. Und er ist in dich verknallt. Das ganze Jahr hat er dich angeflirtet.«

»Das war kein Flirten, Zoe. Er ist Emmet. The Doyle. So ist er einfach. Er macht sich über alles lustig. Er nimmt nichts ernst.«

»Sah aber anders aus, als ihr im Stag's wart.«

»Ja, aber das war rein platonisch. So meinte ich das. Er zieht mich auf, weil ich ein Landei bin, und ich ziehe ihn auf, weil er auf einer Privatschule war.«

»Tja, ihr müsst gar nicht reden. Leg ihn flach!«

»O Gott«, stöhnte Catherine. »Könnten wir bitte über was anderes reden? Muss es immer um irgendwelche Jungs gehen?«

»Es geht nicht immer um Jungs«, sagte Zoe, aber dann schien sie sich den Vorwurf doch zu Herzen zu nehmen. Sie rührte in ihrem Tee, starrte in die milchige Flüssigkeit. Sie seufzte. »Und, wie geht es James?«

Catherine musste lachen. »James ist ein Junge!«

Zoe verzog das Gesicht. »Du weißt doch, wie ich das meine. Wie war die Fotosession mit Aidan? Wie stehen die Chancen auf ein heißes Techtelmechtel?«

»Ach Zoe, verdammt!«, sagte Catherine viel ungehaltener, als sie wollte. Die Leute an den Nachbartischen drehten sich zu ihnen um, Zoe riss gekränkt die Augen auf. »Sorry«, murmelte Catherine. Zoe schwieg, dann fragte sie:

»Was sollte das? Bist du etwa eifersüchtig? Wegen Aidan?«

Fast hätte Catherine sich verschluckt. »O Gott, Zoe!«

Aber auf einmal wirkte Zoe ganz ernst; sie spähte über Catherines Schulter hinweg in den Raum und setzte ein strahlendes Lächeln auf. »Genug davon«, murmelte sie mit starren Lippen und hob die Hand, um zu winken. Catherine drehte sich um und sah Aidan an der Kaffeetheke stehen. Er erwiderte den Gruß mit einem lakonischen Winken.

»Na super«, sagte Catherine und griff zu ihrem Teebecher.

Aidan sah gut aus heute, geradezu attraktiv, er trug ein kariertes Hemd, das sie gar nicht kannte, und eine schwarze Jeans, er hatte sich sogar rasiert, was eher ungewöhnlich war. Catherine fragte sich, ob er sich nur für den Fototermin so schick gemacht hatte; sie hätte darüber schmunzeln sollen, spürte aber stattdessen eine seltsame Mischung aus Gereiztheit und Angst. Sie fragte sich, ob sie sich davonschleichen könnte, um James vor der vereinbarten Zeit zu treffen; auf einmal spürte sie ein brennendes Verlangen, bei ihm zu sein und mit ihm zu reden statt mit Zoe und Aidan. Sie riss sich zusammen. Sie sollte so nicht denken. Dieses seltsame, nervöse Kribbeln hatte in den letzten Tagen einfach überhandgenommen.

Die Fotosession sei gut verlaufen, sagte Aidan; im Grunde genommen habe er nicht posiert, sondern einfach nur eine halbe Stunde lang auf einer Bank gesessen und gelesen, während James mit der Kamera um ihn herumgesprungen war. James sei wohl ein Perfektionist, sagte Aidan. Zoe hakte nach und erfuhr, dass James selbst dann weitermachten wollte, als es zu regnen anfing; er hatte Aidan auch verboten, seinen Houseman einzupacken, woraufhin das Buch nass geworden war.

»Was für ein *Monster* er ist!«, kicherte Zoe. »Du solltest ihn verklagen.«

»Ach, ich glaube, das Endergebnis wird sich lohnen«, sagte Aidan und stellte einen Stiefel auf den freien Stuhl gegenüber. »Er weiß offenbar, was er tut.« Er warf Catherine einen flüchtigen Blick zu. »Dich hat er auch schon fotografiert, oder?«

Catherine zögerte. Zwar hatte James sie im letzten Jahr einige Male fotografiert, doch standen die Fotos für seine neue Reihe noch aus; er hatte öfter davon gesprochen, aber dann war es nie dazu gekommen. Catherine wollte es Aidan gegenüber nicht zugeben. »Ja«, sagte sie beiläufig, als wäre es selbstredend, »ein paarmal. Hauptsächlich bei uns zu Hause. Da ist das Licht besonders gut.«

»Wirklich? Heute Morgen hat er mir noch erzählt, er arbeite nicht gern in geschlossenen Räumen«, sagte Aidan. »Aber wahrscheinlich macht er das Beste draus.«

»Ja«, sagte Catherine, ohne den Blick zu heben.

»Er hat auch gesagt, er sei auf der Suche nach einer eigenen Wohnung«, fügte Aidan hinzu. »Ich habe ihm gesagt, dass ich mich umhören werde. Meine Vermieterin besitzt mehrere Häuser in den Liberties. Die hat sie vor zehn Jahren zu einem Spottpreis gekauft. Ich wünschte, ich wäre so vorausschauend gewesen!«

»Vor zehn Jahren war ich neun«, sagte Catherine, die auf einmal das Bedürfnis hatte, es Aidan heimzuzahlen, und ihn darauf hinzuweisen, dass er von ihnen der Älteste war, schien der einfachste Weg. Gleichzeitig betonte sie damit, wie jung sie selbst war, was seine Skrupellosigkeit und Verderbtheit bewies, schließlich hatte er sie verführt. Eigentlich war es lächerlich, so war das gar nicht gewesen, aber in diesem Moment waren ihr die Fakten egal. Sie wollte sich wehren, denn dass er gesagt hatte, James werde aus der Wohnung in der Baggot Street ausziehen, hatte sie getroffen wie ein Schlag ins Gesicht. Schlimmer noch, Aidan hatte angedeutet, James bei seinem Vorhaben auch noch zu unterstützen, und dafür wollte sie ihn bestrafen.

Es funktionierte nicht. Aidan zuckte nur die Achseln. »Du hättest dein Kommunionsgeld anlegen können«, sagte er grinsend. »Wenn ihr zusammengelegt hättet, würdet ihr jetzt eine Wohnung in der Cork Street besitzen.«

Zoe lachte. »Was meinst du, Cits? Wir beide in einer WG? Wir könnten ein Zimmer an James vermieten und seinen Herrenbesuch unter die Lupe nehmen.«

»Ich muss los«, sagte Catherine und rückte vom Tisch ab. »Ich habe ganz vergessen, dass wir noch eine Redaktionssitzung haben.«

»*Ooooh*«, fing Zoe an, aber Catherine blieb nicht lange genug, um den Rest zu hören.

Am Morgen nach dem Streit in der Küche war Catherine allein aufgewacht. Lorraine und Cillian im Wohnzimmer schliefen noch, Amy war in ihrem Zimmer, Küche, Bad und Flur waren leer. James' Bettwäsche lag immer noch vor der Wohnzimmertür, wo Lorraine sie am Abend hingelegt hatte. Es war halb neun und James verschwunden. Sie war in ihrem Zimmer und dann in der Küche und später im Flur auf und ab gelaufen. Sie hatte sich vor den Münzfernsprecher im Treppenhaus gestellt und gewartet. Sollte sie jemanden anrufen? Sie hatte keine Ahnung, zu wem James gegangen sein könnte. In Carrigfinn war er ganz bestimmt nicht; am Sonntag nach der Party, als sie im Park spazieren gegangen waren und Catherine einen furchtbaren Kater gehabt hatte, hatte er ihr noch erzählt, dass er nicht nach Hause fahren würde. Seine Eltern wussten nicht einmal, dass er wieder in Irland war. Zoe? War er vielleicht bei Zoe in Stillorgan? Die beiden hatten sich am Vorabend prima verstanden … aber nein. Unmöglich. Nie im Leben würde James um halb neun am Morgen vor Zoes Tür auftauchen. Niemals. Sicher würde er gar nicht wollen, dass Zoe von seinem Unglück erfährt, von seinem Dilemma. Sicher nicht. Wo war er also? Lief er ziellos durch die Straßen? Hatte er sich in einem Hostel einquartiert? Er besaß immer noch etwas von dem Geld, das er bei Malachy verdient hatte, auch wenn er noch nicht dazu gekommen war, die deutschen Mark umzutauschen. Es war ohnehin nicht viel, eigentlich hatte er sich längst nach einem Kellnerjob umsehen wollen, um sich über Wasser zu halten …

Beim Schlagen der Wohnungstür war sie zusammengezuckt. Sie hatte sich solche Sorgen um ihn gemacht, dass sie gar nicht auf den Gedanken gekommen war, er könnte nur vorübergehend aus dem Haus gegangen sein. Sie war ihm entgegengeeilt und hatte ihn umarmt, er hatte gelacht und sich drücken lassen, und dann hatte er sich von ihr losgemacht und sie fragend angesehen. Er war nur kurz einkaufen gewesen; der Laden an der Ecke war noch geschlossen, weil es zu früh am Morgen war, deswegen hatte er weiter gehen müssen. Auch der nächste Laden war zu, und als er einen Laden gefunden hatte, war er schon fast in der Innenstadt, und überhaupt, wovon redete sie da eigentlich, was dachte sie denn, wo er wäre?

Nach einer Weile konnte Catherine selbst darüber lachen. Sie erzählten es Amy und Lorraine und Cillian am Frühstückstisch, alle zogen Catherine auf, sie wusste, nun würde sie sich die Geschichte jahrelang anhören müssen; gleichzeitig hatte sie bemerkt, dass James' Augen ernst geblieben waren. Irgendwie weigerte er sich auszukosten, wie albern und wie melodramatisch sie reagiert hatte. Sein Blick wirkte nicht unbedingt kalt, das wäre übertrieben gewesen; er war immer noch James, er war hier bei ihr, er umarmte sie alle paar Minuten und sagte ihren Namen voller Zuneigung. Aber etwas hatte sich verändert. Irgendwie sah er sie anders an, vorsichtiger. Er hielt sich zurück. Offenbar hatte er sich entschieden, sie fortan anders zu behandeln und sich selbst ebenfalls.

Das hatte sie geradezu verrückt gemacht.

Es war die einzige Erklärung; nur so ließ sich die Veränderung erklären, die sie in den letzten zehn Tagen durchgemacht hatte. Sie wurde verrückt. James hatte seit seiner

Rückkehr alles getan, was Catherine von ihm verlangte. Er hatte aufgehört, sie zu bedrängen, ihre Nähe zu suchen, sie überallhin zu verfolgen und nie von ihrer Seite zu weichen, mit dem Ergebnis, dass sie nun an ihm klebte, wie er zuvor an ihr geklebt hatte. Sie klammerte. Sie lechzte nach seiner Gesellschaft. Sie forderte sie ein; die Kaffeepausen, Frühstückspausen, Galeriebesuche und Spaziergänge erfolgten nicht auf James' Initiative. Sie fühlte sich vom Schicksal ausgelacht, denn ironischerweise hatte James nur unter Mühen Zeit für diese Aktivitäten gefunden, eigentlich hatte James jetzt anderes zu tun – er hatte einen Job im O'Brien's gefunden, einem Pub in der Nähe von Christchurch, an drei Abenden und zwei Nachmittagen pro Woche; und zusätzlich hatte er angefangen, sein neues Fotoprojekt anzugehen und die Reihe umzusetzen, von der er ihr, es schien Ewigkeiten her zu sein, vor dem Häuschen des Wachmannes erzählt hatte. Er sprach Leute auf der Straße an und fragte sie, ob er sie fotografieren dürfe, außerdem fotografierte er Catherines Bekannte aus dem College. Er stand in der Dunkelkammer und entwickelte seine Bilder, wann immer es sich einrichten ließ. Catherine hatte sie alle gesehen, sie waren fantastisch, sie waren wunderschön, sie waren krass und fremdartig und verwirrend. Sie ähnelten den Fotos auf den verlorenen Studentenausweisen gar nicht so sehr, denn sie waren viel schöner; dennoch wirkten die Fotografierten auch hier irgendwie ertappt, schutzlos und verletzlich, ihre Persönlichkeit zur Schau gestellt: ein Mann im Arbeitsoverall, dessen Blick zaghaft zur Seite gleitet, eine alte Frau mit Küchenschürze und vor dem Bauch gefalteten Händen und geschlossenen Augen; ein junger Mann in ihrem Alter – er war hübsch, Catherine hätte sich freuen sollen, stattdessen verspürte sie einen Stich – im Fußballtrikot, der an einer Motorhaube lehnt und in die Ferne starrt.

Und nein, James hatte Catherine immer noch nicht fotografiert. Sie nahm sich vor, es spätestens am Wochenende einzufordern.

Auch das hatte sich verändert; auf einmal forderte Catherine von James alles Mögliche ein. Er durfte nicht absagen, wenn sie mit ihm Kaffee trinken oder in die Nationalgalerie gehen wollte oder auf ein Nachmittagsbier ins O'Donoghues, obwohl er doch später an dem Tag noch in einem Pub arbeiten musste und nicht mit einer Fahne dort auftauchen wollte; dass er mit ihr im St. Stephen's Green oder am Kanal spazieren ging; dass er sie am Wochenende fotografierte.

Offenbar fand er es amüsant. Er beurteilte die Lage anders als Catherine, die sich ständig Gedanken machte und auch ein bisschen schämte. Was ihn betraf, so schien er seit dem nächtlichen Streit in der Küche, als er ihr sein Herz ausgeschüttet und seine Sorgen ausgesprochen hatte, irgendwie erleichtert und befreit. Morgens stand er jetzt als Erster auf, und wenn Catherine sich nicht beeilte und schnell anzog, war er manchmal schon zur Tür hinaus, noch bevor sie aus ihrem Zimmer kam; in dem Fall war es gar nicht so einfach, ihn im Laufe des Tages ausfindig zu machen. Wenn er abends nicht im Pub arbeitete, war er meistens zu Hause in der Baggot Street, nur einmal wollte er ausgehen, mit Zoe und Aidan und Aidans Freund Liam. Catherine, die mit ihm am Kaminfeuer sitzen und fernsehen wollte, konnte ihn nicht allein ziehen lassen, sie hängte sich an ihn und verdarb allen den Abend. Am nächsten Tag bemerkte Zoe trocken, sie leide wohl an PMS.

Er entfernte sich von ihr, so sah sie das. Er hatte sich bewusst dazu entschieden, weil sie an jenem Abend in der Küche so wenig einfühlsam gewesen war oder weil sie von ihm verlangt hatte, sie nicht so zu bedrängen, auf eigenen Füßen zu stehen, sich ein eigenes Leben aufzubauen. Woher diese neuen Gefühle kamen, verstand Catherine selbst nicht. Sie verstand nicht, warum sie ihnen so hilflos ausgeliefert war, manchmal fühlte sie sich wie gewürgt und an den Haaren durch die Gegend geschleift. Sie fühlte so viel. Sie fühlte sich einsam, vom Gespenst der Einsamkeit verfolgt. Sie fürchtete panisch, er könnte verschwinden, sie fürchtete sich vor der Lücke, die er hinterlassen würde; er hatte gar nicht vor zu verschwinden, aber ihre Angst blieb. Er schrieb ihr keine Briefe mehr, keine dicken weißen Umschläge, randvoll mit Wörtern, durch die er ihr nah sein wollte, durch die er ihr das Gefühl vermittelte, dass er ihr zuhörte und sie nicht ganz allein war. Sie nahm kaum noch etwas anderes wahr als ihn und den Abstand zwischen ihnen beiden. Catherine versuchte verzweifelt, die Lücke zu überbrücken, sie warf sich hinein und ruderte mit den Armen wie eine Ertrinkende. Auch hatten ihre körperlichen Reaktionen sich verändert, wenn James sie umarmte, sie auf die Stirn oder auf die Wange küsste, auch wenn Catherine versuchte, den Gedanken zu verdrängen. Catherine wollte nicht an jene zweite Nacht von Cillians Besuch zurückdenken, als er und Lorraine das Wohnzimmer besetzt hatten und sie so froh gewesen war, dass James abermals in ihrem Bett schlafen musste; wie es sich angefühlt hatte, an ihn gekuschelt einzuschlafen und wieder aufzuwachen.

Über manches dachte man besser gar nicht erst nach. Manche Fragen blieben besser ungestellt.

Als Catherine in den Räumen der PhotoSoc auftauchte, war James gerade in der Dunkelkammer fertig geworden. Er unterhielt sich angeregt mit einem Mädchen, das eine altmodische, kastenförmige Kamera in den Händen hielt. Catherine konnte nicht beurteilen, ob er überrascht war, sie hier zu sehen; er winkte sie heran und erklärte ihr die Funktionsweise der antiken Kamera, die das Mädchen von seinem Großvater geerbt hatte, eine Rolleiflex, wie er erklärte, so eine hatte schon Richard Avedon benutzt, und Diane Arbus und Robert Capa. Er nannte noch weitere Fotografen, deren Namen Catherine nie gehört hatte, nur das Mädchen nickte begeistert und fügte weitere Namen hinzu. Catherine musterte sie. Sie war drall und klein und hatte blonde Locken. Sie drückte sich die Kamera an die großen Brüste; ihre Fingernägel waren in einem glitzernden Lila lackiert. James sagte ihren Namen, den Catherine sofort wieder vergaß. Sie hatte nur einen Gedanken, sie wollte James möglichst schnell von hier loseisen, sie wollte mit ihm nach Hause gehen und ihn ganz für sich allein haben. Aber James nahm sich wie immer viel Zeit zum Plaudern; er erklärte ihr die Kamera, in die man von oben hineinschauen musste, wie durch eine winzige Falltür, und bei diesen Worten führte die Blondine den Mechanismus vor, und dann zog sie sich den Ledergurt über den Kopf und gab die Kamera an Catherine weiter, damit die es auch einmal versuchte.

»Oh nein, danke, ich habe viel zu große Angst, etwas kaputtzumachen«, wehrte Catherine ab, aber das Mädchen bestand darauf, ebenso James. Catherine griff zu; die Kamera fühlte sich leichter an als erwartet und dennoch stabil; sie spürte den silbrigen Hebel in ihrer Handfläche, das angenehm körnige Plastikgehäuse an ihren Fingerspitzen. Sie blickte von oben in den kleinen rechteckigen Schacht hinein und zuckte vor Schreck fast zusammen; das Bild in der Kamera war gestochen scharf und dazu beweglich; es war, als hielte sie einen winzigen Fernseher in Händen, auf dessen Schirm ein winziger James zu sehen war; mal grinste er, mal schaute er skeptisch drein, und jetzt rief er ihren Namen und winkte ihr zu. Catherine starrte den kleinen James an. Sie war wie hypnotisiert. Er unterschied sich nicht vom echten James, der keinen Meter vor ihr stand, und war doch anders. Er bewegte sich, wenn sie sich bewegte; wenn sie die Arme ausstreckte, kam er näher, wenn sie sie heranzog, schrumpfte er zwischen ihren Händen, klein und freundlich lächelnd und unerschütterlich. Sie drehte an den Knöpfen an der Seite des Gehäuses, woraufhin er für einen kurzen Moment verschwamm; sie drehte weiter, und da war er wieder, scharf und klar und echt. An der anderen Seite des Gehäuses befand sich ein geschwungener Hebel. Sie zog daran wie an einem Uhrzeiger, und die Kamera gab ein schönes, sattes Klicken von sich. Die Blondine applaudierte.

»Du hast ihn erwischt!«, rief sie und klatschte in die Hände. »Gut gemacht!«

»Catherine«, sagte James nüchtern, »du verschwendest Lisas Material!«

»Nein!«, sagte das Mädchen, »wie kannst du so was sagen? Jetzt habe ich ein Foto von dir!«

»Du liebe Güte«, sagte James und verzog das Gesicht, »du spinnst ja.«

»Jede Wette, dass es in zwanzig Jahren ein Vermögen wert ist?«, fragte sie.

»Wohl kaum.«

»Oh doch«, lachte sie. »Weil meine Ausstellung dir zum Durchbruch verhilft.«

»Ausstellung?«, fragte Catherine und schaute zwischen den beiden hin und her.

»Lisa hat mich um ein paar Fotos für eine Gruppenausstellung gebeten, die sie kuratiert«, sagte James und nahm Catherine die Rolleiflex ab.

»Das hast du mir gar nicht erzählt«, sagte Catherine weinerlich.

»Ich wusste bis eben nichts davon«, sagte James und gab Lisa die Kamera zurück.

»Ich und ein Freund vom National College of Art and Design stellen gerade eine Ausstellung von Nachwuchskünstlern zusammen. In einer alten Fabriketage in den Liberties, im Spätsommer.«

»In den Liberties?«, wiederholte Catherine ungläubig.

In Gedanken hörte sie noch einmal das satte Klicken der Rolleiflex, und alle Teile rutschten an ihren Platz. »Von der Gegend habe ich gehört«, sagte sie.

»Ja, die ist super«, sagte Lisa. »Da gibt es jede Menge fantastische Gebäude, die einfach leerstehen. Ich liebe James' Porträts, sie sind wie gemacht für unsere Ausstellung, und ich glaube …«

»Mal sehen«, sagte James und hob die Hand, als brächte es Unglück, so zu reden. Er wandte sich an Catherine: »Wie dem auch sei. Jetzt, wo du deinen meisterhaften Schnappschuss im Kasten hast …«

»Wie bitte?«

»Können wir gehen?«

Es regnete, deswegen fuhren sie mit dem Bus. Sie stiegen aufs Oberdeck hinauf und suchten sich zwei freie Plätze. Keine zwei Minuten später bemerkte Catherine, als sie sich an James' Schulter anlehnen wollte, dass er eingeschlafen war. Er ließ den Kopf hängen, seine geöffneten Hände lagen schlaff in seinem Schoß. Sie versuchte, sich dennoch anzulehnen, doch er zuckte zurück, oder vielleicht hatte auch nur der Bus geruckelt; vielleicht waren sie durch ein Schlagloch gefahren, oder vielleicht musste der Busfahrer einem Radfahrer ausweichen.

Während James schlief, studierte sie sein Gesicht: die zarten Wangenknochen, die vollen Lippen, die goldblonden Bartstoppeln, die in der Nachmittagssonne glänzten. Das Gefühl der letzten Tage holte sie wieder ein. Obwohl er direkt neben ihr saß, schien er weit entfernt zu sein, selbst in hellwachem Zustand; sie konnte ihn weder festhalten noch jemals ganz verstehen.

Sie hatten ihre Haltestelle fast erreicht. Catherine berührte James' Hand, um ihn zu wecken, so wie schon heute Morgen, als er auf dem Sofa gelegen hatte. Er schnappte nach Luft, kam zu sich, sah sie erschreckt an, als würde er sie nicht kennen und hätte sie noch nie gesehen.

»Aussteigen«, sagte sie und sah ihm bittend in die Augen, und er nickte.

»Abwärts geht's«, sagte er und torkelte die Treppe hinunter.

Zu Hause war er wieder ganz der Alte. Er war James. Der öffentliche James? Der Gesellschaftsjames? Catherine hatte inzwischen so viele Versionen kennengelernt, dass sie sich nicht alle merken konnte. Amy und Lorraine waren zu Hause, und Cillian hatte Hasch mitgebracht. Die Stimmung war gelöst, der Abend war noch jung, und zu James stand wie immer im Mittelpunkt, er plauderte und witzelte und brachte die anderen dazu, sich vor Lachen zu biegen und zu verschlucken. Er war schlagfertig und blitzgescheit. Und dazu war er auf rührende Weise anhänglich, küsste und kuschelte und schlang seine Arme glücklich um die Mitbewohnerinnen.

Es war zu schön. Er war ein Wirbelwind. Er lachte, und Catherine sah, wie das Lachen sein Gesicht zerknitterte und zugleich entspannte. Er war einfach nur glücklich, hier bei den Mädchen zu sein, und es war, als würde eine schwere Last von seinem Herzen gehoben. Sie hasste sich selbst für ihre Eifersucht, aber sie wollte ihn für sich allein. Nicht den verstockten, schlecht gelaunten James, nicht den James, mit dem sie den Tag verbracht hatte und der sie erschöpfte und traurig machte, jener James, in dessen Gegenwart sie sich angespannt und unsicher fühlte; sondern *diesen* James. Sie wollte den gescheiten, lustigen, lebhaften James, der vor Tatendrang sprühte, und sie wollte seine einzige Freundin sein. Sie wollte nicht, dass er die anderen so sehr liebte, sich so ungezügelt an ihrer Gegenwart erfreute. Nicht, dass sie ihm kein Glück gegönnt hätte, sie konnte nur den Gedanken nicht ertragen, dass es gerade die anderen waren, die ihn so fröhlich stimmten. Er sollte nur mit ihr befreundet sein. Sie wollte seine ganze Aufmerksamkeit, seine gesammelte Energie, sie wollte der Grund sein für sein Interesse, sein Entzücken, seine Freude. Aber da waren die anderen, die ihr James streitig machten. Sie hasste sie dafür, und sie nahm es James übel, sich in ihre Mitte aufnehmen zu lassen.

Dabei waren Amy und Lorraine doch seine ältesten Freundinnen.

Und sie war seine beste Freundin, das wusste sie genau.

Und doch.

Und doch?

Einige Abende später kam sie aus der Redaktion der *Trinity News* nach Hause und fand James allein im Wohnzimmer vor. Er lag ausgestreckt auf dem Schlafsofa und schaute *No Disco*. Das Bild war verschwommen und blass, schwarze Flecken huschten über den Schirm. Ein Mann spielte Gitarre und sang etwas von einem Strand. James hob müde die Hand.

»Du hättest nicht aufbleiben müssen«, sagte Catherine und ließ ihre Tasche fallen.

Er zuckte die Achseln. »Bin ich nicht. Ich schaue fern. Hör dir den Typen an.«

»Was?«

»Seine Stimme. Hör mal. Ich kannte den gar nicht.«

»Ich kenne die Musiker in dieser Sendung nie.«

Endlich sah er sie an. »Was macht Robert Emmet? Irgendwelche neuen Skandale?«

Catherine schüttelte den Kopf. »Ich habe ihn kaum gesehen. Es war total hektisch heute.«

»Seid ihr danach nichts trinken gegangen?«

»Danach?«, schnaubte Catherine. »Die anderen sind noch nicht fertig, die werden die halbe Nacht in der Redaktion sitzen.«

»Ach so. Na dann. Ein andermal.«

Er wandte sich wieder dem Fernseher zu, legte den Kopf in den Nacken. Der Musiker sang immer wieder dasselbe Wort. Hatte James das mit Emmet und dem Ausgehen ironisch gemeint? Sah er die Sache so locker? Sie beobachtete ihn, er schien ganz auf die Musik konzentriert zu sein, auf die kehlige, leicht weinerliche Stimme des Sängers. Sie fragte sich, ob er betrunken war, ob er mit den Mädchen Wein getrunken oder mit Cillian gekifft hatte; aber da standen keine Gläser, sondern nur ein einsamer Teebecher auf dem Boden vor dem Sofa, und die Luft roch unauffällig. Das Lied war zu Ende, der Moderator redete aufgeregt in die Kamera. James seufzte und ließ die Hände sinken.

»Scheiße, bin ich kaputt.«

»Was hast du heute gemacht?«

»Ich war in der Thomas Street und habe mir eine Wohnung angesehen.«

»Eine Wohnung?«, fragte sie, als wäre sie begriffsstutzig.

»Eine Mietwohnung. Ein Bekannter von Aidan hat ihm davon erzählt, und er hat mir davon erzählt. Die Vermieterin wohnt auch da, aber ich hätte eine ganze Etage für mich …«

Die Worte zerfielen, als wollte Catherine einen Text von einem nassen Blatt Papier ablesen. »Verzeihung, was hast du gesagt? Wie meinst du das? Eine Wohnung?«

»Ja«, sagte er und sah sie an, als warte er auf eine Pointe. »Du weißt doch, dass ich …«

»Ich dachte, du meintest nächsten Monat«, sprudelte es aus Catherine heraus, »ich dachte, du würdest noch mindestens einen Monat bleiben.« Sie suchte nach einem rationalen Argument gegen die Wohnung, irgendwo musste es sein, und als sie es gefunden hatte, schrie sie fast vor Erleichterung: »Miete zahlt man immer vom Monatsersten an, du kannst noch gar nicht dort einziehen.«

»Nein«, sagte er milde lächelnd, »aber das ist der Frau egal, sie sagt, ich kann schon morgen einziehen, wenn ich möchte. Sie sucht dringend einen Mieter. Ich glaube, der letzte ist Hals über Kopf verschwunden.«

»Aber du ziehst nicht morgen um, oder? Morgen ist mein Interview mit Doonan!«

Er sah sie stirnrunzelnd an. »Was hat das mit mir zu tun?«

Catherine fing an zu schwimmen. Was hatte es mit ihm zu tun? »Ich kann dir morgen nicht beim Umzug helfen«, sagte sie hastig, »außerdem muss ich am Wochenende nach Hause, da ist Muttertag ...«

»Ach ja, Muttertag«, sagte James trocken. »Ich darf nicht vergessen, mein Mütterchen anzurufen.«

»Du musst doch nicht schon morgen umziehen«, sagte Catherine verzweifelt. »Bitte, zieh nicht so schnell aus.«

»Ich bin doch nicht aus der Welt. Ich ziehe bloß in meine eigene Wohnung. Es muss sein. Ich bin euch hier nur im Weg.«

»Nein, bist du nicht!«

»Doch«, sagte er. »Catherine, ich bin überall im Weg.«

»Und, wen stört's?«

»Mich! Und ich möchte auch nicht mehr auf einem Sofa schlafen müssen. Im Ernst, so langsam kriege ich Rückenprobleme. Morgens stöhne und jammere ich wie mein alter Herr.« Er reckte beide Arme über den Kopf. »Und, ist die Zeitung in trockenen Tüchern?«

»Sie geht noch heute in Druck, ja.«

»Und du bist nicht geblieben, um einen Kollegen zu drücken?« Er schnalzte mit der Zunge. »Was sollen wir mit dir nur machen?«

»Ich wollte so schnell wie möglich nach Hause. Du meine Güte. Ist das jetzt verboten?«

»Nichts ist dir verboten, Catherine«, sagte James und streckte sich gähnend. »Das ist dein Problem.«

»Ja klar.«

»Ja, klar«, äffte er sie nach. Sie klang wie eine beleidigte Zwölfjährige. James lächelte. Catherine sah ihn ungerührt an. *Mondschaum und Silber,* sang der Typ im Fernsehen.

6

Michael Doonan wartete bereits in der Bar des Central Hotel, als Catherine zehn Minuten vor der vereinbarten Uhrzeit die Lobby betrat. Er saß auf einem der breiten Plüschsofas am Kamin. Er trug ein braunes Poloshirt und verwaschene Jeans und schenkte sich gerade Tee aus einer Kanne ein. Sein graues Haar war schulterlang, und obwohl er eine Halbglatze hatte, schienen die verbliebenen Strähnen überraschend dick. Er wirkte frisch gekämmt. Catherine war durch die Bar geeilt, um zu den ruhigeren Tischen im hinteren Teil zu gelangen; bei seinem Anblick hatte sie innegehalten und war ein paar Schritte rückwärts gegangen, da erst hatte er sie bemerkt. Er wusste anscheinend sofort, wer sie war, begrüßte sie mit einem ruhigen, freundlichen Nicken und klopfte auf das Sitzkissen neben sich. Catherine winkte hektisch und sprang auf das Sofa zu.

Sie hatte den gesamten Vor- und Nachmittag in der Bibliothek verbracht und krampfhaft versucht, aus ihren seitenlangen Notizen ein paar vernünftige Fragen zu extrahieren. Die PR-Frau hatte sie gebeten, sich auf das aktuelle Buch zu beschränken, aber Catherine wollte bei der Begegnung mit Doonan den Eindruck erwecken, sie sei in besonderer Weise mit seinem Werk vertraut, und so hatte sie in der vergangenen Woche all seine Bücher verschlungen, angefangen bei seinem Debütroman *Cunningham.* Sie war sehr schnell überfordert gewesen, aber anstatt ihre Ansprüche herunterzuschrauben, hatte sie sich noch mehr Lektüre besorgt – Kritiken seiner Werke aus der Bibliothek, alte

Interviews auf Mikrofiche, sie hatte sogar einen ihrer Dozenten angemailt und um Rat gefragt (er hatte ihr leicht belustigt geraten, gut auf sich aufzupassen). Als sie die Bibliothek verließ und den fünfminütigen Fußmarsch zum Central antrat, wünschte sie sich nur, sie könnte nach Hause fliehen, nach Longford, wo die Verstecke ihrer Kindheit auf sie warteten. Die Baggot Street war kein sicheres Refugium mehr, seit James nicht mehr auf sie wartete; er wohnte jetzt in der Thomas Street, und obwohl Catherine ihn oft besuchen würde und er versprochen hatte, sie regelmäßig in der Baggot Street anzurufen, würde es nicht mehr dasselbe sein. Irgendwann nach jedem Treffen würde er nach Hause gehen oder sie. Sie wollte sich an einem Ort verkriechen, den sie nie wieder verlassen müsste. Von dem niemand sie vertreiben würde.

»Miss Reilly«, sagte Doonan in leicht spöttischem Tonfall; ihr Name klang plötzlich wie ein Vorwurf. Catherine nickte und ließ sich zu schwer auf das Sofa fallen.

»Danke vielmals für den Termin«, sagte sie hastig.

Er wirkte überrascht, fast beleidigt. »Warum bedanken Sie sich?«

»Na ja«, sagte Catherine kopfschüttelnd. Sie versuchte, ihre Tasche unter das Sofa zu schieben und ihre herausquellenden Notizen vor ihm zu verbergen, aber Doonan hatte sie natürlich sofort durchschaut. Ihm entging nichts, das stellten seine Bücher schmerzhaft unter Beweis. Genau davor fürchtete Catherine sich nach der anstrengenden Lektüre am meisten: ihm gegenüberzusitzen und seiner legendären Wahrnehmung schutzlos ausgeliefert zu sein.

»Sie studieren am Trinity?«, fragte er und schenkte ihr ein rätselhaftes, aber strahlendes Lächeln. Seine Augen waren von einem faszinierenden Dunkelblau. Seine Nase war porig, und die vielen geplatzten Äderchen deuteten auf einen erhöhten Alkoholkonsum hin, das wusste Catherine;

aber vielleicht waren sie auch nur seinem Alter geschuldet, Doonan war schon einundsechzig.

»Ja«, sagte Catherine misstrauisch, denn ihr war eingefallen, dass er für Akademiker und Leute mit intellektuellen oder künstlerischen Vorlieben die größte Verachtung hegte, zumindest legten seine Bücher das nahe. In einer Kurzgeschichte, deren Titel ihr kurzzeitig entfallen war – ihr Mund wurde schlagartig trocken, als könnte Doonan tatsächlich danach fragen –, fand ein Student des Trinity College ein grausames Ende, er verreckte einsam und jämmerlich in seiner Studentenbude; aus dem Text hatte nicht ein Hauch von Mitgefühl gesprochen. »Englisch und Kunstgeschichte«, fügte sie wie zur Entschuldigung hinzu.

»Wie schön für Ihre Eltern«, sagte er und zeigte auf die Teetasse, die für Catherine bereitstand. Sie nickte stumm, ja, sie würde einen Tee mit ihm trinken.

»Ja, kann sein«, sagte sie mit nervösem Lachen, in das Doonan einfiel.

»Tja, mitgefangen, mitgehangen«, sagte er augenzwinkernd und schenkte ihr Tee ein.

»Nein, nein, ich nehme keine Milch«, sagte sie auf seine fragende Geste hin, obwohl das gelogen war.

Michael Doonan war zweimal für den Booker Prize nominiert und in einem Porträt des *Sunday Independent* kurzerhand zum Booker-Preisträger erklärt worden, ein Fehler, der seither als Tatsache kursierte und von den Journalisten immer wieder reproduziert wurde. In den Fotos zu seinen Buchkritiken starrte ein scheinbar sehr ungehaltener Autor mit verschränkten Armen und finsterem Blick in die Kamera, was den Booker-Irrtum für Catherine, als sie im Mikroficheraum saß, umso lustiger gemacht hatte; sie hatte die Sache ansprechen wollen, aber als sie nun neben ihm saß und der ungehaltene Ausdruck alle paar Minuten über sein

Gesicht huschte, wagte sie es nicht mehr. Sie beschloss, sich an seinen Werdegang zu halten, und stellte ihm Fragen, zu denen sie die Antworten längst wusste. Während er redete, hantierte sie mit dem Diktiergerät der *Trinity News.*

Doonan war in einer Wohnung über der Metzgerei seines Vaters in Glasson zur Welt gekommen, einem Dorf im County Westmeath. So wie sein älterer Bruder hatte er Metzger gelernt und bis zu seinem vierzigsten Lebensjahr in dem Beruf gearbeitet; er hatte einen eigenen Laden in Torleague gehabt. Abends und an den Sonntagnachmittagen hatte er geschrieben, seit dem Erfolg von *Lass sie gehen* im Jahr 1978 konnte er von seinen Büchern leben. Er war verheiratet, seine Frau hieß Julia, sie lebten in einer sanierten Remise im Zentrum von Dublin, wunderbar, wie er sagte, schließlich hatte seine wunderbare Julia das Haus eingerichtet. Er hatte sieben Romane und zwei Erzählbände geschrieben. Er arbeitete jeden Tag, auch sonntags, und er verstand nicht, was die anderen so kompliziert daran fanden. Seiner Ansicht nach musste man sich einfach hinsetzen und loslegen. Zu schreiben war ein Job wie jeder andere, nur einfacher, weil man ihn im Sitzen erledigen konnte.

»Apropos Metzger … letzten Monat habe ich Pat McCabe interviewt«, sagte sie, nachdem Doonan ihr seine Philosophie des Schreibens dargelegt hatte. »*Der Schlächterbursche.* Sie wissen schon«, fügte sie hinzu, als wäre es nötig. »Er war lustig.«

Ein langes Schweigen, in dessen Verlauf Catherines entsetztes Herz zu rasen anfing.

»Hmmm«, machte Doonan schließlich und ließ seine Fingergelenke knacken. »Hoffentlich haben Sie nicht alles geglaubt, was McCabe Ihnen über Tierkadaver erzählt hat.«

»Ach, über Kadaver haben wir gar nicht geredet«, sagte Catherine schnell, »eher über das Schreiben, hauptsächlich.«

»Und, wollen wir das nicht auch tun?«

»Äh«, sagte Catherine, und er lachte.

»Sie sehen sehr hübsch aus, wenn Sie rot werden«, sagte er mit Blick auf ihren Hals. »Wissen Sie das?«

»Na ja ... ich weiß nicht«, stammelte Catherine. Sie fühlte sich elend. Ja, so gesehen hatte Doonan ihr ein Kompliment gemacht; aber es war keines, das spürte sie. Er hatte ihr lediglich mitteilen wollen, dass er sehr wohl wusste, wie planlos sie war, wie jung und unerfahren und unfähig, mit einem Künstler seines Kalibers umzugehen. Dabei war es ihr mit anderen gelungen, mit McCabe zum Beispiel, das war überhaupt kein Problem gewesen, sie hatte sich wohl gefühlt und ein strukturiertes Interview geführt, sie hatte sogar mit dem Autor gelacht, was war also mit ihr los? Warum wagte sie kaum, ihre Teetasse zu heben aus Angst, ihre Hand könnte zittern, sie könnte Tee auf Doonans hässliche, viel zu enge Jeans gießen? Warum hatte sie die Handlung von *Allmächtiger Antrieb* vergessen? Sie traute sich inzwischen nicht einmal mehr, die Hauptfigur beim Namen zu nennen, aus lauter Angst, sie könnte sich irren. Die Figur hieß Mickey Donovan, da war Catherine sich fast sicher; aber was, wenn sie am Ende Mickey Donaghy hieß? Oder Mikey statt Mickey? Wie kam es, dass sie die einfachsten Fakten nicht mehr wusste?

Und jetzt errötete sie noch heftiger, sie konnte es fühlen, und Doonan, das konnte sie sehen, genoss den Anblick sehr. Er schmunzelte sogar ein wenig, dieses Arschloch, er rührte seelenruhig in seiner zweiten Tasse Tee und fragte sie mit Blicken, ob sie ebenfalls eine zweite wollte, aber nein, sie hatte ja noch nicht einmal die erste geleert. Warum sollte sie, es war ja nicht einmal Milch darin. *Nimm dich zusammen,* ermahnte sie sich. Sie biss die Zähne aufeinander, holte tief Luft und sah Doonan in die Augen.

»Mr Doonan. In *Allmächtiger Antrieb* kommen Sie auf eine Frage zurück, die Sie zeit Ihres Lebens beschäftigt hat.«

»Ein verdammtes Buch zu Ende zu schreiben?«

»Nein, nein«, sagte sie. »Die Frage nach Selbstgenügsamkeit.«

»Ach so. Wenn man auf sich allein gestellt ist? Meinen Sie das? Also, ich glaube ...«

»Wissen Sie, mir ist da etwas aufgefallen«, unterbrach Catherine ihn. Er sah sie verdutzt an, ließ sie aber gewähren. »Ehrlich gesagt, musste ich an Whitmans Gedichte denken. Walt Whitman, Sie wissen schon ...«

»Ja, natürlich«, sagte Doonan ruhig.

»Also, wissen Sie, im *Lied von mir selbst* gibt es einen Vers, der fast genauso klingt wie ein Satz, den eine Ihrer Figuren bei der Trennung zur anderen sagt.«

»Tatsächlich?«

»Ja. Warten Sie, ich habe die Stelle rausgesucht«, sagte Catherine, bückte sich nach ihrer Tasche und wühlte in den Aufzeichnungen nach dem Blatt, auf dem sie sich Leonas Worte notiert und rot unterstrichen hatte. Whitmans Gedichtzeile hatte sie direkt danebengeschrieben; die Ähnlichkeit war ihr aufgefallen, als sie die Stelle am Morgen noch einmal gelesen hatte. »Hier, sehen Sie«, sagte sie und hielt Doonan die ausgerissene Seite hin. Im letzten Moment überlegte sie es sich anders, zog die Hand zurück und las: »Leona sagt: ›Ich habe dieses Gefühl, diese Angst, sie ist in mir, Tommy, und ich verstehe sie nicht.‹«

»Ja?«

»Und bei Whitman steht: ‚Da ist das in mir – ich weiß nicht, was es ist – aber ich weiß, es ist in mir.'«

Sie schwiegen. Catherine sah Doonan an, steckte ihre Notizen wieder ein, wartete eine Weile. Er schwieg.

»Es ist mir einfach ins Auge gesprungen«, sagte sie aufgeregt und setzte sich gerade hin.

»Das merke ich.«

»Und haben Sie, also, hatten Sie Whitman im Hinterkopf, als Sie *Allmächtiger Antrieb* geschrieben haben?«

Er starrte sie an. »Wieso?«

»Ach, ich meine …« Catherine zögerte. Was zum Teufel tat sie hier? Warum belästigte sie Doonan mit diesem Unsinn, anstatt ihm ganz normale Fragen zu stellen? »Nein, natürlich nicht«, sagte sie. »Wieso auch.«

Er betrachtete sie lange, dann beugte er sich vor und trank einen Schluck Tee. Er lehnte sich zurück, zeigte auf Catherines Tasse. »Der wird kalt«, sagte er. »Trinken Sie aus.«

»Ja, danke«, sagte Catherine und nahm einen Schluck. Der Tee war bitter und lauwarm. Es kostete sie große Überwindung, ihn nicht in die Tasse zurückzuspucken.

»Möchten Sie was Richtiges trinken?«, fragte Doonan besorgt.

»Oh, nein. Danke.«

»Sicher?«

Sie nickte.

»Dann mögen Sie also Whitman …«

»Na ja, ich finde ihn interessant.«

»Ich bin eher ein Fan von Dickinson«, sagte Doonan.

»Wirklich?«

Er nickte. »Ich bewundere sie für ihr Einzelgängertum und dafür, dass sie angeordnet hat, ihr Werk möge nach ihrem Tod vernichtet werden, bis auf den letzten Schnipsel. So ist es richtig!«

»Aber Sie möchten doch sicher nicht, dass man mit Ihrem Werk ebenso verfährt?«, hörte Catherine sich sagen. Sie wurde schwach vor Erleichterung. Endlich so etwas wie eine Frage!

»Tja, zu spät. Alles veröffentlicht.«

»Ach ja, stimmt«, sagte Catherine. »Bleibt die Frage nach der Unsterblichkeit. Oder so.«

»Ach, sind wir nun beim Thema Unsterblichkeit angekommen?«

»Na ja, wenn es Ihnen nichts ausmacht«, sagte Catherine verunsichert.

»Würde ich mir Unsterblichkeit wünschen?«, sinnierte Doonan laut. Er warf ihr einen Seitenblick zu. »Hätte ich denn eine Frau wie Sie an meiner Seite? Das wäre doch die entscheidende Frage.«

»Da hätte Ihre Frau ein Wörtchen mitzureden!«, lachte Catherine hektisch. Doonan sah sie weiter an, ohne eine Miene zu verziehen.

»Ja, aber wie sähe es aus? Könnte ich mich so glücklich schätzen?«

»Also wirklich«, sagte Catherine und zwang sich zu lachen. Ihm schien es zu gefallen. Sie hatte eine Idee. »Sex«, sagte sie und spürte sofort, dass sie das Wort zu unvermittelt hinausgeblökt hatte; aber falls Doonan schockiert war, ließ er es sich nicht anmerken.

»Reden Sie weiter«, sagte er.

»Sie schreiben sehr gekonnt darüber«, sagte Catherine wieder viel zu hektisch. »Geradezu brillant.«

»Vielen Dank«, murmelte Doonan. »Wie interessant.«

»Ich frage mich, ob Sie jemals Bedenken hatten«, sagte Catherine. »So zu schreiben, meine ich.«

»Bedenken«, wiederholte Doonan.

»Ja«, sagte Catherine und nickte eifrig, »also, ob Sie viel darüber nachdenken müssen. Entwerfen Sie verschiedene Versionen?« Eigentlich hatte sie diese Frage nicht vorbereitet; was hatte sie überhaupt vorbereitet? Warum hatte sie, das fragte sie sich jetzt, ihre Aufzeichnungen überhaupt mitgebracht, wo sie so unleserlich und unbrauchbar waren?

»Ich habe mich gefragt, ob Sie mit Sexszenen besondere Schwierigkeiten haben.«

Er wirkte gekränkt. »Wirken sie so?«

»O nein!«, sagte Catherine schnell. »Kein bisschen.«

»Jetzt bin ich erleichtert.«

»Ich glaube, für einen so gehemmten Menschen wie mich wäre das eine riesige Herausforderung. Das wollte ich damit sagen«, meinte Catherine.

Er zog die Augenbrauen hoch und hob die Hand, um die Kellnerin heranzuwinken. »Das war mir klar, Schätzchen.«

*

»Ach, wahrscheinlich war es nicht halb so schlimm, wie du glaubst«, sagte Emmet eine halbe Stunde später. Er hatte an seinem gewohnten Platz gesessen, als sie in einer Art Schockzustand in die Redaktion zurückgekehrt war. Er wusste nach einem Blick in ihr Gesicht, wie das Interview verlaufen war. Natürlich hatte er gelacht, er hatte den Kopf in den Nacken geworfen und losgeprustet; aber dann hatte er gemerkt, dass Catherine wirklich geknickt war. Jetzt bemühte er sich, sie zu trösten.

»Nein«, sagte Catherine und warf das Diktiergerät auf ihren Schreibtisch, »es war furchtbar. Es hätte nicht schlimmer kommen können.«

»Doch, auf jeden Fall«, widersprach Emmet. »Nach allem, was du so erzählst …«

»Wie meinst du das?«, fragte Catherine unglücklich.

»Na ja, immerhin hat er dir angeboten …« Emmet zuckte die Achseln, wollte nicht weitersprechen.

»Ach Emmet, verdammt noch mal, so was kommt doch gar nicht in Frage! Vielen Dank auch!«

»So meinte ich das nicht. Ich habe nur gesagt, es hätte schlimmer kommen können. Klingt danach, als hätte er sich aufgeführt wie ein Arschloch.«

»Nein, eigentlich nicht«, sagte Catherine. »Ich habe …

Whitman, du meine Güte.« Sie stöhnte jämmerlich. »O mein Gott!«

»Nur damit du es weißt, Reilly, ich kann dir nicht mehr folgen«, sagte Emmet und wandte sich wieder dem Monitor zu.

»Warum habe ich nicht einfach den Mund gehalten?«

»Reilly, entspann dich. Hör dir die Aufnahme an, sicher ist alles in Ordnung.«

Catherine beäugte das Diktiergerät, als wäre es eine scharfe Handgranate. »Das höre ich mir auf keinen Fall an«, sagte sie. »Ich mag es ja nicht mal *sehen*.«

Emmet grinste. »Wenn du willst, höre ich es ab.«

»Du machst wohl Witze«, sagte Catherine und legte eine Hand auf das Gerät. Dann kam ihr ein Gedanke. »Hör mal, auf keinen Fall erwähnst du das in deiner Kolumne!«

»Ich habe bessere Themen«, schnaubte Emmet.

»Wohl kaum«, jammerte Catherine. »Ich glaube nicht, dass du was Besseres hast als mich, wie ich neben Michael Doonan auf dem Sofa sitze und krähe: ›Also gut – Sex! Sie mögen Sex, was?‹« Sie schüttelte den Kopf. »Oder so ähnlich.«

»Na ja, wenn du es so formulierst …«, überlegte Emmet.

»Wie dem auch sei.« Catherine schüttelte sich. »Ich fahre übers Wochenende nach Hause. Wir sehen uns nächste Woche. Falls ich je in die Stadt zurückkomme.«

Er sah sie überrascht an. »Oh. Du fährst nach Hause?«

Sie nickte. »Ja. Sonntag ist Muttertag. Hast du das vergessen?«

»Tja, du solltest deiner Mutter unbedingt von deiner heißen Affäre erzählen. Das wäre doch ein schönes Muttertagsgeschenk!«

»Ich hasse dich.«

»Bitte«, sagte er. Er nahm ein DIN-A4-Blatt, beschrieb es beidseitig und faltete es zusammen. Er reichte es Catherine. »Für deine Mutter.«

Emmet hatte mit blauem Kuli einen Kringel gemalt, darin stand in Blockschrift: ALLES GUTE ZUM MUTTERTAG, MRS REILLY. IHR EMMET DOYLE.

»Eine Karte«, sagte Emmet.

»Du bist ja verrückt.«

»Hast *du* deiner Mutter eine Karte gebastelt?«

»Ich werde im Bahnhof eine kaufen.«

Er sah sie vorwurfsvoll an. »Eine gekaufte Karte! Also, du bist ja wirklich eine tolle Tochter.«

»Du spinnst!«

»Wenigstens mache ich mich nicht an einundsechzigjährige Männer ran«, sagte Emmet und drehte sich zu seinem Bildschirm um.

»Du solltest dich an *niemanden* ranmachen«, versuchte Catherine witzig zu sein. Sie wartete auf eine Reaktion, doch zu ihrem Unbehagen passierte nichts. Emmet starrte in den Monitor, klickte auf der Maus herum. Vielleicht hatte er sie nicht gehört.

Auf dem Weg zum Bahnhof dachte sie an Emmet. Sie hatte viel an ihn gedacht, seit Wochen. Seit dem Abend im Stag's waren sie nicht mehr zusammen aus gewesen; nicht, dass das ein Date gewesen wäre. Sie hatten nur zusammen ein Bier getrunken, egal wie hysterisch Zoe reagiert hatte. Und doch war es mehr gewesen als nur ein Bier. Wie er sie heute angesehen hatte, als sie in die Redaktion gekommen war. Wie er sie überhaupt ansah seit jenem Abend. Etwas hatte sich verändert. Er wurde ständig rot, dann wiederum war es nie anders gewesen; er neigte einfach dazu und konnte es nicht verhindern, egal, mit wem er redete. Aber es lag gar nicht am Erröten, es lag an seiner – Unsicherheit. Sie sah die Unsicherheit in seinen Augen. Dieses Zögerliche, das ihr im Stag's zum ersten Mal aufgefallen war. Als hielte alles ringsum den Atem an; und irgendwie fühlte sie ähnlich, auch sie meinte plötzlich, tief durchatmen zu müssen, wenn sie ihn sah, sich irgendwie sammeln und ein bestimmtes Gefühl beiseiteschieben zu müssen, bevor sie mit ihm sprechen konnte.

Als sie eben gesagt hatte, dass sie über das Wochenende nach Hause fahren würde – bildete sie es sich bloß ein, oder hatte er darauf reagiert? Hatte er schneller geblinzelt, hatten seine Augen gezuckt, oder war sie verrückt geworden, weil sie sich neuerdings für Emmet Doyles Blinzelfrequenz interessierte? Hatte sie jetzt vollkommen den Verstand verloren?

Catherine, ach Catherine, hörte sie James sagen, denn natürlich wandte sie sich an ihn, an ihn schrieb sie diesen imaginären und sehr langen und heiklen Brief, während sie alles noch einmal gründlich durchdachte und das Innerste nach außen krempelte und wieder zurück. James schüttete sie ihr Herz aus, ihm legte sie diese offensichtlich irren, immer komplexeren Gedankengänge dar; er nahm das alles zur Kenntnis, er runzelte nachdenklich die Stirn und brach dann in helles Gelächter aus, entzückt über dieses neue Drama, diesen neuen Schlamassel, in den sie sich hineingeritten hatte.

Außer.

Außer, dass …

In der Connolly Station betrat sie den Bahnsteig und ging an der Bank vorbei, wo sie vor langer Zeit an einem anderen Freitagabend dicht neben James gesessen und *OK Computer* gehört hatte. Aber jetzt lief sie ohne »Exit Music« im Ohr am Gleis entlang, kein Thom Yorke sang mit leiser, monotoner Stimme von Flucht und Kälte. Nein, sie hörte das aufwühlende »Lucky«, vages Versprechen und bleierne Warnung: *I feel my luck could change.*

7

James' neue Wohnung lag in der Thomas Street, ganz in der Nähe des O'Brien's und der Kunsthochschule, was auch erklärte, warum der Vormieter die Etage zum Atelier umgebaut hatte. Die wenigen Möbel waren an die Wand geschoben und die Holzdielen mit Farbtropfen bekleckst. In den Ritzen war Farbe zusammengelaufen und getrocknet. Die Hausbesitzerin hatte kein zweites Mal an einen Künstler vermieten wollen, aber James hatte sie überredet, ihm die Wohnung zu geben. Er hatte ihr versprochen, dass es niemals wieder den Gestank von Farbe und Terpentin geben würde und auch kein Hasch und keine laute Musik.

»Meine Güte, James, du hast dich zu einem Spießerdasein verpflichtet«, lachte Aidan. James hatte ein paar Leute zur Einweihungsparty eingeladen. Amy und Lorraine waren da und Cillian, dazu Zoe und Lisa, die Catherine schon in der PhotoSoc kennengelernt hatte. Aidans Freund Liam würde nach seiner Schicht in der Buttery vorbeischauen. James hatte einen riesigen Topf Bolognese gekocht, zum Essen hatten sie sich im Zimmer verteilt, James, Aidan und Cillian hatten auf dem Boden gesessen, die Mädchen auf den Küchenstühlen und dem Sofa. James wohnte noch keine zwei Wochen in der Wohnung und hatte sie sich bereits angeeignet: In einem niedrigen Regal in der Ecke standen seine Bücher, er hatte die hässlichen Gardinen abgehängt und Dutzende Postkarten und Kunstabbildungen an die Wände geklebt. Catherine sah Warhols blaue Jackie O und ein Foto von Vito Acconci, wie er während der Performance von *Seedbed* unter dem Podest liegt, dazu einen von Walker Evans' Erntehelfern mit runzligem Gesicht, auch wenn James ihr einmal erklärt hatte, es handele sich um keinen Evans, sondern um das Bild eines anderen Künstlers, eines Amerikaners, der einen Evans abfotografiert habe. Es gab eine Postkarte mit einem Akt von Matisse, einer Frau mit leicht gespreizten Beinen und auf die Scham gelegter Hand, der Hintergrund eine Farbexplosion in dunklen Braun- und Blautönen. Es gab eine ganze Reihe Fotos von Wolfgang Tillmans, die schöne, dünne Menschen zeigten; ihre Gesichter waren so hart wie die des Erntehelfers. Das größte davon, ein Schwarzweißfoto, zeigte einen jungen, kahlrasierten Mann vor einer Mauer mit halbherzig abgeschrubbten Graffiti. Er trug eine zerrissene Camouflage-Hose, Springerstiefel und eine glänzende Bomberjacke, wie Catherine sie von den Jungs im Schulbus kannte, damals, als sie noch zur Schule gegangen war. Er hatte die Arme vor der Brust verschränkt und hielt eine Zigarette in der einen und ein paar dünne Zeitungen in der anderen Hand. Seine Wangenknochen traten spitz hervor, er hatte ein Muttermal im Gesicht. Seine Augen waren zwei dunkle, undurchdringliche Punkte.

Es gab auch ein Stillleben von William Scott, das Schüsseln und Töpfe zeigte – Catherine hatte James in einem ihrer Briefe auf Scott aufmerksam gemacht –, und eine Postkarte mit einem Werk eines amerikanischen Künstlers, sie hatte den Namen vergessen, das nur aus einem Datum bestand, *12. April 1975*, weiße Farbe auf schwarzem Hintergrund; es gab das Bild eines Fotografen, der eine Daguerreotypie herstellt, und Cartier-Bressons Porträt von Samuel Beckett. Becketts Gesicht ist von langen, tiefen Furchen durchzogen, die Lippen gespitzt, der Blick auf etwas außerhalb des Bildrahmens gerichtet. Drei Postkarten von schwarzen Jungs, die nackt ins Meer rennen, mit in die Höhe gerissenen Armen werfen sie sich ins Wasser, die Fußsohlen sind der Kamera zugekehrt. Catherine stand davor, einen Becher mit Rotwein in der Hand, als James von hinten an sie herantrat, sie umarmte und sein Kinn auf ihre Schulter stützte. Sie zuckte zusammen, schmiegte sich dann an ihn. Sie spürte dieselben Schuldgefühle wie immer, wenn er sie so umarmte und sich ankuschelte, für ihn anscheinend das Natürlichste von der Welt; sie fühlte sich elend, wollte aber nicht, dass er aufhörte, dass er sich von ihr löste und abermals in einen Raum eintrat, in dem es Platz für andere Menschen gab. Die Freunde saßen am gegenüberliegenden Ende des Zimmers und plauderten und lachten und ignorierten sie; aber Catherine fühlte sich so beobachtet und gestört, als stünden die anderen hier neben ihr vor James' Fotowand, als versuchten sie, ihn und Catherine zu trennen. Sie schloss die Augen und bemühte sich, das Gefühl zu unterdrücken, sich davon zu befreien, wie man sich von einem Insekt oder einem Virus befreit. Sie wollte es einem anderen anhängen, fühlte sich erschöpft und belastet von diesem neuen Gefühl, das sie immer und überallhin verfolgte.

»Hallo«, sagte James sanft und drückte sie noch fester. »Was führst du im Schilde? Dich so abzusondern und in der Ecke rumzulungern …«

Ihr Herz klopfte. Sie zeigte auf ein willkürlich ausgewähltes Bild. »Was ist das«, fragte sie, auch wenn es kaum nach einer Frage klang, so schlaff und gelangweilt rutschte ihr der Satz über die Lippen.

James bemerkte nichts. Er gab freudig und bereitwillig Auskunft und erzählte ihr alles, was er über das Foto wusste.

Später überredete Lisa von der PhotoSoc James dazu, ihnen ein paar seiner Fotos aus den vergangenen Wochen zu zeigen, und auch seine Bilder aus Berlin. Er weigerte sich minutenlang, gab dann nach und ging kopfschüttelnd zu seiner Kommode, wo er seine Mappen aufbewahrte. Cillian, der mehr getrunken hatte als die anderen, applaudierte lautstark, Amy und Zoe rückten beiseite, damit James seine Arbeiten auf dem Boden ausbreiten konnte.

Die ersten Fotos waren aus Berlin. James blätterte in den Aufnahmen, und Catherine hielt sich zurück, weil sie diese Bilder bereits kannte. James hatte Malachy in dessen Studio fotografiert; Malachy mit Schmerbauch und Vollbart, wie er hinter einem riesigen Kamerastativ steht und Leute porträtiert. Sie posierten für ihn, einige waren nackt, was Cillian dazu verleitete, abermals zu johlen und Aidan in die Seite zu boxen, wann immer eine Frau zu sehen war. James hatte auf die Fotografierten natürlich einen anderen Blick als Malachy, in dessen Linse sie starrten, und der Effekt war irgendwie verstörend; auf manchen Bildern war das Gesicht des Modells verdeckt, die Gliedmaßen ragten in merkwürdigen Winkeln in den Raum. Auf Catherines Lieblingsfoto hatte die Frau, die sich gerade vor Malachys Kamera verrenkte, den fotografierenden James im Abseits entdeckt; es war ihm gelungen, die Überraschung und das Unwohlsein auf ihrem Gesicht einzufangen. James erklärte nichts, blätterte weiter zum nächsten Foto, das ebenfalls einen Akt zeigte, einen jungen Mann diesmal, dunkelhaarig und attraktiv, der für Malachy einen Arm über den Kopf hob. Der Mann hatte lange, muskulöse Beine und einen festen Po; von der Seite betrachtet, wirkte sein Schwanz eher klein, wie eine Beule am Oberschenkel. Wie die Frau hatte auch er seinen Blick schweifen lassen und James entdeckt, nur dass er sich nicht verunsichern ließ; er blickte direkt in James' Kamera.

Catherine staunte. Sie hatte dieses Foto noch nie gesehen. James hatte es wohl erst kürzlich in die Mappe gelegt;

als er ihr seine Berliner Arbeiten in der Baggot Street gezeigt hatte, war es noch nicht da gewesen.

»Wer ist das?«, fragte sie und rutschte näher. Cillian, der neben ihr auf dem Boden saß, fing wieder zu applaudieren an.

»Wow, Jimbo«, sagte er und klopfte James auf die Schulter, »du hast nichts anbrennen lassen, was?«

James grinste. »Das kann man so nicht sagen, Cillian«, sagte er und wollte umblättern, aber Zoe hielt seine Hand fest.

»Ein *Prachtkerl*«, hauchte sie und verrenkte sich den Hals, um besser sehen zu können. Amy und Lorraine grunzten zustimmend, Aidan nickte ernst.

»Wer ist das?«, fragte Catherine wieder. Ihre Stimme war belegt, James hörte es und sah sie zögerlich an.

»Das ist Florian, ein jüngerer Freund von Malachy.«

Das Wort *Freund* klang wie das *Buch* neulich bei Hodges Figgis; als wäre es eine Schande oder lächerlich, als würde er sich jetzt am liebsten den Mund ausspülen. Obwohl Cillian und Zoe und die Mädchen immer noch über Florian redeten und über James' Foto, blätterte James einfach weiter zum nächsten Bild. Aber da fiel es Catherine wieder ein, es fiel ihr wie Schuppen von den Augen, und nun war es an ihr, James' Hand festzuhalten.

»Warte mal«, sagte sie und schloss ihre Finger um sein Handgelenk, »von dem hast du mir doch geschrieben. War Florian nicht derjenige, der dich in die Bar eingeladen hat?«

Die Reaktion der anderen fiel lautstark und entzückt aus; Cillian grölte wie im Fußballstadion, Zoe und die Mädchen heulten wie Polizeisirenen, Lisa lachte, Aidan ging in die Hocke und musterte James erwartungsvoll. James schüttelte hastig den Kopf, er wirkte plötzlich genervt und schüttelte Catherines Hand ab.

»Nein«, sagte er und drehte das Bild um, »das war nicht

Florian. Du musst da was verwechseln. Du hast die Namen vertauscht.«

»Nichts habe ich vertauscht«, sagte Catherine gekränkt. »Ich habe dir seinetwegen geschrieben, ich habe dir gesagt, du hättest seine Einladung annehmen sollen. Ich habe geschrieben, du …«

Sie hielt inne, auf einmal wurde ihr schwindelig. Handelte es sich wirklich um denselben Florian? Hatte James ihn irgendwie beschrieben? Konnte es sein, dass James ihr von dem Foto geschrieben hatte, von dem Nacktfoto, um Himmels willen, und sie hatte es vergessen, überlesen, verdrängt? Ehrlich gesagt hatte sie auf der Suche nach den lustigen Stellen weite Passagen seiner Briefe nur überflogen, auf der Suche nach Stellen, in denen er auf sie und ihr Leben einging; die hatte sie am liebsten gelesen. Konnte es sein, dass ihr die Information durchgerutscht war? Nein, das glaubte sie nicht, das war unmöglich; was bedeutete, dass James log. Aber warum? Was sonst hatte er vor ihr zu verbergen? Und doch stritt er höchstens ab, was Catherine längst wusste: dass dieser Typ – dieser atemberaubende Nackte mit der straffen Haut und den gespannten Muskeln – James auf so etwas wie ein Date eingeladen und James in seiner Nervosität und Unsicherheit dummerweise abgelehnt hatte. Catherine hatte ihn ausgeschimpft dafür. Was war nun ihr Problem? Warum spürte sie diese Panik, diese Wut? James hatte offensichtlich beschlossen, ihnen keine Fotos aus Berlin mehr zu zeigen; er griff zu einer anderen Mappe mit Porträts aus Dublin. Fremde Leute in der Grafton Street, bekannte Gesichter vom College, und auf einmal fühlte Catherine sich geradezu verraten. Was stimmte nicht mit ihr? Sie sprang auf, stieg über Aidans Beine hinweg. Die anderen lachten und johlten, als James ein nüchternes, gestochen scharfes Porträt von Aidan aufblätterte; er stand stirnrunzelnd vor den grauen Bruchsteinen des Glockenturms und hatte die Hände in die Taschen seiner Armeejacke geschoben. Aidan sah aus wie der junge Mann auf dem Bild von Wolfgang Tilmans.

»Genial«, sagte Lisa und nickte anerkennend.

»*Sexy*«, sagte Zoe und pikste Aidan in die Seite.

»Vor der Kamera ist er eine richtige Diva«, sagte James, woraufhin Cillian natürlich wieder zu grölen anfing. Catherine kam in den Sinn, dass sie sich, wollte sie jetzt nicht die Nerven verlieren, lieber verabschieden und in die Baggot Street zurückkehren sollte, sie sollte schlafen gehen, vielleicht hätte sie morgen früh wieder so etwas wie einen Durchblick; vielleicht wäre dann alles wieder gut. Aber nein, sie würde es nicht schaffen, James hier mit den anderen allein zu lassen, es war das Letzte, was sie wollte. Im Gegenteil, sie wollte, dass die anderen gingen, dass nur sie zwei zurückblieben, vielleicht könnte sie sogar hier übernachten und sich neben James legen. Bei dem Gedanken überfiel sie das vertraute, elende Schuldgefühl; vielmehr die Scham darüber, sich wieder einmal in ihre Sehnsucht und ihre Hoffnung hineingesteigert zu haben. Aber so war es nun einmal. Es war in ihr. Was sollte sie damit anfangen, das fragte sie sich jetzt, als die Tür sich öffnete und Liam hereinkam, einen Gitarrenkoffer auf dem Rücken und ein Sechserpack Bier in der Hand. Was sollte sie damit anfangen, wenn sie es nicht einmal verstand? James erhob sich und durchquerte das Wohnzimmer, um Liam zu begrüßen, er streckte ihm die Hand hin und wurde in eine Umarmung gezogen, und wieder flatterte der hässliche Vogel Eifersucht durch Catherines Brustkorb. Sie drehte sich um und schenkte sich einen weiteren Becher von dem grausig bitteren Wein ein.

Erst später verstand sie.

Erst nach den vielen Gesprächen, die sie ratlos und erschüttert und ängstlich zurückließen; sie war eine schreckliche, eine höllische beste Freundin. Lisa zum Beispiel, die James von der geplanten Ed-Dunne-Ausstellung in der Fotogalerie erzählte, angeblich konnte sie Tickets für die Vernissage besorgen, woraufhin James ihr vorschlug, zusammen hinzugehen; im selben Augenblick bemerkte er Catherines verletzte Miene und rief: *Wir gehen alle hin!* Die anderen waren einverstanden, Zoe erhoffte sich eine wilde Party, aber Catherine ging es nicht besser – nein, es ging ihr sogar schlechter, weil sie am liebsten mit James allein gegangen wäre, nur sie und James, gebildet und schick bei der Vernissage, sie könnte ihr schwarzes Wollkleid von Oasis tragen, wie beim Englischen Ball, dazu brauchten sie die anderen nicht, die anderen dimmten nur ihren Glanz. Und Liam, der lang und breit über Dunnes Kunst fachsimpelte; da Liam aus Nordirland stammte, hatte er selbstverständlich eine Meinung dazu, Dunne war aus Belfast und in seinen Arbeiten ging es immer auch um den Nordirlandkonflikt. Liam hatte zu fast allem eine Meinung, er war intelligent und gebildet und konnte sich ganz schön aufregen; er war der Ansicht, dass Dunne, der längst in Amerika lebte, kein Recht mehr hatte, von seinem hohen Ross aus, wie Liam es nannte, über Dinge zu urteilen, mit denen er sich nicht mehr täglich auseinandersetzen musste, die ihn persönlich nicht mehr belasteten, die ihm fern waren. Wie sich herausstellte, war Liams Onkel in dem Konflikt umgekommen, er war bei einer Straßenkontrolle in der Nähe seines Zuhauses in Tyrone erschossen worden, weil er nicht schnell genug aus dem Auto gestiegen war. Man konnte, fand Catherine, nicht niederträchtiger sein als sie in diesem Augenblick: Sie hasste Liam dafür, dass er eine Geschichte erzählen konnte, dass James ihn fasziniert und aus weit aufgerissenen Augen ansah und ihn interessanter fand als sie. Was stimmte nicht mit ihr?

»Glaubst du, dass die Verhandlungen zu irgendwas führen werden?«, fragte Zoe, und nun hasste Catherine auch Zoe, weil sie sich aufrichtig für die Probleme anderer Menschen interessierte, nicht nur für ihre eigenen, und weil James als Reaktion auf ihre Frage die Stirn runzelte und ebenfalls besorgt wirkte und ein langes Gespräch mit Liam anfing darüber, ob das Ultimatum die Friedensgespräche von Stormont tatsächlich voranbringen könnte. Catherine beobachtete ihn, während er redete, sie erinnerte sich daran, wie sie ihm früher in der Woche bei der Arbeit zugeschaut hatte, er hatte Zoe auf dem Rasen vor der Pavilion Bar fotografiert, und wie sie nicht nur auf Zoe eifersüchtig gewesen war, sondern – es war absurd, es war unerträglich – auf die Kamera; auf die pflegliche Behandlung, die sie durch James' Hände erfuhr, auf die ungeteilte Aufmerksamkeit, die James ihr schenkte. Catherine verstand sich selbst nicht mehr, konnte es selbst kaum glauben.

Dann packten Cillian und Liam ihre Gitarren aus und fingen zu singen an, und nach zwanzig Minuten hatte Catherine es endlich verstanden. Cillian sang die Texte praktisch allein, Liam stimmte nur manchmal ein, so wie die anderen, sie kämpften sich durch das übliche Repertoire – »Blackbird« und »Halleluja« und »Suzanne«, bis Cillian sich an einem U2-Medley versuchte, »Pride« und »Bloody Sunday« und »When Love Comes to Town«.

»Das reicht doch jetzt mit den blöden U2«, sagte Catherine zu James, der ihr gegenüber am Boden saß, mit dem Rücken an der Wand, und Cillians Hasch rauchte. Er hatte sich einen Arm über den Kopf gelegt, Catherine musste an Florians Pose auf dem Foto denken. Sie versuchte, Florian schnell wieder zu vergessen. James lachte und sagte etwas über Bono, das Catherine akustisch nicht verstand, er reichte ihr den Joint und sah ihr tief in die Augen, sie lächelten einander an, und es war einfach wunderschön, fand Catherine – alles war so, wie es sein sollte, jedes ungute Gefühl wie weggewaschen. Cillian und Liam sangen jetzt einen anderen Song, sie brauchte eine Weile, ihn wiederzuerkennen, so energisch schlug Liam in die Saiten. Es war immer dasselbe, noch mehr Kitsch und Pathos, schon wollte sie sich darüber lustig machen, sie und James würden den Text verspotten, in dem es vor Diamanten und Wiegen und Gräbern nur so wimmelte, und da verstand sie plötzlich.

Sie kannte das Lied, hatte aber nie wirklich auf den Text geachtet, dabei hatte sie diesen heiseren, drängenden Refrain unzählige Male gehört. Das Lied war einfach immer da gewesen, fügte sich in das Hintergrundgeräusch des Lebens ein. Und jetzt, jetzt gehörte es plötzlich ihr allein. Denn jetzt sang sie mit, wenn auch nur in ihren kranken Gedanken. James saß ihr gegenüber und flüsterte Zoe ins Ohr, sie spürte die Worte durch sich hindurchgehen; sie füllten den Raum, wo sonst ihr Atem war. Wo ihr Verstand saß. Ihre Vernunft.

Du. Und *du*. Die Akkorde trafen sie wie Schläge, Liam arbeitete sich an den Gitarrensaiten ab, und Cillian presste dem Text das Letzte an Gefühl ab, schrie das Wort immer wieder hinaus, dehnte es auf zwei Silben, ließ es sich über die Zunge rollen, bis es sich in Catherines Hirn eingebrannt hatte.

Scheiße, dachte Catherine und betrachtete James, sein Lächeln, seine Haltung, seine Haut im Halbdunkel, seinen Blick, der sich an Cillian und Liam heftete.

Scheiße, dachte sie, *das darfst du nicht fühlen. Das darfst du nicht für ihn fühlen. Das darf nicht sein.*

8

Aber es war.

9

Am Montag blieb sie in der Bibliothek und schrieb an ihrer Hausarbeit über Sylvia Plath. Sie hielt sich von James fern und schützte Arbeit vor. Es reichte, zu dem Schluss war sie gekommen; wenn es nötig war, ihm einen Monat aus dem Weg zu gehen, um sich von diesem Wahnsinn zu kurieren, würde sie genau das tun. Denn so konnte es nicht weitergehen. Sie durfte so schwach nicht sein. Deswegen ihre Freundschaft zu riskieren: undenkbar. Und dazu die Scham; hatten ihre Eltern sie nicht genau davor gewarnt? Sie hatte sie dafür ausgelacht, sie hatte sie für dumm und altmodisch und verklemmt gehalten. Sie würde sich das Gefühl ausreden. Sie würde sich selbst ganz sanft auf den Pfad der Normalität zurückschieben. Und falls das nicht funktionierte … nein, das kam nicht in Frage, es musste funktionieren. Es musste. Sie sollte ihm eine bessere Freundin sein. Eine bessere Catherine, die beste oder wenigstens bestmögliche Ausgabe ihrer selbst. Ja, es würde anstrengend werden, aber sie würde es schaffen. Sie würde es schaffen, James würde auf sie warten, der liebe, alte James, bis sie ihr Problem gelöst hatte.

Vor ihr lagen die *Birthday Letters*. James hatte ihr das Buch nach dem Vorfall im Buchladen geschenkt, er hatte sogar eine Widmung hineingeschrieben:

Für Catherine,
in ewiger Liebe
(dabei hast Du nicht einmal Geburtstag)
James

Vom Buchumschlag starrte ihr ein ungekämmter Ted Hughes entgegen, wild stand ihm das Haar vom Kopf ab. Er wirkte dennoch würdig; dunkle Krawatte, Pullover unter dem Tweedsakko. Seine Augen waren reine Dunkelheit, der Mund eine schmale Linie.

Sie wusste jetzt, worüber sie schreiben wollte: über seine Präsenz in Plaths Lyrik und über ihre Präsenz in seinen neuen Gedichten. Über das Biographische, das dem denkfaulen Leser nur scheinbar aus dem Werk entgegensprang. Sie betrachtete das Buchcover, das abstrakte Muster in Rostrot und Gelb und Blau. Sie schlug eine willkürliche Seite auf: »Sturmhöhe«. Sie legte das Buch hin, stützte die Ellenbogen rechts und links auf die Seiten und vergrub die Finger im Haar.

Schriftsteller
Waren bemitleidenswerte Menschen. Versteckten sich davor
Und erfanden es erst.

Die Reise zur Ruine der Brontës. Emilys Phantom und wie es auf die kichernde Sylvia reagiert hätte, auf ihre große Hoffnung. Ihre »große / Hypothek der Hoffnung«.

Catherine stand neben ihnen. Die bröckelnden Dachschindeln, der Steinfußboden voller Schafsmist. In ihrer Vorstellung war es der Schuppen ihres Vaters, wo er die Maschinen reparierte und wo vor nicht allzu langer Zeit noch jemand gewohnt hatte. Catherine hatte das Moor nie gesehen, aber sie konnte es sich vorstellen. Sie stellte sich Pfützen aus Schroffheit und Gleichgültigkeit vor. Der strenge Winterhimmel hoch über dem Paar, sie spielten Touristen, obwohl der Ort doch ein vertrauter war – einer von ihnen war schon hier gewesen, Ted –, und nun konnte Catherine sie sehen, die Fast-Schwärze, die niedrigen Decken, die dunklen Ecken, den tief hängenden Himmel. Die Steine, das Gras, die Tiergesichter im Fenster.

»Reilly. Wo warst du heute Morgen?«

Emmet. Er kniete neben ihrem Stuhl, hielt sich an der Tischplatte fest, strahlte sie an. Bei seinem Anblick fiel ihr ein, dass sich die Redaktion der *Trinity News* heute Morgen versammelt hatte. Catherine hatte keine Lust gehabt hinzugehen.

»Hab ich vergessen«, sagte Catherine achselzuckend. »War was Wichtiges?«

Er schnalzte mit der Zunge. »Wie illoyal von dir.«

»Ich hatte keine Energie mehr«, sagte sie, »das Wochenende war zu anstrengend.«

»Was hast du denn gemacht?«

»Dasselbe wie du wahrscheinlich«, sagte sie.

»Also, ich habe versucht, Derek Galvin zum Nacktbaden im Kanal zu überreden. Du auch? Hoffentlich nicht!«

»Zum Nacktbaden mit *dir*?«

»Nein!«, sagte Emmet entsetzt. »Er allein. Wozu sollte ich nackt mit Galvin baden? Du liebe Güte.«

»Ach so.«

»Was liest du da?«, fragte Emmet. Er stieß das Buch an wie eine Katze ihr Spielzeug. »Sorry«, sagte er mit schiefem Lächeln.

»Ted Hughes«, sagte Catherine überflüssigerweise, denn Emmet hatte das Buch schon zugeklappt, um das Cover zu sehen.

»Ach ja, ich habe davon gehört. Briefe an seine Frau, richtig? Die, die sich umgebracht hat?«

»Sylvia Plath.«

»Ja«, sagte er nickend. »Siehst du, mit Lyrik kenne ich mich aus.«

»Ja, klar.«

Er las sich den Klappentext durch. »Aha. Gedichte *über* sie?«, fragte er.

»Ja«, sagte Catherine. »Er hat sie für Sylvia geschrieben.«

»Zu ihrem Geburtstag?«

»So ähnlich. So ziemlich jedes Jahr. Sie ist seit fünfunddreißig Jahren tot.«

Er nickte. »Traurig, was? Wie sie gestorben ist.«

Manchmal war er einfach so, das hatte Catherine schon gemerkt, so offen und unverblümt. Es erschreckte sie jedes Mal. Manchmal sprach er unvermittelt aus, was er dachte. Wie ein Kind.

»Ja«, sagte sie. »Traurig.«

Er hatte das Buch an einer willkürlichen Stelle aufgeschlagen und stirnrunzelnd zu lesen begonnen, »Willow Street 9«.

»Da waren sie in Boston«, erklärte Catherine. »Er hat damals in Harvard unterrichtet.«

»Mein Gott«, sagte Emmet nach einer Weile. »Die sind zum Lachen wohl in den Keller gegangen.« Er sprach mit tiefer, voller Stimme: »Ich legte / Schwarze Flügel um dich, Flügel der Schwärze / Die mich umgab, mich wiegte wie ein Kind / Und dich mit mir umschloss. Meine Güte.« Er schüttelte sich.

»So klingt er nicht«, sagte Catherine. »Er war nicht auf der Privatschule.«

»Klingt aber anders«, erwiderte Emmet und richtete sich in der Hocke auf, so gut es ging. »Und dein Herz / Schlug gegen deine Rippen, du rangst nach Luft. Du griffst nach der Welt / nach Strohhalmen / nach deinem Morgenkaffee – allem / was dich aufsteigen ließ.« Er sah sie an. »Hätte er ihr nicht einfach einen blöden Kaffee kochen können?«

»Gib her«, sagte Catherine und riss ihm das Buch aus der Hand.

»Sind die alle so dramatisch?«

»Wirst du mich den ganzen Vormittag belästigen?«

»Vielleicht«, sagte er lächelnd. Er wirkte unkonzentriert. Er sah sie an, aber sie merkte, dass er ihr gar nicht richtig zuhörte, als sie erklärte, sie sei immer noch verkatert und müsse den Abgabetermin für ihre Hausarbeit einhalten. Er nickte, hatte aber kaum etwas mitbekommen. Er tat, was sie auch schon bei anderen Jungen beobachtet hatte – sie hatte eine Weile gebraucht, es zu durchschauen, aber jetzt hatte sie Antennen dafür –, er ließ sie einfach reden und hörte scheinbar geduldig zu, wo er es in Wahrheit nur darauf abgesehen hatte, sie aus nächster Nähe zu begaffen. Jetzt studierte er ihr Gesicht, anstatt ihr zuzuhören. Er lächelte. Eigentlich war er ganz süß, wenn er so lächelte, das ließ sich nicht abstreiten. Eigentlich war er auch dann süß, wenn er nicht lächelte.

Aber er war nicht wie James, darauf lief es hinaus. Niemand war wie James.

»James«, sagte er, und Catherine wachte auf.

»Was?«

»Hast du James am Wochenende gesehen?«

Eine Premiere: Sie errötete, nur weil James' Name fiel. Sie errötete noch mehr, als sie von dem Abendessen in seiner neuen Wohnung erzählte. Emmet bemerkte es, stutzte, dachte nach. Schaute zu, wie sich hektische Flecken auf Catherines Wangen ausbreiteten.

»Ja, äh«, sagte er und griff wieder zu Catherines Buch, »welches ist dein Lieblingsgedicht?«

»Mich bestehlen«, sagte Catherine schnell. Sie klappte das Inhaltsverzeichnis auf, suchte das Gedicht, hielt es ihm hin. »Es geht um Hughes, wie er zu ihrem Haus in Devon zurückfährt. Sie hatten sich getrennt, und er wollte mal nach seinen Kartoffeln und Äpfeln sehen.«

»Nach seinen *Kartoffeln*?«, fragte Emmet ungläubig. »Was für ein Bauer.«

Vom anderen Ende der Bücherei zischte ihnen jemand zu, sie sollten leise sein.

»Du bist unverbesserlich«, sagte Catherine. »Du darfst es

nicht lesen, wenn du dich sowieso nur darüber lustig machen willst.«

»Nein, nein«, wehrte Emmet ab und zog das Buch an sich, »sorry!«

»Das war wenige Monate vor Plaths Tod«, erklärte Catherine. »Er spricht von Dezember. Vom Dezemberzwielicht.«

»Über den herabgestürzten Himmel«, las Emmet. »Für Schnee. Das ist gut.«

»Ja«, sagte Catherine. »Das ist gut.«

Er las weiter. »Ja, er mochte seine Kartoffeln wohl sehr«, sagte er und zog die Augenbrauen hoch.

»Psst«, sagte Catherine. Sie ließ ihn nicht aus den Augen.

»Schweinenasen«, las Emmet schmunzelnd vor. Catherine klopfte auf die Tischplatte.

»Sorry«, sagte Emmet und las weiter. Sie schaute zu, wie er zu der Stelle kam, wo Hughes durch das Haus schleicht, das stille Haus, und auf die Abwesenheit seiner Familie lauscht, seiner Frau und der Kinder; wie er sich vorkommt wie ein Einbrecher, wie er die Bücher sieht und den wackeligen Schreibtisch aus Nussbaumholz, den viktorianischen Stuhl, gekauft für fünf Schillinge, *Lieb, Liebes, ich habe unsere Höhle mit Rosen verhängt …*

»Ach du Scheiße«, sagte Emmet zu dem Vers über Sylvias Tränen, über die letzten einsamen Wochen in dem Haus. Bildete Catherine es sich nur ein, oder erschauderte Emmet, als er las, wie das Haus versiegelt wurde, sicher wie eine Schatulle, mit glühenden Kirchenfenstern? Und dann war Hughes wieder unterwegs; Emmets Blick kletterte von der Unterkante der vorletzten Seite zum Anfang der letzten hinauf, sie war beglückt zu sehen, wie er es zum ersten Mal las, sie kannte die Verse, doch sie wagte nicht, laut mitzusprechen:

Ich blinzelte eine Zeitlang wie durch ein Schlüsselloch
In meine verdunkelte, schweigende, sichere Schatulle,
Deren Schatz (was ich nicht wusste)
Ich bereits verloren hatte.

Emmet stieß einen tiefen Seufzer aus.

»Ach Mist«, sagte er, »ganz schön deprimierend.«

Catherine lachte. »Ja.«

»Sie war noch nicht gestorben?«

»Sie war gestorben, als er es schrieb.«

»Mist.« Emmet klappte das Buch zu, studierte den Umschlag. »Nettes Cover, immerhin«, sagte er, und Catherine musste lachen. Er lachte auch, er sah sie an, und sie merkte, dass ihre Heiterkeit ihn verunsichert, vielleicht sogar verletzt hatte.

»Das Bild hat seine Tochter gemalt«, sagte Catherine und zeigte auf die Farbflecken in Rostrot und Gelb.

»Wirklich?«, fragte Emmet. »Als sie klein war?«

Catherine lachte wieder. »Nein«, sagte sie, und Emmet sah sie ungläubig an. »Als Erwachsene. Sie ist Malerin.«

»Ach so«, sagte Emmet und blies die Backen auf.

»Los«, sagte Catherine, »gib her.«

Aber es war zu spät; schon hatte er die Widmung gelesen.

»Oh«, sagte Emmet. »Wie nett. Hübsche Handschrift.«

»Ja.«

»Ich habe eine richtige Sauklaue.«

»Ich weiß«, sagte Catherine. »Findet meine Mutter auch.«

Er sah sie erschreckt an, dann begriff er. Er grinste.

»Also, äh …«, sagte er und wippte auf den Zehenballen, »hat James inzwischen einen Freund?«

»James?«

Emmet nickte.

»Nein«, sagte Catherine kopfschüttelnd, »nein. Das ist nicht so einfach.«

»Nicht?«

»Nein. Er ist nicht der direkte Typ.«

»Na ja«, sagte Emmet hilflos, »wahrscheinlich sind die wenigsten Menschen so direkt …«

Catherine lachte kurz, es klang, als fände sie die Vorstellung zu niedlich. »Ja. Aber für James ist es noch ein bisschen komplizierter.«

Emmet nickte. Er drehte das Buch in den Händen um, wieder und wieder. Er schluckte. »Ja. Das kann ich verstehen.«

»Ach, ja?«

Er sah sie an, als fühlte er sich auf die Probe gestellt. »Ich glaube …«

»Ich bin mir nicht sicher, ob irgendjemand das nachvollziehen kann«, sagte Catherine mit von Wichtigkeit belegter Stimme, »er hat sich schlimme Sachen anhören müssen.«

Emmet runzelte die Stirn. »Von wem? Doch nicht hier am College?«, fragte er fast wütend.

»Leute halt«, sagte Catherine kopfschüttelnd, als könne sie nicht näher darauf eingehen. Da sagte Emmet: »Du bist ihm eine wahre Freundin. Zum Glück hat er dich.«

Da war sie wieder, diese Offenheit, diese Unverblümtheit. Fast niemand redete so mit ihr. Aidan vielleicht, aber er war anders; irgendwie schroffer. Emmets Erröten ließ ihn fast kindisch wirken, dazu diese Ausdrucksweise. Er meinte alles ernst. Wenn er nicht gerade einen Witz machte, meinte er alles todernst. Waren alle Menschen so? Sie überlegte. Vielleicht. Wahrscheinlich. Aber nein, das war es nicht. Sie sah ihn an. Er erwiderte den Blick nicht, schien kaum an ihr interessiert. Er betrachtete das Buch. Er schlug es abermals auf, und es öffnete sich wieder bei »Willow Street 9«. Er ignorierte das Gedicht, das Catherine an die Baggot Street erinnerte, an die Eintracht, in der sie dort zusammenhockten, und wandte sich dem Ende eines anderen zu, das die linke Seite bedeckte. Es hieß »Child's Park«; Plath ist mit den Mädchen im Park und wird wütend, weil die Kinder Rhododendronzweige pflücken. Aber es geht um viel mehr. Es geht immer um viel mehr.

»Was im Herzen geschieht, geschieht einfach«, las Emmet. »Ganz okay für Lyrik. Endlich mal nicht so trostlos.«

»Dann solltest du den Anfang besser nicht lesen«, sagte Catherine und lachte. Emmet schien sich zu entspannen.

»Bitte sehr«, sagte er und gab ihr das Buch zurück, ihre Finger berührten sich. Er hielt inne, lange genug, um ihr zu signalisieren, dass es in seinen Augen etwas zu bedeuten hatte. Er sah sie scheu an, wie ein Kind, das Ärger fürchtet, sein Blick war zaghaft, die Lippen zu einem schiefen Lächeln verzogen, die Wangen wieder gerötet. »Also, ich muss dann los«, sagte er und stand auf. »Deinetwegen habe ich schon den Termin bei meinem Politikprof verpasst.«

»Gib mir nicht die Schuld«, sagte Catherine.

»Doch, wenn ich will«, sagte er grinsend und ging davon.

»Was zum Teufel hast du da heute mit dem kleinen Emmet Doyle in der Bibliothek gemacht?«, fragte Zoe. Sie saßen vor einem der Hörsäle und machten Mittagspause. Catherine hatte allein dort gesessen und ein Sandwich gegessen, bis Zoe sie entdeckt hatte.

»Nichts«, sagte Catherine achselzuckend.

»Und danke auch, dass du Bescheid gesagt hast, dass du eine Pause machst. Seit einer halben Stunde warte ich auf dich!« Zoe riss die Folie von ihrem Sandwich, Hühnchensalat, wie jeden Tag. »Ich sterbe vor Hunger.«

»Sorry«, sagte Catherine.

»Und?«, fragte Zoe mit vollem Mund. »Du behauptest, du wärst nicht mit ihm zusammen, und gerade sah es so aus, als würdest du mit ihm Schluss machen.«

»Warum?«

»Na ja, ihr wart so ernst. Hatte Emmet eine Frage zur Lyrik des zwanzigsten Jahrhunderts, oder was?«

»Emmet Doyle kennt keine Lyriker des zwanzigsten Jahrhunderts«, schnaubte Catherine und hatte sofort ein schlechtes Gewissen, weil ihr wieder einfiel, mit welchem Ernst Emmet sich die Gedichte angesehen hatte.

Zoe warf ihr einen skeptischen Blick zu. »Übrigens, eben habe ich Conor getroffen. Er hat gesagt, du würdest nicht mehr mit ihm reden, seit einem Streit in der Buttery vor ein paar Wochen. Es ging um James. Wusste ich's doch, dass ich etwas gehört hatte …«

»Hat er dir auch gesagt, was er über James gesagt hat? Woran James ihn erinnert?«

»*Camp*?«

»Ja«, sagte Catherine erregt.

»Was ja«, sagte Zoe mit hochgezogenen Augenbrauen, »irgendwie stimmt. Ich glaube, James würde das selbst zugeben!«

»Ach verdammt, jetzt fang du nicht auch damit an!«

»Womit denn? *Du* hast doch angefangen und mir und Conor die Wahrheit über James erzählt. Und noch ein paar anderen Leuten.«

»Das stimmt nicht«, log Catherine.

»Ist ja auch egal. Aber ich bleibe bei meiner Meinung.«

»Welche Meinung?«, fragte Catherine schnippisch.

Zoe verzog keine Miene. Sie war so gefasst wie immer. Sie betrachtete Catherine ruhig, trank einen Schluck Kaffee, stellte den Pappbecher ab. »Du kannst ihn nicht beschützen.«

»Wen?«

Zoe lachte, wobei das eigentlich kein Lachen war. »Ich bitte dich. Du weißt, wovon ich rede. Du steigerst dich da in was rein, Catherine. Aidan ist es auch aufgefallen, wir wollten dich schon länger darauf ansprechen.«

»Du und Aidan?«, keifte Catherine. »Für wen haltet ihr euch? Seid ihr jetzt unter die Therapeuten gegangen? Ach nein, warte, lass mich raten – du schläfst mit ihm!«

»Nein, Catherine«, sagte Zoe in warnendem Tonfall. »Hör mal, ich möchte nicht mit dir streiten. Ich meine ja nur. Hab mal ein bisschen Vertrauen in James. Du brauchst nicht ständig auf ihn aufzupassen.«

»Das tue ich doch gar nicht! Wie sollte das gehen?«

»Ganz meine Meinung.«

»Ich möchte nicht mehr darüber reden«, sagte Catherine und sammelte ihre Sachen zusammen.

»Ich weiß, du bist seine Freundin«, sagte Zoe schnell, »seine beste Freundin. Das weiß ich. Aber du kannst ihn nicht beschützen. Das muss er schon selber tun. Verstehst du?«

»Ja, ja«, sagte Catherine verbittert. »Das hat ja so wunderbar funktioniert. Immer schon. Menschen wie James ihrem Schicksal zu überlassen.«

»So habe ich das nicht gemeint«, sagte Zoe und zeigte mit dem Finger auf Catherine, »stell mich nicht hin wie eine …«

»Die Klappe halten, statt aufzustehen und Partei zu ergreifen«, sagte Catherine und merkte, wie lächerlich sie klang. »Statt zu helfen und es ihm leichter zu machen.«

Zoe starrte sie ungläubig an. »Wovon redest du da? Niemand versucht, James Steine in den Weg zu legen. Das macht er schon selbst, mit deiner Hilfe. Du hilfst ihm kein bisschen, indem du an ihm klebst wie eine gluckende Mutter. Wie eine verliebte Freundin. Wie seine verdammte *Ehefrau*. Du weißt, dass die meisten glauben, ihr wärt ein Paar?«

»Ist mir doch egal, was die meisten glauben«, sagte Catherine. »Was kann ich daran schon ändern?«

»Du könntest beispielsweise aufhören, Hand in Hand mit ihm durch die Gegend zu laufen.«

»Wir halten nicht Händchen«, sagte Catherine, »wir haken uns unter.«

»Es sieht so aus, als würdet ihr Händchen halten«, sagte Zoe kopfschüttelnd, »es ist diese Nähe. Die körperliche Nähe. Kommt doch auf dasselbe raus.«

»Du liebe Güte. Meinst du das ernst? Du redest im Ernst so mit mir? Verpiss dich!«, sagte sie und sprang auf. Zoes Kaffeebecher kippte um. »Mist, Mist«, fluchte Catherine und versuchte, ihre Sachen vor der braunen Flüssigkeit zu retten.

»Warte, nicht so schlimm«, sagte Zoe und tupfte den Kaffee mit Taschentüchern auf, die sie aus dem Nichts hervorgezaubert hatte. »Ist schon gut«, sagte sie und sah Catherine an. »Alles in Ordnung mit deinem Buch?«

Catherine nickte stumm. Sie hatte *Birthday Letters* als Erstes hochgenommen, war aber sicher, dass es Kaffee abbekommen hatte.

Zoe seufzte. Sie beugte sich vor und tätschelte Catherines Hand.

»Emmet hat in der Bibliothek meine Finger berührt«, sagte Catherine und fühlte sich dabei wie ein Kleinkind, das auf Lob hofft.

»Oh!«, sagte Zoe und zog die Augenbrauen hoch. Dann veränderte sich ihr Ausdruck. Sie schien zu überlegen. »Weiß Emmet über James Bescheid?«, fragte sie.

Catherine schwieg, wägte ihre Möglichkeiten ab. Dann nickte sie knapp.

»Gott sei Dank. Immerhin.«

»Was soll das heißen?«

»Immerhin machst du ihm nichts vor.«

»Ich mache niemandem was vor!«, schimpfte Catherine. »Das habe ich dir gesagt! Ist mir doch egal, was die Leute glauben. James ist mein Freund, und ich mache mir Sorgen um ihn. Ich versuche, ihm eine gute Freundin zu sein, damit er sich nicht so …«

»Nicht so schwul fühlt?«, ergänzte Zoe.

Catherine starrte sie an. »Ich glaube es nicht.«

»Kannst du aber, Catherine. Es tut mir kein bisschen leid. Mag sein, dass du dir selbst egal bist, dass du auf andere gar nicht verfügbar wirken *willst* …«

»Verfügbar? Wo sind wir hier, auf dem Heiratsmarkt?«

Zoe zuckte die Achseln. »So gesehen, in unserem Alter … ja! Da sind wir.«

»Du vielleicht«, sagte Catherine verächtlich.

»Und James auch, wenn du es zulassen würdest.«

»Du hast ja keine Ahnung. Verdammt, du hast ihn vor einem Monat kennengelernt!«

»Das weiß ich, ich hätte ihn vor drei Stunden kennenlernen können und würde trotzdem wissen, dass du ihm nur im Weg stehst und ihn daran hinderst, sich zu entfalten. Wie sieht das denn aus, Catherine, wenn er ein Mädchen am Arm hat, sobald er das Haus verlässt? Stell dir mal die ungeahnten Möglichkeiten vor, die *du* ihm kaputtmachst!«

Catherine schnaubte. »Es gibt keine Möglichkeiten.«

Zoe betrachtete sie lange. »Wie kommst du darauf?«

»Weil er noch nicht bereit ist«, sagte Catherine und schlug mit der Hand auf den Tisch. »Weil er sich nicht bereit fühlt. Sobald er bereit ist, wird der Richtige in sein Leben treten. Bis dahin ist meine Aufgabe, mich um ihn zu kümmern.«

»Um ihn zu *kümmern*?«, wiederholte Zoe ungläubig.

»Ihm zur Seite zu stehen«, sagte Catherine. »Die Formulierung ist doch egal! Du kannst es nennen, wie du willst, verdammt.«

»Meine Güte, Catherine«, sagte Zoe kopfschüttelnd. »Weißt du was? Du solltest dich von Emmet fernhalten. Er hat das nicht verdient. Er hat es nicht verdient, von jemandem wie dir verarscht zu werden.«

»Hast du es auf ihn abgesehen?«, fragte Catherine. »Eine weitere Trophäe?«

»Ich weiß nicht, was mit dir los ist, Catherine«, sagte Zoe, stand auf und ging.

10

Wie sich herausstellte, wurde die Ed-Dunne-Ausstellung am Gründonnerstag eröffnet; nur noch wenige Leute waren in der Stadt, um Catherine und James zu begleiten. Amy und Lorraine waren bereits abgereist, um das Osterwochenende bei ihren Eltern zu verbringen, ebenso Aidan und Liam. Zoe und Lisa kellnerten und mussten an dem Abend beide arbeiten. James hatte sich mit Mühe im O'Brien's freinehmen können; weil Karfreitag alle Pubs des Landes für vierundzwanzig Stunden schließen mussten, würde am Donnerstagabend Hochbetrieb herrschen. James' Chef hatte darauf bestanden, dass er arbeitete, aber James hatte eine Vertretung organisiert. Catherine sollte eigentlich längst in Longford sein und bei den Vorbereitungen helfen, ihr Großvater wurde am Wochenende achtzig, aber sie hatte ihre Mutter angeschwindelt und etwas von einem vorgezogenen Abgabetermin gesagt.

Die Friedensgespräche in Stormont neigten sich dem Ende. Die *Irish Times* schrieb, eine »bessere Publicity« könne Dunne sich für seine Ausstellung kaum wünschen. Seine Fotos erzählten indirekt vom Nordirlandkonflikt, obwohl er seiner Heimat schon in den 1970ern den Rücken gekehrt hatte. Er war zuerst nach London gezogen und später dann nach New York, wo er bis heute lebte. Die ganzen Jahre hatte Dunne sich auf dem Laufenden gehalten, indem er seine Freunde in Belfast wöchentlich anrief. Wenn er von bestimmten Ereignissen hörte, zog er los und fotografierte, was immer ihm vor die Linse kam. Er besaß ein Ferienhaus im Norden des Bundesstaates und eine Wohnung in Manhattan, und so kam es, dass viele Fotos eine ländliche Umgebung zeigten, die beinahe irisch aussah. Dazu gab es viele Stadtmotive, alle mit einem Datum versehen. In der neuen Ausstellung wurden Motive aus den vergangenen zehn Jahren präsentiert.

Bevor sie zur Nationalgalerie gingen, trafen Catherine und James sich im Stag's. James war enttäuscht, weil keiner ihrer Freunde mitkommen konnte.

»Dann wäre es viel lustiger«, sagte er traurig.

»Es wird so oder so lustig«, sagte Catherine.

»Ja, natürlich«, sagte er hastig, »aber je mehr, desto besser, verstehst du?«

»Ja«, sagte Catherine leise. »Bist du so weit? Es ist schon kurz vor sieben.«

In der Nationalgalerie stieg James vor Catherine die Treppe hoch. Auf halbem Weg blieb er stehen.

»Mist«, fluchte er leise.

»Was ist denn?«

»Wir sind praktisch die Ersten«, sagte er erschreckt. »Wir sollten verschwinden und später wiederkommen. Was habe ich mir bloß dabei gedacht? Zu solchen Veranstaltungen geht niemand pünktlich hin.«

Er hatte recht, sie zählten zu den ersten Besuchern. In der Mitte des Ausstellungsraumes standen vier oder fünf Menschen ins Gespräch vertieft, darunter auch Dunne selbst. Catherine erkannte ihn von dem Foto wieder, das die *Irish Times* zusammen mit dem Veranstaltungshinweis abgedruckt hatte. Er würde noch in diesem Jahr sechzig, stand da, die Journalistin fand ihn jünger aussehend, aber in Catherines Augen sah er so alt aus, wie er war: kahl und runzlig und so gebräunt, als wohnte er in der Karibik. Er trug einen dunklen Anzug mit hochgeschlossenem Stehkragen und ein hellblaues Brillengestell mit runden Gläsern. Er hielt ein Sektglas in der Hand, so wie die Leute ringsum: eine Frau in einem engen roten Kleid, ein junger Mann mit dunklen Haaren und Anzug, zwei weitere, weniger förmlich gekleidete Männer. James und Catherine standen wie erstarrt auf der Treppe; Dunne drehte sich um, sah sie und nickte.

»Mist, Mist, *Mist*«, zischte James, ohne die Lippen zu bewegen.

»Was machen wir denn jetzt?«

»Nun kommt schon rauf, um Himmels willen!«, rief der junge Mann im Anzug. Er war Amerikaner und sah, fand Catherine, wie ein Kennedy aus. Sie und James näherten sich der Gruppe mit kleinen, zögerlichen Schritten, beide knallrot – Catherine konnte es nicht ertragen, James so unsicher zu sehen, sie wünschte sich, wenigstens er würde Haltung bewahren –, und der junge Mann lächelte und entblößte dabei sein strahlend weißes Gebiss. Catherine schätzte ihn auf knapp über dreißig; über seiner glatten, hohen Stirn türmten sich dichte, dunkle Locken auf.

»Wir sind zu früh«, entschuldigte sich Catherine.

Er runzelte die Stirn. »Nein, seid ihr nicht.«

»Sorry«, sagte sie hastig.

Er grinste. »Ach, das hatte ich fast schon vergessen. Ständig müsst ihr euch entschuldigen …« Er streckte eine Hand aus. »Ich bin Nate«, sagte er. »Ich bin mit Ed hier. Und ihr?«

»Wir nicht«, sagte Catherine, ohne nachzudenken, und hätte vor Scham am liebsten die Augen zugemacht, um sich Nates Reaktion zu ersparen.

»Wir sind …«, sagte James und schien nach einer Bezeichnung zu suchen. »Studenten. Kunststudenten. Eine Kontaktperson hat uns von der Vernissage erzählt.«

»Eine *Kontaktperson*?«, fragte Nate sichtlich belustigt.

»Na ja, eine Freundin«, korrigierte James sich hastig. »Eine befreundete … Künstlerin.«

»Aha«, sagte Nate nickend. »Ihr habt mir gar nicht eure Namen verraten.«

Offenbar hatte James beschlossen, ab jetzt mehr Initiative zu zeigen. Er trat vor, streckte eine Hand aus: »James Flynn«, sagte er munter, »und das hier ist Catherine Reilly.«

»Nicht so förmlich«, sagte Nate. Sein Handschlag war fest. »Und, kennt ihr Ed?«

»Oh, nein!«, sagten beide wie aus einem Mund. Catherine blinzelte nervös.

»Wir sind wegen der Fotos hier«, sagte sie und ließ den Blick schweifen. »Sehen super aus«, fügte sie hinzu, und wie von einer fremden Macht gezogen, bewegte sie sich auf das am weitesten entfernte Stück zu, ein riesiges Foto von einem Wohnblock aus rotem Backstein; von den Balkonen hing Wäsche, in den Fensterscheiben spiegelte sich ein Sonnenuntergang. Catherine stand davor wie vor einem echten Haus, in das sie unbedingt hineinwollte; sie presste sich die bei Oxfam gekaufte Clutch an die Brust, als würde sie notfalls den ganzen Abend auf Einlass warten. Sie hörte, wie James am anderen Ende des Raumes Ed Dunne und den anderen vorgestellt wurde, wie er »Ich liebe Ihre Kunst« sagte; sie hörte Dunne routiniert bescheiden abwinken, und Nates laute, selbstbewusste Kommentare und das höfliche Lachen der Umstehenden, die extra früh gekommen waren und sich kein bisschen für die ausgestellten Werke zu interessieren schienen.

Immer mehr Besucher erschienen, der Ausstellungsraum füllte sich, die Leute standen vor den Bildern herum. Wann immer Catherine sich nach ihm umschaute, war James tief ins Gespräch vertieft, mit Dunne und seinem Grüppchen. Er hatte bereits im Stag's angekündigt, den Abend nutzen und möglichst viele Kontakte knüpfen zu wollen; Catherine hatte ihn ermutigt und gesagt, er solle möglichst vielen Leuten von seiner geplanten Ausstellung erzählen; aber nun fühlte sie sich irgendwie im Stich gelassen. Sie allein trug die Schuld daran, das wusste sie; wäre sie nicht vor dem Small Talk mit Nate davongelaufen, wäre sie jetzt auch ein Teil dieser plaudernden, lachenden Gruppe. Sie tröstete sich mit dem Gedanken, dass James nicht den gesamten Abend mit diesen Leuten verbringen würde; aber im selben Moment fiel ihr ein, dass genau das passieren könnte; möglicherweise ging er dermaßen in der aufregenden Umgebung auf, dass er sie am anderen Ende des Saales vergaß. Sie schob den Gedanken beiseite, weil er sie traurig machte; sie hatte beschlossen, heute Abend auf keinen Fall traurig zu sein; sie wollte normal und locker sein, eine echte Freundin. Sie richtete ihre ganze Aufmerksamkeit auf das Foto, vor dem sie jetzt stand, eine im Fackelschein aufgenommene Szene auf einem Acker. Man sah Grashalme, hell und gelb hoben sie sich von der dunklen Erde ab. In der *Times* hatte Dunne von »Schuldkunst« gesprochen, durchtränkt vom Wissen um einen Landstrich, den er vor dreißig Jahren zurückgelassen hatte.

Das Foto trug den Titel *Bovinia, New York, 19. Juni 1994*. Catherine versuchte, sich zu erinnern, was an dem Tag passiert war. Sie war damals noch zur Schule gegangen, sie hatte die Mittelschule abgeschlossen, das ganze Land war im WM-Taumel gewesen. Als die irische Nationalmannschaft ihr erstes Spiel absolvierte, gab es in einem Pub eine furchtbare Schießerei, das fiel ihr jetzt wieder ein; die IRA oder die UVF oder irgendwelche anderen Schweine hatten einen Pub gestürmt und Menschen ermordet, die einfach nur das Spiel sehen wollten. Ging es um diesen Tag? Wahrscheinlich; dann wiederum war damals an so vielen Tagen etwas passiert. An zwanzig Tagen in jedem Monat. Unglaublich, dass das alles nun vorbei sein sollte, dass jetzt in diesem Moment die Verhandlungen liefen und möglicherweise eine Lösung gefunden wurde. Der Konflikt existierte, seit Catherine denken konnte; ihre Mutter und ihre Großmutter, kopfschüttelnd und traurig vor dem Radio, wenn wieder einmal die schrecklichen Nachrichten verlesen wurden; ihr Vater, der wütend zu Boden starrte. Die erdrückende, verschreckte Grundstimmung im ganzen Land; Gott weiß, wie es sich angefühlt haben musste, in Nordirland zu leben, jenseits der Grenze; unvorstellbar für Catherine. Ihre Familie war nie dort hingereist, das war einfach ein Ort, von dem man sich fernhielt. Sie dachte an Liam, wie das für ihn gewesen sein musste. Er hatte gesagt, sein Vater besitze im Norden einen Pub, Catherine konnte sich nicht mehr an den Namen der Ortschaft erinnern, Enniskillen oder Armagh oder Derry, ehrlich gesagt konnte sie die Städte kaum auseinanderhalten, für Catherine waren das allesamt gefährliche, verbotene Orte, vor deren Bewohnern sie größte Ehrfurcht hatte. So zu leben, trotz allem nicht aufzugeben: unvorstellbar. *Daddy, ich habe dich lieb,* hatte ein Mädchen in Enniskillen nach dem Bombenanschlag zu ihrem Vater gesagt, Catherine war damals neun oder zehn Jahre alt gewesen, sie war erschüttert; die Vorstellung, ein Kind zu sein und dem Tod ins Auge zu blicken, so viel Mut zu haben, so viel Rücksicht zu nehmen auf jene, die trauern würden, so mit dem eigenen Vater zu reden, die Worte auszusprechen.

Catherine merkte, dass sie schon wieder traurig wurde. Sie schüttelte energisch den Kopf, wie um die Gedanken abzuwerfen, und ging weiter zum nächsten Foto. Ein schwarzes Mädchen saß auf einer Art Gehweg, schmal und grau und an manchen Stellen aufgeplatzt, es trug eine Jeanslatzhose mit abgewetzten Knien und rote Sandalen und hielt ein Armband aus bunten Plastikperlen in der Hand, *Atlantic Avenue, 8. Mai 1991,* so hieß das Bild. Die Augen des Kindes waren weit aufgerissen. Am rechten oberen Bildrand schwebte eine Hand mit heller, von tiefen Furchen durchzogener Handfläche.

»Ein beseelter Blick, nicht wahr?«, sagte ein Mann zu ihrer Linken. Catherine fuhr erschrocken herum. Neben ihr stand Michael Doonan. Er betrachtete das Foto.

»Oh«, sagte Catherine, »Mr …«

»Nennen Sie mich Mick«, sagte Doonan knapp und drehte sich zu seiner Begleiterin um, legte ihr eine Hand an den Rücken, nickte Catherine zu.

»Das ist die junge Dame, die mich für die Collegezeitung interviewt hat«, sagte er. »Meine Frau Julia«, sagte er zu Catherine.

»Oh. Mrs …«

»*Julia*«, flöteten beide, die Frau schüttelte Catherine erfreut die Hand. Sie war wunderschön. Sie wirkte viel jünger als Doonan, aber das mochte täuschen; vielleicht war sie einfach nur sehr viel glamouröser als er. Sie hatte aschblondes, zu einem Bob geschnittenes Haar, hellblaue Augen und fast faltenfreie Haut. Sie trug eine weiße Bluse mit Rüschenkragen, eine schwarze, schmal geschnittene Hose und ein braunes Wollcape. An ihrem rechten Unterarm funkelten drei schmale Armreifen aus Gold.

»Ihr Artikel hat uns sehr gefallen«, sagte sie. Bei dem Wort *sehr* machte ihre Stimme einen Schlenker. Catherine wusste es nicht zu deuten.

»Oje«, sagte Catherine kopfschüttelnd, »der Redakteur hat ihn gnadenlos zusammengekürzt.«

Julia lachte. »Die ewige Klage der Journalistin«, sagte sie. »Ich arbeite als Pressereferentin«, sagte sie. »Für meinen Mann und für ein paar andere, medienfreundlichere Klienten.«

»Ich habe nie behauptet, Interviews würden mir Spaß machen«, sagte Doonan achselzuckend. »Ich bin, wie ich bin.«

»Schrecklich, meistens«, sagte Julia mit einem Blick auf Catherine. »Hat er sich benommen? Er kam nach Hause und sagte, er hätte sich furchtbar aufgeführt. Was nur bedeuten kann, dass es in Wahrheit noch viel schlimmer war ...«

»Oh, nein«, stammelte Catherine, »ich war diejenige, die ...«

»Tja, am Ende haben Sie einen anständigen Artikel draus gemacht«, sagte Doonan, unbeeindruckt von den Sticheleien seiner Frau. Wenn es denn Sticheleien waren. »Sie haben Stroh zu Gold gesponnen, so würde meine liebe Frau das nennen.«

»Stroh aus dem Schweinestall«, ergänzte Julia, rollte die Augen und gab Doonan einen Klaps. »Nun geh schon und hol uns Champagner, Mick. Du liebe Güte, mach dich nützlich.«

»Okay«, sagte Doonan, fuhr sich mit einer Hand durchs Haar und trabte davon.

Julia sah ihm mit einem stillen Lächeln nach. »Manchmal ärgere ich ihn ein bisschen«, sagte sie und stupste Catherine sanft an. »Ich weiß, was für ein Ungeheuer er sein kann. Wir haben uns kennengelernt, als ich die Pressearbeit für *Lass sie gehen* gemacht habe, eine halbe Ewigkeit ist das her. Er ist unverbesserlich.« Sie lachte fröhlich. »Aber wir sind immer noch verheiratet!«

»Oh. Ach so. Na ja, es war ganz okay«, sagte Catherine. »Ehrlich.«

»Mir können Sie nichts vormachen, Schätzchen«, lachte Julia. »Er ist ein Scheusal. Nun ja, er ist kein Naipaul, das muss ich zugeben. Kennen Sie das Interview, das Naipaul dem *Independent* gegeben hat?«

Catherine schüttelte den Kopf.

»Nun ja«, sagte Julia und zog eine Augenbraue hoch, »dann sollten Sie es sich schleunigst besorgen. Der gute V. S. war der Meinung, die Fragen wären unter seiner Würde. Er ist mittendrin aufgestanden und hat gesagt: Für so etwas habe ich keine Zeit, reden Sie doch mit meiner Frau. Er rief seine Frau aus der Küche herbei, das arme Ding, und ließ den Journalisten sitzen.«

»O Gott!«

»Und seine Frau ist keine Pressesprecherin.«

»*O Gott.*«

»Dann wiederum stehen Sie jetzt hier mit Mick Doonans Frau«, sagte sie, nahm sich das Cape von den Schultern und faltete es zusammen. »Nun denn, und was führt Sie her, Catherine? Schreiben Sie über Eds Ausstellung?«

»Ja, wahrscheinlich«, log Catherine, wobei das vielleicht gar nicht gelogen war; so gesehen würde sie sehr gern über Dunnes Fotos schreiben.

»Er hatte Glück mit seinem Timing«, sagte Julia nüchtern. Sie betrachtete das Bild, vor dem sie standen. »Zu jedem anderen Zeitpunkt wären seine Sachen nichts weiter als ein Ausdruck seiner verkrampften Pedanterie. Aber dann, peng, sorgt er plötzlich für *das* Kulturereignis des Jahres. Sehen Sie sich mal die vielen Besucher an!« Sie ließ den Blick durch den inzwischen gut gefüllten Raum schweifen. »Ich weiß ehrlich gesagt nicht, wie Ed das macht. Er schafft es immer wieder.«

»Oh«, sagte Catherine matt.

»Im Ernst, er ist ein verdammter Opportunist. *Wie, da hat es wieder einen Bombenanschlag gegeben, dreitausend Meilen entfernt, in dem Land, das ich vor über dreißig Jahren verlassen habe? Warte mal, ich gehe kurz nach draußen und mache einen Schnappschuss vom erstbesten süßen Kind, das ich sehe.*«

»Für Ed arbeiten Sie wohl nicht«, sagte Catherine.

»Nein«, sagte Julia und zog abermals eine Augenbraue hoch. »Und wenn Sie mein Urteil zu hart finden, sollten Sie mal Micks hören. Aber abgesehen davon ist Ed ein alter

Freund. Mick hat ihn in den Siebzigern in London kennengelernt. Und sicher hätte Ed über Micks Bücher auch das eine oder andere zu sagen … Manche Wahrheiten spricht man besser nicht aus, wenn die Freundschaft Bestand haben soll.«

Catherine lachte. Sie traute ihren Ohren nicht. Doonan konnte Dunnes Fotos nicht ausstehen, Dunne mochte Doonans Bücher nicht, sie schimpften übereinander und waren dennoch seit zwanzig Jahren gut befreundet? Der Gedanke überforderte sie. Sie hielt nach James Ausschau, aber der war irgendwo in der Menge verschwunden. Würde es ihnen in zwanzig Jahren ähnlich gehen, würden sie einander belügen, einander die Hälfte verschweigen, um die Fassade der Freundschaft aufrechtzuerhalten? Undenkbar. Wozu sollte man sich die Mühe machen?

»Und unser amerikanischer Freund …«, sagte Julia mit sardonisch verzogenem Mund.

»Nate?«, fragte Catherine, erleichtert über den Themenwechsel.

»Nate aus Brooklyn«, sagte Julia, wobei sie das t und das k übermäßig betonte. »Das ist vielleicht einer. Wir hätten gedacht, er wäre längst nicht mehr dabei …«

»Ja, mein Freund redet gerade mit ihm«, sagte Catherine und verrenkte sich den Hals bei der Suche nach James. »Er hat ihm Ed vorgestellt.«

Julia wirkte verwirrt. »Ihr Freund war das?«

»Nein, ich meinte, Nate hat ihm Ed vorgestellt. Er ist auch Fotograf. Mein Freund. Er hat bald eine eigene Ausstellung.«

Sie merkte, dass sie rot wurde, und sie verfluchte sich selbst dafür. Julia hatte es gesehen. Sie schwieg und lächelte Catherine geduldig an.

»Oh«, sagte Catherine, als die Menge sich kurz teilte, »da ist er ja!« Sie zeigte auf James.

Julia verengte die Augen. »Der Rothaarige?«, fragte sie überrascht.

Catherine nickte. Sie musste schlucken.

»Und Sie sind Freunde?«, fragte Julia und musterte James gründlich.

»Äh, ja«, sagte Catherine. »Gute Freunde.«

»Ach so«, sagte Julia nickend. »Tja, Sie beide müssen unbedingt zu der kleinen Party kommen, die wir Ed zu Ehren geben. Bei uns zu Hause. Brooklyn da drüben hat die Adresse. Werden Sie kommen?«

»O Gott«, stammelte Catherine. »Wirklich?«

»Natürlich«, sagte Julia, als wäre die Frage besonders dumm. »Natürlich nur, wenn Sie möchten. Wenn Sie sich mit uns alten Leuten nicht zu Tode langweilen. Und, wo bleibt der Trottel mit unserem Champagner?« Sie sah sich um. »Also wirklich«, sagte sie empört und zeigte, »er hat ihn Moira Donnelly und ihrer *Geliebten* gegeben. Diese Zicke!«

»Oh«, sagte Catherine.

»Ihre *Geliebte*«, wiederholte Julia mit verdrehten Augen. »Als würden wir anderen im Zölibat leben.«

»Oh.«

»Wie dem auch sei. Worüber schreiben Sie gerade? Von Eds Fotos mal abgesehen.«

»Also, hauptsächlich arbeite ich an einer Hausarbeit«, sagte Catherine. »Für mein Englischseminar.«

»Ach ja«, sagte Julia, und ihr Blick schweifte ab. »Sie müssen noch Ihren Abschluss machen.« Das Wort *Abschluss* betonte sie wie zuvor *Geliebte*, mit viel Verachtung. Catherine zögerte.

»Ja«, sprach sie weiter. »Über Ted Hughes und Sylvia Plath.«

»Du meine Güte«, sagte Julia, als habe man ihr eine schlechte Nachricht überbracht, »wie sind Sie denn bloß darauf gekommen?«

»Es gibt ein neues Buch«, sagte Catherine und fügte dann überflüssigerweise hinzu: »Von ihm.«

»Ja, es ist zu verrückt. Verrückt.«

»Ich finde es ziemlich beeindruckend.«

»Beeindruckend? Davon bekommt man Alpträume, für mindestens einen Monat«, sagte Julia kopfschüttelnd. »Was hat er sich bei diesen Gedichten nur gedacht?«

»Also ...«

»Aber er ist wirklich ein Bild von einem Mann. Rein äußerlich, meine ich. Wir haben ihn vor ein paar Jahren bei einem Festival kennengelernt. Mick hat dort gelesen. Im Ernst, wenn er hereinkam, haben alle weiche Knie bekommen. Männer, Frauen, alle.«

»Sicher«, sagte Catherine und lachte nervös.

»Aber mal im Ernst, ist es nicht zu deprimierend, über die zwei zu schreiben? Die Geschichte ist so furchtbar traurig.«

»Ich weiß«, sagte Catherine, »aber eigentlich interessieren mich die Gedichte mehr als ihr Leben.«

Julia lächelte rätselhaft. »Das glaube ich Ihnen«, sagte sie nach einer Weile. »Aber sonst niemand.« Sie nickte über Catherines Schulter hinweg. »Das wurde auch Zeit.«

Mick Doonan steuerte auf sie zu. Er balancierte drei Champagnergläser.

»Bitte sehr, die Damen«, keuchte er. »Entschuldigt die Verzögerung. Erzwungene Zwischenlandung auf Lesbos.«

»Ja, du hast mein Mitgefühl«, ätzte Julia. »Eben hat Catherine mir erzählt, dass sie über Ted Hughes schreibt.«

»Hughes?«, fragte Doonan, als sprächen sie über einen renitenten Nachbarn. »Hm.«

»Eigentlich schreibe ich über Hughes und Plath«, erklärte Catherine, woraufhin Doonan in gespieltem Entsetzen eine Grimasse zog.

»Du lieber Gott«, sagte er und rieb sich das Kinn, »Hughes. Hmm. Haben Sie ihn je interviewt?«

»O Gott, nein«, lachte Catherine nervös, »ich würde sterben vor Aufregung. Ich meine, klar, ich würde ihn liebend gern interviewen, aber ich könnte das nicht.«

»Entscheiden Sie sich, Schätzchen«, sagte Julia.

Doonan schaute sie misstrauisch an. »Waren Sie vor dem Termin mit mir genauso aufgeregt?«

Catherine errötete. »Also …«

»Ach, Mick, lass sie in Ruhe«, sagte Julia. »Das kann man ihr doch nicht übelnehmen.«

»Sicher würde er sie hinhalten«, sagte Doonan und nippte an seinem Champagner.

»Sicher würde er sie sehr zuvorkommend behandeln«, sagte Julia. »Was meinen Sie, Catherine?«

»Ich weiß nicht«, sagte Catherine. »Kaum zu glauben, dass er noch lebt. Dass er irgendwo wohnt und weiter schreibt.«

Doonan grunzte ungehalten. »Mein Gott, er ist gerade mal acht Jahre älter als ich!«

»Also«, sagte Catherine achselzuckend, »ich meinte das nicht aufs Alter bezogen, eher …«

»Ich weiß, was Sie gemeint haben«, sagte Julia und legte Catherine eine Hand an den Arm.

»Sie meinen wohl das Renommee«, sagte Doonan mürrisch.

»Mick, jetzt halt den Mund. Du hast überhaupt keinen Grund, dich zu beschweren.«

Doonan schnalzte mit der Zunge und drehte sich zu dem Foto an der Wand um. »Was zum Teufel soll das jetzt schon wieder darstellen«, murmelte er.

»Mick«, ermahnte Julia ihn.

»Wofür steht die Kleine? Das schwarze Irland?«

»Mick, ich bitte dich«, sagte Julia in scharfem Ton. »Das ist peinlich für Catherine. Und für mich übrigens auch.«

»*Atlantic Avenue*«, las Doonan. »Atlantischer Ozean, da gehören diese Bilder rein.«

»Das ist wirklich eine wunderschöne Gemme«, sagte Julia plötzlich und berührte die angeknackste Brosche, die Catherines Halstuch zusammenhielt. »Hübsch.«

»Oh, danke. Ich habe sie schon ewig. Mein Vater hat sie mir geschenkt.«

»*Sehr* schön. Er ist ein Sammler?«

»Oh nein, nein«, sagte Catherine lachend und musste daran denken, wie ihr Vater die Brosche eines Abends bei der Fütterung auf der Weide gefunden hatte. Vermutlich hatte sie jemand aus dem fahrenden Auto geworfen, hatte er Catherine gesagt, oder besser noch, vielleicht hatte jemand sie vergraben, und nun hatte er sie gefunden. Sie war gut erhalten, wenn auch nicht ganz intakt; ein winziges Stück war aus dem Frauenprofil herausgebrochen.

»Wo ist der Rest?«, fragte Doonan skeptisch.

In einem Graben in Longford, wollte Catherine sagen, aber dann zuckte sie nur die Achseln, auf möglichst geheimnisvolle Weise.

»Das ist das Besondere daran«, sagte Julia.

»Oh, eine Dekonstruktivistin, was?«, sagte Doonan und schüttelte sich demonstrativ. »Bitte, meine Liebe, behalten Sie es für sich.«

»Hallo?!«, zischte sie James zwei Minuten später ins Ohr. Sie packte ihn beim Ellenbogen; er stand immer noch mit denselben Leuten zusammen, nur dass die Gruppe inzwischen gewachsen war und sich viele kleine Unterabteilungen gebildet hatten, die um Dunne kreisten; er strahlte, schmunzelte, nahm Komplimente entgegen und gab offenbar sehr witzige Kommentare von sich. Als sie an James herangetreten war, hatte er Dunne ehrfürchtig betrachtet, als lege er in Gedanken Notizen an. Er sah Catherine an, sein Lächeln war selig, ganz offensichtlich war er beschwipst, trunken von der Gegenwart dieser Leute, die ihn in ihren Kreis aufgenommen hatten, die ihm zuhörten und ihn respektierten und interessant fanden.

»Hallo, Darling«, sagte er und machte Platz für sie, aber Catherine bedeutete ihm, dass sie ihn unter vier Augen sprechen wollte. Er folgte ihr widerwillig. »Ich habe dich gesucht«, sagte er, »kennst du …«

»Danke, dass du mich im Stich gelassen hast«, sagte sie wütender, als sie wollte, aber nun war es zu spät. James hielt ein leeres Glas in der Hand und sah sie verwirrt an.

»Entschuldige«, sagte er, »habe ich dich im Stich gelassen? Du bist weggegangen, als wir uns mit Nate unterhalten haben.«

»Nate aus Brooklyn«, giftete Catherine und überbetonte das t und das k, so wie Julia Doonan.

James runzelte die Stirn. »Nate. Genau der. Eds Assistent.«

»Ja, ja«, sagte Catherine pikiert. »Seit zwanzig Minuten bin ich allein.« Das war glatt gelogen, und sie wunderte sich, dass es funktionierte: James wirkte zerknirscht.

»Tut mir leid, Darling«, sagte er, umarmte sie und küsste sie auf die Wange, küsste sie – er knurrte leise dabei – hinters Ohr. Catherine spürte ein Kribbeln an ihrem Rückgrat abwärts wandern, zwischen ihre Beine, und verzieh ihm; natürlich verzieh sie ihm, sofort.

»Wir sind zur After-Party eingeladen«, sagte sie in gleichbleibend pikiertem Ton, auch wenn der jetzt gar keinen Sinn mehr ergab; sie konnte ihn einfach nicht abstellen.

James legte die Stirn in Falten. »Ich dachte, du wärst seit zwanzig Minuten allein?«

»Na ja, Michael Doonan und seine Frau haben mit mir geredet«, sagte sie achselzuckend, »sie geben eine Party. Und wir sind eingeladen.«

»Oh, ja«, sagte James, »Nate hat mir schon davon erzählt. Er sagt, wir könnten zu Fuß hingehen, zu dritt, er und

Ed sind bei Michael und Julia untergebracht, und er muss dringend in New York anrufen, bevor der Tag dort zu Ende geht.«

»Ach so«, sagte Catherine, die sich plötzlich um den Triumph betrogen fühlte. »Wollen wir vorher noch ins Stag's, nur wir zwei? Damit wir nicht schon wieder die Ersten sind.«

»Nein, nein«, wehrte James ab, »wir gehen mit Nate. Das wird ein Spaß.«

Die Remise der Doonans stand in einer Gasse abseits der Harcourt Street. Von außen wirkte sie klein, drinnen dehnte sich der Wohnraum über zwei Etagen aus. Durch den geschmackvoll eingerichteten Flur gelangte man in ein riesiges Wohnzimmer mit Atriumdecke. Im Hochparterre befand sich eine Art Zwischengeschoss, wo ein zweiter, langer Flur an geschlossenen Türen vorbei zu einem weiteren offenen Raum führte. An allen Wänden hing Kunst. Catherine erkannte einen Brian Bourke im Wohnzimmer wieder – das Porträt einer spitzknochigen Frau mit geschwärzten Augen –, und Gold auf Leinen, das nur ein Scott sein konnte. Obwohl der Abend nicht besonders kalt war, brannte ein Kaminfeuer. Catherine, James und Nate waren tatsächlich die Ersten; die Doonans, Dunne und die anderen waren immer noch dabei gewesen, sich zu verabschieden, als sie die Nationalgalerie verlassen hatten. Nate zog sie auf, nannte sie die »zauberhaften Zwei« und hakte sich bei James unter, so wie Catherine auf der anderen Seite. Eine junge Frau in Dienstmädchenuniform hatte ihnen aufgemacht, und weitere, ähnlich gekleidete Angestellte waren dabei, Gläser und Weinflaschen auf den Tischen zu verteilen. Aus der Küche im hinteren Teil waberte ein köstlicher, würziger Geruch durchs Haus.

»Nett, was?«, sagte Nate, als Catherine und James gaffend auf der Schwelle stehen blieben. »Ich gehe mal schnell telefonieren. Fühlt euch ganz wie zu Hause.« Er runzelte die Stirn: »Na ja, nicht ganz.«

»Ha!«, sagte James cool, aber sobald Nate im Zwischengeschoss verschwunden war, drehte er sich zu Catherine um und riss die Augen auf. »Wo zum Teufel sind wir hier gelandet?«

»Ich weiß«, sagte Catherine kopfschüttelnd, »es ist unglaublich.«

»Stell dir vor«, sagte er und trat an ein breites, weißes Ledersofa. Er setzte sich. »Stell dir vor, wie es wäre, so zu leben.« Er klopfte neben sich. »Home, sweet home, Darling«, lachte er.

Eine der uniformierten jungen Frauen näherte sich ihnen mit hinter dem Rücken verschränkten Händen. »Darf ich Ihnen etwas zu trinken bringen?«, fragte sie.

»O Gott«, stöhnte James, »wir sind im Himmel!« Er sah die Frau an. »Können wir uns hier verbarrikadieren?«

Sie lachte. »Ich weiß nicht«, sagte sie unsicher. Sie war nicht älter als Catherine und James.

»Versuchen Sie es einfach«, sagte James gespielt flehentlich, »ja? Wir wollen uns einen gemütlichen Abend machen, ich und meine Frau.«

»Blödmann«, sagte Catherine und spürte eine Mischung aus Sehnsucht und Verwirrung. Sie hörten, wie die Haustür zugeschlagen wurde. Hastig bestellte sie ein Glas Rotwein.

Das Haus füllte sich schnell. James war wieder einmal verschwunden; er wollte das Bad suchen und war nicht zurückgekommen. Catherine hatte kaum Gelegenheit, sauer zu werden, denn sie war zu sehr damit beschäftigt, nicht allzu bemitleidenswert zu wirken. Sie schlich durch das riesige Wohnzimmer, betrachtete die Bilder genau; sie studierte sie so gründlich, als wollte sie sie kaufen. Neben dem Bourke und dem Scott entdeckte sie eine wunderschöne Moorlandschaft von McSweeney, dazu eine kleine Zeichnung unbestimmter Herkunft, möglicherweise ein früher Jack Yeats.

»Könnte gut sein«, sagte die erste Person, mit der sie ins Gespräch kam, eine Frau in einer fließenden Tunika. Sie hatte ungewöhnlich langes, schwarzes Haar und hatte allein am Kamin gestanden und sich im Zimmer umgeschaut. Catherine hatte ihre Chance erkannt, überhaupt mit jemandem ins Gespräch zu kommen, sie hatte tief Luft geholt und die Frau einfach angesprochen. Wie sich herausstellte, schrieb die Frau für die *Irish Times* und hatte für Catherine einen Haufen ernüchternder Ratschläge parat: Am besten solle Catherine sich den Alptraum ersparen und eine Karriere als Journalistin gar nicht erst anstreben. Ein Mann vom Abbey Theatre sprach die Journalistin an und stellte sich bei der Gelegenheit auch Catherine vor, ein weiterer Mann mischte sich ein, er unterrichtete am University College. Nach einer Weile verschwand der Theatermann, und Catherine war mit dem Dozenten allein, was ihr weitere fünfzehn Minuten Gespräch sicherte. Er gab ihr ungebetenen Rat, was Catherine aber nicht weiter störte, alles war besser, als allein hier herumzustehen. Nach dem Dozenten unterhielt sie sich mit einem Schauspieler, dessen Namen sie nie gehört hatte,und dann mit einer Frau, die soeben ein Buch über Michael Doonans Bücher geschrieben hatte. Ihr hatte Catherine jede Menge zu sagen, sie bezog sich auf die Informationen, die sie überflüssigerweise vor dem Interview zusammengetragen hatte. Der Mann vom Abbey kam zurück, er hatte inzwischen etwas getrunken und war in Flirtlaune. Ein junger Journalist vom *Independent* sah wirklich süß aus, woraufhin Catherine sich wieder an James erinnerte und dass sie ihn wirklich suchen sollte. Sie hatte jetzt insgesamt drei Gläser Champagner und drei Gläser Wein getrunken, mit Fremden zu reden fiel ihr plötzlich leicht, meine Güte, alle Welt unterhielt sich hier, das war normal, und als sie sich umdrehte, stand David Norris hinter ihr, der echte David Norris, sie unterhielten sich über amerikanische Lyrik, er rezitierte einen Vers aus einem seiner Lieblingsgedichte – Schieß denn, wenn es sein muss, auf dieses graue Haupt / doch verschone deines Landes Flagge –, und sie nickte, als würde sie das Gedicht kennen, als hätte sie davon gehört; er lächelte, als wüsste er nicht, dass sie log. Catherine war hochzufrieden mit sich, endlich hatte sie verstanden, was es hieß, eine Erwachsene zu sein. Sie entdeckte Menschen, mit denen sie sich unterhalten wollte – die Doonans beispielsweise und einen ihrer Englischdozenten vom College –, als plötzlich Nate aus Brooklyn vor ihr stand. In dem dunklen Anzug sah er wirklich heiß aus. *Du siehst aus wie ein Kennedy,* wollte sie zu ihm sagen, aber dann riss sie sich zusammen. Nate hielt ein Whiskeyglas in der Hand, er schien aus unerfindlichem Grund entzückt, sie zu sehen.

»Wo warst du die ganze Zeit? Dein Sidekick und ich sind in der Küche.«

»James?«

»James«, bestätigte er und trank einen großen Schluck. »Der Mann weiß sich auszudrücken. Wie heißt das noch mal?« Er runzelte die Stirn. »Dieses Ding, das ihr Iren küsst?«

»Das wir küssen?«, fragte Catherine. Sie hatte sich wohl verhört.

»Dieser Stein«, sagte Nate. »Der Stein …« Er legte theatralisch den Kopf in den Nacken, torkelte, schwenkte sein Glas.

»Ach, Blarney«, sagte Catherine kopfschüttelnd. »Der Stein der Sprachgewandtheit. Nein, den küssen wir nicht, das machen nur Touristen.«

Nate prustete los. »Egal. Dein Freund James hat dem Stein der Sprachgewandtheit anscheinend einen geblasen. Er redet ununterbrochen!«

»Ja. Er hat immer was zu sagen.«

»Und du bist die Schweigsame?«, sagte Nate.

»Na ja. Im Vergleich.«

»Wo ist dein Drink?« Eine Kellnerin mit Tablett kam vorbei, Nate griff nach einer Flasche und goss einen dunkelroten Schwall in Catherines Weinglas. Er zeigte auf ein frei gewordenes Sofa. »Hinsetzen?«

Er nahm Platz und ließ sich mit einem zufriedenen Seufzen in die Lederkissen sinken. Er schwieg, runzelte die Stirn. »Ach, es ist zu schade«, sagte er schließlich.

»Was?«, fragte Catherine.

»Dass ich so glücklich seufze, bloß weil ich sitzen kann. So weit ist es gekommen.« Er sah sie an. »Wie alt bist du?«

»Achtzehn.«

»Achtzehn«, keuchte Nate, »achtzehn. Meine Güte. Ihr seid noch Kinder.«

»Was soll das heißen?«, fragte Catherine keck.

»Das weißt du genau«, grinste er. »Ich sehe euch bei jeder Vernissage. Kinder wie euch, jung und schön, ihr atmet uns den Sauerstoff weg. Aber …« – er prostete ihr zu – »vielen Dank. So verkauft die Kunst sich besser.«

»Also«, sagte sie, weil sie glaubte, Interesse an Dunnes Fotos beweisen zu müssen, »wie viele Stunden verbringst du am Tag in Eds Studio?«

Nate sah sie verständnislos an. »Wie meinst du das?«

»Na ja, James hat dir wahrscheinlich erzählt, dass er in Berlin für Malachy Clarke gearbeitet hat, manchmal vierundzwanzig Stunden am Stück. Ist es mit Ed genauso schlimm?«

Er sah sie verdutzt an. »Was sollte ich in Eds Studio?«

»Ich …«, stammelte Catherine. Sie spürte die Röte in ihr Gesicht kriechen.

»Ich führe eine Galerie«, schnaubte Nate. »Eds Atelier? Nein, danke.«

»Oh, da habe ich mich wohl geirrt. Sorry.«

»Tja.«

»Du bist nicht sein Assistent?«

Verwunderung machte sich auf Nates schönem Gesicht breit. Er klappte den Mund auf, sah sie vorwurfsvoll an. Dann lachte er laut und schlug mit der Hand auf ein Lederkissen. »Sein Assistent? Sein *Assistent*?« Zu Catherines Entsetzen beugte er sich vor und rief Ed, der am Kamin stand und sich unterhielt. »Hey, Ed! Eddie! Ich bin jetzt dein Assistent, hast du das schon gehört?«

Ed Dunne wandte sich angewidert ab.

»Ja, danke, das beruht auf Gegenseitigkeit, Eddie«, sagte Nate und ließ sich wieder zurücksinken. »Verdammt«, sagte er und kniff die Augen zusammen, »*Eds Assistent*. Weißt du, welche Qualen seine Helfer zu erdulden haben? Wie um Himmels willen kommst du auf so etwas?«

»Na ja«, sagte Catherine zutiefst beschämt, aber Nate war schon einen Schritt weiter, das erkannte sie an seiner erhobenen Hand. Er nickte und lachte und hatte sie durchschaut.

»James«, sagte er und sah sie an. »Was unsere Unterhaltung in der Küche erklärt. Jetzt verstehe ich endlich, warum er immer wieder von Eds Dunkelkammer angefangen hat.« Er lachte wieder. »Wenn ich auch nur eine halbe Stunde mit Ed in seiner scheiß Dunkelkammer verbringen müsste, wäre der nächste Fotograf in seinem Studio der vom NYPD.« Er schüttelte sich. »O Gott. Unsere Beziehung überlebt nur, weil ich mich aus seinem Studio verdammt noch mal fernhalte.«

Irgendetwas war mit Catherines Atem passiert, er war weg. Sie wusste, es war jetzt äußerst wichtig, Nate nicht direkt anzusehen; er durfte keinesfalls merken, wie die Zahnräder in ihrem verwirrten Kopf klackerten und ratterten und ineinandergriffen, während sie zu neuen Schlüssen und Erkenntnissen gelangte. »Ja«, brachte sie mühsam heraus und merkte, sie hatte es vermasselt.

»Oh Scheiße«, sagte Nate und lachte ungläubig, »ich soll verdammt sein. Ed ist mein Partner. Mein Lebensgefährte. Und ich bin seiner. Das wusstest du nicht?«

»Ach so«, sagte Catherine, als hätte sie es nur vorübergehend vergessen. »Ja, klar.«

Er lachte. »Ja klar?«

»Nein, ich meinte …« Sie schüttelte den Kopf, lachte möglichst unbefangen, was aber letztendlich nur verrückt klang. »James. James hat gesagt, du wärst sein Assistent. Das ist alles.«

»Äh, ich *habe* einen Assistenten. Ich leite eine Galerie in Chelsea.«

»Ach so.«

»Dort habe ich Ed kennengelernt. Wir sind seit fast sieben Jahren zusammen.«

»Wow. Das ist ja«, stammelte Catherine. »Das ist ja toll.«

»Ja«, nickte Nate, »und bevor dein überfordertes kleines Hirn sich jetzt mit Nachrechnen abmüht: Der Altersunterschied beträgt zweiunddreißig Jahre.«

»Wow.«

»Ja. Er ist uralt. Aber ich liebe den alten Knacker.«

»*Ooooh*!«, machte Catherine, es klang völlig enthemmt und irgendwie enttäuscht, dabei hatte sie bloß gerührt rüberkommen wollen.

»Bitte sehr«, sagte Nate. »Meine Güte, ich dachte, alle hier wüssten Bescheid. Oder zumindest alle, die mit Eds Werk vertraut sind. Verstehst du?«

»Na ja«, sagte Catherine, die sich plötzlich unendlich dumm vorkam. Sie wollte sich verteidigen: »In der *Irish Times* stand nichts darüber!«

»Du meine Güte«, sagte Nate und winkte ab, »diese blöde Kuh hat auch wirklich alles verdreht, was es in Eds Biographie zu verdrehen gibt. Ein Wunder, dass sie ihn nicht für einen verheirateten Familienvater aus dem ländlichen Pennsylvania hält. Für einen Amischen. Und längst verstorben.«

Catherine lachte abgehackt. »Tut mir leid«, sagte sie. »Das ist mir jetzt sehr peinlich.«

»Tja«, sagte Nate und lächelte sie an. Er legte ihr einen Finger an die Wange und machte ein lautes Zischgeräusch, als hätte er sich verbrannt. »Das habe ich gemerkt.«

»Ja«, sagte Catherine, »das verrät mich immer.«

»Ach, das ist doch in Ordnung. Die Leute hier scheinen da nicht so offen mit umzugehen.«

»Nein.«

»Du meine Güte, als wir das erste Mal zusammen hier waren, war es noch illegal!«

»Ich weiß.«

David Norris ist auch hier, wollte sie sagen, biss sich aber auf die Zunge; wahrscheinlich hätte Nate sie auch dafür ausgelacht. Sie fühlte sich so jung, jung und dumm.

»Nun«, sagte er und stellte sich sein Glas aufs Knie, »erzähl mir mehr über James. Ihr steht euch wohl sehr nah.«

»Sehr«, sagte Catherine und nickte eifrig.

»Dann bist du also die beste Freundin«, sagte er und nickte wissend. »Das ist schön. Jeder Schwule braucht seine Fruchtfliege.«

Catherine war sprachlos. Sie starrte ihn an, ihr Herz klopfte. Hatte er das wirklich gesagt? War so etwas in Ordnung?

Nate bemerkte ihre Konsternierung. Er lachte gequält. »Warte mal. Du bist doch im Bilde, oder?«

»Ja, natürlich«, fiel Catherine ihm ins Wort. »Verdammt!«

»Okay, okay«, lächelte er sie besänftigend an, »ich meine ja nur.«

»Mein doch, was du willst«, sagte sie gereizt und ohne jeden Zusammenhang, und dann sah sie James auf sich zukommen. Er war stockbesoffen, lächelte und winkte, als stünde er auf einem Bahnsteig. Sie rappelte sich auf und ging ihm entgegen.

Noch später fingen die Leute zu singen an. War das jetzt die neuste Mode in Dublin?, fragte Catherine sich. Mussten alle zu singen anfangen, wenn sie bei jemandem eingeladen waren? Aber anders als bei James' Einweihungsparty hatte keiner eine Gitarre mitgebracht, und niemand kiffte. Die Gäste stellten sich reihum an den Kamin und trugen traurige irische Balladen vor, »Boolavogue«, heulte eine Frau gerade; Catherine hatte das Lied nicht mehr gehört, seit sie den Text in der Grundschule auswendig lernen musste.

Es handele sich um eine Tradition im Hause Doonan, erklärte Nate, als er Catherine und James am anderen Ende des Wohnzimmers wiedergefunden hatte.

»O mein Gott, das hat uns keiner gesagt!«, keuchte James in gespieltem Entsetzen.

»Ihr werdet auch noch aufgerufen«, sagte Nate. »Ehrlich, Ed nimmt das so ernst, dass er mich gezwungen hat, ein Stück zu lernen. Eine Woche lang hat er mit mir geprobt.«

»Du willst mich vereimern«, sagte James und schlug sich eine Hand vor den Mund.

»Nein, ich will dich nicht *vereimern*. Was immer das heißen soll. Tut es weh?«

»Manchmal«, sagte James mit hochgezogenen Augenbrauen.

»Ach Mist«, ging Catherine dazwischen, »ich werde verdammt noch mal nicht singen. Ich habe nicht mal ein Lied.«

»Wie heißt deins?«, fragte James Nate, und Catherine spürte einen Stich der Eifersucht, weil er sich an Nate gewandt hatte, nicht an sie.

»Nun ja, das Lied, das Ed mich zu lernen gezwungen hat,

ist nicht das Lied, das ich singen werde«, sagte Nate. »Das wird eine Überraschung für ihn.«

»Ooooh!«, sagte James, und seine Züge wurden weich.

»Genau. Nun denn. Was wollt ihr singen? Ihr müsst etwas vortragen.«

»Wir kennen keine Lieder«, sagte Catherine kopfschüttelnd.

»Oh, doch«, sagte James, »mir fällt was ein.«

Catherine sah ihn an. »Nein. Was willst du singen? Welche Texte kennst du?«

»Catherine«, lachte er sie aus, »ich kenne jede Menge Texte!«

»Ach verdammt, James. Wir werden nicht singen.«

»O Reilly. Du nimmst das viel zu ernst«, sagte James und lehnte seine Stirn an ihre. »Komm schon, mein Schatz. Wir denken uns was aus. Tu es mir zuliebe. Bitte.«

»Ihr könntet ein Duett singen«, sagte Nate, der die Situation sehr zu genießen schien. »›I Got U Babe‹. Oder ›I Loves You, Porgy‹.«

»Das ist die richtige Einstellung!«, sagte James und legte einen Arm um Catherine, und obwohl die Geste ihren Zorn nicht pulverisierte, verdünnte sie ihn. Sie lehnte sich an, war dankbar für die Berührung. »*Islands in the stream*«, schmetterte er mit viel zu hoher Stimme los. Er sah Nate an. »Wie geht es weiter?«

»Keine Ahnung.«

»Komm schon, Reilly. Wir reißen sie von den Füßen.«

»Ich werde nicht singen«, sagte Catherine.

Kurz darauf ging Nate nach vorn und trug sein Stück vor, unvermittelt, ohne Einleitung. Er warf Ed einen Blick zu – einen zärtlichen und innigen Blick –, im Raum wurde es schlagartig still. Er hatte noch nicht einmal die erste Zeile hinter sich gebracht – Catherine kannte das Lied nicht, merkte aber sofort, dass es sich um eine alte irische Ballade handeln musste –, aber schon war es, als würden die vierzig oder fünfzig Anwesenden, die überall herumstanden oder -saßen, den Atem anhalten, nach Luft schnappen, so traurig und dankbar waren sie plötzlich. Nates Stimme war stark und klar, er traf jeden Ton, aber daran lag es nicht; es war etwas anderes, das wusste Catherine. James hinter ihr seufzte. Sie drehte sich um.

»Was denn?«, flüsterte sie und zupfte an seinem Ärmel. »Was ist?«

»›My Lagan Love‹«, flüsterte James zurück, ohne die Augen von Nate zu nehmen. »Wundervoll.«

The Lagan: ein Teil von Belfast, Eds Heimat, wo jetzt in diesem Moment etwas Entscheidendes geschah, natürlich, Catherine hatte es im Laufe der Party ganz vergessen; deswegen reagierten die Gäste so. Sie lauschte auf den Text – *Sie hat die Nacht im Haar*, sang Nate, er sang von Liebeskummer – und spürte sich nachgeben, auch sie war plötzlich voller Sehnsucht und voller Gefühl, auch sie spürte dieses freudige Kribbeln, auch sie meinte, an einem bedeutenden historischen Moment teilzuhaben; während Nate hier in Dublin eine Ballade sang, wurde ein paar hundert Meilen weiter nördlich Geschichte geschrieben. Was für ein Moment! Die Frau von der *Irish Times* sollte darüber schreiben, es sollte morgen in der Zeitung stehen! Dabei war der Redaktionsschluss natürlich längst vorbei, es war zwei Uhr nachts, aber vielleicht wäre es was für die Samstagsausgabe, die Frau könnte diese illustre Gesellschaft beschreiben, besonders schön wäre es natürlich, wenn sie Catherine und James namentlich erwähnen würde …

Ed am anderen Ende des Wohnzimmers schaute Nate beim Singen zu. Seine Wangen waren tränennass. Catherines Arm zuckte, sie wollte James anstoßen, aber das ging nicht, sie wollte gar nicht. James sollte gar nicht sehen, wie

Ed weinte, weil sein *Geliebter* – wieder hatte sie Julia Doonans Stimme im Ohr, sie saß direkt neben Ed und schien ebenfalls den Tränen nahe – ihm zuliebe ein Stück gelernt hatte, als Überraschung, als Geschenk.

Denn die Liebe besiegt alles, sang Nate.

Danach applaudierten und johlten sie, bis sie heiser waren.

»Heilige Scheiße«, sagte James immer wieder und klatschte fest in die Hände. Seine Augen waren feucht, der Anblick ließ Catherine schwindlig und bang werden, dabei weinte sie doch selbst. »Heilige Scheiße«, sagte er, und dann rief er es: »Heilige Scheiße!«

Aber da war die Party noch jung gewesen, relativ jung. Später war später, überall Alkohol, der Alkohol floss durch die Adern der Remise, und eine oder zwei Stunden später waren es nicht mehr dreißig, sondern fünfzehn Partygäste, und alle hatten gesungen. Auch James, Catherine konnte sich nicht mehr an das Lied erinnern, denn sie war jetzt betrunken, sehr betrunken. Catherine saß auf James' Schoß, und Nate sang schon wieder, diesmal das Stück, das er mit Ed einstudiert hatte, auch Ed hatte gesungen, ein Lied namens »Peggy Gordon«. Mick Doonan hatte gesungen, sogar er, und auch die Frau von der *Irish Times*, sie hatte eine Art Gospel vorgetragen, die anderen sollten mitklatschen, was aber keiner getan hatte, oder vielleicht doch, oder vielleicht nur ein paar; und alle, wirklich alle hatten Catherine bedrängt, immer wieder, es auch zu versuchen. Ach, komm schon, Spätzchen, hatten sie gesagt, da ist Musik in dir, Nate hatte das gesagt und Julia und Michael Doonan, und auch Ed, und James, aber Catherine hatte sich geweigert, sie kannte wirklich keine einzige Zeile auswendig, außer vielleicht von ein paar Popsongs, die sich jetzt aber beharrlich in ihrem Hirn verschanzt hatten. Warum behielt sie sich ausgerechnet diesen Mist, der des Merkens nicht würdig war? All die Balladen, die sie in der Schule hatte lernen müssen. Wo zum Teufel waren sie hin?

»Komm schon«, sagte Nate. Er kniete vor James, aus irgendeinem Grund. Er klopfte auf James' Knie herum, als würde Catherine dann schon zu singen anfangen; wobei er vielleicht, überlegte Catherine sich später, auf *ihr* Knie geklopft hatte, denn wie hätte sie es sonst gemerkt? Nate grinste sie aus der Hocke an, James kicherte und drückte Catherine ruckartig, wie in einem geheimen Code, aber Catherine schüttelte den Kopf.

»Ich weiß nichts«, sagte sich und wollte sich losmachen, aber er ließ sie nicht. Er lächelte, nickte.

»Ihr Kinder«, sagte Nate in zärtlichem Tonfall. Oder machte er sich lustig? »Was sollen wir nur mit euch machen?«

»Was immer ihr wollt«, sagte James in Catherines Rücken und drückte sie abermals, als wollte er auch ihr etwas sagen. Aber was?

»Was ist denn?«, zischte sie. Auf einmal wollte sie die Übersetzung hören, aber sie würde keine bekommen, das wurde ihr klar, als sie sich zu James umdrehte und sah, dass er nicht sie angrinste, sondern Nate.

»Deins war schön«, sagte James, und Nate verbeugte sich leicht, was ihn fast aus dem Gleichgewicht brachte. Darüber mussten sie lachen, alle drei, James lachte am lautesten, er lachte so heftig, dass Catherine sich festhalten musste, um nicht herunterzufallen. Es war, als säßen sie auf einem Schlitten, der über eine verschneite Buckelpiste abwärts schießt.

»Deins auch«, sagte Nate, als er sich erholt hatte, und Catherine konnte sich immer noch nicht an James' Song erinnern, nicht einmal jetzt, wo sie darüber sprachen, er und Nate, nicht einmal, als Catherine ihn anstupste und fragte. Vielleicht ignorierte er sie, oder vielleicht hatte er es ihr gesagt und sie hatte es wieder vergessen, aber sie konnte sich einfach nicht mehr daran erinnern, an den Titel seines Stücks.

Und dann war es fünf Uhr morgens, oder kurz davor, es wurde immer noch gesungen. Jemand trug »The Parting Glass« vor – waren es Doonan und Julia, war das ein Wink mit dem Zaunpfahl? Aber niemand ging irgendwohin, danach kam »Hard Times«, das wieder alle Augen feucht werden ließ, so langsam nahm es überhand, sie suhlten sich in ihrer Gefühligkeit; immerhin hatte hier niemand seine Beine verloren, nicht, soweit Catherine, die immer noch auf James' Schoß saß, es beurteilen konnte. Catherine war jetzt sehr, sehr betrunken. Und obwohl es mit dem Singen anscheinend vorbei war für heute – jemand hatte gerade zum zweiten Mal »The Parting Glass« angestimmt –, stand Catherine auf, gestützt von James und noch mehr von Nate, und trat an den Kamin und sang ein Lied, das sie in der Schule gelernt und das zu kennen sie vergessen hatte. Sie sang auf Irisch, und beim Singen flog ihr der Text einfach zu; bis ihr Kopf schlagartig leer war und ihr die Worte fehlten, alle Worte, und sie einsehen musste, dass sie keine Ahnung hatte und kein Lied, höchstens eine Melodie, also fing sie an, sich einen Text auszudenken; nicht nur die Worte, sondern auch deren Aussprache dachte sie sich aus. Denn es handelte sich um irische Worte, und Catherine sprach kein Irisch mehr, so wie niemand hier. Wem sollte es auffallen? Alle irischen Wörter klangen gleich, wenn man sie nur mit leiser, süßer Melancholie vortrug. Und sie kannte andere irische Wörter, und irisch klingende Wörter, sie fügte sie aneinander und machte sich einen Text daraus. Hätte sie es auf Englisch versucht, sie hätte sich unweigerlich lächerlich gemacht, dachte sie, aber nun konnte sie sich nur gratulieren, so vorausschauend gewesen zu sein und ein irisches Lied gewählt zu haben. Sie brachte den Refrain hinter sich – beziehungsweise ihre persönliche Variante des Refrains – und hielt inne und neigte ganz leicht den Kopf, wie sie es bei den anderen Sängern gesehen hatte, und sie sagte, danke, vielen Dank, ich glaube, das reicht jetzt. Die anderen tobten – vor Begeisterung, vor Bewunderung und auch, dachte sie ganz kurz, als sie zu James zurückwankte und sich wieder auf sein Knie sinken ließ, vor Heiterkeit, einer heulte vor Lachen, war das James? Würde er ihr das antun? Nein, das musste ein anderer gewesen sein, einer, den sie nicht kannten, irgendein Arschloch, ein altes Arschloch. Stirb doch, dachte sie, hau ab und verrecke irgendwo; jemand applaudierte, diese Person *liebte* sie, oder vielleicht doch nicht. Jemand hob klatschend die Hände. *Und alles reckt weinend die Arme empor,* fiel ihr ein, das war ein Gedicht, Hughes, das neue Buch. Sie schüttelte den Gedanken wieder ab. Klatschen und Johlen, sie sollte sich jetzt auf den Applaus konzentrieren. Sie sollte sich auf James konzentrieren, auf sein schönes lachendes Gesicht – nein, nur lachend, so lautete die neue Regel –, und jetzt stand er auf, um sie in seine Arme zu schließen – nein, um sie zu drücken, wie man Freunde drückt – und lachend aufs Ohr zu küssen und ins Haar, sich von ihr loszumachen, kopfschüttelnd, als staune er immer noch über sie, das wunderbare Wunder. *Wunderbares Wunder*: Das war *nicht* von Hughes. Jetzt stand Nate neben ihr, und jemand schrie *der verdammte Text ist doch egal.* Julia Doonan kam zu ihr und sagte, *wie einfallsreich, Schätzchen, einfach entzückend.* Das Wohnzimmer war wieder das Wohnzimmer, und ein Teil von Catherine schämte sich sehr für den Auftritt; ein anderer Teil wäre am liebsten auf der Stelle gestorben, aber mit dem, das wusste sie, würde sie sich erst morgen früh beschäftigen müssen; bis dahin zählte das Hier und Jetzt. Sie war im Hier und Jetzt. Sie saß im Hier und Jetzt gemütlich auf James' Schoß, auf seinen Knien, und der Ohrensessel, auf dem sie saßen, umschloss sie wie eine Art Alkoven, so dass sie vor den übrigen Gästen versteckt und geschützt waren. Irgendjemand hatte eine Decke über sie gelegt – *Lieb, Liebes, ich habe unsere Höhle mit Rosen verhängt* –, als wäre dieser Raum nur für sie beide da, für ihre Nähe und ihr Lachen, für die Geschichten, die sie einander zu erzählen hatten, für alles, was es zu besprechen gab, und sie besprachen tatsächlich alles, nicht nur das Lied und den Abend und die Party und die Sache mit Ed und Nate, sondern alles, die Vernissage und wie sie sich dort gefühlt hatten, wie die anderen sie sahen, die Jüngsten, die Kinder; die Leute fanden sie interessant, schön, was war es nicht komisch, was waren sie nicht für ein Paar.

»Ich komme sofort zurück«, sagte James nach einer halben Stunde, oder einer ganzen; er küsste sie auf die Wange und ging zur Toilette oder sonst wo hin, aber er kam nicht sofort zurück, und als Catherine sich auf die Suche nach ihm machte, konnte sie ihn nirgends finden. Sie verstand nicht, wie das hier funktionierte, wie die Räume im Haus angeordnet waren; Michael und Julia Doonans Maisonette und Michael und Julia Doonans Küche mit der Zwischenetage und Michael und Julia Doonans kleiner Balkon mit Straßenblick; vielleicht war James dort, auf dem kleinen Balkon? Sie trat hinaus und sah den Mond, der sich hartnäckig dem Sonnenaufgang widersetzte, der Tag brach schon an, das sah sie, er würde wunderschön werden. Aber egal, alle Sonnenaufgänge waren schön! Wer hatte schon Zeit für einen Sonnenaufgang? Jemand berührte sie am Arm, sie erschrak, weil sie auf einem Balkon stand und weil sich in der frischen Luft – Frischluft, das fiel ihr plötzlich wieder ein, war für Betrunkene Gift, es war, als würde man den Suff damit provozieren, so dass er sich aufregte und um sich schlug – alles drehte und schwankte, unberechenbar wurde; aber es war nur James, sie lächelte mit dem Himmel, ein himmlisches Lächeln, es war James, dem Himmel sei Dank, und James erzählte irgendetwas von seinen Macken.

»*Jacken*«, wiederholte er kopfschüttelnd. »Unsere Jacken, Catherine. Wo sind sie? Wo hat das Dienstmädchen sie hingebracht?«

Ein Dienstmädchen hatte irgendetwas irgendwo hingebracht, James hatte recht, die Frau hatte ihnen ein paar Minuten lang erlaubt zu glauben, sie wären hier zu Hause. Sie und James. In dem Haus, das sie zusammen eingerichtet hatten, wo sie herumsaßen und Musik hörten und sich von Mädchen in weißen Hemden und schwarzer Weste Wein servieren ließen.

»Sie müssen im Gästezimmer sein«, sagte James. »Mist.«

»Wieso Mist?«, fragte Catherine verträumt.

»Du gehst sie holen«, sagte James jetzt und schob Catherine die Holztreppe hinunter und auf eine Tür zu, die Catherine gar nicht bemerkt hatte und die sich am Ende des langen Flurs befand.

»Alles klar, Frau Gouvernante«, kicherte sie, und dann standen sie vor der Tür, und James öffnete sie und schob Catherine ins Zimmer.

Nate lag auf dem Bett und schlief, vollständig bekleidet und auf einem Haufen fremder Mäntel. Catherine musste abermals kichern. Er sah unmöglich aus, wie er dalag, zerzaust und würdelos. Er hatte einen Arm neben seinen Kopf gelegt und die Beine weit gespreizt. Catherine verspürte den Impuls, ihm seine Schuhe auszuziehen. Nicht aus Nettigkeit oder Rücksichtnahme oder weil sie ihm helfen wollte, bequemer zu liegen, nein, sie wollte ihn ärgern und die Schuhe auf dem Kleiderschrank verstecken oder durch ein Paar aus Michael Doonans Kleiderschrank ersetzen. Aber sobald sie vor Nates Füßen kniete, wachte er auf und setzte sich hin und schwang die Beine vom Bett. Er entdeckte sie, blinzelte, wirkte fast erschreckt.

»Was zur Hölle?«, keuchte er. »Warst du die ganze Zeit hier?«

»Nein«, sagte Catherine zögerlich. »Die ganze Zeit?«

»Wo ist James?«

»Draußen«, sagte Catherine. »Wir machen nicht *alles* zusammen.«

»Draußen?«

»Draußen auf dem Flur«, sagte Catherine.

Nate stand auf, fuhr sich mit der Hand über den Mund. »Okay.«

»Ich suche unsere Jacken«, sagte Catherine.

»Ja, da sind Jacken«, sagte Nate und zeigte vage auf das Bett hinter sich. Er sah sie an. »Kniest du aus einem bestimmten Grund da unten? Wolltest du beten?«

»Ja, genau«, sagte Catherine und nickte und fing an, vor sich hin zu murmeln. Sie ließ ihn nicht aus den Augen, als er das Zimmer verließ, und er wiederum sah sie an, als wäre sie vollkommen und ohne jeden Zweifel verrückt.

Im Salon vor dem Kamin hatten sich die letzten Überlebenden gesammelt: Ed Dunne und die Doonans, zwei oder drei Partygäste und Nate, der mit einem Whiskeyglas am Feuer stand. James stand auf der anderen Seite des Kamins, in der Nähe der Tür, und unterhielt sich angeregt mit Julia.

»Bitte«, sagte Catherine und reichte James seine Jacke. Nate stieß sich vom Kamin ab und kam heran, um Catherine in ihre hineinzuhelfen.

»Ist er nicht ein Gentleman, Catherine?«, sagte Ed trocken.

»Catherine und James«, sagte Julia mit einem strahlenden Lächeln. »Es war uns eine Freude. Soll ich euch zeigen, wo der Taxistand ist?«

»Nein, nein«, sagte James, »wir haben es nicht weit. Wenigstens Catherine nicht.«

Catherine sah James an. Auf einmal war sie schlagartig nüchtern. Wollte er denn nicht in der Baggot Street übernachten? Ihre Wohnung war ganz in der Nähe. Es war doch unsinnig, den ganzen Weg zur Thomas Street zu laufen, um diese Uhrzeit, außerdem war es so nett und gemütlich gewesen in ihrem Alkoven mit Teppich und Rosen. Warum ging er nicht mit ihr nach Hause und übernachtete dort?

Sie sagten gute Nacht. Julia bestand darauf, sie an die Tür zu bringen, aber als sie zusammen den Salon verließen, fiel Catherine auf, dass James sich gar nicht von Nate verabschiedet hatte. Das verwunderte sie, gleichzeitig genoss sie den Moment und fühlte sich ihrerseits berufen, sich ganz ausdrücklich und überschwänglich von Nate zu verabschieden.

»Ich werde für dich beten«, sagte sie und streckte ihre Arme nach ihm aus.

»Dann bete mal«, sagte Ed vom Sofa aus, »bete lange und bete angestrengt.«

Und im nächsten Moment stand sie an der Tür, mit James und Julia, ihrer neuen Freundin, die so nett zu ihr war, die sie aufrichtig zu mögen und zu respektieren schien und die ihr sagte, sie habe eine wunderbare Singstimme, der Text sei doch egal.

»James«, sagte Nate, der plötzlich mitten in dem riesigen, leeren Wohnzimmer stand. Sie drehten sich um, alle drei, und er machte James ein Zeichen; James murmelte eine Entschuldigung und ging zurück, wobei seine Miene, bildete Catherine sich ein, geschäftsmäßig freundlich war. Nun, da sie unter sich waren, konnten Julia und Catherine noch ein bisschen plaudern, was sie auch taten; Julia war so nett, so aufgeschlossen, und wenn sie Catherine anlächelte, fühlte Catherine sich angenommen; Julias Blick wanderte über Catherines Schulter hinweg, Julia schien etwas gesehen zu haben, ganz fraglos; sie wandte sich wieder Catherine zu, aber ihr Blick war irgendwie verändert, argwöhnisch und schief. Catherine verstand: Sie sollte sich jetzt nicht umdrehen, sollte keinen Blick ins Wohnzimmer werfen. Julia schaute ihr tief in die Augen, bleib hier, schien ihr Blick zu sagen, und Catherine war unendlich stolz auf sich selbst und ihre Auffassungsgabe, denn als sie sich zu James und Nate umdrehte, schaffte sie es, ihr innerliches Japsen als amüsiertes Kichern zu tarnen; das Kichern einer jungen Frau, die einfach nichts überraschen kann.

»Die Kunst des Abschieds«, sagte Julia hinter ihr, und Catherine zwang sich zu einem tiefen, kehligen Lachen, das sehr souverän klang, sie schaffte es sogar, ihre Schultern zu zucken, die nur noch hängen wollten.

James' Lippen, Nates Lippen. James' Hand an Nates Hintern. Nates Hand in James' Haar. Zungen; selbst in dem kurzen Moment konnte Catherine ihre Zungen sehen.

»Tja«, sagte Catherine zu Julia und zuckte wieder mit den Schultern, und wieder lächelte Julia. Catherine dachte bei sich, dass es wohl das Beste wäre, über das kommende Wochenende zu sprechen – auf einmal fühlte sie sich vollkommen nüchtern, sie fühlte sich sogar in der Lage, Auto zu fahren – und über die Pläne fürs Wochenende; dass sie in wenigen Stunden im Zug sitzen würde, ja, sie freue sich sehr, ihre Familie wiederzusehen, ja, ja und ja, und wieder schweifte Julias Blick ab, Julia schien Entwarnung zu geben und Catherine drehte sich um, und da war James, er kam auf sie zu, schaute an ihr vorbei; und wo eben noch Nate gestanden hatte, war niemand mehr.

11

In der Gasse vor dem Haus wandte sie sich ihm zu, freundlich; sie hatte beschlossen, es mit einem Lächeln hinzunehmen. Das würde die beste Taktik sein. Als wollte sie sagen: Was für ein Spaß! Was für eine turbulente Nacht! Partys – immer wieder eine Überraschung! Was für lächerliche Sachen dort passieren, komische Sachen, die am Ende aber natürlich vollkommen bedeutungslos sind, ohne jede …

»Lass es, Catherine«, sagte James und hob eine Hand, und Catherine hatte tatsächlich das Gefühl, ihr Herzschlag würde aussetzen.

»Was soll ich lassen?«, fragte sie und kicherte bemüht. Es klang wie ein Klirren. »James, du hast ihn abgeknutscht. Du …«

»Bitte nicht«, sagte er und legte sich die Hände an die Schläfen und zog seine Augenbrauen auseinander. »Bitte nicht, Catherine. Ich kann das nicht.«

»James«, lachte sie, aber als er sie ansah, blieb sie stehen. »Was ist denn?«, fragte sie und versuchte, seine Hand zu nehmen. Er machte sich los. »Ich verstehe nicht, was …«

»Das war verrückt«, sagte er und stützte sich mit einer Hand am Fensterbrett ab. Es war ein Fensterbrett der Doonans, wie Catherine bemerkte; möglicherweise standen sie genau vor dem Salon, in dem die Doonans mit den letzten Gästen beisammensaßen? Catherine legte James vorsichtig eine Hand auf die Schulter und zog ihn weiter, vorbei an den anderen Häuschen. Der Morgen graute, alle Vorhänge waren geschlossen.

»Mach dir keinen Kopf«, sagte Catherine. »Ich meine … Ich weiß ja, es war verrückt … mal im Ernst, du hast mit Ed Dunnes Freund geknutscht!« Sie versuchte es noch einmal mit Humor, sie versuchte, ihn – ganz sanft – damit anzustecken. Ihr Herz krampfte sich zusammen, ihr war gar nicht nach Lachen zumute, am liebsten hätte sie geweint, aber das ging jetzt nicht. Sie durfte sich nichts anmerken lassen. »James«, sagte sie und legte ihm eine Hand an den Arm, »du hast mit Nate aus Brooklyn geknutscht!« Wieder sprach sie die Namen aus wie Julia Doonan. »In Michael Doonans Haus. Das ist doch der Wahnsinn!«

James wand sich, er wollte etwas – er wollte sich losmachen, das merkte sie eine Sekunde später –, und die Heftigkeit der Geste riss seinen ganzen Körper mit, und ihren auch, es war, als würden sie gewaltsam getrennt. Nun standen sie einander in der schmalen Gasse gegenüber, abseits der Harcourt Street, im Morgengrauen; James starrte Catherine an und Catherine James.

»Das ist verdammt noch mal nicht lustig«, sagte er und holte mühsam Luft. Er keuchte und starrte und, um Himmels willen, er weinte. Er weinte. Eine Träne löste sich aus seinem Augenwinkel.

»James«, sagte sie. Es war so egoistisch von ihr, so eigennützig, aber in dem Moment fühlte sie vor allem eins: Neid. Sie hatte weinen wollen und gegen die Tränen angekämpft, und nun weinte *er*, und sie durfte nicht mitmachen, durfte ihn nicht mit ihrem Kummer überfahren. Und auch darauf war sie neidisch, wie sie jetzt merkte. Es war sein großer Moment, seine Krise, sein was auch immer.

»James«, wiederholte sie. »Komm, es war doch nur ein Kuss. Und ihr wart betrunken.«

»Das hätte nie passieren dürfen«, sagte er mit verzerrtem Mund. »So weit hätte es niemals kommen dürfen.«

»Du warst betrunken«, sagte sie und hörte sofort, wie

lachhaft das klang. »Und Nate auch. Es hatte nichts zu bedeuten. Es war …«

»Nate«, sagte James und schüttelte verbittert den Kopf. »Dieser blöde Arsch. Dieser arrogante, selbstgefällige, blöde Arsch.«

»Na ja, du hast ihn geküsst«, warf Catherine ein. »Du warst derjenige, der …«

»Ich will nicht darüber reden«, rief James und riss die Hände in die Höhe. »Es ist so verdammt *ordinär.*«

»James!«

Er glotzte sie an. »Catherine, du verstehst das nicht. Du verstehst es nicht. Du weißt nicht, was es heißt, sich dermaßen demütigen zu lassen. Unter die Nase gerieben zu bekommen, wie unachtsam und dumm und durchschaubar man ist.« Plötzlich schien ihm ein neuer Gedanke zu kommen.

»Was denn?«, fragte Catherine matt.

»Wer war noch dabei?«, fuhr er sie an, als wäre sie eine Angestellte, die ihm wichtige Zahlen oder Dokumente oder Prozentangaben vorenthielt; während sie versuchte, sich an die Gesichter der Leute im Salon zu erinnern, fühlte sie sich, als würde sie auf einem Schreibtisch nach verlegten Unterlagen wühlen; ein Telefon klingelte, ein Papierstapel rutschte auseinander.

»Ed natürlich«, sprudelte es aus ihr heraus, »und die Frau von der *Irish Times*. Und dieser Glatzkopf. Und noch eine Frau, von seiner Galerie vielleicht oder von irgendeiner Galerie, ich weiß es nicht.«

James schlug sich die Hände vors Gesicht. »Das darf nicht sein«, sagte er leise.

»Es tut mir leid. Ich weiß nicht, was daran so schlimm sein soll. Es ist doch nicht so, als hätte …«

Als hätte euch jemand gesehen, wollte sie sagen, aber in dem Moment wurde Catherine etwas klar, und aus Gründen, die sie sofort wieder verdrängte, traf sie eine Entscheidung. James konnte, das sah sie eindeutig, die Dinge nicht mehr korrekt einordnen, er wusste nicht, wer sich zum Zeitpunkt ihres Abschieds wo aufgehalten hatte, wer im Salon sitzen geblieben und wer mit nach vorn gekommen war, wer im Wohnzimmer stand und wer im Türrahmen lehnte, als sie das Haus verließen. Wer gesehen hatte, wie James noch einmal umgekehrt war; wer gesehen hatte, was danach geschah, wer es als kleine Sensation verbucht und eingesteckt hatte, ein Goldnugget aus Klatsch, wie gemacht dafür, weitergereicht zu werden und für Belustigung zu sorgen.

»Diesen Leuten ist das doch egal«, sagte sie und merkte sofort, wie wenig das Argument James weiterhalf, ganz im Gegenteil, dass es die Sache noch schlimmer machte. »James«, sagte sie und streckte die Hand aus, und wieder schlug er sie weg. »Ich weiß ja nicht mal«, sagte sie, »was eigentlich passiert ist.«

»Wir haben uns geküsst, Catherine. Wir haben uns danebenbenommen. Geredet. Geflirtet. Ich weiß auch nicht, im Flur, und dann woanders, und auf einmal waren wir in dem Gästezimmer und wir …«

»Im Gästezimmer?«, fragte Catherine. »Du hast doch nicht etwa …«

»Nein, Catherine«, giftete James. »Wir haben nur rumgemacht, und dann …« Er schüttelte den Kopf. Er war jetzt richtig wütend.

»Und dann?«

»Na ja, jemand kam rein, um einen Mantel zu holen, diese Rothaarige, die mit dem endlos langen Lied genervt hat. Sie hat uns gesehen und ist sofort wieder raus.«

»Und dann ist Nate auf dem Bett eingeschlafen?«

»Ich weiß nicht, was er gemacht hat, verdammt. Für mich war die Sache vorbei. Einmal erwischt zu werden hat mir weiß Gott gereicht! Aber er ist so ein arrogantes Arschloch, dieser aufgeblasene Sack …«

»Und wie konnte es dann wieder passieren?«

James lachte, aber es war nicht das Lachen, das Catherine gern gehört hätte. Es war deprimiert, triefte vor Ironie, schlug in Wut um. »Ja, genau, Catherine, das ist doch die Frage«, sagte er kopfschüttelnd, »wie konnte es wieder passieren?«

»Wie meinst du das?«, fragte Catherine mit Kinderstimme.

»Ach, vergiss es«, sagte er, steckte die Hände in die Taschen und lief los.

»Du kannst jetzt nicht nach Hause«, sagte Catherine und eilte ihm nach, »du darfst in diesem Zustand nicht allein nach Hause gehen.«

»Wo soll ich denn hin, Catherine? Ins George?« Wieder lachte er sein leeres Lachen. »Die haben geschlossen. Selbst diese Leute wissen, wann es genug ist.«

»James«, sagte sie und nahm seinen Ellenbogen, und diesmal war es ihr egal, ob er sie abschütteln wollte; sie würde sich festhalten, mit beiden Händen, und genau das musste sie im nächsten Augenblick auch tun; nun standen sie einander gegenüber; James' Gesicht war verzerrt von Gereiztheit und Catherines von Gott weiß was. Verzweiflung vielleicht. Inzwischen fühlte sie sich nur noch wie eine Bittstellerin.

»Bitte, James, geh jetzt nicht allein nach Hause«, flehte sie ihn an.

Seine Lippen zuckten, als würde er gleich lachen, aber dann passierte nichts. »Was denn, soll ich jemanden abschleppen?«

»Nein, komm mit in die Baggot Street! Du weißt, wie ich das gemeint habe. Es sind nur zehn Minuten von hier. Die Thomas Street ist ewig weit weg!«

»Das stimmt nicht.«

»Sie ist weit weg«, sagte Catherine, obwohl das Unsinn war, er bräuchte nur bis zur Grafton und dann durch die Dame zu gehen und wäre um – Catherine warf einen Blick auf ihre Uhr – spätestens sieben zu Hause. Sie hatte einen Einfall. Das war ihre Chance. »Deine Vermieterin wird schon wach sein. Willst du wirklich in diesem Zustand nach Hause kommen? Während sie beim Frühstück sitzt?«

James schwieg. Er schaute zu Boden, als läge dort eine Lösung für sein Problem herum. Als würde sich dort ein Ausweg öffnen.

»James«, sagte sie und nahm ihn beim Handgelenk, »komm schon. Du kannst später nach Hause gehen. Wenn sie bei der Arbeit ist.« Sie ging vor, mit klopfendem Herzen, bog auf der Harcourt Street nach rechts ab. Sie warf einen Blick über ihre Schulter und sah, dass James ihr folgte, mit hängendem Kopf. Er war nicht nach links abgebogen, wo es zur Grafton ging. Er kam mit nach Hause.

»Nun komm schon, du Trantüte«, sagte sie aufmunternd. »Mir ist eiskalt. Ich will nach Hause und ins Bett.«

Sie ließ sich einholen und nahm seine Hand, und diesmal wehrte er sich nicht. Der Kiosk in der Baggot Street hatte bereits geöffnet, die Schlagzeilen der Zeitungen versprachen Frieden, obwohl das Ultimatum verstrichen war. Sie fanden eine leere Wohnung vor, jede Menge freie Betten, aber sie sagten kein Wort dazu. Sie gingen direkt in Catherines Zimmer und legten sich in Catherines Bett, James in Jeans und T-Shirt, wie schon beim letzten Mal, als sie sich das Bett geteilt hatten. Nur seine Füße waren nackt. Als James sich umdrehte, schob Catherine ihre Hände durch die Armausschnitte ihres dünnen Wollkleids, löste den Verschluss ihres trägerlosen BHs und zog ihn heraus. James lag mit dem Gesicht zur Wand, Catherine schmiegte sich an seinen Rücken und umarmte ihn im Halbdunkel, so würden sie einschlafen.

Er brauchte sich keine Sorgen zu machen, das wollte sie ihm sagen, indem sie ihn hielt und ihre Lippen an seinen Nacken presste.

Ihre Lippen an seinem Nacken. Ein Küsschen, noch eins, das war jetzt ihre Sprache, die Sprache von Zuneigung und Nähe und Sicherheit.

»Es wird schon hell«, sagte sie, obwohl es wohl besser gewesen wäre, nichts mehr zu sagen; sie sollte ihn jetzt wirklich einschlafen lassen und selbst einschlafen. Aber sie redete weiter, streifte mit den Lippen noch einmal seinen Nacken, am Haaransatz, wo die Haut ganz weich war.

»Ich weiß«, sagte er, und wahrscheinlich bildete sie es sich ein, das Zittern in seiner Stimme; aber nur für den Fall, dass es keine Einbildung war, umarmte sie ihn fester; sie klammerte sich an ihn, legte eine Hand an seine Rippen und die andere an seinen spitzen Hüftknochen.

»Das erinnert mich an die Sommer früher, als ich klein war«, sagte sie und berührte seinen Hals mit ihren Lippen, wie schon so oft, nur dass sie diesmal nicht stillhielt, sondern weitermachte, wie beim Flüstern; ein Hauch von Bewegung an seiner samtigen Haut.

»Da musste ich auch immer ins Bett, noch bevor es dunkel wurde«, sagte sie und erinnerte sich, wie das Licht des langen Abends durch die Vorhangritzen kroch und die Fensternische dahinter glühte, ein Rechteck aus Licht. Die schlafende Ellen im Bett nebenan, die Geräusche von draußen – Traktoren, ein Rasenmäher, ein Nachbar auf Besuch, der so lange aufbleiben durfte, wie es ihm gefiel.

»Ja«, sagte James und lachte kurz, und beinahe erschrak sie darüber, von ihm in die Wirklichkeit zurückgeholt zu werden. Sie hatte geträumt. Sie berührte ihn mit Händen und Lippen. Sie bewegte eine Hand und spürte jede einzelne seiner Rippen, und mehr noch, sie spürte ihn erstarren.

»Ich kann deine Rippen zählen«, sagte sie und zählte:

zwei, vier, acht. James lachte wieder, es klang wie ein Pfeifen, sie legte ihre Lippen an seinen Haaransatz, leckte über seine Haut. James schnappte nach Luft. Er sagte ihren Namen. Es klang wie eine Frage, das hörte sie, und vielleicht auch wie eine Warnung.

»Catherine?«, fragte er, und ihre Hand wanderte abwärts.

»Catherine«, sagte James und griff hinter sich und fragte nicht mehr.

Sie kam allein durch seine Berührung.

Und sie wusste, warum es funktionierte. Sie wusste, warum er konnte. Er war nicht durchgängig hart, sie wusste, warum, aber er erholte sich jedes Mal schnell, und Catherine war es egal, sie hatte erwartet, dass er nicht sie ansah, sondern die Zimmerdecke, die Wand, es war ihr egal. Alles war egal. Sie wusste, was passierte. Er wurde berührt; er sehnte sich verzweifelt danach. Nate hatte ihn überfordert, war zu viel gewesen für James, aber mit Catherine war es anders. Er und Catherine hatten eine Abmachung.

Was für eine Erleichterung; das dachte sie immer wieder. Was für eine Erleichterung es war, sich zu küssen, zu berühren, zu ficken. Es war eine Erleichterung, und es war ein Ende, das Ende eines Problems vielleicht oder eines Missverständnisses, das schon viel zu lange fortbestand. Hinterher lag sie da und überlegte sich, dass sie das nicht noch einmal bräuchte. Es würde nicht nötig sein. Das Fieber war gesenkt, der Wahnsinn ausgetrieben. Sie überlegte sich, wie sie am späten Vormittag oder am frühen Nachmittag aufwachen und endlich ihrem Leben nachgehen könnte, nun da diese Sache aus der Welt geschafft war. Sie würde den Zug nach Hause nehmen und morgen Abend den Geburtstag ihres Großvaters feiern und am Montag nach Dublin zurückkehren, oder am Dienstag, alles würde frisch und neu sein. Wirklich, sie lag da und lachte darüber, so wie James gelacht hatte, als sie fertig waren, denn: Es war lustig. Was für ein Jux. Zu was für bösen Streichen sie doch fähig waren, das hatten sie einander endgültig bewiesen; sie hatten einander neu kennengelernt.

Aber als Catherine dann tatsächlich aufwachte, am frühen Nachmittag, war gar nichts aus der Welt geschafft.

12

Ihre Mutter lächelte ihr vom Auto aus zu. Es war fast schon dunkel, aber das konnte sie erkennen: das Lächeln ihrer Mutter. Sie saß leicht vorgebeugt, als müsste sie dicht an der Windschutzscheibe sein, um Catherine erkennen zu können. Catherine entdeckte Anna in der Lücke zwischen den Vordersitzen, den blonden Schopf, das glückliche Winken. Anna war in heller Panik und wollte das Auto schnell verlassen, wie immer, wenn sie Catherine vom Bahnhof abholten. Die Tür öffnete sich, Anna fiel heraus, sie stürzte los, Catherine entgegen, und – *huuuuu* – Catherine schnappte sie und hob sie hoch und sagte ihr, wie schwer sie geworden sei.

»Ich habe sechs Ostereier«, sagte Anna feierlich, und Catherine sagte, das könne doch gar nicht sein!

»Acht, aber zwei werde ich verschenken.«

»Acht! Das ist ja unglaublich.«

»Und du hast zwei! Ganz für dich allein.«

»Hallo, Mäuschen«, sagte ihre Mutter, kam um den Wagen herum und öffnete den Kofferraum. Sie beugte sich vor und gab Catherine einen Kuss.

Sie durfte sich nichts anmerken lassen. Unter keinen Umständen, nicht annähernd, nicht andeutungsweise durfte man ihr anmerken, was passiert war. Die beste Strategie war, möglichst viel zu reden und Fragen zu stellen, bevor die anderen Fragen stellen konnten.

»Alles vorbereitet für Großvaters Fest?«

»So überflüssig wie ein Kropf«, sagte Anna von der Rückbank aus. Die beiden Frauen lachten, ganz offenbar plapperte die Kleine nach, was sie seit Wochen zu hören bekam.

»Hör auf damit«, sagte ihre Mutter so ernst wie möglich. Anna schnaufte zufrieden.

»Gibt es noch viel zu tun?«, fragte Catherine, und Anna lehnte sich zurück und fing leise zu singen an.

»Oh, es gibt noch genug zu tun, keine Sorge«, sagte ihre Mutter trocken. »Monica und Fidelma ertrinken in Arbeit.«

»Man könnte meinen, es geht um eine Hochzeit«, kam ein weiteres Echo von der Rückbank.

»Anna!«, warnte ihre Mutter. Sie wandte sich an Catherine: »Und, was hat dich in der Stadt festgehalten?«

Sie musste auf die Bremse treten, weil Mulligans Vieh die Straße blockierte; zweimal täglich wurde die Herde zum Melken von der Weide geholt und in den Stall getrieben. Sechzig oder siebzig friesische Rinder überquerten die Straße, schoben sich träge zwischen den wartenden Autos hindurch, schnüffelten an Scheiben, schlugen mit den Schwänzen gegen Seitenspiegel.

»Die sind heute aber spät dran«, sagte Catherine.

»Karfreitag«, sagte ihre Mutter. »Wahrscheinlich waren sie noch in der Kirche.«

»Die Kühe?«, fragte Anna stolz.

»Du halt mal den Mund«, sagte Catherine über ihre Schulter. Sie wollte das Thema Karfreitag so schnell wie möglich hinter sich bringen; sie verfluchte sich selbst dafür, es angesprochen zu haben. »Ich musste noch eine Hausarbeit schreiben«, sagte sie und merkte am verzögerten Blinzeln ihrer Mutter, dass die ihre Frage von eben schon vergessen hatte. »Es ist wichtig, sie muss gut werden.«

Ihre Mutter nickte. »In welcher Kirche warst du heute? Nur, falls jemand fragt.«

»*In welcher Kirche*?«

»Falls jemand fragt. Ich nehme mal an, du warst nicht beim Gottesdienst?«

»Ich hatte keine…«, sagte Catherine und verstummte.

»Tja. Such dir eine Kirche aus«, sagte ihre Mutter leise und trat aufs Gaspedal, weil die Herde sich geteilt hatte.

Das gelbe Rechteck aus Licht oben auf dem Hügel, als sie auf das Haus zufuhren. Drinnen stand jemand am Fenster: Ellen. Catherine hätte sie an ihrer Silhouette erkannt, an ihren Bewegungen, selbst wenn sie in einem fremden Land in einem fremden Auto auf ein fremdes Haus zugefahren wäre. Sie würden sich gleich als Erstes in ihr Zimmer zurückziehen, so wie sie es immer machten, wenn Catherine nach Hause kam. Sie würden alles besprechen, was seit dem letzten Treffen passiert war.

»Ellen macht sich große Sorgen wegen ihrer Abschlussprüfung«, sagte ihre Mutter jetzt. Offensichtlich hatte sie dasselbe gesehen wie Catherine. »Tu mir den Gefallen und mach ihr ein bisschen Mut, ja?«

»Aber bis dahin hat sie noch ewig Zeit!«

»Das sag ich ihr auch immer. Sie kann nicht die nächsten zwei Monate so weitermachen.«

»Sie hat *Prüfungsstress*«, tönte Anna. »Sie sollte eine Pause einlegen und sich mit einem Hobby ablenken.«

»Wo hast du das denn her?«, lachte Catherine. Es klang gar nicht nach ihrer Mutter.

»Aus dem Radio«, sagte Anna schulterzuckend und schnallte sich ab.

»Und, wer war bei der Party?«, fragte Ellen. Sie lag auf ihrem Bett ausgestreckt. »Robert Emmet?«

Sie wusste, dass das James' Spitzname für Emmet war, sie hatte ihn übernommen.

»Nein«, sagte Catherine, »keiner vom College war da.«

»Und warum warst du eingeladen?«

»James.«

»Ach so«, nickte Ellen. »Cool.«

Ellen wusste als Einzige aus Catherines Familie, dass James wieder in Irland war. Catherine hatte es ihr gleich am ersten Wochenende erzählt, am Telefon, wobei Ellen ihr vorher schwören musste, dass weder ihre Mutter noch ihr Vater in Hörweite waren. Für ihre Eltern war das Thema James immer noch tabu, und wie Catherine fürchtete, würde sich daran auch nichts mehr ändern. Für ihre Eltern war er in Deutschland, weit weg und außerstande, einen schlechten Einfluss auf ihre Tochter auszuüben, mehr wollten sie nicht wissen. Jenes Wochenende im vergangenen Sommer, als Catherine sich erstaunlicherweise aufgelehnt und über ein Verbot ihrer Eltern hinweggesetzt hatte, war gar nicht passiert; niemand hatte sich angeschrien, niemand hatte gestritten, keiner hatte im Schatten einer Wolke aus Zorn und Wut gelebt. Für Ellen sah die Sache natürlich anders aus; Ellen hörte gern von James, sie lachte über die Anekdoten, die Catherine erzählte, sie liebte seine Zitate, als stammten sie aus einem Film. Aber Catherine konnte ihrer Schwester nicht erzählen, was jetzt, was in den vergangenen Wochen geschehen war; sie und Ellen hatten sich immer über Jungs ausgetauscht, für die sie schwärmten oder mit denen sie rumgemacht hatten, aber das hier war anders. Für das hier, das spürte Catherine deutlich, sollte sie sich schämen. So sah es aus. Catherine hätte den Gedanken nicht ertragen, dass ihre Schwester davon erfuhr. Was völlig neu war, ja – dann wiederum war es doch ganz natürlich? Sie wurden älter. Sie entwickelten sich weiter, jede in ihre Richtung.

Aber dann musste Catherine seufzen, und Ellen, die ihre Schwester so gut kannte wie sich selbst, konnte ihre Gesten und Seufzer deuten. Sie setzte sich auf und sah Catherine misstrauisch an.

»Was?«

»Was?«, sagte Catherine kopfschüttelnd. »Nichts.«

»Ist etwas passiert? Was ist passiert?«

»Nichts.«

»Du bist rot. Du bist *lila*. Was ist los?«

»James«, platzte Catherine heraus und geriet sofort in Panik. Nein, das konnte sie nicht erzählen; sie musste es anders angehen. »James hat mit einem Typen geknutscht.«

»Cool«, sagte Ellen. »Mit wem? Robert Emmet?«

»Nein«, sagte Catherine empört. »Mit einem Amerikaner. Und ich bin mir nicht sicher, dass er es so cool fand.«

»Warum? Es war sein erstes Mal, oder? Das ist doch gut.«

»Der Typ ist schon etwas älter.«

»Musst du gerade sagen. Aidan war uralt!«

»Ja, kann sein«, sagte Catherine schulterzuckend. »Aber er passte nicht zu James.«

Ellen verzog das Gesicht. »Du bist nicht James' Mutter!«

»Das weiß ich«, gab Catherine zurück. »Glaub mir, seine Mutter hätte dir nicht davon erzählt.«

»Ja, aber du kannst dich nicht über ihn mokieren.«

»Wie sollte ich ihn schockieren?«

»Mokieren! Du meine Güte! Was ist los mit dir? Läuft doch alles wunderbar, du gehst auf schicke Partys und guckst Typen beim Rumknutschen zu. Worüber willst du dich eigentlich beschweren?«

»Na ja, es ist ein bisschen komplizierter«, sagte Catherine kopfschüttelnd.

»Warum?«, fragte Ellen mit neuem Argwohn. »Was ist noch passiert?« Sie beugte sich vor. »Hast *du* mit jemandem geknutscht?«

Catherine schwieg.

»Hast du«, sagte Ellen. Sie wirkte nicht überrascht, hatte lediglich festgestellt, was ihr bislang entgangen war. »Du hast rumgeknutscht. Du bist schon wieder lila.«

»Ich bin kein bisschen lila. Würdest du bitte aufhören, das ständig zu sagen?«

»Du siehst aus, als wärst du gerade einen Marathon gelaufen. Mit wem hast du geknutscht?«

»Mit *niemandem*.«

»Doch, hast du. Ich sehe es dir an. Was zum Teufel ist denn so schlimm daran? Ist er verheiratet?« Auf einmal kam ihr ein Gedanke; sie zog die Augenbrauen hoch. »Ein *Mädchen*?«

»Nein! Sei nicht albern.«

»*Du* bist albern!«

»Es war der Künstler«, hörte Catherine sich sagen. »Der Typ, in dessen Ausstellung wir waren.«

»Wow«, sagte Ellen. »Im Ernst?«

»Er ist Ire, aber er lebt in New York.«

»Cool. Vielleicht nimmt er dich mit nach Amerika. Wie alt ist er?«

»Um die dreißig vielleicht«, sagte Catherine einfach so.

»Dreißig? Kannst du dir nicht mal jemanden in deinem Alter suchen?«

»Ich war betrunken. Sonst wäre das nie passiert. Er hat mich an die Wand gedrängt. Ich wusste nicht, was …«

»Warte mal«, sagte Ellen. Ihr Gesicht wurde ernst. »Er hat dich gezwungen?«

»Nein, nein«, sagte Catherine unwirsch. »Also, diese Partys … da geht es wild her, das kannst du dir nicht vorstellen. Alle sind besoffen, jeder schläft mit jedem.«

Ellen starrte sie an. »Du hast mit ihm geschlafen?«

»Nein, habe ich verdammt noch mal nicht!«, blaffte Catherine sie an, aber genau in dem Moment drehte sich der Türknauf; die Schwestern rissen die Augen auf und wechselten sofort in den Notfallmodus über.

»Ja, sie ist wirklich gemein zu Peter«, sagte Ellen und lehnte sich an die Wand. »Aber die Folge habe ich nicht gesehen. Ich kann nicht fassen, dass sie das zu ihm gesagt hat!«

»Ja, ich auch nicht«, sagte Catherine kopfschüttelnd. Beide drehten sich seelenruhig und in aller Unschuld zur Tür um. Ihr Vater stand auf der Schwelle.

»Du bist zu Hause«, sagte er mit einem Nicken.

»Ich bin zu Hause.«

»Wie findest du euer neues Zimmer?«

»Oh«, sagte Catherine und schaute sich um; Ellen war so erpicht auf Neuigkeiten gewesen, dass ihr gar keine Zeit geblieben war, sich umzusehen und eine Meinung zu bilden. Das Zimmer war größer als das alte und in modernen, erwachsenen Farben gehalten; das Stockbett war auseinandergebaut, auf den beiden Einzelbetten lagen Tagesdecken aus einem changierenden Stoff, in einer Ecke stand Ellens säuberlich aufgeräumter Schreibtisch mit Notizblöcken und Heftern. »Es ist wunderschön«, sagte Catherine, und ihr Vater nickte.

»Sehr schön. Ich glaube, das Essen ist fertig«, sagte er und machte die Tür wieder zu. Sie hörten seine Schritte im Flur.

»Wie ich hörte, schläfst du jetzt mit alten Männern, Catherine«, imitierte Ellen die tiefe Stimme ihres Vaters. »Sehr schön.«

»Ach, halt die Klappe«, lachte Catherine und schlug sich die Hände an den Kopf.

*

Am nächsten Abend standen Catherine, ihre Mutter und ihre Tanten in der Küche des Murphy's, wo die Feier stattfinden sollte, und bereiteten Hunderte von Sandwiches zu. Die alte Mary Murphy saß vor dem Fernseher und schaffte es irgendwie, *Kenny Live* ebenso im Auge zu behalten wie die vier Frauen, die in ihrer Küche Tomaten schnitten und

Schinkenpackungen aufrissen. Mary staunte wie alle anderen in Catherines Heimat, Catherine habe sich verändert und sei ja so groß geworden, als wäre das eine Leistung an sich. Sie stellte Catherine Fragen, wie sie in der Heimat jeder stellte.

»Dann wirst du also dort heiraten«, sagte sie mit Blick auf den Fernseher; eben hatte Catherine bestätigt, dass es ihr in Dublin gut gefalle. Catherine lachte auf und warf ihrer Mutter einen belustigten Blick zu, aber ihre Mutter sah sie nicht einmal an; sie hielt die Hände plötzlich ganz still und starrte auf den Stapel aus Brotscheiben, der vor ihr auf dem Schneidebrett lag.

»Du wirst in Dublin heiraten«, wiederholte Mrs Murphy, und diesmal reagierte Catherines Tante Fidelma.

»Nein, doch nicht unsere Catherine«, sagte sie und verzog das Gesicht. »Wenn sie weiß, was gut für sie ist.«

»Du kennst Dublin doch gar nicht«, sagte Monica, Catherines andere Tante.

»Ich spreche nicht von Dublin«, sagte Fidelma und drückte ihr Messer in einen Stapel aus Salatsandwiches, »ich spreche vom Flachlegen.«

»Fidelma!«, riefen ihre Schwestern wie aus einem Mund.

»Leg so viele Männer flach wie möglich, Catherine«, sagte Fidelma mit Nachdruck, »und fühl dich nicht verpflichtet, irgendwen zu heiraten. Diesen Rat möchte ich dir geben.«

»Du lieber Gott«, sagte Catherines Mutter, aber dann musste sie doch lachen.

Fidelma zeigte mit dem Messer auf Catherine: »Hör nicht auf die, Catherine«, sagte sie, »ich meine es ernst. Wenn du in meinem Alter bist, wirst du merken, dass ich keine Witze gemacht habe. Ich meine es ernst. Leg. Sie. Alle. Flach.«

Catherine versuchte, ins Lachen und Japsen der anderen Frauen einzustimmen, aber sie war zutiefst beschämt und fühlte sich wie gelähmt. Sie brachte nur ein nervöses Schulterzucken zustande. »Na ja, das kommt für mich eigentlich nicht in Frage.«

»Doch«, sagte Fidelma und zeigte wieder mit dem Messer auf sie.

»Meine Güte, Fidelma«, sagte Catherines Mutter, »kannst du dich bitte auf die Sandwiches konzentrieren?«

»Siehst du, Catherine, davor warne ich dich«, sagte Fidelma. »Am Ende stehst du da und konzentrierst dich auf Sandwiches.«

»Heutzutage stehen den jungen Leuten alle Möglichkeiten offen«, sagte Mrs Murphy fast verträumt von ihrem Sessel aus. »Jede Menge Möglichkeiten hat man da in Dublin, Catherine.«

Was für einen weiteren Heiterkeitsausbruch sorgte; alle heulten und krümmten sich vor Lachen, und mittendrin stand Catherine und starrte in die Schüssel mit den hartgekochten Eiern. »Na ja«, sagte sie zu Mrs Murphy, »irgendwas ist immer los.«

»Leg alles flach, was nicht bei drei auf den Bäumen ist«, sagte Fidelma.

Tanzen. Alle konnten tanzen. Walzer, Foxtrott, Jive. Selbstbewusst schoben sie sich übers Parkett, kannten alle Schritte. Aber sie sahen einander nicht in die Augen, das war Catherine aufgefallen. Es schien sie nicht zu stören, ganz im Gegenteil, sie wirkten sehr zufrieden. Sie unterhielten sich, ohne einander anzusehen, sie lachten sogar zusammen, stellten Blickkontakt zu anderen Paaren, anderen Tänzern her, aber niemals zueinander. Catherine erinnerte sich daran, wie ihre Mutter einmal von einem Tanzabend nach Hause gekommen war und sich lang und breit über die Eltern eines Jungen ausgelassen hatte, mit dem Catherine zur Schule gegangen war. Die Leute waren reich, sie lebten in einem riesigen Haus am Stadtrand und blieben nach der Messe immer noch ein bisschen in der Kirchenbank sitzen, um zu plaudern und zu lästern, eine glückliche, zufriedene Familie. Offenbar hatte dieses Paar sich beim Tanzen lächelnd in die Augen geschaut, was Catherines Mutter peinlich, kitschig und taktlos fand. Am nächsten Morgen in der Küche brachte sie Ellen und Catherine zum Lachen, indem sie das Tanzpaar nachäffte. Sie packte Ellen und drehte sie durch die Küche und spielte Jarlaith Byrne, wie er seiner Frau tief in die Augen schaut. Hier im Tanzsaal des Murphy's lief »The Gambler«, und alle Paare hielten sich an die ungeschriebene Regel – Catherines Eltern, der Großvater, der mit einer Nachbarin tanzte, sogar Onkel Matt und Fidelma, die ausgeglichen und heiter wirkte und kein bisschen wie eine Frau, die insgeheim davon träumte, unverheiratet zu sein und alles flachzulegen, was nicht bei drei auf den Bäumen war. Sie bewegten sich geschickt und elegant durch den Raum und hielten den Blick auf einen Punkt in der Ferne gerichtet, was in dem engen, überfüllten Pub gar nicht so einfach sein konnte. Wie fanden sie ihn, diesen imaginären Punkt am Horizont? Bei dem Tempo?

Aber sie fanden ihn und ließen ihn nicht aus den Augen. Sie fassten einander an den Händen, ohne Händchen zu halten. Ihre Hände berührten und glitten und griffen, locker und entspannt; sie wussten, wann man sich festhalten und wann man loslassen musste. Sie kannten alle Schritte und alle Drehungen, hielten inne, wirbelten weiter; sie hakten sich unter, machten sich los. Catherine war einige Male auf die Tanzfläche gezogen worden und jedes Mal gestorben vor Scham; die alten Nachbarn ihres Großvaters wollten einfach nur höflich sein, aber sie stolperte sich durch die Lieder. Es war jedes Mal eine Katastrophe, ihre Knie schlugen aneinander, und ihre Hände wurden schweißnass, nie wusste sie, wann sie sich zu drehen und wann sie zu warten hatte. Ihre Arme hoben sich im falschen Moment, ihre Füße stießen gegen die ihres Tanzpartners, da war kein Rhythmus und kein Gleiten, nur eine hektische, gequälte Farce und die Enttäuschung im Gesicht des Mannes. Weil sie nicht wusste, wann es an der Zeit für die Drehung war und weil sie die Schritte nicht beherrschte, weil sie nicht genügte, mit ihr waren nicht mal drei Minuten Alltagsflucht drin, genau das war ein guter Tanz. So jung und kann nicht tanzen, wo ist denn da der Sinn? Das las sie in ihren Augen. Vergiss das College. Vergiss Europa. Vergiss alles Kommende und alles, was man dir versprochen hat. Wozu eine junge Frau in die Welt hinausschicken, wenn sie nicht mal einen Jive tanzen kann?

*

Drei Stunden später brachten sie den Großvater nach Hause. Catherines Mutter ging mit Monica und Fidelma in die Küche, um Tee zu kochen und Bier kalt zu stellen und Zitronenscheiben mit Nelken zu spicken, für den Whiskeypunsch. Ihr Großvater hatte nach einem Teller Suppe verlangt; nun stand Catherines Mutter schimpfend am Herd und öffnete eine Konservendose. Catherine trug die Getränke ins Wohnzimmer, teilte sie aus und hockte sich neben den Großvater.

Was James wohl gerade tat? Catherine warf einen Blick auf die Uhr: zehn vor drei. Sie waren bis zwei Uhr im Murphy's geblieben, und danach war es allen logisch erschienen, hierher zu kommen. Nun saßen sie im Wohnzimmer herum, der Schäferhund des Großvaters schlief unter dem Tisch. Er schaute immer wieder auf das Tier hinunter, das war Catherine aufgefallen.

»Shep ist müde«, sagte sie. »Er ist Besuch um diese Zeit nicht gewohnt.«

»Er wurde von seinem Stammplatz vertrieben«, sagte ihr Großvater und zeigte auf den Lehnsessel. »Ach, was soll's, er wird es überleben.«

Er stemmte sich in die Höhe, schlurfte in den Flur und stieg die Treppe zum Bad hinauf.

Das Radio lief. Jemand hatte einen neuen Sender eingestellt, auf Shannonside waren die Anrufersendungen vom Nachmittag wiederholt worden, *mach den blöden Quatsch aus,* hatte ihr Großvater geschimpft, deswegen waren jetzt die traurigen Geigen von The Verve zu hören.

Auch in Dublin war es jetzt Samstagnacht beziehungsweise früher Sonntagmorgen, dabei erschien es Catherine, als läge die Stadt in einer anderen Zeitzone, als könnte dort heller Vormittag sein, ein schöner Sonntagmorgen. Aber nein, auch in Dublin war es zehn vor drei. Die meisten Nachtschwärmer machten sich nun auf den Heimweg. Die Pubs spien grölende Betrunkene aus. Wo war er? Zu Hause? Im Bett? Allein?

Catherine stand auf.

Sie ging in den Flur, wo das Telefon stand.

Sie wählte die Nummer der Wohnung in der Thomas Street, ließ es einmal klingeln, legte auf. Wählte erneut, legte auf. Beim dritten Mal ließ sie es länger klingeln, und kurz vor dem Auflegen hörte sie ein Klicken, jemand hatte den Hörer abgenommen. Sie rief noch einmal an, aber diesmal meldete sich niemand mehr, und nach einer Weile knallte sie fluchend den Hörer auf die Gabel.

Auf der Treppe ein Geräusch, ein Rascheln. Catherine zuckte zusammen und spürte einen eisigen Hauch im Nacken. Sie dachte an ihre Großmutter. Unmöglich.

»Mein Gott, Kind«, sagte eine Stimme. »Dir geht es wohl sehr schlecht, was?«

Der Schatten ihres Großvaters. Sprach er zu ihr?

Nein, auch das war unmöglich.

ROMANZE

1

Liebe hat dich aufgezogen wie eine fette goldene Uhr …

Gab es einen großartigeren Vers?

Dieses Gedicht war der neugeborenen Frieda gewidmet. Frieda, die später rote und gelbe Blasen auf das Cover eines Buches setzen würde, das ihr Vater geschrieben hatte.

Die Kinder waren durchgefroren, doch unversehrt.

Nichts davon ging Catherine etwas an.

*

In »Epiphanie«, seinem Gedicht über dasselbe Neugeborene, geschrieben im selben Londoner Frühling, beschreibt Hughes, wie er fast einen Fuchswelpen gekauft hätte. Ein Mann auf einer Brücke hatte sich das Tier vorn in den Mantel gesteckt, das winzige Gesicht schaute zwischen den Aufschlägen heraus.

Der blauen Milch
Beraubt, seinem Spielzeug, den Federn und Fellen,
Dem fröhlichen Dunkel des Lebens im Bau. Und dem mächtigen Raunen
Der Sternbilder,
Aus dem die Mutter immer zurückgekehrt war.

Ein Pfund, fast geschenkt, hatte der Mann mit dem Fuchs gesagt.

Aber nein.

*

Neuanfang – reinen Tisch machen – und immer der Druck des Präzedens. Ihr Schrei nimmt Platz »unter den Elementen« – und Schatten und Leere und die »langsame / Auslöschung« = Unzufriedenheit, Angst. Das Spiegelbild ist kein Spiegelbild, denn das Kind wurde geboren. Die Spiegelung ist nicht wahr.

Was ist das »ferne Meer« in ihren Ohren?

*

Unvermeidlich.

Was zwischen ihr und James vorgefallen ist, war unvermeidlich.

Stimmte das? War es wahr?

War die Wahrheit ein Ziel oder ein selbstfabriziertes Produkt?

Oder zwang man sie den Dingen nur auf?

2

Geliebte.

Als würden – wie hatte Julia Doonan es ausgedrückt?

Als würden wir anderen im Zölibat leben.

Jetzt waren sie *Geliebte*. Aber nur heimlich.

Also dort, wo die anderen sie nicht sehen konnten.

Na ja, letztendlich war Liebe immer Privatsache, oder?

*

(Das redete Catherine sich ein.)

*

Catherine sehnte sich in jeder Minute nach ihm. Catherine wollte von ihm gefickt und gefickt werden, bis zur Auflösung.

James …

*

James, das war eine ganz andere Geschichte.

3

Einmal war sie als kleines Mädchen der falschen Mutter aus einem Laden gefolgt. Sie hatte nicht gemerkt, dass es die falsche Mutter war. Die Frau war groß und ging mit festen Schritten, sie trug Stiefel und eine Handtasche und einen Wintermantel. So wie ihre Mutter an dem Tag.

Catherine lief hinterher und plapperte und plapperte.

Die Frau bemerkte das Kind nicht einmal.

Wie konnte das sein?

Und ihre Mutter stand rufend in der Tür.

*

James lachte sie aus, als sie ihm die Geschichte erzählte. James hatte recht.

»Du hast verdammt noch mal gewusst, was los war, Reilly«, sagte er und streckte sich auf ihrem Bett aus, eine Zigarette in der Hand. »Der Style der Frau hat dir gefallen.«

Seine Hand auf ihrem nackten Bauch. Seine Brustwarzen, rosa und hart.

Vor zehn Minuten hatte sie immer wieder würgen müssen wegen seines Schwanzes, aber man nahm ihn nun einmal in den Mund, oder etwa nicht? Damit erhöhte sie die Chancen auf eine Wiederholung.

Und überhaupt, warum in aller Welt hatte sie ihm die Geschichte überhaupt erzählt?

*

James hatte es noch einmal geschafft, zum zweiten Mal. Catherine konnte es kaum glauben. Seine Hände, die sie gestreichelt hatten, erst zärtlich und dann langsam …

Seine volle, weiche Zunge in ihrem Mund. Sein harter Schwanz, bereit für sie, da unten …

Sicher hatte das etwas zu bedeuten? Das hieß doch …

Aber nein.

Denn zu Ende konnten sie es nur bringen, damit leben konnten sie nur, indem sie darüber lachten.

Ihr größter Jux.

Ihr größter Streich.

Ihr großer Neuzugang auf der Liste von Sachen, die sie gemeinsam tun konnten.

*

Und danach: die Neckereien. Die Anspielungen. Als hätten sie sich nach separaten, verrückten One-Night-Stands am Frühstückstisch getroffen.

»*Du bist unmöglich, Muriel!*«

»*Du* bist unmöglich.«

*

Und wohin verschwindet das Blut, wenn man sich schwach fühlt, wenn man umkippen möchte? Woher kommt dieses Zischen, wenn man versucht, vernünftig zu sein und Ruhe zu bewahren?

Dieses Zischen: *Hol ihn. Hol ihn her.*

*

Seine Hände. Seine Zunge. Er, angespannt und ausgeliefert in ihrer Hand.

Seine geschlossenen Augen. Die Lider in der Farbe von Sand.

Feuchter Sand, festgetretener Sand.

(Warum fiel ihr das jetzt ein?)

*

Catherine hatte es ausgereicht, ihn zu berühren. Zu wissen, er ist es. *James.*

Er war das lange, zarte Erschaudern, das an ihrem Rückgrat aufwärtskroch.

Und ja, wahrscheinlich hätte es sich anders anfühlen müssen, als er sie dort berührte. Ja. Wahrscheinlich sollte es sich nicht so anfühlen, wie es sich angefühlt hatte: Als hätte er dort unten etwas verloren, als suche er nach etwas, ungeduldig und tastend. Und ja, als er sie dort mit dem Mund berührte, fand er es wahrscheinlich ...

Das alles, wie würde er es betrachten?

Wie Architektur?

*

Und war es ihre Schuld, wenn er ihr täglich schöner erschien?

Ging es sie etwas an?

Denn es war nur ein Jux.

Ein Experiment.

Catherine und James. Catherine und James.

Und was sie gemeinsam alles anstellten.

4

»Was machst du so, Citóg? Ich sehe dich kaum noch.«
»Hab zu tun.«

*

Alles, was nicht er war, war ein blinder Fleck für sie.

*

Und James' Blick, wenn sie einander auf der Straße begegneten: Nichts, was Catherine sich eingestehen konnte.

Sie waren immer noch da draußen unterwegs, diese höhnischen Kerle; überall, unberührbar mit ihren dreisten Blicken …

(So sah sie diese Männer inzwischen: als Gaffer, nicht als Begaffte. Dublin in ihren Augen: Haus der Blicke.)

Und wenn er neben ihr noch jemanden hatte – wenn er nicht ihretwegen auf diese Weise seufzte oder ächzte –, tja, dann hatte Catherine es einfach nicht gehört. Sie hatte es einfach nicht bemerkt, dieses Aufwallen von Schmerz und Sehnsucht, diesen Granatsplitter des Unerreichbaren …

*

Aus »Tulpen«: *Ich bin niemand; mit Explosionen habe ich nichts zu tun.*

*

Amy, die wissen wollte, ob Catherine an dem Abend mitessen würde.

»Nein, ich bin bei James. Wahrscheinlich übernachte ich dort, auf dem Sofa.«

Und Amy nickt und Amy schweigt. Amy, die Catherine und James gehört hat, durch die dünne Wand.

Von allen, hatte er an jenem Tag am Kanal gesagt, *stehe ich Amy am nächsten. Amy war die Erste, der ich es gesagt habe.*

*

(Dieser Tag war jetzt so unendlich lange her.)

*

Denn niemand wusste Bescheid.

Amy und die dünne Wand, eigentlich nur eine Spanplatte, wirklich – aber niemand wusste Bescheid.

Lorraine, die die beiden eines Abends im Wohnzimmer erwischte – aber niemand wusste Bescheid.

Zoe, und was immer Zoe sah oder ahnte – aber niemand wusste Bescheid.

Lieber schweigen. So tun als ob.

Das konnten sie, das konnten sie so gut.

*

Zoe:

> Liebe Citstytis,
>
> Du bist nicht an Deinem Arbeitsplatz bzw. Club der toten Dichter, Du gehst auch nicht mehr Kaffee trinken. Die Hoffnungen auf einen Fick mit dem kleinen Emmet sind ebenfalls geplatzt, wenn ich ihn so in Pfauenmanier über den Rasen stolzieren sehe. Auch Cartier-Bresson ist nirgendwo zu sehen, ich vermute mal, Du bist mit ihm zusammen und Ihr diskutiert wichtige künstlerische Fragen bzw. Ihr stellt gutaussehenden Jungs nach.
>
> Aidan, Lisa, Nordie Liam und ich gehen um vier ins Alpha, es gibt frittierte Tierstücke und jede Menge Tee. Bitte komm, wenn Du das gelesen hast! Bring Cartier-B mit! Frittierte Tierstücke! Tee!
>
> Dein auf unbegrenzte Zeit
>
> Z

*

Zoe hatte sich mittlerweile mit Lisa von der PhotoSoc angefreundet und mit Nordie Liam, wie sie ihn nannte. Sie trafen sich ständig, zum Mittagessen oder auf einen Kaffee oder ein Bier.

»Du kannst ihn nicht Nordie Liam nennen«, sagte Catherine, aber Zoe lachte nur.

»Es stört ihn nicht. Er ist ein Schatz. Ich versuche gerade, ihn mit Lisa zu verkuppeln. Die beiden wären ein so hübsches Paar!«

Und, wie wäre das? Ein hübsches Paar zu sein?

*

Alles war Eifersucht. Alles war Sehnsucht nach einem Leben, das sie nicht haben konnte. Es war, als hätte sie James' Schmerz übernommen, diesen Schmerz, über den er so oft gesprochen hatte.

Nein. Es war, als wäre sie selbst auf seinen Schmerz eifersüchtig gewesen. So war das.

So weit war es gekommen mit ihr.

*

Aidan vor dem College, wie er ihnen im Vorbeigehen demonstrativ argwöhnische Blicke zuwirft, bloß weil Catherine sich bei James untergehakt hat:

»Na, wollt ihr zwei euch davonschleichen?«

Und als James sich von ihr losmachte und stehen blieb, um kurz mit Aidan zu plaudern und zu lachen, sie wusste nicht, worüber, kam ihr plötzlich ein Gedanke: War Aidan überhaupt vertrauenswürdig?

Wahrscheinlich nicht.

Denn er war viel älter als sie, Aidan, er kannte sich aus, das hatte er ihr selbst erzählt, nicht wahr, an jenem Abend, während jenes langen, verkuschelten Gesprächs (wie weit weg das jetzt schien, unglaublich); angeblich hatte er alles Mögliche ausprobiert. Catherine hatte damals geglaubt, er rede über das Reisen, über seine Trips nach Südamerika und Australien und über seine Zeit in London, dabei hatte er sich wahrscheinlich auf Sex bezogen, so hatte er das in jener Nacht also gemeint, wahrscheinlich hatte er damit andeuten wollen, dass er nicht nur mit Frauen geschlafen hatte, sondern auch mit Männern …

Und James hatte selbst gesagt, er finde Aidan sexy. James hatte das zu ihr gesagt, gleich nachdem sie ihm Aidan vorgestellt hatte, er hatte geflüstert, aber Catherine war peinlich berührt zusammengezuckt, James war kein bisschen dezent, Aidan hatte alles mitbekommen …

War vielleicht genau das James' Absicht gewesen?

Konnte sie Aidan also vertrauen, war es okay, dass die zwei die Köpfe zusammensteckten, in so gefährlicher Nähe?

*

»Wir müssen los«, sagte sie und zog James mit sich. Er lachte immer noch.

*

Und:

»James, Baby!«, hatte PhotoSoc-Lisa einmal gerufen und bei seinem Anblick die Arme in die Höhe gerissen.

Catherines Augen verengen sich zu klingenförmigen Schlitzen. Sie schleicht sich an, beobachtet, blinzelt kein Mal. Lisa bemerkt es möglicherweise, sie scheint zu taumeln, als James sie umarmt, schwach vor Angst, etwas falsch gemacht zu haben …

Was der Fall war. Und wie.

James, Baby!, äffte Catherine sie nach, in Gedanken, den ganzen Abend. *James, Baby!*

Konnte sie Lisa eigentlich noch vertrauen?

Nein.

Auch einer Frau nicht.

Dabei lächelt sie so nett …

*

(Die sollten sich alle gehackt legen mit ihrem Lächeln.)

*

Einmal schenkte Emmet ihr in der Redaktion ein Herz.

Nur so zum Spaß. Ein verstaubtes Werbegeschenk. Eines dieser Herzen zum Anstecken, wie die Irish Heart Association sie auf der Straße verkauft, um Spenden zu sammeln; wahrscheinlich hatte er es in irgendeiner Schreibtischschublade gefunden. Rotes Samtherz, abgewetzt, das aufgedruckte Lächeln verblasst.

Sein ironisches Hochglanzgrinsen, als er es ihr überreichte.

Und ihrs, als sie es annahm wie ein Memo, wie ein Fax.

Sie bewahrte es in der Schublade ihres Nachtschränkchens auf.

(Zoe wusste nichts davon.)

(James auch nicht.)

*

Zigarettenglut in der Dunkelheit. Seine Atemzüge, schwer und gedehnt. Seine feuchte Haut an ihrer, verschwitzt, als sie zusammen einschliefen.

*

Und am Morgen machten sie einen Witz draus, denn nur so gab es Hoffnung, das wusste Catherine, auf eine Wiederholung.

*

(Den ganzen Tag an ihn zu denken. Zu denken: Was jetzt? Zu denken: *Wann*?)

*

Zu denken: *Lieb, Liebes …*

*

Zu träumen, sie könnte eine Höhle verhängen.

*

Sie war ein Bergmann. Blau brannte das Licht.

*

Sie schrieb: *Absturz. Bruch. Verlust.*

*

Sie schrieb: *Ein hübscher Junge muss er gewesen sein.*

*

Besuch zu Hause, übers Wochenende, so groß die Versuchung, Ellen alles zu erzählen.

Aber nein.

(Wie ist das überhaupt möglich, eine Schwester zu vermissen, die man bereits hat?)

Oder die Seufzer ihrer Mutter, die Seufzer, die sagten, *ich weiß genau, da läuft etwas, ich weiß nur nicht, was es ist.* Sie spürte es, wie die Katze, die zum Jagen vom Garten aufs

Feld schleicht. Dazwischen die Hecke, sie kann nichts sehen, aber sie nimmt eine Witterung auf. Sie seufzt.

Aber mit Seufzen allein kam sie bei Catherine nicht weiter.

»Keine Neuigkeiten«, mehr sagte Catherine nicht.

5

Nach zwei oder drei Wochen redete James von einem Jungen, in ihrem Bett.

Von einem ganz bestimmten Jungen, von Zoes neuem Freund Lucien, und wie wunderbar es wäre, ihn zu ficken.

Catherine starrte die Decke an. Hatte das Gefühl, als fiele ihr Herz in einen tiefen Brunnen.

Und befahl sich, nichts zu fühlen. Diese endlose Leere zu ignorieren.

Denn sie hatte, was sie wollte, nicht wahr? Sie hatte ihn.

Sie hielt ihn im Arm.

*

Sie versuchte es mit einem Vers:
Jetzt ist alles Halten ein Festhalten.

(Aber nein. Eigentlich schrieb sie keine Gedichte mehr.)

*

Die Fotos, die James jetzt machte: Sie fühlten sich an wie ihre Gedichte.

Vier Männer neben einem Bahngleis, keiner blickt in die Kamera.

Wie hatten sie ihn übersehen können?

Ihre Gesichtsknochen so spitz, so fein.

Der Regen, der gleich aus dem steingrauen Himmel fällt.

Oder ein junger Mann in ihrem Alter, frierend in der Ecke des Wartehäuschens.

Kein Obdachloser, es war nicht diese Art von Schutz, die er suchte.

Müde, mit gekrümmten Schultern und hängenden Händen, als wären sie nicht mehr zu gebrauchen.

Seine Turnschuhe schmutzig und abgetragen.

Die Augen fest geschlossen.

*

Zoe und Lucien: Catherine hatte es nicht kommen sehen.

Lucien war Engländer. Groß, mit hohen Wangenknochen und leicht verlottert, wie Engländer im College eben sind. Haare wie eine altertümliche Siedlung, die ihn, den Engländer, seltsamerweise noch cooler wirken ließen; jeder Ire hätte mit solchen Haaren ausgesehen wie verrückt, wie ein Wilder. Woran lag das? Wo genau lag der Unterschied?

(Früher hatte sie solche Fragen liebend gern mit James diskutiert.)

Lucien wohnte in einem riesigen Haus mit ein paar anderen Engländern zusammen, in seinem Zimmer stand ein großes Doppelbett.

»Wo ich«, sagte Zoe zu Catherine, »alles lerne, was man als Frau so wissen muss.«

Wie wäre das? Catherine stellte es sich vor: das große, breite Bett. So viel Platz. So viel Bewegungsfreiheit. So eine Fläche. In so einem Bett zu liegen, zu betrachten und betrachtet zu werden, von oben bis unten, wahrhaftig …

*

So nass, murmelte James eines Morgens. Er klang wie jemand, der aus dem Regen kommt.

*

Ja, war sie denn blöd?

War es nicht erbärmlich?

Denn sie wusste, dass seine Gründe und ihre nicht dieselben waren.

*

Seine Gründe:

1. Körperkontakt
2. Verdrängung

3. Angst
4. Bequemlichkeit, Gewohnheit fast
5. Die dunkle, unerträgliche Wolke in seinem Kopf, die täglich dichter wurde

Ihre Gründe:

1. Er

*

Also, Frage eins musste sie bejahen, und Frage zwei wohl auch.

Und Frage drei war zu verneinen. Frage drei ging so: *Würde die Wahrheit zu wissen irgendetwas daran ändern?*

*

Sie versuchte, einen Soundtrack zu finden, für sich und ihn.

Two drifters, off to see the world?

Nein, das waren nicht sie, das war nicht ihr Lied.

Kein Lied war wie für sie gemacht.

Aber gut, musste denn jeder ein Lied haben?

Nicht jeder musste ein Lied haben.

*

Einmal, beim Mittagessen, starrte sie auf Zoes Lippen. Wie sie laut schmatzend einen Joghurtlöffel ableckten, bis auf den letzten Rest. Was stellte sie mit Lucien an? Wie sah es aus, wenn sich diese rosa Lippen um seinen dicken englischen Schwanz schlossen? Und wie wäre es, mit einem Mann zusammen zu sein, für den allein die Geste, allein der Anblick einfach nur wundervoll ist, himmlisch und … was war das Wort?

Genug.

Das war das Wort.

Jemandem *zu genügen.*

*

Und später in derselben Woche stand sie in Jenny Vanders Laden und probierte ein Kleid für den Ball an. James war natürlich auch dabei, sie hatte ihm keine Wahl gelassen. Er stand mit vor der Brust verschränkten Armen neben dem Spiegel.

»Hübsch«, sagte er.

War es das?

Eine ältere Frau schob sich durch die Gänge und inspizierte die Kleiderständer; sie hielt inne, kam näher.

»Das sollten Sie Ihrer Freundin kaufen«, sagte sie mit einem Blick auf James, »sofort. Sie hat die Figur und den Teint dafür und den Mund.«

*

Catherine wusste, am Ende würden sie es als eine weitere Phrase verbuchen. Ein weiteres sensationell ulkiges, ironisches Instrument. *Sie hat den Mund.*

*

James wollte sie natürlich nicht auf den Ball begleiten. Er wies sie kühl und gelassen darauf hin, dass er gar nicht aufs College ging. Ganz bestimmt würde er keine fünfzig Pfund für den Eintritt zum Studentenball ausgeben.

Aber …

Aber …

Aber die bunte Beleuchtung, die die vertrauten Fassaden in etwas Fremdes verwandelten. Aber der nächtliche Menschenauflauf am Haupttor, die vielen schicken Leute. James im Smoking – *Bei Armani gibt's doch keinen blauen Smoking* – und ja, ja, ja, die vielen Jungen, sie könnten sich zusammen die Jungen ansehen, ja, natürlich, all die schönen, schicken Jungen – aber am Ende würde James mit ihr gehen, das wäre sehr wichtig, er würde mit ihr nach Hause gehen …

Aber nein.

*

Emmet: »Reilly! Vergibt der Gemeinderat von Longford Stipendien für einen Ballbesuch?«

Sie sah ihn an und überlegte.

Ganz nett eigentlich. War irgendetwas passiert, oder war er immer so gewesen?

Sein strahlendes Jungenlächeln. Die glatte, blasse Haut.

Seine roten Wangen, verräterisch wie alle roten Wangen.

Aber er war unmöglich.

Undenkbar.

Er lebte in einer ganz anderen Welt.

*

Oder sogar ein ganz normaler Junge.

Nordie Liam – *Liam* – sitzt mit Lisa auf einer Bank, genau so, wie Zoe sich das vorgestellt hat, sie lachen und plaudern.

Einen wie ihn könnte Catherine niemals attraktiv finden. Er war klein und ungepflegt – nicht wie Lucien, sondern auf die irische Weise – und trug T-Shirts mit Videospielfiguren drauf, wirklich niemand, der weiter auffallen würde …

Aber *du* könntest *ihm* auffallen, oder?

Und dann würdest du ihn bemerken.

Und dann würdet ihr zusammen die Welt erkunden.

Off to see the world …

Aber nein.

*

Denn so sahen ihre Tage jetzt aus: Schon beim Aufwachen ertrank sie in ihm. Kein Moment der köstlichen Orientierungslosigkeit, keine kindische Leere, bevor sie zu sich kam. Sie schlug die Augen auf und hatte schon nichts mehr im Sinn außer ihn. Ihr Verstand sprang auf und hatte sich jetzt schon ihn ihm verfangen und verstrickt. Ihr Herz …

Scheiß auf das Herz.

Sie hatte ständig Hunger, aber zu essen machte es nur schlimmer.

Sogar beim Zähneputzen dachte sie an ihn.

Sogar beim Verlassen der Wohnung, wenn sie den klobigen Schlüssel umdrehte und den Gegendruck des Schlosses spürte, diesen winzigen Versuch von Widerstand.

Sogar beim Treppensteigen musste sie an ihn denken. Und wenn sie auf Pflastersteine trat. Sie dachte an ihn, wenn rostige Fahrräder an Metallzäunen lehnten, wenn der mürrische Wachmann vor der Bibliothek ihren Studentenausweis sehen wollte und sie durchwinkte und ihr Blick auf das Grübchen an seinem Kinn fiel. Von den Büchern an ihrem Platz ganz zu schweigen:

> *Es war Mai. Wie fing es an? Was*
> *Ließ uns unsere Klingen ziehen?*

*

Das war aus Ted Hughes' »Der Kaninchenfänger«.

Plath hatte ein Gedicht mit demselben Titel geschrieben.

Es ging um ein und denselben Tag, um dasselbe Picknick in Cornwall. Beim Spaziergang oben auf den Klippen hatte Hughes eine Kaninchenfalle entdeckt. Plath hatte ihm die Schlinge wütend aus der Hand gerissen und sie in den Wald geschleudert, und dann war sie losmarschiert, um mit der nächsten Falle ebenso zu verfahren.

Und der nächsten.

Und der nächsten.

Hughes beschrieb ihre Launen, die Wut, die den ganzen Vormittag in ihr brodelte; seine bösen Vorahnungen im Angesicht dieser Wut. Und wie sie die Schlingen zerstörte, für die er Verständnis hatte, er verstand diese Leute, seine Leute brauchten etwas zu essen und einen kleinen Zuverdienst, aber sie weinte vor Wut, »einer Wut, die sich keinen Deut um Kaninchen scherte«.

Zwanzig oder dreißig Jahre früher hatte Plath über die Kraft des Windes geschrieben, über das grelle Leuchten der See, über den Stechginster mit den »schwarzen Stacheln« und wie die Schlingen sich fast »selbst verschlangen«, »um nichts geschlossene Nullen«.

Und wir, auch wir hatten eine Beziehung.
Wir waren fest verdrahtet,
Die Pfähle nicht zu entwurzeln, und ein Wille wie ein Ring

Der sich zusammenzog um irgendein flüchtiges Ding –
Auch mich tötete diese Umschlingung.

*

Und: »Catherine«, sagte James eines Abends, danach, er sagte ihren Namen ernst und nüchtern, so dass ihr Herz vor Hoffnung einen Hüpfer machte und ihre Augen glaubten, in seinen etwas Ersehntes zu entdecken, etwas Neues …

Aber nein.

»Catherine«, sagte er und sah sie an und schüttelte den Kopf, ernst und nüchtern. »Was machen wir hier? Was haben wir uns dabei gedacht?«

Und Catherine: »Nein, nein, sag so was nicht. Das darfst du nie sagen. Wir dürfen machen, was wir wollen, James, was immer wir wollen. Wir sind wir, James. *Wir.*«

Sein Schweigen.

Aber inzwischen war sein Schweigen so gut wie ein liebes Wort.

*

Denn niemand war wie sie. Niemand hatte, was sie hatten.

6

Für Catherines Geschmack wurde ihr Morgenkaffee im Café en Seine allzu oft durch Aidan gestört. Er tauchte rein zufällig auf und setzte sich an den Nebentisch. Manchmal brachte er andere mit, besonders oft seinen neuen besten Freund Liam.

Es war nicht gut genug.

Catherine suchte ein anderes Café für sich und James, eines, das weiter entfernt war.

*

Und worüber redeten sie?

Alles.

Denn sie waren immer noch sie, immer noch Catherine und James.

Er war immer noch derjenige, mit dem sie reden wollte, dem sie zuhören wollte, mehr als jedem anderen Menschen.

Und war sie immer noch dieser Mensch für ihn?

Ja, behauptete er wenigstens.

»O Catherine«, sagte er und umarmte sie, wie er sie immer umarmt hatte. »O, Catherine. Was sind wir nicht für Idioten. Weißt du das?«

Seine Arme, die sie fest umfangen. Sein Atem dicht an ihrem Gesicht. Seine Haut, ihre Haut: Nichts erschien logischer als das.

*

Der Sommer nahte. Sie hatte eine Idee. Viele der anderen würden verreisen – Zoe zum Babysitten nach Italien, Conor und Emmet nach Amerika, mit Studentenvisum. Amy würde in einem deutschen Biergarten jobben und Aidan hoffentlich auf dem Mars, für die nächsten fünf Jahre …

Sie würden endlich ihre Ruhe haben, sie zwei. So viel Zeit, die sie ganz allein verbringen konnten. Catherine dachte ans Kuchenbacken, an das Abendessen, mit dem sie nach dem langen Arbeitstag auf ihn warten würde.

Sie bewarb sich für einen Ferienjob. Eine Urlaubsvertretung, sie hatte den Zettel am Schwarzen Brett der Englischen Fakultät gefunden. Keine besonderen Kenntnisse waren nötig, sie müsste nur tippen können und eigenständig denken und sich mit Statistik auskennen …

»Ganz offensichtlich geht es um Pornos, Citóg«, sagte Conor, als sie ihm davon erzählte.

»Ha, ha.«

»Übrigens, Doyle hat gesagt, du hättest ihn zu einer neuen Kolumne angeregt. Was hast du dem armen Kerl nur angetan?«

Catherine starrte ihn an. »Seine *was*?«

»Na ja, ich glaube, er meinte *Dreck*. Mit *Kolumne* wollte er nichts anderes umschreiben, zumindest glaube ich das nicht. Dann wiederum …«

*

Was im Herzen geschieht, geschieht einfach.

Sie schenkte James den Vers.

Auf einem Ständer im Andenkenladen der Nationalgalerie entdeckte sie eine Postkarte, Cartier-Bressons Porträt von Hughes aus dem Jahr 1971. Hughes ungekämmt, sein Mantel offen, die Krawatte schief. Er steht vor einem Bücherschrank, die Bücher aufgestapelt hinter Glas wie Exponate.

Sie kaufte die Karte und schrieb den Vers auf die Rückseite und schenkte ihn James.

Denn das war jetzt ihr Vers.

Das war aus ihnen geworden.

*

»Hoppla«, sagte James, als sie ihm die Postkarte gab. Er betrachtete das Foto, drehte die Karte um.

Seine Miene veränderte sich.

»O Catherine«, mehr sagte er nicht.

*

Nordie Liam – *Liam* – erzählte ihr, er habe ein paar Leute zu sich nach Hause eingeladen, am Freitag, vor dem Ball, ob sie auch kommen wolle? Sie und James, wollten sie auch kommen?

Haare wie eine altertümliche Siedlung, in Irland. Rote Apfelbäckchen. Seine dunkelbraunen Augen. Die waren ihr nie aufgefallen, dabei mochte sie dunkelbraune Augen. Seine sanfte, sorgfältige Sprechweise. »Ca-the-rine«, drei gerollte Silben bot er ihr dar.

Aber nein.

Nein, nein, nein. Keine Party. Aidan würde auch dort sein, Aidan im Smoking. Aidan mit Fliege. Ein Haufen Leute mit Fliege. Also, nein. Sie würden nicht zu Liam gehen. Sie würden vor dem Ball überhaupt nirgendwohin gehen.

7

Wie sich herausstellte, ging es bei dem Ferienjob darum, Horoskope zu schreiben. Eine Frau wollte im Internet personalisierte Horoskope im Abo anbieten, die Kunden würden täglich eine E-Mail bekommen, was bedeutete, dass sie bis zum Launch im September fünftausend frische Tageshoroskope auf Lager haben musste. Die Texte sollten nicht vollkommen aus der Luft gegriffen sein, erklärte die Frau und schob sich das sonnengebleichte Haar hinter die Schulter; den Textern würde ein Handbuch mit »atmosphärischen und thematischen Richtlinien« zur Verfügung gestellt, zudem hatte ihr Team eine Datenbank angelegt, die Konstellationen und Sternzeichen und Aszendenten ausspucken würde.

»Ja, also …«, sagte Catherine zögerlich. »Ich …«

»Ich zahle ein Pfund pro Horoskop«, unterbrach sie die Frau.

*

Die Liebe wird in Gestalt einer Person in Ihr Leben treten, die Blau trägt. Achten Sie darauf.

Eine neue Bekanntschaft, möglicherweise Sternzeichen Fische, ist mit Vorsicht zu genießen. Vertrauen Sie ihr keine Geheimnisse an.

Verzweifeln Sie nicht, wenn Sie nicht vorankommen.
Venus verspricht Belohnung für Ihre Hartnäckigkeit.

»Ja, genau so was meinte ich«, sagte die Frau und stellte Catherine ein.

*

(Als sie ihm davon erzählte, lachte James so laut, dass sie genervt von ihm war. Sie blaffte ihn an, er solle aufhören.)

*

(Er hörte nicht auf.)

*

»Aua«, sagte er, als sie ihn kniff.

*

Der Schreck in seinem Gesicht. Die Fassungslosigkeit.

Und könnte sie noch tiefer sinken? Sie war sogar noch stolz darauf, es ihm heimgezahlt zu haben.

*

Mehr noch: Als er wieder einmal von einem Jungen sprach, mit dem er gern schlafen würde, schaute Catherine nicht an die Decke.

Sie blieb nicht einfach still neben ihm liegen.

Er redete von Cillian, Lorraines Cillian, und Catherine riss ihm die Zigarette aus der Hand. Sein Blick war verwirrt. Sie zeigte mit der Zigarette, mit der glühend grauen Spitze, auf seine nackte, weiße Haut. James zuckte zurück, verwundert, sie setzte nach. Starrte ihn an.

»Catherine«, sagte er, seine Stimme nur ein Hauchen.

Sie hielt seinem Blick für eine Sekunde stand, dann drückte sie die Zigarette auf dem Fußboden von James' Schlafzimmer aus. Im alten Teppich. Zurück blieb nur ein Brandmal, rund und schwarz, mit harter Kante.

»Catherine«, sagte er und beugte sich ungläubig über die Matratze, »meine Vermieterin! Bist du …«

»Deine Vermieterin würde mir recht geben«, sagte Catherine und drehte sich zur Wand um.

*

Und: *Catherine*, sagte er am nächsten Abend, und sie wusste, was jetzt kommen würde, sie wusste, er würde einen weiteren Versuch starten, das Ganze zu beenden, aber sie wehrte seine Worte mit den Händen ab. Mit ihrem Mund.

Er hielt die Augen geschlossen, wie immer.

Sie brauchte seine Augen nicht.

8

DRECK
von Emmet Doyle
8. Mai 1998

Homos in der Uni auf dem Vormarsch: Womit haben wir das verdient?

Fünf Jahre nach der Entkriminalisierung zeigt die »Gleichberechtigung« ihr wahres Gesicht auf dem Campus – Studierende sprechen offen über ihr Leid.

Fünf lange Jahre ist es her, seit Irlands Schwuler Nummer eins – der ehemalige Collegeprofessor und Senator David Norris – Irlands Bauerntrottel Nummer eins – den damaligen Regierungschef Albert Reynolds – überreden konnte, es Schwulen und Lesben zu gestatten, sich offen zu ihrer Homosexualität zu bekennen. Niemand sollte mehr verhaftet oder diskriminiert oder in einer dunklen Gasse zusammengetreten werden, ohne dass irgendwer einen Krankenwagen ruft.

Seinerzeit wurde der irischen Bevölkerung versichert, es handele sich um eine reine Formalie, alles werde so normal bleiben wie bisher. In den ersten Monaten würden sich hier oder da ein paar mutige Schwule outen, aber wie alle Selbstdarsteller würden auch sie bald wieder in der Versenkung verschwinden.

»Normal« bedeutet in einer zivilisierten Gesellschaft

so viel wie »still und unsichtbar«; wir haben als selbstverständlich vorausgesetzt, dass sich die irischen Schwulen, wenn sie schlau sind, an diese Regel halten werden.

Die Lage hat sich aber eindeutig anders entwickelt. Der Campus hat sich zwangsläufig in ein Versuchslabor für ein zunehmend bedrohliches gesellschaftliches Experiment verwandelt. Der Campus fungiert gewissermaßen als Treibhaus für jene Generation, die als erste mit der Gesetzesänderung erwachsen wurde. So ist es wohl unvermeidlich, dass ausgerechnet das College die Hauptlast dessen tragen muss, was die Gleichberechtigungsmafia lächerlicherweise »Freiheit« nennt. Aber nach aufwendigen Recherchen können wir von Dreck! Ihnen heute die Krise in ihrem ganzen schockierenden Ausmaß enthüllen.

*

Er zitierte einen gewissen »Luke« aus der Studentenvertretung, der schockiert über den Anblick zweier Männer war, deren Knie sich in der Bibliothek fast berührt hatten; eine »Mary«, Studentin für Irisch und Kunstgeschichte im ersten Semester, die unter gravierenden sozialen Repressalien zu leiden hatte, seit ein alter Schulkamerad sie in der Orientierungswoche am Stand der LGB Society gesehen hatte; man hatte sie schändlicherweise mit kostenlosen M&Ms in allen Regenbogenfarben angelockt. Um den »großen Schaden« zu illustrieren, den die »normalen Geschlechterbeziehungen« auf dem Campus bereits genommen hatte, zitierte Emmet einen anonymen Dozenten, der sich darüber beklagte, es sei inzwischen unmöglich, Kolleginnen und Studentinnen zum Oralsex zu zwingen, indem man ihnen drohte, sie als lesbisch zu outen; sie hätten, sagte er, nicht mehr halb so viel Angst wie früher. Einige Studentinnen hätten ihm sogar fröhlich erklärt, sie seien *tatsächlich* lesbisch. Ein glaubwürdiger Informant der *Trinity News* berichtete, man habe ihm den Raum weggenommen, wo er bislang Partydrogen verkauft hatte; stattdessen war dort nun die LGB Society eingezogen, die aufgrund der großen Nachfrage expandieren musste. Eine Seelsorgerin des College beklagte sich, die Zahl der lesbischen und schwulen Studierenden mit Selbstmordgedanken sei krass gefallen. Der Bogen war überspannt, schloss Emmet. Freiheit war das eine, aber die Situation am Trinity College war wirklich eskaliert. Er forderte den Provost auf, schnellstmöglich eine Hetero-Woche auszurufen. Man musste ein Bewusstsein für das Problem schaffen. Die Ordnung musste dringend wiederhergestellt werden.

*

James war begeistert.

James las die Kolumne wieder und wieder. Beim ersten Mal weinte er vor Lachen, beim zweiten Mal lachte er leise, beim dritten und vierten und fünften Mal lachte er gar nicht mehr.

»Das ist wirklich gut«, sagte er zu Catherine. Er nickte. »Richtig, richtig gut. Er ist echt clever. Dieser Satz über das, was normal ist …«

Er las Catherine den Satz vor.

»Ja, ja, ich habe es gelesen«, sagte Catherine.

»Es ist genial.«

»Es ist okay.«

»Nein, nein. Ich muss schon sagen, das hätte ich dem kleinen Robert Emmet nicht zugetraut.«

Catherine schwieg.

Er sah sie an. »Ist zwischen euch eigentlich jemals was gelaufen?«

*

Sie knallte mit der Tür.

*

Am liebsten hätte sie an die Redaktionswände gekritzelt, was sie von Emmets Kolumne hielt. Sie wollte sich an den Wänden verewigen, für alle sollte zu lesen sein, was Emmet war, in großen schwarzen Buchstaben.

Aber dann sagte sie es ihm ins Gesicht.

Gequält, verletzt, aber er versuchte, weiterhin zu grinsen.

Schaffte er nicht.

Und dann merkte sie, dass sie es nun zum ersten Mal sah: Emmets Gesicht ohne jede Spur von Heiterkeit.

Etwas in seinem Blick rührte ihr Herz, fast wäre sie zurückgerudert.

Aber was denn, war sie jetzt auch noch für die Gefühle der anderen zuständig?

*

James kündigte an, übers Wochenende nach Hause zu fahren. Seine Eltern hatten vor geraumer Zeit erfahren, dass er wieder in Dublin war, er konnte den Besuch nicht länger aufschieben. Alles in Ordnung, sagte er. Alles in Ordnung. Seine Mutter würde so tun, als wäre nichts vorgefallen, sein Vater wusste immer noch von nichts, vielleicht käme er dazu, ein paar Fotos zu schießen – er musste jetzt wirklich anfangen, sich auf die von Lisa kuratierte Ausstellung vorzubereiten –, und er könnte mit seinem Bruder Bier trinken gehen. Am Montag oder Dienstag würde er zurück sein, *bis dann.*

Er sagte ihr, sie solle zum Ball gehen. Er wusste, dass sie eine Eintrittskarte hatte. Sie sollte zu Jenny Vander gehen und das Kleid kaufen.

»Womit?«

»Du hast den Mund dafür«, lachte er.

*

»Ach, halt die Klappe.«

*

Nein, im Ernst, sie solle zum Ball gehen, sagte er, sie solle sich amüsieren und alles tun, was dazu nötig sei.

Bis Montag. Oder Dienstag. Er werde sie anrufen, irgendwann. Natürlich werde er sie anrufen, was sonst. Sicher würde er jede Menge zu erzählen haben. Zu berichten.

*

Er nahm den Zug am frühen Morgen.

Am selben Abend:

Achtung, auf Gleis vier fährt ein: Regionalzug nach Sligo. Planmäßige Abfahrt ist 19:45 Uhr, mit Halt in Maynooth, Enfield, Mullingar, Mostrim, Longford, Dromod …

Der Bahnhof von Carrick-on-Shannon, Viertel nach zehn. Sicher standen die anderen nun auf dem Platz vor dem Haupteingang, das Kopfsteinpflaster schimmert in Rosa und Blau …

Fünfzig Pence in der Tasche, fürs Münztelefon. James' Mutter meldete sich, sie war erst überrascht und dann entzückt.

Jem! Jem! Du wirst niemals erraten, wer hier ist!

»Oh, er wird sich freuen«, sagte sie in die Muschel zu Catherine. »Und ob er sich freuen wird!«

*

(Ihr Akzent erinnert Catherine an Liam, ganz kurz.)

*

Denn wie hätte sie ein ganzes Wochenende ohne ihn überstehen sollen?

*

(James' Gesicht, als er sie zwanzig Minuten später vom Bahnhof abholte; er war alles, aber nicht erfreut.)

(Aber egal. Egal. Sie würde ihn aufheitern.)

*

(Und er war sogar wütend noch hübsch. Selbst wenn er ein böses Gesicht machte, war er schön.)

*

Nein, er habe keinen schönen Tag gehabt, sagte er auf der Fahrt nach Carrigfinn. Nein. Weil seine Mutter ihm den ganzen Tag Löcher in den Bauch gefragt habe, deswegen. Worüber? Na, über alles. Aber hauptsächlich, wenn Catherine es unbedingt wissen wolle, über Catherine.

Über Catherine und ihn.

*

(Hätte Catherine in diesem Moment am Steuer gesessen, sie wären im Graben gelandet.)

*

»Über mich?«

(Keine Antwort.)

»Aber warum? Wollte sie wissen, warum ich hergekommen bin?«

(Nein, nein. Die Löcher hatte sie ihm in den Bauch gefragt, lange bevor sie und James von Catherines Ankunft erfahren hatten. Catherines Besuch bestärkte James' Mutter höchstens in ihren großartigen Plänen.)

»Ich habe nicht …«

(*Was* hatte sie nicht?)

*

Wie er gegen das Lenkrad schlug.

Wie sie immer kleiner und verletzlicher und verschreckter wurde, wie er nicht aufhörte, so mit ihr zu reden.

*

Denn wie sich herausstellte, hatte seine Mutter für Catherine gebetet. Jawohl: *gebetet*. Für sie beziehungsweise für jemanden wie sie; es musste nicht notwendigerweise Catherine sein. Nichts für ungut.

(Das alles in einem Ton, der sagte: So ungut, wie du willst.)

Ja, seine Mutter hatte gebetet, dass so etwas passiert. Dass James eine Freundin findet, ein Mädchen, das ihn von sich ablenkt, das ihn von dem schrecklichen Holzweg abbringt, auf den er sich verirrt hat. Und weil seine Mutter Catherine einen Sommer zuvor kennengelernt hatte – nein, jetzt bitte nicht unterbrechen, das muss wirklich am Stück erzählt werden –, hatte seine Mutter all ihre Hoffnungen auf Catherine gesetzt, seine Mutter hatte Catherine zur Wegbereiterin erklärt. Zur *Wegbereiterin*. Wofür? Das frage sie sich im Ernst? Na, für alles, worauf es ankam natürlich. Erlösung. Normalität.

(Er spuckte das Wort aufs Armaturenbrett wie ein Samenkorn.)

Und so hatte James sich den lieben langen Tag Fragen zu Catherine anhören müssen: ob er ihretwegen nach Irland zurückgekehrt sei, ob er seinen Besuch ihretwegen so lange aufgeschoben habe, ob er Catherine in Dublin oft sehe, ob er gern mit ihr zusammen sei, ob er oft an sie denke, ob er ein gewisses *Verlangen* spüre – ja, *Verlangen*. Verlangen, ja, dieses verfluchte Wort hatte sie benutzt. Dieses Wort, aus dem Mund seiner Mutter. Und ob er oder ein Teil von ihm – es wurde immer schlimmer – sich vorstellen könne, Catherine beizuwohnen, ob er ihr je beigewohnt habe, er würde doch seine Mutter jetzt nicht anlügen, oder? Er würde seine Mutter nicht anlügen, und falls eine minimale Chance bestand, eine kleine Hoffnung, denn sie hatte so inbrünstig gebetet, immer wieder …

Weil ich deine Mutter bin, Jem, ich weiß, wie es in Wahrheit in dir aussieht, tief in deinem Herzen.

*

In dem Moment hasste Catherine sich selbst. Weil ihr eine Frage auf der Zunge lag. Weil sie ihre Frage stellen *musste*. Sie versuchte, sich zusammenzureißen, die Frage niederzuringen, herunterzuschlucken, sich auf die Zunge zu beißen. Diese hartnäckige, unverzeihliche Hoffnung.

Aber es klappte nicht. Sie schaffte es nicht, sich die Hoffnung auszureden.

Sie sah ihn an. Ihr Herzschlag ein panisches Trommeln.

»Und?«, sagte sie, und ihre Stimme stolperte, rutschte auf den Worten aus, »und, was hast du geantwortet?«

*

(Worauf hoffte sie eigentlich? Dass seine Antwort den Weg zu neuen Möglichkeiten freimachte? Dass er endlich offen war, aus irgendeinem Grund, für Neues?)

*

Sie war eine Idiotin. Sie war kindisch. Sein langes Schweigen, bevor er antwortete, sagte ihr alles, was sie war.

Seine gekräuselte Oberlippe.

»Ich habe gesagt, ›Mutter, wir werden das nicht noch mal diskutieren‹. Was glaubst du denn, was ich gesagt habe? Ich habe gesagt, ›wir hatten das Thema schon mal, Mutter, und nichts hat sich verändert. Ich habe mich nicht verändert, ich werde mich nicht ändern.‹«

Catherine nickte und pflichtete ihm bei, so gut sie konnte.

Und dann sagte James, er werde morgen früh wieder abreisen, er wisse gar nicht mehr, warum er überhaupt hergekommen sei.

»Ich fahre mit dir«, sagte Catherine schnell. Sie würde sich solidarisch zeigen. Sie würde ihm zeigen, dass …

Sein Lachen, schrill und heiser.

»Ach, was du nicht sagst.«

*

Wer hat uns zerteilt?

Sylvia Plath und Ted Hughes: Die Verantwortlichkeit der Sprache

Catherine Reilly, Englisches Seminar
Trinity College, 1998

Und doch ist der Himmel
Der letzten Übersättigung von der Tür
So weit entfernt wie je.

(»Blaue Maulwürfe«, 1957)

*

Fünfundzwanzig Seiten, und sie zu schreiben war eine Qual gewesen. Fast zwanzig Stunden im Computerlabor, ganz hinten auf dem Campus; sie schrieb den letzten Satz Minuten vor Ende der Abgabefrist.

Danach wollte sie einfach nur bei ihm sein. Ficken. Mit ihm einschlafen, geborgen, in seinen Armen.

In seinen Armen, als wäre sie zu Hause.

Aber nein.

Nie wieder.

*

Songs in der Form des eigenen Liebeskummers; wenn man so ein Lied hörte, machte man sich sogar die Mühe, aufzustehen und den Raum zu durchqueren, nur um das Radio auszuschalten.

*

Denn auf einmal konnte sie ihn nirgendwo mehr finden. Nicht in der Dunkelkammer, wo er doch sein sollte. Nicht im O'Brien's, wo er doch eigentlich zu einer Schicht eingeteilt war. Nicht in der Thomas Street. Sie rief an, sie klingelte, aber nein, sagte die Vermieterin, sie hatte ihn am Morgen / heute Nachmittag / am Abend nicht gesehen, sie wusste nicht, wann er nach Hause kommen würde …

*

Und der Ball war *der Hammer* gewesen, sagte Zoe.

Und Liams Party vor dem Ball wirklich interessant.

*

»*Mehr* als interessant, das kann ich dir sagen«, sagte Zoe.

*

Wie hatte Catherine das übersehen können? Warum hatte sie sie nicht erkannt, die Gefahr direkt vor ihrer Nase?

Weil sie jetzt alles durch James' Augen sah, das war die Antwort.

Oder vielmehr durch das, was sie für James' Augen hielt.

Denn sie hatte Liam wochenlang betrachtet und gesehen, dass er … ja, sei ehrlich …

Nichts war.

Keine Bedrohung.

Nur ein ganz normaler Junge.

9

»Ich will ihn dir nicht *schönreden*, bloß weil ich einen anderen einsamen Schwulen kenne und automatisch denke, er und James sollten sich kennenlernen. Catherine, du siehst das alles wirklich zu eng.«

*

Sie hätte es bemerken müssen. Sie hätte …

*

»Aber jetzt, wo du es sagst … es wäre eine gute Idee!«

*

Die Panik wie ein Hammer in Catherines Brustkorb, den ganzen Tag schon. Inzwischen nahm sie es als besonders wahr, wenn ihr Herz einmal *nicht* raste.

*

Aufzuwachen und dem Tag zu sagen: *Bitte, werd nicht noch schlimmer.*

Doch der Tag ließ nicht mit sich verhandeln. Der Tag hatte es gar nicht nötig, sich zu verstellen.

*

Zum Arbeiten zog sie sich in die hintersten, verstecktesten Winkel der Bibliothek zurück. Jura. Philosophie. Theologie. Dort, wo sie hoffentlich keiner finden würde. Keine Zoe, kein Conor, niemand. In diesem Teil der Bibliothek waren die Arbeitsplätze von allen Seiten von Regalen umgeben und fernab der Fenster, so dass der aufziehende Sommer nicht zu sehen war: selbstgefällig, großzügig beleuchtete er all die glücklichen Leiber, die lachenden Gesichter.

*

Zu denken: *Vielleicht nicht.* Zu denken: *Nicht notgedrungen.*

Manche würden es nie erfahren.

Niemand würde es ihnen sagen.

Liam zum Beispiel. Denn Zoe hatte ihm nie die Wahrheit über James erzählt; wie sich herausgestellt hatte, war auf Zoe mehr Verlass gewesen als auf Catherine. Und dann: *Wir lassen dem Schicksal seinen Lauf. Wir können ihnen helfen, wir leisten einfach ein wenig Starthilfe, wenn die Prüfungen vorbei sind, wir sollten dafür sorgen, dass es beiden gutgeht und sie zur rechten Zeit, am rechten Ort aufeinandertreffen …*

(Und Catherine hatte es so deutlich vor Augen, als würde es passieren, hier in der Bibliothek: James lächelt ihn an. James' Gesicht wird weich, als er sieht, was er sieht. Ein schüchternes Hallo, sie plaudern und sind nervös, da ist ein Wissen, ein Einverständnis, ein Knistern in der Luft. Eine Ahnung, ein Austausch, eine Aufforderung – beiläufig, leicht …)

(Was stimmte eigentlich nicht mit ihr? Welche Freundin würde je daran denken, ihm das Glück zu verwehren, es zu vereiteln?)

(Aber das waren die Fragen der anderen. Das waren Fragen von Leuten, die in einer anderen, weniger komplexen Realität zu Hause waren.)

*

Und natürlich hätte sie sich niemals aus der Deckung wagen dürfen. Sie hätte in jener Mittagspause niemals die Bibliothek verlassen dürfen. Sie lehnte am Geländer vor der Kunstfakultät und aß ihr Sandwich mit gesenktem Blick, sie hatte es fast geschafft, aber beim letzten Bissen …

Liam. Natürlich.

Er hebt eine Hand: scheue Begrüßung. Er lächelt, kommt näher, ruft ihren Namen …

Drei gedehnte Silben. Wie würde James' Name klingen aus seinem Mund?

Sie hat den Mund.

Dieser verfluchte nordirische Akzent. So gefährlich. So verdammt attraktiv. Wieso war ihr das früher nie aufgefallen?

Sie seien von allen vermisst worden bei der Party, sie und James.

So klang es also, wenn er James' Namen sagte. Heiter, beschwingt. Sanft.

Sie erfand eine Lüge, sie sagte, James' Vater wäre krank geworden, James hätte nach Hause fahren und ihn besuchen müssen.

Und sie habe ihn begleitet, natürlich. Natürlich, sie ließ das Wort zwischen ihnen in der Luft hängen, in der heimtückischen Hoffnung, es würde fortwirken – natürlich hatte sie ebenfalls hinreisen müssen, zusammen mit James.

(Im nächsten Moment verfluchte sie sich, weil Liams Gesicht plötzlich voller Sorge um James war; sein Ausdruck wurde sanft, beinahe zärtlich …)

*

»Wie dem auch sei, wir sollten mal wieder ausgehen, alle zusammen, jetzt wo die Prüfungen vorbei sind«, sagte Liam, nachdem sie ihm versichert hatte, dass James' Vater wohlauf war, dass es keinen Grund mehr gab, sich Sorgen zu machen.

(*Oder nachzufragen*, dachte sie.)

Ja, sie sollten was trinken gehen, sagte Liam wieder, nach den Prüfungen. Aber Catherine schüttelte den Kopf.

»Na ja, James hat viel um die Ohren«, sagte sie. »Weil er doch nach dem Sommer diese Ausstellung hat.«

»Ach ja«, lachte Liam, als hätte sie einen Witz gemacht, »Na, das macht nichts, sicher finden wir einen Termin. Ich werde den ganzen Sommer in Dublin verbringen.«

»Warum?«

»Ach, weißt du, ich möchte tun und lassen können, was ich will. Zu Hause ist es schön, aber da ist wirklich nichts los, das weißt du selber … Hast du schon Pläne?«

»Ich bleibe hier.«

»Nein, ich meinte, hast du einen Job?«

Und wieder lachte er, weil sie von ihrem Job erzählte.

»Aber was willst du denn schreiben? Was würdest du zum Beispiel in meinem Fall schreiben?«

*

Als hätte ein besonnener Stern es
Über der rotierenden, ratternden Stadt geflüstert: Lass die Finger davon.

*

»Wie bitte?«

»Nichts. Gar nichts. Das war aus einem Gedicht.«

*

Während sie mit ihm sprach, hatte sie versucht, es ihm anzusehen, die ganze Zeit. Sie hatte ihn gemustert, ihn so angestrengt angestarrt, als hätte sie einen Mullverband vor den Augen. Um zu sehen: Steckte es in ihm? War es das Sanfte, Süße in seiner Stimme? War es sein zögerliches Lächeln? Lag es an seinen ruhelosen Händen, die ständig in Bewegung waren, wenn er sprach? Leuchtete es aus seinen braunen Augen, die James, ja, ganz zweifellos, schön gefunden hätte? Konnte man es irgendwo sehen, ablesen, wie eine Geheimschrift auf seiner Kleidung? Auf dem bedruckten T-Shirt? Den abgetretenen Vans?

Aber viele Jungen im College kleideten sich so …

Sie konnte nicht fassen, was sie da tat. Es war unmöglich. Sie konnte nicht glauben, was sie da versuchte. Dass sie zu dieser Person geworden war. Dass sie das mit sich herumtrug. Dass sie sich selbst eingeredet, eingeflüstert hatte, sie wäre ein guter Mensch. Aufgeschlossen und liebevoll, offen für alle, in jeder Hinsicht …

Vieles in der Welt wurde nicht benannt; und selbst, was benannt wurde …

Denn danach suchte sie, nicht wahr?

Denn das versuchte sie, in Liam zu sehen.

*

[EN20011]

Universität Dublin

Trinity College

Fachbereich Literaturwissenschaften

Englisches Seminar

Zwischenprüfung
Englische Literatur
1998

Die höfische Romanze

Samstag, 23. Mai 1998 Regent House 9:30 – 12:30 Uhr

Beantworten Sie drei Fragen.

Als Hausarbeit eingereichte Antworten finden keine Berücksichtigung.

1. Könnte man behaupten, dass der höfische Roman die mittelalterliche Lebensrealität verhandelt und kommentiert?

2. Geben Sie Beispiele für göttliches Eingreifen im mittelalterlichen Ritterroman.

3. »Viele höfische Romane sind episodenhaft strukturiert und erwecken so den Eindruck, keine geschlossene Erzählung zu bilden. In der Folge scheinen sie keine durchgehende Botschaft vermitteln zu wollen.« Erörtern Sie diese Thesen.

4. »Im Ritterroman können Ortsbeschreibungen die Funktion einer abenteuerlichen Handlung übernehmen.« Stimmen Sie zu?

5. »Der Ritterroman porträtiert in erster Linie das höfische Leben, seine Sitten und Ideale.« Erörtern Sie Eric Auerbachs Aussage.

6. Beschreiben Sie die Funktion von Episodenstruktur und Verzögerungstaktik im höfischen Roman.

7. Welche Bedeutung kommt dem Titel eines …

*

Liebe Cit-Bag,

DIE PRÜFUNGEN SIND VORBEI. Deswegen musst Du die Bibliothek sofort verlassen. Nach deiner liebreizenden Person wird verlangt, und zwar JETZT SOFORT im Le Pav. Wir werden uns v. a. betrinken, draußen auf dem Rasen, zusammen mit ausnahmslos jedem, der diese Universität besucht, und auch mit ein paar Nichtstudenten, und das alles im herrlichen Licht der herrlichen Sonne.

Wenn Du nicht kommst, hetze ich Dir Aidan auf den Hals, und Du weißt ja, wie das endet.

Ich HABE DICH GEWARNT.
Z

PS: Ich weiß, dass James da ist, weil Liam J! J! ihn heute Morgen zufällig getroffen hat J! J! Also sag ihm bitte, dass seine Anwesenheit ebenfalls erforderlich ist.

PPS: Wenn Du heute Abend nicht mit dem kleinen Emmet rummachst, werde ich sauer.

PPPS: Ich glaube, ich bin schon ein bisschen angeschickert.

*

»Sieh sie dir an!«, sagte Aidan, als er sie aus der Bibliothek geholt hatte, »wie bei Milton! Gefallene Engel!«

Die weiten, grünen Kricketfelder. Die warme Abendsonne. Hunderte Menschen, auf dem Rasen ausgestreckt, frei, angetrunken, glücklich und dankbar. Sie haben den langen, glitzernden Sommer vor sich.

Lass deine Tasche fallen, wirf die Notizen weg. Kauf ein paar Dosen Bier, zieh die Sandalen aus, spür das Gras an deiner Hornhaut, den Zehen mit den unlackierten Nägeln. Der süßliche Geruch, hier wird alles Mögliche geraucht. Träge gestreichelte Gitarrensaiten. Auf den Gesichtern erwacht der Sonnenbrand zu neuem Leben, auf den Unterarmen kriechen Sommersprossen aus der Haut.

*

Und James war schon da.

*

»Heywiegehss«, lallte er müde und winkte, im Liegen; sein Kopf lag in Zoes Schoß, Amy lag zu seiner Rechten und Lisa zu seiner Linken, er hatte die Beine von sich gestreckt und seine Hose hochgekrempelt, die Schuhe abgestreift.

»Hi«, sagte Catherine und blieb stehen. Aidan ging Getränke holen.

»Setz dich, Cath«, sagte Lisa und klopfte neben sich auf den Rasen. Catherine setzte sich. Ihre Glieder waren steif. Sie wusste nicht, wohin mit sich. Lisa reichte ihr eine Dose.

»Übrigens, ich muss dir noch das Foto geben, das du von James gemacht hast, neulich in der PhotoSoc«, sagte sie. »Ich habe den Film endlich entwickelt.«

»Ja?«, sagte James.

»Ja. Die meisten Bilder sind Müll, aber Catherines ist wunderschön. Wirklich gut. Du siehst so verträumt aus.«

»Also wirklich, Reilly«, sagte James, als wäre das ein Argument. Er setzte sich auf und trank einen Schluck Bier. »Was immer ich auch versuche, du kannst es besser.«

*

Catherine schaffte es kaum, ihn anzusehen. Wie hatte er das gemeint? War es eine Anspielung auf ihren Charakter? War er sauer? Sie war überzeugt davon, ihr Herz klopfte vor Überzeugung, aber sie verstand immer noch nicht genau, wie er es gemeint hatte. Sollte sie es überhaupt verstehen?

Aber jetzt lachte er. Er streckte die Hand aus, Catherine erschrak, er berührte sie. Hielt ihre Hand fest.

»Alles Gute zum Jahrestag, Reilly«, sagte er. Ihr Mund wurde trocken. Verlor sie den Verstand? Wovon redete er? Hatte er überhaupt etwas gesagt? *Alles Gute zum Jahrestag*? Wovon redete er? Sie vergegenwärtigte sich das Datum, doch es sagte ihr nichts. Der 23. Mai. Machte er sich über sie lustig? Wie viel hatte er getrunken?

Er beobachtete sie, lächelte, die Mädchen kicherten.

»Zum Jahrestag?«, wiederholte sie. »Welcher Jahrestag?«

»Ach, Reilly«, sagte er und kletterte umständlich über Lisas Beine. Sein Atem roch nach Bier. »Heute vor einem Jahr haben wir uns kennengelernt. Das habe ich den Mädchen gerade erzählt.«

»Du und dein Erbsenfetisch«, sagte Zoe. »Du hattest einen Kater. Du wolltest unbedingt in Conor Morans Armen einschlafen … eine Schande.«

»Du bist so dumm, Reilly«, sagte James und umarmte sie und zog sie an sich, bis sie keine Luft mehr bekam, »ich bin ja so froh, dass wir uns begegnet sind«, sagte er über ihre Schulter. Und dann flüsterte er ihr ins Ohr: »Es tut mir leid. Alles.«

»*Ooooooh*!«, rief Lisa. Fast hätte Catherine James' Worte nicht gehört. Aber er hatte sie ausgesprochen, Catherine sah es in seinen Augen, als er sich von ihr losmachte. Er hatte es wirklich gesagt.

»James …«

Aber Zoe war schon dabei, sich krakeelend aufzurappeln: »Hey, Liam! Liam! LIAM IST DA!«, rief sie hopsend und winkend, als wollte sie einen Helikopter auf sich aufmerksam machen. »Liam! LIAM! Wir sind HIER!«

»Ich glaube, er hat dich gehört«, sagte James. »Alle Liams haben dich gehört.«

»Mich interessiert nur der eine«, sagte Zoe, und da war er auch schon, mit roten Wangen und zerzaustem Haar und breitem Grinsen, er freute sich, sie zu sehen, er kam immer näher.

*

Die beiden unterhielten sich über alles Mögliche. Sobald sie sich einmal warmgeredet hatten, fanden sie kein Ende mehr.

Sie haben etwas getrunken, das macht immer gesprächig, dachte Catherine. Dennoch.

Sie streckten sich im Gras aus, nicht nebeneinander, sondern gegenüber voneinander, so dass Liams Füße an James' Schulter lagen und James' Füße an Liams. Die Abenddämmerung senkte sich nieder, sie redeten stundenlang. Die anderen klinkten sich ein und wieder aus, Catherine war eine von ihnen, von den Klinkern, von den Kommentatoren und Fragestellern, aber den Kern des Ganzen bildeten die zwei, gegenüber voneinander hingestreckt. Ihre Stimmen überbrückten die kurze Strecke mühelos.

*

Und später dann die keifende Zoe, laut und starrsinnig und betrunken.

*

Weil sie gehört hatte, es gebe in der ganzen Stadt nur diesen einen Laden, wenn man richtig, richtig tanzen wollte.

Weil heute Samstag war, und am Samstagabend war es anderswo nicht auszuhalten.

Weil Conor und Emmet dazugekommen waren. Conor und Emmet schnaubten empört über Zoes Vorschlag, würden sich letztendlich aber der Mehrheit anschließen. »Ich bin dagegen«, sagte Emmet, es würde ein Riesenspaß werden, ihn und Conor leiden zu sehen – »Ich bin dagegen.«

Weil Zoe gehört hatte, der DJ würde oft Madonna spielen, jede Menge Lieder von Madonna, und Madonna war genau das, was sie heute brauchten.

Weil keiner von ihnen jemals dort gewesen war, nicht einmal Aidan, war es denn die Möglichkeit?

Weil die Sonne um kurz vor zehn endlich unterging.

*

Weil James.

Das war der eigentliche Grund.

Weil Liam.

*

Möglicherweise gab es noch andere Schwulenclubs in Dublin, aber diesen einen kannte jeder. Das war der Club, in dem alle Schwulenwitze spielten.

*

Und Catherine könnte sie begleiten oder nach Hause gehen, in eine leere Wohnung, denn Amy würde mitgehen und Lorraine und Cillian waren sonst wo unterwegs. Sie könnte nach Hause gehen und panisch werden bei der Vorstellung, was sich keine Meile weiter abspielte, was dort vorangetrieben wurde.

Sie hatte die Wahl.

Als sie den Front Square überquerten, johlte jemand, und jemand schlug ein Rad auf dem Kopfsteinpflaster, jemand stieg auf Aidans Schultern in die Höhe, unsicher, ein anderer kotzte und wieder ein anderer lachte. Das blaue Gesicht der Uhr schaute wachsam auf sie herunter, auf sie alle. *Kenne ich alles,* hätte die Uhr gesagt; aber sie war nur eine Uhr.

Tick-tack.

Tick-tack.

»Hoffentlich sind die Getränke in dem Schuppen wenigstens billig«, hörte sie Emmet murmeln. »Mehr habe ich dazu nicht zu sagen.«

*

Die Getränke waren nicht billig.

Alle Männer so gutaussehend, so freundlich …

(Und die Frauen auch, das gleiche freundliche Lächeln.)

»Fantastisch«, sagte Aidan wie verzaubert und spähte über das Geländer auf die Tanzfläche hinunter, *»fantastisch«*.

Emmet lehnte sich mit steifem Rücken an die lila Wand: »Soll ich dir ein Opernglas holen, Murphy?«

*

Lila Wände und lange rote Samtvorhänge, Plüschsofas in leuchtendem Blau und Rot und vergoldete Möbel – alles immerzu vergoldet, falscher Barock, überlebensgroß, damit keinem die Selbstironie entging, das fröhliche Augenzwinkern.

Winzige, blinkende Lichter überall, unter der Decke, an der Treppe.

Und unten auf der Tanzfläche das Zentrum der Musik; die vollen, satten Bässe reichten bis zu ihnen herauf, aber das Herz blieb da unten, außer Sichtweite, die Melodie kam Catherine bekannt vor, aber sie konnte das Lied nicht einordnen, noch nicht …

(»Du liebe Güte«, sagte Emmet, als ein weiterer junger Mann mit weißer Weste sich lächelnd an ihm vorüberschob.)

»Gib es doch zu, du stehst drauf, Doyle«, sagte Catherine gelangweilt und ohne James aus den Augen zu lassen. James hatte sich mit Amy und Lisa und Zoe auf ein riesiges Plüschsofa gefläzt, James versank fast in den Kissen, seine Ellenbogen und Knie wurden von einem aufgekratzten Kichern geschüttelt, sein Blick war irre …

Und irgendwie verängstigt.

Und? Fühlte sie sich jetzt sicherer?

Denn das dachte Catherine bei sich: Wenn er verängstigt war, wenn es ihn nervös machte, hier zu sein, konnte sie sich in Sicherheit wiegen. Dann würde sie ihn noch nicht verlieren … am Ende würde er es vielleicht gar nicht schaffen, sich von ihr zu lösen …

Schon im nächsten Augenblick hasste sie ihren Verstand dafür, solche Gedanken zu hegen. Sich so etwas zu erlauben.

(Aber: Fühlte sie sich jetzt sicherer?)

*

Conor und Emmet hielten es zwanzig Minuten lang aus, dann brachen sie auf ins Stag's.

*

»Sieh uns an«, sagte Catherine zu James. Sie standen vor einem riesigen Mosaik aus Spiegelscherben. Ein Funkeln in den zahllosen winzigen Spiegeln. Alles bebte.

»Wir sind viele«, sagte James und winkte sich zu.

»Ach, kommt schon«, sagte Zoe und packte sie und

schleifte sie mit nach unten, sie warfen sich in die ersten Wellen eines Songs, der mit Möwengeschrei anhob, mit dem Rauschen sich brechender Wellen, mit einem Anklang an die Melodie, zu der die Braut durch den Mittelgang schreitet, und während die Leute auf die Tanzfläche strömten, setzten das Becken und das Keyboard ein, und als das Scheinwerferlicht über die Menge hingwegflog, über die emporgereckten Arme, war Männergesang zu hören, tief und gleichmäßig und ernst.

Und dann fiel das erste Wort, das Wort, das sie zusammenhielt.

Und alle stampften mit den Füßen.

*

Überall zuckende Leiber. Sie grölten jede Silbe mit. Brüste und Hüften und Schultern …

Lippen und Hände und Zungen …

Und über allem die Musik, die auf sie niederging wie ein schimmernder, ozeanischer Brecher.

*

Das jetzt, das war wirklich ein tolles Lied …

Alle auf der Tanzfläche schrien vor Freude, als sie es erkannten.

Die Tänzer auf der Bühne gingen tatsächlich auf die Knie, ganz kurz …

*

Sie sangen vom Leben, dem Rätsel des Lebens.

*

Und nein, natürlich nicht, aber … waren all diese Songs immer schon so besonders gewesen? Diese Songs, blecherne Radiohits aus der Kindheit, als Teenager hatte sie sich geschämt dafür, und jetzt – jetzt waren sie genial, jetzt waren sie perfekt.

Oder war das alles reine Ironie, das Tanzen, diese reine, glückliche Liebe, oder war es aufrichtig gemeint?

*

Oder brauchte man das gar nicht zu erfahren?

(Sie wusste nichts mehr, sie wusste nicht mehr, was sie von den Dingen zu halten hatte.)

Und jetzt volle Lautstärke.

*

Auf der Tanzfläche, auf den Rängen, auf der Treppe: alles besetzt. So viele Körper, die sich strecken; so viele Körper, die sich biegen; die Hände emporgereckt zur Gebetsparodie …

(Außer dass es keine Parodie war.)

Ein Schwitzen und Singen und Fuchteln, das Lied trieb sie zusammen, das Lied trug sie nach Hause, wieder ein Chor im Hintergrund, aber diesmal war er fröhlich, man hörte den Sängerinnen ihr Lächeln an …

*

Und ja, es fühlte sich an wie …

*

Die Tänzer auf der Bühne waren unglaublich. Die Tänzer waren himmlisch. Sie hatten Engelskörper. Ihr Lächeln strahlte wie ein Licht.

Als wären sie in einem anderen Land.

Das sah Catherine.

Alle sangen mit, alle stimmten in den Chor ein.

(Wie viele Lieder aus ihrer Jugend gab es noch, die sich bei genauerem Hinhören auf ihr Leben bezogen? Und nicht nur auf ihres, sondern auf das Leben aller? Auf das Glück, auf die Liebe aller Menschen?)

Und James' Gesicht so schön jetzt, so wunderschön, sein Körper, die erhobenen Arme. Die dunklen Schweißflecken an seinen Achseln, die Schweißperlen auf seiner Stirn. Dieser unbekannte Ausdruck auf seinem Gesicht, reines Vergnügen, reine Freude …

(Das hatte Catherine, wie ihr klar wurde, noch nie gesehen.)

Er öffnete die Augen und lächelte sie an.

Und Catherine streckte eine Hand nach ihm aus.

Und in der Sekunde packten ihn andere Hände von hinten, andere Arme, James ließ sich zurücksinken, er ließ sich fallen, James ließ los.

*

James ließ alles los.

*

Und die Mädchen johlten und applaudierten wie beim Konzert, als wären Liam und James Rockstars. Als würden sie nicht lachend und tanzend in der Menge stehen, sondern auf einer riesigen Bühne …

(Dabei lachten sie, Catherine konnte es sehen, nur einander an.)

Und die Mädchen … die Mädchen lachten auch, als hätten sie etwas erreicht, alle zusammen, als hätten sie etwas ins Leben gerufen …

Sie zog sich langsam zurück, verschwand unbemerkt aus der Gruppe, die sie einmal gewesen waren, die Gruppe wurde kleiner, und am Ende waren James und Liam allein …

*

Und wer würde es ihnen nicht gönnen?

Wer musste bei ihrem Anblick nicht lächeln?

*

Fünf Minuten später betrat Catherine das Stag's.

Conor stand an der Bar, mit Leuten, die sie nicht kannte. Er musterte ihr Gesicht. Ihre Haut, sie spürte es, war immer noch schweißnass. Ihr Haar war feucht. Sicher hatte sie einen irren Blick …

Emmet?

»Der ist weg, Citóg«, sagte Conor. »Konnte schließlich nicht ewig auf dich warten.«

»Nein«, sagte sie leise und tonlos.

»Willst du ein Bier?«

»Nein. Ich glaube, ich gehe nach Hause.«

»Hab einen schönen Sommer, Citóg«, sagte Conor und umarmte sie.

10

Und jetzt: Mach's gut.

Mach es gut, richtig gut. So gut, wie du sein musstest, als du dir eingeredet hast, gut sein zu müssen, früher …

Mach's gut. Mach es gut, und dann mach es besser. Die Liebe ist geduldig, vergiss das nicht. Die Liebe ist gütig. Die Liebe …

Die Liebe …

*

»Meine Güte, er ist nur ein Freund!«, sagte James am nächsten Abend zu Catherine. Er besuchte die Mädchen in der Baggot Street. »Wir haben nur ein bisschen getanzt, mehr nicht. Wir hatten Spaß.«

»Oho, Jimbo!«, rief Cillian, als er James in der Küche sitzen sah. Er hob die Hand für ein High Five. James gehorchte, errötete, schüttelte den Kopf und verzog den Mund zu einem schiefen, schüchternen Lächeln.

»Jimbo, mein Freund«, sagte Cillian und schlug ihm kräftig auf den Rücken. »Wie ich hörte, wurde das Siegel gründlich gebrochen, ein für alle Mal? Verfickten Glückwunsch, Mann!«

»Wurde auch verdammt noch mal Zeit«, sagte Lorraine

im Hereinkommen. Sie umarmte James. »Und?«, sagte sie und trat einen Schritt zurück, um ihn in Augenschein zu nehmen. »*Und*?«

*

(Die Liebe gehorcht nicht, auch wenn man sie höflich bittet.)

*

James' Dauerlächeln. Selbst wenn er die Lippen nicht bewegte, schien es noch da zu sein: Irgendwie hatte er es geschafft, zu diesem Lächeln zu werden.

»Ich sage doch, wir sind nur befreundet«, sagte er zu Lorraine, die nicht aufhören konnte, ihn aufzuziehen.

Aus seinen Augen sprach Zufriedenheit, das größte Entzücken.

Und Catherine stand daneben und hatte das Gefühl, an den Fragen zu ersticken, die sich nicht stellen durfte.

*

> Mars tritt heute ins Haus der Liebe ein. Eine höchst romantische Zeit beginnt, es ist an der Zeit, neue Bekanntschaften zu schließen. Falls Sie bereits in einer Beziehung sind, wird diese sich vertiefen. Singles begegnen einer in Blau gekleideten Person – neue Möglichkeiten eröffnen sich! Die neue Bekanntschaft ist geographisch oder emotional weit entfernt, so dass sie möglicherweise nicht als potenzieller Partner

wahrgenommen wird, aber bleiben Sie offen, Widder. Veränderungen sind etwas Positives. Und vergessen Sie nicht, dass Saturn, der Planet der Arbeit und der Verantwortung, dem Mars dicht auf den Fersen ist; er behindert die Suche nach Liebe nur scheinbar. Vielleicht verbirgt sich dahinter eine berufliche Veränderung oder eine Chance, die Augen zu öffnen und das Herz zu erfüllen. Besonders vielversprechend ist der Dienstag.

Mars tritt heute ins Haus der Liebe ein. Eine höchst romantische Zeit beginnt, es ist an der Zeit, neue Bekanntschaften zu schließen. Falls Sie bereits in einer Beziehung sind, wird diese sich vertiefen. Singles begegnen einer in Blau gekleideten Person – neue Möglichkeiten eröffnen sich! Die neue Bekanntschaft ist geographisch oder emotional weit entfernt, so dass sie möglicherweise nicht als potenzieller Partner wahrgenommen wird, aber bleiben Sie offen, Fische. Veränderungen sind etwas Positives. Und vergessen Sie nicht, dass Saturn, der Planet der Arbeit und der Verantwortung, dem Mars dicht auf den Fersen ist; er behindert die Suche nach Liebe nur scheinbar. Vielleicht verbirgt sich dahinter eine berufliche Veränderung oder eine Chance, die Augen zu öffnen und das Herz zu erfüllen. Besonders vielversprechend ist der Dienstag.

Mars tritt heute ins Haus der Liebe ein. Eine höchst romantische Zeit beginnt, es ist an der Zeit, neue Bekanntschaften zu schließen. Falls Sie bereits in einer Beziehung sind, wird diese sich vertiefen. Singles begegnen einer in Blau gekleideten Person – neue Möglichkeiten eröffnen sich! Die neue Bekanntschaft ist geographisch oder emotional weit entfernt, so dass sie möglicherweise nicht als potenzieller Partner wahrgenommen wird, aber bleiben Sie offen, Krebs. Veränderungen sind etwas Positives. Und vergessen Sie nicht, dass Saturn, der Planet der Arbeit und der Verantwortung, dem Mars dicht auf den Fersen ist; er behindert die Suche nach Liebe nur scheinbar. Vielleicht verbirgt sich dahinter eine berufliche Veränderung oder eine Chance, die Augen zu öffnen und das Herz zu erfüllen. Besonders vielversprechend ist der Dienstag.

*

Manchmal trafen sie sich abends nach der Arbeit, an anderen Tagen hatte er keine Zeit. Er schrieb ihr jetzt E-Mails, was er früher nur im Notfall getan hatte; als er noch in Berlin war und ihren nächsten Brief nicht erwarten konnte, als er sich ständig fragte, wo sie war und warum sie nicht schrieb.

Außer dass es kein Notfall war. Er war kein bisschen einsam ohne sie.

Muss heute in die Dunkelkammer, Darling. Liebe Grüße an die anderen. Vielleicht klappt es morgen?

Liebe Grüße an die *anderen*?

*

Aber mach's gut.

Mach es gut, so gut.

*

Im Hinterhof war eine verwilderte Katze kurz davor zu werfen. Sie schlich herum. Dieses Geschrei. Sie schauten von der Treppe aus zu, das Tier wollte sich im Efeu verkriechen.

»Sie will vor dem Schmerz fliehen«, sagte Cillian. »Sie weiß nicht, dass er von innen kommt.«

Catherine sah ihn an. Konnte das sein? Wäre so etwas denkbar?

*

Die Kätzchen, ein paar Tage später: winzige, graue, miauende Bündel, die Augen jetzt schon vereitert.

»Haut ab«, sagte Lorraine und schlug mit dem Geschirrtuch nach ihnen. Ihr schuldbewusstes Gesicht, als sie wieder in die Wohnung kam. »Das bringt doch nichts«, meinte sie zu Catherine, obwohl die kein Wort gesagt hatte.

*

In der kommenden Woche sollten Sie nach der Farbe Gelb Ausschau halten.

Laufen Sie nicht vor dem davon, was Sie instinktiv am meisten fürchten.

Der Brief eines Freundes eröffnet Ihnen eine radikal neue Sichtweise auf altbekannte Sachverhalte.

*

Sie vermisste ihn. Sie vermisste ihn so sehr, dass sie glaubte, in einer fremden Stadt zu leben. In den Ruinen einer Stadt, in die sie unachtsam hineingelaufen war. Was hatten diese Straßen ohne ihn noch zu bedeuten?

*

Heute wieder Dunkelkammer, tut mir leid – Lisa braucht Fotos für die Ausstellung. Hast Du vielleicht Zeit für Mittagessen am Samstag? Wir könnten uns was holen und uns in den Park setzen …

Mittag essen ging man mit Leuten aus der Kategorie »unter ferner liefen«. Das wusste doch jeder.

*

Kosmische Cit,

GRÜSSE vom Arsch Italiens! Ich habe den totalen Sonnenbrand und bin total erschöpft, weil ich den ganzen Tag hinter den kleinen Monstern herlaufen muss. Ich bin immer kurz davor, ein paar sehr kleine Hälse umzudrehen und den Rest meines Lebens in einem italienischen Gefängnis zu verbringen, aber abgesehen davon habe ich hier ein schönes Leben. Die jungen Männer hier sind sehr direkt und lächerlich gutaussehend, das reicht mir fürs Erste.

Wo wir beim Thema gutaussehend sind. Hast Du irgendwas vom kleinen Emmet gehört? Keine neckischen Flirtmails aus Chicago? Ich muss schon sagen, ich bebe immer noch vor Beeindruckung (das Wort sollte es geben!) – Dein mutiger Marsch ins Stag's an unserem letzten Abend! Auch wenn es ein Flop war. Ist doch egal. Aufstehen, weiterkämpfen. Du zumindest. Und er. Und dann wird nicht mehr gekämpft, sondern nur noch geknutscht. Und ich stehe daneben und schwinge die Pompoms!

Was mich zu JAMES bringt. Nicht die Pompoms, sondern das Knutschen, mit Nordie Liam nämlich. Hat er? Wie oft? Bitte schick mir schnellstmöglich ein Update! Ich habe eine sehr brave, langweilige Karte von James bekommen, à la »Hier gibt es nichts Neues«; dabei waren vorne auf der Karte jede Menge nackte Jungs drauf, die über einen Strand gerannt sind. Mal ehrlich, das ist doch ein gutes Zeichen? Oder? Ich hoffe, er macht ordentlich Fortschritte. Die beiden sind ein supersüßes Paar, und ich behaupte nicht einmal, es IMMER GEWUSST ZU HABEN. Aber so war's. Also melde Dich bitte und schreib mir alles, was James mir hartnäckig verschweigt.

Was hier passiert ist? Eigentlich nichts. Hier ist es heiß und die Arbeit sehr anstrengend. Ich habe die kleinen Biester schon vor sieben Uhr morgens am Hals, sie weigern sich, länger zu schlafen, und der lange Tag besteht aus Füttern und Umziehen und Saubermachen und Ausflügen an den Pool und Ausflügen zur Eisdiele, und nebenbei muss ich mich des aufdringlichen Papas erwehren, was natürlich nur dazu führt, dass er es umso entschlossener versucht.

Wie dem auch sei. Wo wir beim Thema Job sind, wahrscheinlich sitzt Du jeden Abend da und kommunizierst mit den Sternen und den Planeten und eignest Dir neues astrologisches Wissen für den nächsten Arbeitstag an? Da will ich Dich nicht länger stören mit meinem Gejammer über anderer Leute Kinder und mit lächerlichen Spekulationen über das Liebesleben unserer Freunde. Bitte, Cits, schreib mir einen RICHTIGEN BRIEF und nicht bloß eine Karte. Ich wünsche mir so einen dicken Umschlag, wie Du ihn James früher geschickt hast. Ich brauche was anderes zu lesen als italienische Kinderbücher. SCHREIB MIR, WAS DU SO MACHST.

ZOE

*

Sie vermisste Zoe, das merkte sie jetzt erst. Damit hatte sie nicht gerechnet.

Sie vermisste die anderen. Sogar Emmet, der ihr vermutlich kein einziges Mal aus Chicago schreiben würde, und schon gar keine Flirtmails. Es überraschte sie, ihn zu vermissen. Alles überraschte sie.

Und nichts.

Denn wie hatte sie ihre Zeit verbracht?

Geschlafen, wann immer es ging. Was kaum, was nie lange genug war.

Und dann das Erwachen. Mit dem Gedanken, dass es heute vielleicht anders wird. Nicht ganz so schlimm.

Und dann das zweite Erwachen, das richtige. Denn das Ganze, hatte sie herausgefunden, funktionierte folgendermaßen: Der Körper erwachte zuerst, aber der Körper war unwissend, der Körper ließ der Ahnungslosigkeit Raum. Verstand: Wenn der Verstand sich einschaltete, war Schluss mit lustig. Der Verstand: konnte nicht anders. Er sprang an, staute auf, baute ab. Und nicht bloß Gedanken. Es fühlte sich nicht bloß an wie Gedanken. Da waren eigene Lebensformen, in den Nischen und Winkeln des Gehirns; sie waren real, am glücklichsten morgens, wenn sie ungehindert umherstreifen konnten. Sie gehörten zu Catherine, mehr noch, sie waren ihr Kern, und sie stammten – da war Catherine sich sicher – nicht notwendigerweise aus Catherines Kopf, waren kein Produkt ihres einsamen, beschränkten Verstandes …

Wie viel Energie sie hatten, diese Gedanken. Sie verfügten anscheinend über endlos viel Energie; Catherine bewunderte sie fast schon wieder dafür.

*

Und die Vorstellung, Emmet fast in diesen Sumpf hineingezogen zu haben: unverzeihlich.

*

Die Haut an ihren Unterarmen sehnte sich danach, aufgeritzt zu werden, besonders morgens.

Dieses Kribbeln, dieses Sehnen.

Dabei war Haut doch eigentlich etwas Totes, oder?

Hautschuppen waren das, was von der eigenen Vergangenheit übrig blieb.

Oder vielleicht war es kein Zufall, dass ausgerechnet die Überreste am sichtbarsten waren. So war das vielleicht.

*

> Verlangen Sie sich nicht mehr ab, als Sie leisten können.
>
> Prüfen Sie sich nicht, wenn Sie momentan keine Prüfungen ertragen.
>
> Nehmen Sie das, was Sie glücklicherweise bekommen haben, nicht als selbstverständlich hin …

Ihre Chefin war begeistert. Sie erhöhte Catherines Lohn, zehn Pence mehr pro Text.

*

Ein Traum. Mehr als einmal derselbe Traum. Ein Bett in einer Zimmerecke. Drum herum Kistenstapel, das warme Bett ein Versteck, und im Versteck seine noch versecktere, noch wärmere Umarmung. Sie schmiegte sich an, sie atmete seinen Duft ein. Sie döste selig ein und wachte auf, als sie seine Stimme hörte, *Catherine, du bist …*

Das Ende des Satzes hörte sie nie. Sie erfuhr nicht, was sie seiner Meinung nach war, was er von ihr hielt. Im Wachzustand versuchte sie, die Szene zu erinnern; im Bus, vor dem Computer oder wenn sie bei der Arbeit einen Instantkaffee trank …

Aber der Satz fand kein Ende. Und selbst beenden konnte Catherine ihn nicht.

11

Ihre Gespräche waren nur noch Trümmer.

Sie saßen über ihr Picknick im Park gebeugt, konnten sich kaum daran erinnern, wie das ging, sich unterhalten.

Beim Blick in seine Augen fühlte sie sich, als wäre *sie* diejenige gewesen, die gegangen war.

Als gäbe es so viel zu erzählen, als müsste er ihr so viel sagen …

Aber nein.

*

Wie geht's?

Wie war deine Woche?

Wie schreiben sich deine verlogenen Pseudohoroskope, die ebenso wertlos und leer sind wie du?

Wie geht es deinen Freundinnen, die sich für mich freuen, weil ich dir entkommen bin.

(Die letzten beiden Sätze wären wenigstens ehrlich gewesen.)

*

Small Talk als Beleidigung.

*

Wie geht's?

Er wusste, dass er diese Frage besser nicht stellte.

Und hier eine Frage, die sie sich verkniff:

Wie geht es deinem Freund?

*

Denn inzwischen war Liam sein Freund, da bestanden keine Zweifel.

»Ich mag ihn wirklich *sehr,* Lorraine«, hatte sie James einmal in der Küche sagen hören, als er zu Besuch da war. »Ich meine, so richtig. Ich mag ihn sehr.«

»Dann bring ihn mit und stell ihn offiziell vor, du meine Güte«, sagte Lorraine in weichem, zärtlichem Tonfall. »Am Freitag, zum Abendessen. Ihr könnt über Nacht bleiben, ich gebe euch mein Zimmer. Cillian und ich schlafen im Wohnzimmer. Warum nicht? Bring ihn mit.«

*

Die Panik, die sie gespürt hatte. Allein die Vorstellung. Die beiden, auf der anderen Seite der Spanplattenwand. Die Geräusche …

*

Sie stieg in den Zug und fuhr übers Wochenende nach Hause. Ihre Mutter beäugte sie misstrauisch. Ellen tat so, als hätte sie sie in der Nacht nicht weinen hören.

(Alte Abmachung zwischen ihr und Ellen.)

Das Sonnenlicht auf den Weizenfeldern mitten im Juli. Die Bauern kurvten mit den Traktoren durch die Gegend, als wären es Rennautos. Anna schlug Räder auf dem Rasen.

*

»Was macht James eigentlich?«, fragte ihre Mutter auf dem Weg zum Bahnhof. »Ist er aus Deutschland zurück?«

Catherine sah sie fragend an. »James?«

»Ja, James«, sagte ihre Mutter demonstrativ geduldig, »ich nehme an, er ist zurückgekommen?«

»Ich …«

»Catherine, hör mal, ich wollte es dir längst sagen, aber was letzten Sommer passiert ist, tut mir wirklich leid. Weißt du?«

Catherine brachte keinen Ton heraus.

»Es tut mir so leid, dass du dich überhaupt verteidigen musstest. Am besten, du hättest gar nichts gesagt, das siehst du sicher auch so. Ich weiß doch, dass du eigene Freunde brauchst.«

»Ja«, sagte Catherine kraftlos.

»Also, wie immer der Kerl heißt, dem du deine momentane Verfassung zu verdanken hast – vergiss ihn, um Gottes willen, und hab Spaß mit deinen Freunden. Auf lange Sicht zählen nur die. James und deine anderen Freunde.«

*

War es schon so weit gekommen, dass sie sich alles, was gesagt wurde, nur einbildete?

Der Mann am Bahnhof, der die Uhrzeit wissen wollte; Catherine war erschreckt zurückgezuckt, weil sie dachte, er wollte sie küssen.

Die beiden Mädchen, die sie auf der Talbot Street überholt hatten; Catherine wurde das kribbelige Gefühl nicht los, dass sie über sie gelästert hatten.

Der Busfahrer der Linie 10 hatte ihr einen schönen Abend gewünscht, oder hatte er ihr vorgeworfen, das falsche Ticket gelöst zu haben? *Auf Wiedersehen,* hatte er vielleicht gesagt, oder war es *Ich sehe dich,* meinte er, sie bei etwas Verbotenem erwischt zu haben?

Sie starrte dem Bus nach, wie er davonfuhr, und tatsächlich, der Fahrer schaute sie an …

Ja, das war sein Gesicht im Rückspiegel …

Und jemand ging viel zu dicht hinter ihr, auf dem Weg zur Wohnung brach sie in einen Laufschritt aus, und als sie dort ankam, war sie so außer sich, dass sie den Gedanken an James und Liam kurzzeitig vergessen hatte.

*

»Ach, die waren nicht da«, sagte Lorraine achselzuckend, als hätte Catherine nach einem Fußballspiel gefragt, das niemanden interessierte. »Wir holen das am nächsten Wochenende nach.«

*

> Lassen Sie sich nicht blindlings auf neue Geschäftskontakte ein.
>
> Pluto, Herrscher im fünften Haus, sorgt in diesem Monat für Offenheit. Einiges wird sich klären.
>
> Ein Kind überrascht mit Weisheit.

*

»Mensch Reilly, bist du *dünn* geworden«, sagte er und drückte sie zur Begrüßung. »Wie machst du das?«

Die Haut in seinem Gesicht. Sie hätte ihn erwürgen können.

Seine lächelnden Lippen. Sie hasste ihn.

Aber sie liebte ihn mehr als ihr Leben.

*

Liebe. War das wirklich Liebe? Die Liebe verlieh Kraft. Die Liebe verlieh Kraft.

(Aber was war es dann?)

(Und ja, manchmal …)

(Aber selbst, wenn man sich auf das entlegenste Meer flüchtete und auf den höchsten Gipfel, würde man irgendwann entdeckt. Irgendwann flog man auf.)

*

Heute geht es Ihnen ans Portemonnaie. Trennen Sie sich nicht leichtfertig von Dingen, die Sie noch brauchen können.

Der Neumond am 23. wird Ihr Haus erleuchten; Veränderungen zum Positiven stehen an.

Es geht um einen Ihrer Freunde: Lassen Sie ihn nicht aus Ihren Gedanken.

*

Eine Mail von Emmet.

Fröhlich. Frech. Voller Neckereien, wie immer.

Sie antwortete nicht.

*

Lorraine: »So ein süßes Paar, Catherine. Du solltest sie mal sehen.«

*

Sie dachte: *Vielleicht*. Sie dachte: *Nicht unbedingt*.

Vielleicht würde es nicht von Dauer sein.

Es war nicht unbedingt so ernst, wie es zunehmend aussah.

*

> Der Juli war ein aufregender Monat für Sie. Entspannen Sie sich, und genießen Sie das Erreichte. Eine enge Beziehung ist in Schieflage geraten, aber verzweifeln Sie nicht; mit viel Aufmerksamkeit und Zuwendung werden Sie das gewünschte Ergebnis erzielen. Falls ein Rivale auftaucht, sollten Sie Ihre Optionen abwägen und nicht vorschnell handeln. Vergessen Sie nicht, alles passiert aus gutem Grund. Der Neumond verspricht neue Wege, die sich Ihnen bald zeigen, und Sie werden Lösungen für Probleme finden, die Sie schon länger belasten. In den kommenden Wochen sollten Sie Grün tragen, so erschaffen Sie eine Aura des Neubeginns und verstärken Ihre Achtsamkeit für das, was sein sollte …

So ein Unsinn, so ein Mist, und sie schüttelte ihn einfach aus dem Ärmel. Sie ließ die Autokorrektur mitlaufen, um noch schneller durch die Texte zu kommen, und sie legte Kürzel für lange, sich oft wiederholende Phrasen und Wendungen fest. Die Sätze pflanzten sich vor ihren Augen fort. Die Lügen sprossen. Leicht verdientes Geld.

> Diesen Monat können Sie sich über einen unerwarteten Geldsegen freuen.
>
> Reichtum macht glücklich.

*

Dieser Geschmack in ihrem Speichel, an ihrem Zahnfleisch. Das dumpfe Aroma des verhassten Tages.

*

Jeden Morgen fragte sie sich als Erstes, was der Tag ihnen wohl bringen würde.

Wie *ihr* Tag verlaufen würde.

Wie das Sonnenlicht auf seiner nackten Schulter aussah, gleich nach dem Aufwachen.

Ob es anderen Menschen ebenso auffallen würde.

Wie es sich anfühlen mochte, um zehn Uhr morgens im Sonnenschein an seiner Seite durch die Thomas Street zu laufen, nicht Hand in Hand, aber voller Verlangen nach der Berührung.

Wie es sich anfühlen mochte, sich an der Ecke zu verabschieden, *wir sehen uns später,* und zu wissen, das war nicht nur so dahingesagt.

Nicht so dahingesagt zu jemandem, den man seiner Wege schickte.

Am späten Nachmittag dachte sie daran, wie die zwei aneinander dachten. Wie ihre Gedanken wohl aussähen, welche Form sie hätten.

Und dann die Abende.

Die leeren Abende.

*

Manchmal war es so schwer, nicht zum Telefonhörer zu greifen.

Zu fragen: *Liam? Bist du es, Liam?*

Und ihm zu sagen, dass … dass …

*

Und ihm *was* zu sagen?

Sie hatte nichts. Nicht einmal das hatte sie.

*

Zu so etwas wäre sie fähig …

*

> Diese Woche werden Sie einen sehr wichtigen Menschen kennenlernen.
>
> Diese Woche werden Sie etwas sehr Wichtiges träumen.
>
> Diese Woche werden Sie Glück haben. Diese Woche wird wie keine andere.

*

Ellen kam für einen Tag nach Dublin. Sie war auf der Suche nach einem Zimmer, sie würde studieren.

»Können wir uns treffen? Um sechs vor dem College? Kann ich bei dir übernachten?«

Es handelte sich leider um den einen Abend, an dem James Zeit für sie hatte. Ellen würde den letzten Zug nehmen müssen.

*

»Ich habe James und Liam am Freitag zum Essen eingeladen«, sagte Lorraine am nächsten Tag. »Ist das okay?«

»Was?«, sagte Catherine und glotzte, »hier?«

»Ja?«, sagte Lorraine langsam. »Ich habe dir doch gesagt, dass sie am Freitagabend kommen. Wahrscheinlich bleiben sie über Nacht. Ist doch nett, sie übers Wochenende hier zu haben. Du hast doch nicht schon etwas vor, oder?«

*

Liebe kaltherzige Catherine,

warum höre ich nichts von Dir? Hast Du Dich von Deiner transatlantischen Cyber-Affäre so mitreißen lassen, dass Du Deine sonnenverbrannte, von Italienern begrabschte Freundin vergessen hast? Ich bin so traurig, nichts von Dir zu hören. Deinetwegen werfe ich dem Postboten erwartungsvolle Blicke zu, so dass er wie jeder andere Mann in diesem Kaff glaubt, es bestünde eine kleine Chance auf einen Fick. Danke vielmals!

James hingegen war ein bisschen mitteilsamer. Ist es nicht aufregend, wie schnell sich diese echte Jungsliebe im RL entwickelt? James ist ja anscheinend schwer verknallt. Ich bin ja SO zufrieden mit mir. Die Geschichte mit dem Foto und der Gedichtzeile ist ja wohl das Süßeste, was ich je gehört habe. Wie lieb von James. Wie …

*

Von einem Foto wusste sie nichts. Sie wusste nichts von einer Gedichtzeile.

*

Sie schob diesen Informationsschnipsel zu den anderen Informationsschnipseln. Zu den Sachen, die sie lieber nicht gehört hätte. Die sie besser verdrängte.

*

Aber so wie die übrigen Schnipsel weigerte sich auch dieser, verdrängt zu werden.

Sie dachte, welches Gedicht?

James las keine Gedichte.

James pflückte keine Verse, um sie zu horten.

Wovon also war die Rede?

*

Sie dachte nachts darüber nach und tagsüber. Der Gedanke ließ ihr keine Ruhe mehr.

12

Dabei wusste sie es.

13

Jemand rief ihr nach, als sie im Stechschritt den Campus überquerte.

PhotoSoc-Lisa. Sie lächelte, winkte erfreut. Warum waren hier alle so verdammt zufrieden?

Lisa wollte über das Foto sprechen, das sie für Catherine aufbewahrt hatte, das Foto von James, das Catherine mit der Rolleiflex aufgenommen hatte. Sie entschuldigte sich; sie entschuldigte sich bereits, als Catherine noch nicht ganz vor ihr stand, schon hatte sie angefangen, sich zu rechtfertigen; sie habe, sagte sie, das Foto wochenlang mit sich herumgetragen in der Hoffnung, Catherine zufällig in die Arme zu laufen. Na, so was! Und nun war es endlich passiert, und sie hatte das Foto nicht …

Ist schon gut, sagte Catherine achselzuckend. Sie wollte Lisa loswerden. Lisa könnte ihr das Bild ein andermal geben.

Aber Lisa schüttelte den Kopf und hob die Hände, als gäbe sie sich geschlagen, sie sagte, nein, Catherine habe sie missverstanden, das Foto sei weg. Sie besaß das Negativ, natürlich, sie könnte jederzeit einen zweiten Abzug anfertigen, aber das Foto war weg. Neulich hatte sie Liam getroffen, genau hier war es gewesen, vor einer Woche etwa, und sie hatten ein bisschen geplaudert und waren natürlich auch auf James gekommen – war das mit Liam und James nicht allerliebst? –, und sie hatte Catherines Foto herausgeholt und Liam gezeigt, und tja, Liam war von dem Bild so begeistert gewesen, so hingerissen …

Sie hatte noch das Negativ, wiederholte sie, sie könnte jederzeit einen zweiten Abzug anfertigen.

Und dieses unglaubliche Porträt von Liam, das James diesen Monat geschossen habe …

Hatte Catherine es gesehen?

Es war schön, es war wunderschön – Lisa würde es für ihre Ausstellung in der John Street verwenden, natürlich, möglicherweise würde es das Herzstück der ganzen Show …

Sie würde Catherine doch sicher bei der Vernissage sehen? James hatte die Einladung weitergeleitet?

*

Der *Titel* des Porträts? O ja, es hatte einen Titel, er stammte aus einem Gedicht, Moment mal, gleich hätte sie es …

Das Herz passiert, war es das?

Es passiert im Herzen?

Irgendwas mit Herz jedenfalls. So viel wusste Lisa noch. Da war sie sicher. Es ging um ein Herz, *das Herz* – irgendwas mit einem Herzen.

Das Herz …

Das Herz …

*

Scheiß auf das Herz, sagte Catherine, und Lisa glotzte.

14

Natürlich würde es sich auch wieder ändern, redete Catherine sich ein.

In der Zukunft würde er noch viele andere haben, und bis dahin, das redete Catherine sich ein, würde sie sich besser fühlen. Dann hätte sie keinen Bedarf mehr. Kein Problem. Alle würden blendend miteinander auskommen, einander Spitznamen geben, und die gegenseitige Zuneigung würde mit jedem goldenen, gloriosen Abend wachsen …

Der perfekte Sommer, in der Zukunft.

Ich mag ihn wirklich sehr, Catherine, ich meine, so richtig. Er ist …

Und dann würde James sagen, was er war. Wer er war. James würde etwas über ihn sagen, James würde den Satz beenden.

Und Catherine würde lächelnd zuhören.

*

Liams helle, selbstbewusste Stimme am Telefon. Die ganz offenbar mit jemand anderem gerechnet hatte, mit einer anderen Nachricht.

Nicht mit dem, was Catherine zu erzählen hatte, weil sie nur eine Wahl hatte.

Ihre einzige Wahl.

Und ja, sagte Liam verwirrt, natürlich könne er sie am Abend treffen, im O'Brian's. Aber wäre James nicht …?

*

Nein, James wäre nicht.

Nur sie beide.

*

Und wenn schon. Und wenn es schon nicht mehr passierte, das, was Catherine Liam erzählte – es war schließlich oft genug passiert, wann immer die Umstände es zugelassen hatten.

Ja, es passierte so gesehen nicht mehr. Und wenn schon.

Denn es war passiert. Oft.

Und es passierte, es passierte jede Minute und jeden Tag, immer noch, in Catherines Kopf.

*

Seine Hände. Seine Lippen. Seine Augen.

Seine Zunge, voll und weich an ihrer.

Und er war schon bereit – für sie –, das hatte doch bestimmt etwas zu bedeuten? Das bedeutete doch sicherlich …

Sein Atem. Wie der Atem sich verändert hatte.

Seine Hände. Seine Lippen. Seine Augen.

Wie sehr sie sich danach sehnte, von ihm gefickt und gefickt zu werden, bis zur Auflösung.

*

Wie er sich überwunden hatte.

*

Wie er scheinbar nichts dagegen tun konnte; wie unruhig und verwirrt er war, aber das war so *normal,* betonte sie, das sei *verständlich.* Denn letztendlich war das alles, sagte sie zu Liam, sehr kompliziert, nicht wahr? Sicher habe er selbst auch seine Zweifel bei der Sache …

Meine *Zweifel*?, fragte Liam und sah sie aufgebracht an. Sein Akzent war so stark, sie fragte sich, ob sie verstanden hatte.

(Der Akzent. Diesem Akzent war nicht zu trauen, von Anfang an nicht.)

»Nein, Catherine«, sagte er und nahm ihren Namen noch einmal in die Mangel, sprach ihn aus wie in einer fremden Sprache, »ich hatte nie *meine Zweifel.*«

*

(Tja, das war wohl allein seine Sache.)

*

Tja, sie war nur der Meinung, er sollte es wissen, sagte Catherine und drehte und wendete den Bierfilz.

Flocken fielen heraus, Krümel. Das feuchte Rechteck darunter, wo das verlaufene Guinness sich gesammelt hatte.

Es sei nur so, sagte Catherine, sie habe entschieden, im Interesse aller, die Sache zu beenden.

Die Täuschung.

Die Lüge.

Ob er verstehe, was sie meine? Warum sie es ihm sagen musste?

(So viele Tage, erinnert und bereit, jetzt aufgezählt zu werden, die Vormittage und die Abende und die Wochenenden; sie hatte jeden Moment dieses Sommers bewusst miterlebt, sie hatte immer genau gewusst, wo James sich aufhielt, sie konnte sich an jeden Abend erinnern, den er mit ihr verbracht hatte, und an jeden Abend ohne ihn, deswegen konnte sie sie alle auflisten.)

*

»Ich kann das nicht glauben, Catherine«, sagte Liam, aber sie sah, dass er es glaubte.

Der Kummer in seinen Augen; sie sah den Kummer, den sie dort hingepflanzt hatte.

Eigentlich hatte sie nie daran gezweifelt, dass er ihr glauben würde.

Denn wenn man mal ehrlich war, konnte man einen anderen Menschen nie zur Gänze kennen.

Also, durch und durch.

Liam wusste das, es war ihm anzusehen. Liam hatte Verständnis.

*

Auf dem Nachhauseweg blieb sie vor Patrick Kavanaghs Bank stehen.

Das Bronzegesicht wutverzerrt.

*

Selbst, wenn jetzt nicht mehr stimmte, was sie Liam erzählt hatte, war es dennoch wahr, in ihrem Herzen, und kam es nicht darauf an?

Was man im Herzen trug, das zählte.

Die Zeit für Liam und James war einfach noch nicht gekommen, sagte sie sich.

Noch nicht.

*

»Du siehst besser aus«, sagte Lorraine an dem Abend zu ihr. »In letzter Zeit hast du oft so erschöpft gewirkt.«

»Diese verdammten Horoskope«, sagte Catherine.

Lorraine lächelte. »Erschöpft davon, in die Zukunft zu blicken!«

*

In wenigen Tagen werden Sie erfahren, was Sie in Bezug auf eine für Sie sehr wichtige Angelegenheit zu erwarten haben.

Diese Woche wird einen Abschluss bringen.

Diese Woche wird eine Heimkehr bringen.

*

Und nein, natürlich hatte Catherine es nicht durchdacht.

Was James sagen würde oder auch nicht. Was er zu Liam sagen würde und was nicht, um wiedergutzumachen, was Catherine angerichtet hatte, um Catherines Wahrheiten im Handumdrehen zum Märchen zu erklären …

So weit hatte sie nicht gedacht.

Denn eigentlich hatte sie überhaupt nicht gedacht.

Sie hatte lediglich getan, wozu sie sich mit jeder Faser, jeder Zelle ihres Körpers gezwungen sah.

*

Ein Klopfen an der Tür, laut und wütend.

Lorraine machte auf, Lorraines fröhliches Hallo, das bröckelte und sich in Sorge verwandelte, in Verwirrung, als James sich an ihr vorbei in die Wohnung zwängte und Catherines Namen rief, zwei Silben bekam sie von ihm, beide hässlich, beide schneidend …

Catherine kam aus ihrem Zimmer.

Sein Gesicht, alles Licht daraus getilgt.

In seinen Augen nichts, was sie schon einmal gesehen hätte.

Und trotzdem hüpfte ihr Herz vor Freude, ihn zu sehen.

*

Und alle hörten es mit an, Lorraine und Cillian und die Freunde, die zu Besuch waren. Alle. Die Leute in der Wohnung über ihnen, die Leute im Souterrain unten, sogar die Nachbarn rechts und links. Sicher konnten alle James' Gebrüll hören. Was sie sich wohl, wunderte sich Catherine besorgt, während sie vor ihm stand, in seinem Weg, dabei dachten? Was dachten sie über das, was sie aus seinem Mund zu hören bekamen?

»Die Leute können dich hören, James«, sagte sie irgendwann. »Alle können dich hören.«

Er sah sie an. Immerhin hatte sie es geschafft, ihn zu unterbrechen, mitten im Satz. Immerhin das; sein Schweigen, eine Gnade, wenigstens für ein paar Augenblicke.

(Aber da war immer noch sein Blick.)

Und dann redete er weiter.

»Mein Gott«, sagte er, »du weißt ja echt, worauf es ankommt. *Die Leute können dich hören?* Mein Gott, du hast deine Lektion wirklich gelernt.«

(Während er sprach, landete seine Spucke auf ihrer Wange, auf ihren Lippen, die sich bewegten bei dem vergeblichen Versuch, eigene Worte zu bilden.)

(Sie wischte sich den Mund nicht ab.)

*

Sie sei verschlagen, kontrollwütig, manipulativ.

(Ja, das war ihr klar.)

Sie sei doch verrückt.

(Ja, auch das war ihr klar.)

Sie könne es nicht ertragen, ihn glücklich zu sehen. Sie könne es nicht ertragen, dass er etwas, dass er *jemanden* für sich allein hatte. Sie könne es nicht ertragen, ihren Willen nicht zu bekommen, den sie immer so gründlich durchgesetzt habe; sie sei eine verwöhnte Göre, eine Egoistin; sie sei eine Verrückte, sie sei hysterisch, sie habe wohl den letzten Rest ihres kranken Verstandes verloren. Wie sie an ihm geklettet habe, bis nach Carrigfinn habe sie ihn verfolgt, sie habe versucht, hinter seinem Rücken gegen ihn zu intrigieren, mit seinem Freund; was zum Teufel stimmte mit ihr nicht? Wer wollte so leben?

(Ja, wer eigentlich?)

Und sie liege daneben. Das sei der Witz, darin bestehe die Ironie. Es sei fast komisch. Sie irre sich in Liam. Sie habe ja keine Ahnung. Sie irre sich, wenn sie glaube, James habe es sich leichtgemacht, in irgendeiner Hinsicht; als würde er selig vor Glück auf neuen Pfaden wandeln. Als wäre er so beschränkt wie sie. Nichts davon sei einfach. Nur den kleinsten Teil der Last, die er aus Berlin mitgeschleppt habe, habe er abschütteln können. Liam habe ihm geholfen, Liam hatte Leichtigkeit in sein Leben gebracht, aber nicht einmal Liam war es gelungen, die Vergangenheit auszulöschen, reinen Tisch zu machen. Jeder Tag sei aufs Neue schwer, da sei immer die Angst; ob sie eigentlich wisse, wie es sei, in der Straße nicht Hand in Hand gehen zu können? Und obwohl sie nicht einmal Händchen hielten, warfen die Leute ihnen Blicke zu, sie wurden gesehen und gehasst; ob sie überhaupt wisse, wie sich das anfühlt? Wahrscheinlich nicht, denn in Wahrheit sei sie eine von denen, nicht wahr, sie gönnte ihnen nicht einmal das wenige, das sie hatten. Oder? Genau so war es. So war sie, egal, was sie sich einreden wollte – andernfalls hätte sie niemals tun können, was sie getan hatte. Wie wäre das möglich gewesen? Wie habe sie jemals glauben können, für wie dumm hielt sie Liam eigentlich, glaubte sie denn ernsthaft, Liam würde so etwas über James denken? Nein, tat er nicht, egal, wie sich das für Catherine darstellte. Egal, wie er im Pub auf sie gewirkt habe. Was habe sie eigentlich damit bezwecken wollen, seinen Freund im Pub zu treffen? Um ihm Lügen zu erzählen? Was stimmte nicht mit ihr? Was war aus ihr geworden? Oder war sie immer so gewesen? Hatte er es bloß übersehen? Denn wenn man es genau nehme, kannten sie einander nicht besonders gut, er und sie; sie kannten einander gerade mal seit einem Jahr, um ehrlich zu sein. Sich Briefe zu schreiben wie Kinder, wie Brieffreunde, Briefe noch dazu, die sie, das wusste er ganz genau, kaum richtig gelesen hatte. Denn sie hatten nicht zu ihrem neuen, lustigen Collegeleben gepasst. Zu den Jungs und den Partys und allem, alles sei ihr wichtiger gewesen, als ihm eine Freundin zu sein. Natürlich nur, bis er beschlossen habe, ihr Verhalten zu spiegeln. Bis er beschlossen habe, sein eigenes Leben zu leben und auf eigenen Füßen zu stehen. Tja, da war es plötzlich nicht mehr okay für sie, ihn nicht ständig um sich zu haben, nicht jeden Atemzug und jeden Schritt mitzubekommen; da passte es ihr plötzlich nicht mehr.

Tja, damit war es nun vorbei. Jetzt war Schluss, sie hatte den Bogen überspannt. Es war lachhaft; lachhaft, was sie getan hatte, was sie versucht hatte – als hätte er das Bedürfnis, sie zu berühren. Als hätte er dieses Bedürfnis jemals verspürt; hatte sie das wirklich geglaubt? Hatte sie sich selbst belogen? Nein, er wollte jetzt wirklich nicht von ihr angefasst werden, sie solle es nicht *wagen,* sie solle ihre Hände bei sich behalten, das wollte er, und sie sollte sich ihm nie, nie wieder nähern, und seinem Freund schon gar nicht, Catherine sollte sie verdammt noch mal in Ruhe lassen und sich um ihre eigenen Angelegenheiten kümmern, statt sich wie eine jämmerliche Klette aufzuführen, wie eine Verrückte. Nein. Jetzt war Schluss. Er spielte nicht mehr mit, er würde sich nichts mehr gefallen lassen. Er würde sich hier nicht mehr blicken lassen, natürlich würde er Amy und Lorraine und Cillian vermissen, aber die konnte er auch woanders treffen; er würde Wege finden, seine Freundschaften zu pflegen, die schon bestanden hatten, lange bevor Catherine dahergekommen war, und die lange danach noch bestehen würden.

Und was Liam betraf, ihn und Liam – er und Liam würden die Stadt verlassen und übers Wochenende verreisen, zu Liams Eltern, denn sie brauchten eine Verschnaufpause und ein paar Tage Ruhe nach dem Mist, den Catherine ihnen angetan hatte. Verdammt noch mal, sie mussten raus aus der Stadt und irgendwohin, wo keine Gefahr bestand, ihr in die Arme zu laufen, von ihr gestalkt zu werden – und nichts anderes hatte sie getan, war ihr das eigentlich klar? Sie war eine Stalkerin. Sie hatte sie verfolgt wie eine gottverdammte Psychopathin.

Sie waren jetzt *weg,* ob sie das verstanden habe? Sie würden morgen früh in den Bus steigen, und dann wären sie *weg.*

Hatte sie das begriffen?

Sie war eine Irre. Der Bogen war verdammt noch mal *überspannt.*

*

(Und Gott helfe ihr, aber eigentlich interessierte sie in dem Moment nur eins: Wussten Liams Eltern Bescheid? Hatten sie es den Eltern gesagt? Trafen sie als Pärchen dort ein, würde Liam James als seinen Freund vorstellen, hatten Liams Eltern kein Problem damit? Hatten sie kein Problem damit, dass ihr Sohn mit James durch die Stadt spaziert, wie immer die Stadt auch heißt, und von allen gesehen wird? Durchschaut?)

(Das dachte sie, als er die Tür hinter sich zuschlug.)

(Womit nur bewiesen war, dass er recht hatte, oder?)

(Mein Gott, du hast deine Lektion wirklich gelernt.)

*

»Sprich mich nicht an«, sagte Lorraine, als Catherine ins Wohnzimmer kam, zitternd, das Gesicht voller Tränen, die endlich, endlos fielen. »Sieh mich nicht so an, Catherine. Ich glaube es nicht. Ich kann nicht glauben, dass du das versucht hast. Nach allem, was er durchmachen musste. Wir haben das hautnah miterlebt. Und jetzt ist er endlich glücklich und du – du versuchst – ich glaube es nicht. Ich will dich gar nicht verstehen. Ich will ehrlich zu dir sein, Catherine, ich glaube, es wäre besser, du verschwindest. Du solltest ausziehen. Hier ist kein Platz mehr für dich.«

(*Er hat nicht gesagt, er wäre glücklich,* das dachte Catherine.)

*

Sie rechnete nicht damit, dass Lorraine jemals wieder mit ihr reden würde.

Sie rechnete damit, dass das eisige Schweigen, das ihr an dem Abend entgegenschlug und am nächsten Abend und den ganzen Samstag, bis zum Nachmittag – Lorraine und Cillian redeten miteinander, als wäre Catherine gar nicht im Raum –, ewig anhalten würde, eine Woche des Schweigens und noch eine und noch eine, bis es ihr gelingen würde, ein anderes WG-Zimmer zu finden …

Aber das war in Ordnung. Sie gewöhnte sich an den Gedanken. Sie hatte keine Tränen mehr. Sie hatte alle Hoffnung verausgabt. Sie konnte keine Hoffnung mehr gebrauchen, sie würde ihr keinen Platz lassen. Wie sich herausstellte, war das Gefühl gar nicht so schlecht. Diese Taubheit, diese Leere war nicht das Schlechteste. Sie schaute viel fern und bewegte sich meistens nicht aus dem Lehnsessel, der in der hintersten Ecke des Wohnzimmers stand, so wäre sie nicht versucht, falls jemand hereinkam, ihn anzusehen aus reiner Gewohnheit …

Den ganzen Samstagnachmittag wurde ein Golfturnier übertragen, Catherine verstand die Regeln nicht, schaute aber dennoch stundenlang zu. Sie glotzte in den Bildschirm und hing im Lehnsessel, seit zwei Tagen schon. Keine Horoskope am Freitag; sie hatte beschlossen, dass ihre Kollegen ohne sie zurechtkommen würden. Sie hatte in dem Laden tausende Pfund verdient, genug, um über die Runden zu kommen und die Kaution und die erste Monatsmiete für ein Zimmer zu hinterlegen, sollte doch jemand anderes, ein anderer Roboter, die Leute über ihre Zukunft belügen, über ihren nächsten Tag …

Ihre Gedichte, vielleicht sollte sie wieder Gedichte schreiben, oder vielleicht – *was im Herzen geschieht* –, na ja, vielleicht nicht, wahrscheinlich nicht. Irgendetwas anderes. Etwas Leichteres. Etwas ohne belastende Vorgeschichte. *Putt*, machte der Golfball, und die Menge murmelte einen Applaus, so sanftmütig waren diese Leute, es brauchte nicht einmal eine Absperrung; die Zuschauer standen am Rand wie brave Kinder und folgten den Golfspielern über das Grün wie ein Schwarm Anstandsdamen. *Putt*. Applaus. Eine harmlose Bemerkung vom Kommentator, eine harmlose Erwiderung von seinem Kollegen. Warmes Sonnenlicht fiel durch das große Erkerfenster ein. Das Fernsehbild stand wie hinter einem staubigen Schleier. Am unteren Bildrand erschien eine rote Laufschrift, Catherine konnte den Text nicht lesen, sie machte sich nicht die Mühe, die Augen zusammenzukneifen; Catherine wollte nur die Geräusche. *Putt*, Applaus, Kommentator, Kollege. *Putt*, Applaus, Kommentator, Kollege. Losgehen, die Menge folgt – stopp, die Menge bleibt stehen …

Aus dem Flur ein Rumpeln. Jemand war gestolpert, auf dem Weg von der Küche in den Flur. Auf das Rumpeln folgte eine Art Murmeln, und dann rief jemand ihren Namen. Jemand kam näher; jemand hatte sich aufgerappelt und kam dem Wohnzimmer näher und rief, *schrie* Catherines Namen.

Lorraine.

Catherine blinzelte. Fast hätte sie gelacht, *das hat ja nicht lange gedauert*. Wahrscheinlich hatte Lorraine gemerkt, dass ihre Zigaretten verschwunden waren; sie hatte Catherine rauchen sehen und glaubte jetzt wohl, Catherine habe ihre Zigaretten aufgeraucht. Aber sie irrte sich, Catherine konnte es gar nicht erwarten, sie auf ihren Irrtum hinzuweisen. Sie konnte …

Lorraine auf der Schwelle zum Wohnzimmer.

»Catherine«, sagte sie noch einmal, und nun sah Catherine auch, woher das Murmeln kam; Lorraine hielt das kleine Transistorradio in den Händen.

Sie klang zu Tode verängstigt, sehr alt und sehr jung zugleich.

Und ihr Gesicht. Catherine konnte gar nicht glauben, dass ein Mensch so bleich werden konnte. So blutleer. Die Sommersprossen sahen hingegen aus wie immer, dunkler noch und deutlicher hoben sie sich von der hellen Haut ab, zogen sich über das Weiß wie matte Sterne.

Und ihre Hände. Ihre Hände zitterten so heftig, das konnte Catherine jetzt sehen, kein Wunder, dass sie das Radio nicht festhalten konnten. Das Radio würde nicht …

Und da fiel es wieder. Es krachte auf den Teppich, das Batteriefach sprang auf, und die Batterien fielen heraus …

Die Stimmen verstummten.

»Catherine«, sagte Lorraine mit einer Stimme, die nicht nach Lorraine klang, kein bisschen, »hast du heute schon was von James gehört? Hast du was von Liam gehört?«

Catherine starrte sie an. War das ein Witz? Machte Lorraine sich über sie lustig?

»*Catherine*«, schluchzte Lorraine und fuhr sich mit den Händen, die bis eben heruntergehangen hatten, übers Gesicht und durch die Haare. »Catherine«, sagte sie, und dann sagte sie einen Satz, den Catherine nicht verstand. Einige Wörter verstand sie, eines besonders, das man verstehen musste – es war ein Wort, das sich nicht ignorieren ließ –, aber das wichtigste Wort verstand sie nicht. Nicht nur den Inhalt verstand sie nicht, sondern ob er wichtig war, für sie. Für Lorraine, die jetzt weinend dastand, immer noch auf der Schwelle, und abgehackt schluchzte vor Angst, das kaputte Radio zu ihren Füßen; wichtig für Catherine, die immer noch in dem großen weichen Sessel in der Nachmittagssonne saß und auf das *Putt* und das Geplapper lauschte. Wichtig für James und Liam, die jetzt bei Liams Eltern in Enniskillen oder Derry oder sonst wo waren …

Und dann verstand Catherine das Wort.

Zu Hause ist es schön, aber da ist wirklich nichts los, hörte sie Liam sagen, an einem Tag, als er noch nicht Liam war.

Außer dass es nicht stimmte.

»Catherine«, sagte Lorraine, sie wollte sich jetzt zusammenreißen, wischte sich über die nassen Augen, drückte sich das Handgelenk an die laufende Nase. Sie sammelte die Batterien ein, als würde das helfen, als würde sich noch etwas ändern, wenn sie die Stimmen und die Nachrichten hörten. »Catherine. Wir müssen irgendwas tun. Wir müssen …«

Aber Catherine stierte nur.

Denn was genau sollten sie tun?

Was sollten sie, zwei junge Frauen in einem Wohnzimmer, jetzt tun?

OHNE TITEL

Die Fotos, die James an jenem Tag gemacht hatte, trugen alle denselben Titel.

Ohne Titel
Silbergelatineabzug, 1998
178 x 120 cm

Ohne Titel
Silbergelatineabzug, 1998
178 x 120 cm

Ohne Titel
Silbergelatineabzug, 1998
178 x 120 cm

Ohne Titel
Silbergelatineabzug, 1998
275 x 180 cm

Ohne Titel
Silbergelatineabzug, 1998
178 x 120 cm

Ohne Titel
Silbergelatineabzug, 1998
178 x 120 cm

Ohne Titel
Silbergelatineabzug, 1998
178 x 120 cm

Das größte Foto zeigte Liam. Liam: nicht das Bild, von dem Lisa glaubte, es würde das Herzstück der Ausstellung sein, sondern ein neues, ungeschöntes. Ein paar Tage später war in der *Irish Times* zu lesen, die Besucher der Vernissage hätten sich um dieses Foto gedrängt; ob es Neuigkeiten vom Porträtierten gebe, ob er sich erholen werde, ob er wieder gesund werden würde.

Dann wiederum hatten die Besucher sich das wohl bei jedem der sieben Porträts gefragt, bei jedem der sieben Fotografierten: drei Männer, einer schon sehr alt, die ernst in die Kamera blicken, und drei Frauen, eine schwanger, eine weint, die Tränen glitzern auf ihrem Gesicht.

Die Serie hieß *Omagh* und war Teil der Sammelausstellung in der John Street, die einen Monat und vier Tage nach dem Bombenanschlag eröffnet wurde. Zu früh, sagten manche Leute, besonders, wenn man berücksichtigte, dass einige der Porträtierten immer noch im Krankenhaus lagen oder bis vor kurzem dort gelegen hatten. Ganz zu schweigen von den vielen anderen, die es nicht ins Krankenhaus geschafft hatten.

Aber James war es egal, was die Leute sagten, das wusste Catherine. James wusste ganz genau, was er mit den Fotos bezwecken wollte.

James. Der einer Verletzung entgangen war. Der Schlimmerem entgangen war. Der sich für eine halbe Stunde abgemeldet hatte, um zum Fotogeschäft am anderen Ende der Stadt zu laufen, während Liam für seine Mutter einkaufen ging. Milch. Nur eine Tüte Milch. Um die Milch zu kaufen, war er zum Supermarkt in der Stadtmitte gegangen, er hatte sich Zeit gelassen und beim Plattenladen vorbeigeschaut, im Buchladen, in dem Klamottenladen, wo es manchmal ganz anständige Jeans gab. Warum waren die Details so wichtig? Liam erzählte sie Wochen später einer Journalistin – derselben Journalistin, die bei der Party der Doonans gewesen war –, und diese Journalistin hatte sie in ihren Artikel über James' Ausstellung eingeflochten; ein in seiner Einfachheit verstörender, starker Text, der eine einfache Begebenheit schilderte, ein Zwanzigjähriger war samstags aus dem Haus gegangen, um im Auftrag seiner Mutter eine Tüte Milch zu kaufen …

Wozu waren die Details wichtig? Ein roter Vauxhall Cavalier, der Sprengstoff hineingepackt wie Reisegepäck. Falsche Nummernschilder. Die beiden Männer, die ihn abgestellt hatten, waren längst über alle Berge, und an drei verschiedenen Stellen waren telefonische Warnungen eingegangen, so dass es zu einem Chaos gekommen war – absichtlich, versehentlich, wer konnte das wissen? Wer konnte differenzieren? Es war halb drei am Samstagnachmittag. Liam war in der Market Street und bahnte sich einen Weg durch Passanten und Touristen, als die Evakuierung begann und die Polizei Absperrungen errichtete. Die Leute beschwerten sich, aber eigentlich machten sie sich keine Sorgen. Sie lachten und plauderten. Diese Übung waren sie gewohnt; der Drohanruf, das Chaos, die Entwarnung, die in Kürze gegeben werden würde; der Nachmittag weit fortgeschritten, und sie hatten immer noch nicht eingekauft.

Zehn nach drei.

Und für ein paar Sekunden nach der Explosion herrschte Stille, so stand es später in der Zeitung, eine starre, ungläubige Stille.

Und dann die Schreie.

*

James hinter der Absperrung, er versucht, einen Blick auf die andere Seite zu werfen, fragt die Umstehenden, ob sie mehr wissen als er.

Und dieser Knall. Ein Knall, wie er ihn noch nie gehört hatte, sagte er später der Journalistin, und den er doch sofort erkannte. Nein, nicht wie Donnergrollen. Nein, mit Donnergrollen war das nicht vergleichbar.

Wie es geklungen hatte? Wie das, was es war.

Und dann die Stille.

Und dann die Schreie. Außer dass James von Geheul sprach. Er beschrieb ein Geheul, das vor ihm von der Straße aufstieg und sich durch die schwarz verbrannte Luft in die Höhe schraubte.

*

(Obwohl das vielleicht die Worte der Journalistin waren. Die Journalistin, die es liebte, ihre Worte abgedruckt zu sehen; so verliebt war sie in den Klang, in den Rhythmus.)

*

Catherine ging nicht zur Vernissage. Sie wusste, für sie war dort kein Platz.

Aber sie ging später hin, um sich die Fotos anzusehen, am nächsten Tag, als es in der Galerie – es war eigentlich keine richtige Galerie, nur eine ausgeräumte Etage, wo früher eine Schuhfabrik gewesen war – still war und niemand da außer Catherine und die Galeristin, eine junge Frau in Catherines Alter, die sie nicht weiter beachtete.

Nachdem die ersten Kritiken erschienen waren, war es in der Galerie nie wieder so still. Aber an dem Tag war Catherine fast allein dort, mit der Galeristin, und als die Galeristin hinausging, war Catherine allein mit dem, was James gesehen hatte. Was er verstanden hatte.

Die Fotos sollten ihn berühmt machen.

FRIEZE
(2012)

»Ein erstaunliches Stück, nicht wahr?«, fragte die Galerieassistentin. Sie war dünn wie ein Garderobenständer, und ihr Gesicht erinnerte Catherine an die Kinderbilder von John Currin. Sie standen vor dem neuen Zhu Yang, das Bild war riesig, die üppig zugekleisterte Leinwand bedeckte fast die gesamte Rückwand von Lewis' Ausstellungsfläche. Natürlich war es erstaunlich, aber aus denkbar schlechten Gründen. Diese Effekthascherei, diese Schludrigkeit, die offenkundige Eile des Künstlers, der das Bild schnell fertigstellen und demselben Schicksal überlassen wollte wie den gewinnbringenden Vorläufer. Catherine schüttelte langsam den Kopf, wie um zu sagen, dass ihr angesichts so viel Kunstfertigkeit die Worte fehlten, und dann ließ sie ihren Blick noch einmal darüberschweifen, über die scharlachroten Klumpen aus Ölfarbe und die hineingedrückten rostigen Nägel, die sie an zertretene Zweige erinnerten.

»Eins von Zhus Meisterwerken«, sagte die Galeriemitarbeiterin. Sie bemühte sich vergeblich, einen Blick auf das laminierte Namensschild zu werfen, das zur Hälfte unter Catherines Revers verschwunden war. Es war der zweite Tag der Messe, die gierigen, sabbernden Sammler waren alle schon da gewesen; dennoch war Catherine – geschmackvoll gekleidet, halbwegs ordentlich frisiert – möglicherweise jemand, den man aufmerksam begrüßen sollte. Und genau so war es, das merkte die junge Frau, als sie endlich Catherines Namensschild lesen konnte.

»O mein Gott, Sie sind Catherine von *Frieze*?«, fragte sie, und ihr Lächeln nahm Manhattaner Ausmaße an, obwohl sie nicht in Manhattan waren, sondern auf einer kleinen Insel östlich davon, Randall's Island. Sie war als Standort des ersten New Yorker Ablegers der *Frieze*-Messe ausgewählt wurde, weil hier genug Platz für das gigantische Zelt war. »Wie schön, Sie kennenzulernen! Ich werde mir später unbedingt Ihre Veranstaltung zur Kunstkritik ansehen. Ich bin Ashley, ich arbeite für …«

»Schön, Sie kennenzulernen«, sagte Catherine und schüttelte ihr die Hand. »Wir sind ja alle so froh, dass die Galerie Lewis an unserer ersten New Yorker Messe teilnimmt.«

Das war gelogen, und beide Frauen wussten es. Nicht einmal ein Skandal um Fälschungen aus Nate Lewis' Hinterzimmer hätte gereicht, um die Galerie von der Teilnehmerliste zu schießen. Sobald die Frieze New York beschlossene Sache war, hatten alle Beteiligten geahnt, dass Lewis nicht nur eine Einladung, sondern die beste, zentralste Ausstellungsfläche bekommen würde. Den Yang hatte Catherine entdeckt, noch bevor sie ganz durch die Glastür des riesigen Messezeltes getreten war. Auch die anderen Kunstwerke stammten von großen Namen, allesamt von Lewis vertreten: Es gab Punktbilder von Lucas Borga, eine niedrige, langgezogene Marmorskulptur von Falken, Michael Woyzcuks Metallrahmen, in denen Steine hingen wie amputierte Glockenklöppel. Es gab ein Stück aus dem Wittenborn-Archiv und ein zartes, recht hübsches Aquarell von Clara Long. In der Mitte des Raumes, auf einem Podest, stand ein gelbes Gebilde aus dem Metallbaukasten, das sich bei näherer Betrachtung als Kamera auf einem Stativ entpuppte. Eine Diana-Kamera im selben Gelbton – alles war übermalt, auch die Linse – steckte obenauf.

»Das ist von Noh Ritter«, sagte Ashley, die Catherine gefolgt war. »Wir vertreten sie seit März, das haben Sie vielleicht schon gehört.«

»Hmm«, machte Catherine.

»Wir freuen uns alle sehr auf ihre neue Ausstellung. Vielleicht sind Sie dann noch in der Stadt? Die Vernissage ist am …«

»Leider bin ich wirklich nur für das Podiumsgespräch hier, danach muss ich gleich zurück nach London. Die Juli-Ausgabe muss in den Druck.«

»Oh, wie schade. Nate wird es sehr bedauern, Sie verpasst zu haben. Er war hier, aber jetzt muss er bis Dienstag in L.A. bleiben …«

»Wie schade«, sagte Catherine nickend.

»Sie kennen Nate persönlich, richtig? Aus Irland? Er hat es erwähnt, als wir neulich über einen Ihrer Artikel gesprochen haben …«

»Nein, eigentlich nicht. Nun ja, wir sind uns begegnet, aber das ist lange her. Sehr lange sogar. Ich bin überrascht, dass er sich erinnern kann.«

»Oh, er erinnert sich an alles«, sagte Ashley spöttisch und zog theatralisch die Augenbrauen hoch.

»Sicher«, sagte Catherine und versuchte, mit ihrem Lachen denselben Ton zu treffen.

»Sie sind aus Irland«, sagte Ashley und legte den Kopf schief, »aber ehrlich gesagt klingen Sie für mich wie eine Engländerin.«

»Nun, ich bin mit zwanzig nach London gegangen. Da verändert sich der Akzent.«

»Da! Jetzt habe ich ihn gehört!«, trällerte Ashley so glücklich wie ein Kind, das zum ersten Mal einen Kuckuck gehört hat. »*Da verändert sich der Akzent*«, wiederholte sie in einem hoffnungslos lächerlichen Versuch, Catherine zu imitieren. Catherine hatte sich inzwischen daran gewöhnt. Es hätte schlimmer kommen können. Ashley hätte fragen können, woher sie Nate kannte, sie hätte eins und eins zusammenzählen und spätestens beim Thema Irland darauf kommen können, dass …

»Moment mal, dann kennen Sie sicher auch James

Flynn?«, fragte Ashley leise und beugte sich vor, als wäre James' und Nates inzwischen längst beendete Beziehung in der Kunstszene kein offenes Geheimnis. Der aufstrebende Fotograf und der ehrgeizige junge Kunsthändler, der gerade seine eigene Galerie eröffnet hat; die ausverkauften Fotos und die Affäre, von der alle wussten; der alte Lebensgefährte, betrogen, verlassen und am Ende seiner Karriere, der eineinhalb Jahre später tot in seinem Loft in der West 26th Street aufgefunden wurde. Ed Dunne hatte einen Herzinfarkt erlitten, das ergab die Autopsie einige Wochen später; aber im Jahr 2005 waren Gawker und andere Promiportale bereits auf dem Zenit ihres Erfolges, und so lieferten Dunnes Todesumstände Zündstoff für viele Posts über James und Nate, deren glamouröse Liaison die Tragödie heraufbeschworen hatte. Catherine, die inzwischen als freie Journalistin in London lebte, hatte im Internetcafé an der Ecke fast stündlich nach Updates gesucht, sie hatte die Schnappschüsse von James und Nate bei den Vernissagen studiert, die Glas-und-Stahl-Fassade der neuen Galerie Lewis, James' erste Fotos dort, Männerporträts, für die er viel Beachtung bekommen hatte – Footballspieler aus der Highschool, Männer in der Bodega, Hipster mit Tattoos und Vokuhilas und hautengen Vierhundertdollarjeans. Inzwischen sah James diesen Typen ziemlich ähnlich, was Catherine von allen Unglaublichkeiten fast am unglaublichsten fand; ein Foto zeigte ihn vor dem Eingang der Galerie, drinnen findet anscheinend eine Party statt, James raucht und hält eine Flasche Presidente in der Hand und zieht die Oberlippe hoch, er sieht nicht aus wie jemand, den Catherine kennt; seine Kleidung ist teuer und schäbig und aus seinem Blick spricht beißender Zynismus und noch etwas anderes, etwas noch Dunkleres.

Er und Nate blieben nach Dunnes Tod noch für ein paar Monate zusammen, dann erfolgte die Trennung. Jonathan

Greene startete eine Offensive und konnte James abwerben. Catherine war inzwischen Jungredakteurin beim Kunstmagazin *Frieze* und in der Lage, die Ereignisse bequem von ihrem Schreibtisch aus – ihr Platz verfügte über schnelles Internet – zu verfolgen und es Arbeit zu nennen.

Für Jonathan Greene hatte James Anfang 2007 mit Ryan McGinley zusammengearbeitet, 2008 folgte die Ausstellung HO-HO-HOFFNUNG, mit der er es bis aufs Cover der Zeitschrift *Artforum* schaffte. Kurz darauf wurde ihm der Infinity Award verliehen. Bei jeder dieser Gelegenheiten war Catherine versucht, ihm zu gratulieren; wenn sie das Briefpapier der Zeitschrift benutzte, würde das Schreiben an der Galerie vorbei in seine Wohnung geliefert, die sich (sie wusste es aus einem *Vogue*-Porträt) in Bushwick befand. Aber dann wusste sie nicht, was sie ihm sagen beziehungsweise wie sie es formulieren sollte. Sie versuchte es, schrieb ein paar Sätze und stand dann jedes Mal wieder vor dem Hochleistungsschredder der Redaktion, der ihren Brief in schmutzig weiße Streifen riss. Als sie im Juni 2010 die Verlobungsanzeige entdeckte, fast schon lustig in ihrer gestelzten Sprache – *James Flynn, 32, Sohn von Peggy Flynn und Michael T. Flynn aus Leitrim, Irland, wird am kommenden Sonntag mit Christian Brandt, 33, Sohn von Denise C. Brown und Dr. Arthur D. Brandt aus Stamford, Connecticut, den Bund der Ehe eingehen* –, ging Catherine los und kaufte eine Karte mit einem doppelten Bräutigam in Blau. *Bei Armani gibt's doch keinen blauen Smoking,* schrieb sie hinein, und auf der gegenüberliegenden Seite wünschte sie den beiden viele glückliche Jahre. Die Karte lag immer noch auf ihrem Schreibtisch in der Montclare Street, sie müsste sie nur noch frankieren. Sie müsste sie einfach nur frankieren, mehr nicht.

Das war noch nicht alles.

(Mit Catherine und ihrem Verlobten war es in jenem Sommer steil und unaufhaltsam bergab gegangen; dass das nichts mit James zu tun hatte, machte die Sache nicht leichter. *Catherine M. Reilly, Tochter von Patricia M. Reilly und Charles F. Reilly aus Longford, Irland, und Lucien F. Gordon, Sohn von Alexandra A. Gordon (angewidert) und Thomas Edward Gordon (geblähte Nasenflügel) aus Lancashire, und so weiter und so fort, haben am Samstag geheiratet und sich am Montag getrennt, oder so ähnlich, ist auch egal.)*

»Oh nein«, sagte Catherine zu Ashley und verzog das Gesicht zu einer Grimasse des Bedauerns. »Ich meine, natürlich kenne ich ihn, aber so klein ist Irland nicht. Sie wären überrascht, wie gering die Wahrscheinlichkeit ist, jemandem zufällig zu begegnen.«

»Ja, jetzt höre ich Ihren Akzent deutlich heraus«, sagte Ashley und starrte fasziniert auf Catherines Mund.

»Tja.«

»Nun, wie dem auch sei – bei Greene dort drüben hängt ein großer Flynn«, sagte Ashley und zeigte zur gegenüberliegenden Ausstellungsfläche, die ebenso groß und günstig gelegen war, auch dort fanden sich blonde Assistentinnen und Kunstwerke, deren Wert dem Inhalt eines russischen Banktresorraums entsprach. »Ich finde es gut, dabei weiß ich oft nicht, was ich von ihm halten soll.«

»Ja, ich kenne das Gefühl«, sagte Catherine und verabschiedete sich mit einem Lächeln.

*

Das durch Glaswände abgetrennte Auditorium befand sich in der Mitte des Zelts und war bis auf den letzten Platz besetzt. Wahrscheinlich nur, weil Hal Foster und Roberta Smith auf dem Podium saßen, wobei, wie Catherine vermutete, auch

Dan Franks seine Groupies hatte; wenn Foster oder Smith sprachen, herrschte respektvolle Stille, aber wenn Franks etwas sagte, baute sich im Saal eine elektrische Spannung auf, eine Ruhelosigkeit; aber die Leute regten sich nicht, weil sie gehen, sondern weil sie mehr hören wollten. Franks war Ende dreißig und hatte *Mauve* gegründet, ein vierteljährlich erscheinendes Magazin in der Schnittmenge von Kunst und Mode. Der Kunstteil bestand zu einem kleinen Teil aus anonymen bissigen Kritiken und zu einem großen Teil aus Fotostrecken von schönen, halbnackten Mädchen, die sich auf Bushwicks rostigen Feuertreppen räkeln; dazu gab es lange, möglicherweise ketaminbefeuerte Interviews mit Edelfotografen und Künstlern, Freunde der Designer, deren Werbung die restlichen Magazinseiten füllte. Aber das war ungerecht, dachte Catherine und hörte mit einem Ohr zu, wie Franks einen besonders grausamen Verriss der Borga-Ausstellung rechtfertigte, der in der Winterausgabe von *Mauve* erschienen war. Die Zeitschrift hatte Catherine auf einige Nachwuchskünstler aufmerksam gemacht, die in der *Artforum* oder selbst in der *Frieze* nicht vorkamen, geschweige denn im *New Yorker* oder in der *Times*.

Ihre kurzärmelige Seidenbluse war unter dem Blazer durchgeschwitzt. Catherine spreizte die Arme leicht vom Körper ab, um ihr Unbehagen zu lindern, und sie betete, dass Foster neben ihr zu beschäftigt damit war, Franks zu belächeln, um irgendwelche Gerüche wahrzunehmen. Sie warf einen Blick in ihre Notizen. *Unabhängig bleiben, Entscheidungen treffen, Gefahren der Promisierung, Leute vor den Kopf stoßen*, stand auf einer ihrer Checklisten. Sie unterstrich den letzten Punkt und legte sich die nächste Frage an Smith zurecht, als ihr Blick, der träge über das Publikum schweifte – sie machte sich gerade Gedanken über den Unterschied zwischen *Feind* und *Gegner* –, hängenblieb und gleichzeitig manisch zu zucken anfing. Der Raum drehte sich nicht, sondern schien hin und her geschleudert zu werden, wie ein Gummiball, der zwischen zwei dicht beieinanderstehenden Mauern springt, und mit jedem Blinzeln rückte sein Gesicht noch stärker in den Fokus, wurde es noch schärfer, noch stofflicher, so dass der erste Blick zu einer Art Traumbild verschwamm. Er sah sie nicht an, doch, jetzt sah er sie an, und die hochgezogene Augenbraue und das schiefe Lächeln, das er ihr schenkte, bevor er sich wieder Franks zuwandte, waren wie ein Schock, wie ein Stromstoß durch ihr ganzes Wesen. Es war, als hätte er sich erhoben und laut ihren Namen gerufen.

Foster neben ihr räusperte sich, und Catherine wurde bewusst, dass es ihretwegen zu einem peinlichen, ungeplanten Schweigen auf dem Podium gekommen war; ein peinliches, ungeplantes Geräusch entschlüpfte ihren Lippen und landete im Mikrofon; es klang wie das Keuchen einer Frau, die eben eine sehr steile Treppe hochgelaufen war. Foster lächelte sie neugierig an, und sie stellte ihm eine Frage, die sich allein auf die Berichterstattung der *Times* bezog; er nahm das missratene Ding entgegen, päppelte es kurz auf und reichte es, geglättet und poliert, an Smith weiter; und noch bevor es als Steilvorlage zum Schlusswort zu Catherine zurückfand, hatte sie zweierlei begriffen. Erstens, das Publikum musste nicht angeschaut werden, nie wieder, auch nicht flüchtig, auch nicht während des recht langen Veranstaltungsteils, in dem Zuschauer ihre Fragen stellen durften und den sie nun moderieren musste; und zweitens, dass ihre neue Bluse von Isabel Marant unwiederbringlich ruiniert war.

*

Mit überbordender Fröhlichkeit würde sie ihn begrüßen. So warm wie eine Abendsonne. Die Zuneigung wäre ganz offenbar eine alte, gereifte, sie saß tief und brauchte keine großen Worte, sondern erhellte einfach mit bernsteingelbem Glanz die schwere Luft zwischen ihnen; ihr Lächeln würde entspannt sein, natürlich und doch wissend, voller Verständnis, voll der Dinge, die nie ausgesprochen wurden, der Jahre, die hindurchmarschiert sind, über sie hinwegmarschiert sind, gleichgültig gegen die Schuld, gleichgültig gegen ihren Bund, der zerfallen war wie nasses Papier …

(Nein, nicht nasses Papier. Ein Riss. Ein Schnitt mit dem Teppichmesser, dessen dreieckige Klinge durch den Karton gezogen wird und ihn so sauber, so symmetrisch teilt, dass die Wunde selbst auf der Fläche darunter noch zu sehen ist …)

So oft hatte sie es sich vorgestellt, erträumt: das Wiedersehen. In Momenten und an Orten, die sie mit Scham und Schuldgefühl erfüllten, so unpassend waren ihre Gedanken manchmal. Selbst, als sie in der Kirche auf Lucien zugeschritten war, hatte sie geglaubt, sein lächelndes, wohlmeinendes Gesicht in der Menge zu entdecken. Nur ganz kurz, nur für den Bruchteil einer Sekunde, aber dennoch: Sie hatte ihn gesehen. Diese Momente waren unkontrollierbar, aber wenn sie tagträumte, wenn sie ihre Träume lenkte und navigierte, lief es immer ähnlich ab: Sie entdeckte James zuerst und hatte daher die Gelegenheit, sich zu sammeln und ihren Gesichtsausdruck und ihren Blick in den Griff zu bekommen, noch bevor er sie sah. Gefasst und gelassen wartete sie auf ihn. Es geschah immer in Dublin in der Wicklow Street, aus unerfindlichem Grund, in Sichtweite eines der alten Treffpunkte, dem Cornucopia beispielsweise, wo die Leute fasziniert im Fenster saßen; und wenn er sich umdrehte, wenn er sie gedankenverloren erblickte, ihr Flüstern hörte, einen ersten, überfrachteten Seufzer ausstieß, verstummte der Lärm der Autos und der Passanten ringsum, alles verschwamm zu einem weichgezeichneten Hintergrund, und sie zwei, die alten Freunde, die Verlorenen, die Zusammengeführten, sahen einander in die Augen …

»Hi«, sagte Catherine stattdessen, es klang wie ein Quaken, wie der Hilferuf eines Menschen, der aus einem Fenster hängt und die Vorbeigehenden unten auf dem Gehweg auf sich aufmerksam machen will. »Hi, hi.«

»Hi, hi«, sagte James, ein absichtliches – und vielleicht auch spöttisches – Echo, und dann beugte er sich vor und küsste sie mit lächelnden Lippen flüchtig auf beide Wangen. Sie hob die Arme und schob den Oberkörper vor, aber er war schon wieder dabei, sich aufzurichten, also zog sie sich hastig zurück, taumelte kurz; ihre Lippen bewegten sich zu schnell, zu verrückt, schon breitete sich in ihrem Nacken ein Verspannungsschmerz aus. Sie schaute zu ihm auf. War er immer schon so groß gewesen? Ja, was sonst. Jenseits der zwanzig wuchs man nicht mehr. Nicht körperlich; nicht in die Höhe.

(Waren seine Augen immer schon so erschreckend blau gewesen?)

»Ich habe von deiner Veranstaltung gehört«, sagte er mit einer älteren, geschliffeneren Version der Stimme, die ihre Erinnerung sie immer wieder zu hören zwang, »und da dachte ich mir …«

»Mensch, ich dachte, du bist in Venedig«, fiel Catherine ihm ins Wort, ein lustiger Branchenkennerspruch, der ihr eingefallen war, als sie James vom Podium aus entdeckt hatte; der Satz schien ideal, um das Gespräch zu eröffnen, aber nun, da sie ihn ausgesprochen hatte, klang er unangemessen und fordernd. Als wäre sie eine Stalkerin. Dann wiederum wusste jeder, dass James Irland auf der Biennale vertreten würde; obwohl ihm vielleicht nicht jeder auf Twitter folgte und daher auch nicht wissen konnte, dass James dieses Wochenende eigentlich in Italien verbringen sollte, um den Pavillon zu vermessen. »Habe ich irgendwo gehört«, fügte sie hinzu, um den Patzer auszugleichen.

James nickte. »Tja«, sagte er langsam und ließ den Blick zur Seite gleiten. »Das war ich auch, bis gestern Abend, acht Uhr.«

»Und jetzt bist du hier?«

»Jetzt bin ich hier. So wie du.«

»Ja.«

»Ja«, sagte er und zeigte zum Ausgang, »hast du ein bisschen Zeit?«

Wahrscheinlich lag es am schicken Kunstlicht, futuristisch weiß und atemlos klar, das seine Augen in diesem fremdartigen Blau strahlen ließ, dachte Catherine auf dem Weg zum Zeltausgang. Sie machten holperigen Small Talk über die Podiumsdiskussion, James holte in roten Jeans und schweren, abgenutzten Arbeitsstiefeln zu langen Schritten aus. Er trug grüne Hosenträger und ein blaues Oxfordhemd, die Hosenträger hatte Catherine schon einmal an ihm gesehen beziehungsweise den Look, der auf farbigen Hosenträgern basierte, in einem Videorundgang durch sein Studio, der sich auf Greenes Webseite streamen ließ, und von neueren Fotos auf Scene & Herd; in echt wirkte der Aufzug noch surrealer, aber so lief das: Die Jahre verstrichen, und das Surreale holte die Wirklichkeit ein. James trug jetzt einen Vollbart, und sein Haar war heller, an den Schläfen und am Kinn schon ergraut. Seine Haut war jetzt nur noch Haut, so wie auch in ihrem Gesicht; die Beschaffenheit war sichtbar geworden, Poren wie Dreckspritzer, erste Falten und ihre zarten Ausläufer. Wenn jemand immer schon so blaue Augen gehabt hätte, wäre das doch sicher das Merkmal gewesen, an das man sich am deutlichsten erinnern könnte; das wäre doch die eine Sache, die man nie vergisst und bis ans Ende mit sich herumträgt, oder?

Das wäre einem doch zumindest aufgefallen. Wo man doch für diesen Menschen gelebt hat. Ihn geliebt hat.

(Die Realität war surreal, das Surreale kehrte ihr sein unmögliches Gesicht zu und wurde wahr.)

(Emmets Augen: Sie waren blau gewesen.)

»Hattest du einen guten Flug?«, fragte sie, weil man das in so einer Situation fragte; wenn man neben jemandem herlief und Mappen unter dem Arm trug und das Blackberry in der Tasche brummte, sie würde sich später darum kümmern, wenn sie das hier erledigt hätte.

»Na ja«, sagte James und lachte kurz, »das war einer von diesen Flügen, über die man sich eigentlich nicht beklagen darf.«

»Ach so«, sagte Catherine verwirrt.

»Hast du die gesehen?«, fragte er mit einem Blick auf drei Porträts von Alice Neel, die bei Zwirner hingen. »Sie sind makellos.«

»Oh, ja«, sagte Catherine blinzelnd; die teigigen Gesichter, das übertriebene Spiel von Licht und Schatten, die knallroten Lippen, der Mann mit dem nackten Oberkörper und den dunklen Augenringen, an seiner Seite ein zweiter Mann. »Ich verstehe, was dir daran gefällt«, sagte sie, ohne zu wissen, wie sie es meinte.

»Ich bin ganz verliebt«, sagte James, ohne die Augen von den Bildern zu nehmen.

»Und dein Foto bei Greene ist fantastisch ...«

»Ich möchte kurz dort vorbeigehen«, sagte James und nickte, als hätte sie das Offensichtliche ausgesprochen, »wäre das in Ordnung?«

»Klar.«

»Ach, und vielen Dank übrigens. Ich mag das Foto auch sehr. Ich wollte es für die Ausstellung nächste Woche zurückhalten, aber Greene wollte es unbedingt jetzt schon haben.« Er sah Catherine an. »Bleibst du bis zur Vernissage?«

»Leider fliege ich schon am Montagabend.«

James antwortete nicht, anscheinend war er in Gedanken schon beim nächsten Kunstwerk oder bei einem bekannten Gesicht auf der großen deutschen Ausstellungsfläche. Er legte sich eine Hand in den Nacken, massierte sich.

»Es dauert nur eine Minute«, sagte er und bog in den langgezogenen, rechteckigen Raum ab, der für Greene reserviert war. An einem wunderschönen dänischen Schreibtisch saßen zwei Assistentinnen und tippten auf ihren Laptops herum. Wie fast überall stand auch hier eine Champagnerflasche, daneben ein paar halbvolle Flöten. Niemand schien den Champagner je anzurühren, aber er musste unbedingt gut sichtbar sein, vielleicht um zu signalisieren, dass die Galerie eine erfolgreiche Messe zu feiern hatte.

Als sie den Raum betraten, hob eine der Frauen den Kopf. James blieb mit ausgebreiteten Armen und breitem Grinsen vor dem Schreibtisch stehen, als erwarte er eine Reaktion; eine Frau erkannte ihn, quiekte seinen Namen, sprang auf und lief auf ihn zu.

»Du solltest gar nicht hier sein!«, schimpfte sie, ohne ihn loszulassen. Die zweite Assistentin kam heran, auch sie quiekte und gestikulierte wild. »Keine Künstler auf der Messe!«

»Ich weiß, ich weiß, ich bin ein Arsch«, sagte James, und seine Stimme und sein Akzent klangen plötzlich wieder genau so wie vor fünfzehn Jahren. Catherine schaute fasziniert zu.

»Ich dachte, du bist noch in Venedig«, sagte die zweite Frau und legte ihre Hände an sein Gesicht, als wäre er ein Baby. »Twitter sagt, du bist heute Morgen im britischen Pavillon!«

»Man darf es den Pennern nicht zu leicht machen«, sagte James im selben Akzent, und die Frauen prusteten los. Er schüttelte den Kopf. »Nein, im Ernst, Jonathan ist gestern Abend zurückgeflogen und hat mir angeboten, mich mitzunehmen.«

»Ach so«, sagte die erste Frau, als wäre das eine vollkommen logische Erklärung.

»Ehrlich gesagt haben diese blöden italienischen Techniker mir den letzten Nerv geraubt«, sagte James und streckte eine Hand nach Catherine aus. »Meghan, Veronica, kennt ihr Catherine Reilly von *Frieze*?«

»Ja«, sagte Catherine und schüttelte den Frauen die Hand, »ich war schon hier.«

»Wie war Ihre Veranstaltung?«, fragte Meghan.

»Super«, sagte Catherine reflexhaft. »Ein sehr gutes Gespräch, denke ich.«

»Die Kritiker wollen uns erklären, wie wir unsere Arbeit zu machen haben, aber über *ihre* Arbeit reden sie lieber nicht«, sagte James nüchtern. »Ich glaube, das wollte Catherine sagen.«

Alle lachten, Catherine beobachtete James aus den Augenwinkeln; nahm er tatsächlich an irgendetwas Anstoß? Sie konnte sich kaum erinnern, was gesagt worden war. Hätte sie ihn beim Verlassen des Auditoriums fragen sollen, wie er die Veranstaltung fand? War ihr ein Fehler unterlaufen, ein grober Fehler, weil sie das Gespräch nicht in professionelle Bahnen gelenkt, sondern vorausgesetzt hatte, das zwischen ihnen wäre irgendwie persönlich? Ein Ruck ging durch ihren Körper, als ihr klar wurde, was sie vorausgesetzt hatte: Dass James zu der Veranstaltung, vielleicht sogar zu der Messe gekommen war, um *sie* zu sehen; um *sie* wiederzutreffen und mit *ihr* zu reden. Wo er doch ein Künstler war und das hier eine Kunstmesse. Ja, die Galeriefrauen hatten mit ihm geschimpft, ja, sie hatten den obligatorischen Text aufgesagt – Künstler sollten sich fernhalten vom Geschäft, es war zu hart, zu kommerziell, die Sammler drückten sich in den Ausstellungen herum wie Säufer in Absturzläden, aber in Wahrheit wollten die Künstler sich ebenso ein Bild vom Angebot machen wie die Leute mit dem Scheckbuch. Dass James einer von ihnen war, überraschte Catherine kaum. Kein bisschen. Sie trat beiseite, schützte Interesse an ein paar kleinen Fotografien von Nielsen vor, die an einer Seitenwand hingen. Sie hielt ihr Gesicht dicht davor. Sie versuchte, nicht auf die Spiegelung im Glas zu achten.

»Außerdem hat Christian heute Geburtstag«, sagte James zu Meghan und Veronica. »Das ist der eigentliche Grund.«

»Oh! Du willst ihn überraschen!«

»Du bist ein vorbildlicher Ehemann!«

»Na, ich weiß nicht«, sagte James und lächelte schief, »würde ein guter Ehemann seinen Ehemann in solche Posen zwingen?«

Catherine wirbelte herum. Sie hatte das Porträt gesehen, aber nicht gewusst, dass es Christian zeigte. Der Christian an der Wand hatte mit den Fotos, die sie aus dem Internet kannte, nichts gemein. Die Pose erinnerte in der Tat an die Bilder von Alice Neel; Christian saß in einem prachtvollen Sessel mit Samtpolster und geschwungenen Armlehnen, das eine nackte Bein über das andere gelegt; fast berührte der Knöchel das Knie. Er schaute zur Seite und wirkte gelangweilt oder gereizt. Wobei sein Ausdruck vielleicht neutral war oder nachdenklich oder abgelenkt; mit jeder verstreichenden Sekunde war Catherine sich weniger im Klaren darüber, was genau er fühlte, außerdem war das hier ein Foto, kein Gemälde, es war eine Momentaufnahme und kein wohlüberlegtes Arrangement, gab nicht zwangsläufig seine Stimmung wieder. Es war nur einer von vielen Momenten, den verheiratete Menschen zusammen erlebten. Man konnte den Partner bewusst wahrnehmen oder auch nicht; beides war möglich, beides war erlaubt, wollte genutzt werden, und dieser Mann, dunkelhaarig und feingliedrig, mit immer noch vollen Lippen und muskulösen Armen, weil er morgens oder abends zum Training ging, mit der armeegrünen, verwaschenen Cargohose und den dunklen Haaren an den Beinen und der silbernen Uhr am Handgelenk; dieser Mann war Zeuge eines solchen Moments. Gewesen. Im Hintergrund war ein Fenster zu sehen, darin leuchtendes Grün: ein Feld. Blauer Himmel, keine Wolke weit und breit. Christian hatte irgendwo in einem Wohnzimmer gesessen, während draußen der Sommernachmittag auf ihn gewartet hatte.

»Das war in Carrigfinn«, sagte James und beugte sich vor, »ich habe es letzten Sommer aufgenommen, als wir dort zu Besuch waren.«

»Oh«, sagte Catherine, trat einen Schritt vor und versuchte, die Grashalme auf dem Feld zu erkennen.

»Ein wunderbares Stück«, sagte Veronica, und Meghan seufzte zustimmend. »Und ein schönes Bild von Christian, wenn ich das so sagen darf.«

»Er war nicht gerade begeistert«, sagte James, »habe ich das schon erzählt?«

»Ja, du hast es erwähnt. Er findet, er sieht darauf alt aus?«

»Ja, so was in der Art«, sagte James kopfschüttelnd. »Wenn er auf Fotos gut aussehen will, hätte er Juergen heiraten müssen.«

Die Frauen lachten. »Keine Chance«, sagte eine.

»Ah, ich weiß nicht«, sagte James, »Christian kann sehr hartnäckig sein, vergesst das nicht.«

Sie verabschiedeten sich; James hatte es geschafft, Meghan den Namen des Sammlers aus der Nase zu ziehen, der das Porträt höchstwahrscheinlich kaufen würde; wie so oft gab es mehr als ein Gebot, die Galerie würde den passenden Käufer auswählen.

»Aha«, sagte James. Er wirkte beeindruckt. »Okay. Der ist in Ordnung.«

Meghan riss die Augen auf. »Ja, oder? Aber von mir hast du es nicht!« Sie stieß ihm mit dem Zeigefinger in die Brust. »James Flynn. Ich habe kein Wort gesagt.«

»Er wird Christian ein schönes Zuhause bieten. Er kann das besser als ich.« James schaute auf seine Uhr. »Ich muss noch in die Stadt, um ihm ein Geschenk zu kaufen.«

Meghan zog ihr Handy heraus. »Soll ich einen Wagen rufen?«

»Nein, danke«, sagte James, »heute ist so ein schöner Tag, ich werde über dieses Dings laufen. Über die Fußgängerbrücke.«

Meghan verzog das Gesicht. »Sicher?«

»Ja. Ist doch nett, am Wasser spazieren zu gehen. Ich kann in der First Avenue ein Taxi nehmen.« Er sah Catherine an. »Willst du mich begleiten? Oder hast du noch Termine?«

Von hier blicke man auf den East River, erklärte James, die braunen Apartmenthäuser am anderen Ufer stünden in East Harlem, und die von gelben Taxis verstopfte Schnellstraße heiße Franklin D. Roosevelt East River Drive. Catherine wunderte sich darüber, wie leicht ihm die Eigennamen über die Lippen kamen, wie gründlich er sie sich angeeignet hatte. Er sagte, er müsse noch zu einem Meeting in der Nähe von Orchard und Hester. Catherine war aus beruflichen Gründen mehrfach in New York gewesen, aber die Straßennamen und die Viertel klangen in ihren Ohren immer noch exotisch, irgendwie unwirklich; sie konnte sie nicht aussprechen, ohne sich lächerlich zu fühlen, und sie unterstellte allen anderen dieselbe Empfindung.

»Wohnst du hier in der Nähe?«, fragte sie. »Beziehungsweise, wo wohnst du? Nicht in Manhattan, oder?«

Nein, nicht in Manhattan, das wusste sie. Aus den Zeitschriften. Er wohnte in Brooklyn, in einer Wohnung, für die er und Christian 1,8 Millionen Dollar bezahlt hatten.

»Nein, nicht in Manhattan«, sagte James kopfschüttelnd, als hätte sie ihn mit einem anderen verwechselt. »In Brooklyn. Fort Greene. Kennst du das?«

»Nein. Klingt nett.« *Klingt nett?* Was redete sie da? Sie plapperte. Bei jedem Satz zischte sie sich in Gedanken zu, endlich aufzuhören, runterzukommen, ihm das Reden zu überlassen, aber schon purzelte die nächste Hilflosigkeit aus ihrem Mund. Sicher hatte er es bemerkt. Doch er ließ sich nichts anmerken. Er bezahlte die beiden Iced Lattes, die er an einem Wagen vor dem Zelteingang bestellt hatte.

»Danke«, sagte sie und nahm den Plastikbecher entgegen. »Ich wollte noch sagen, ich mag deine Hosenträger.«

»Oh«, lachte James und schaute an sich hinunter, »mein Gott, wie der alte Barney Rodgers aus den Bergen. Das hat mein alter Herr gesagt, als er sie gesehen hat.«

»Er war hier?«

»Oh, ja. Meine Eltern haben mich ein paarmal besucht. Wegen der« – er nickte in die Richtung, aus der sie gekommen waren – »Hochzeit und zu anderen Gelegenheiten.«

»Wie schön. Meinen Glückwunsch, nachträglich.«

»Danke.«

»Zu allem, meine ich«, sagte Catherine in dem Gefühl, viele Einzelteile in ein einziges Loch schieben zu müssen. »Ich wollte dir schreiben …«

»Tut mir leid wegen der Sache mit Lucien«, fiel James ihr ins Wort. »Ich habe immer noch Kontakt zu Zoe, über Facebook. Sie hat es mir erzählt.«

»Danke«, sagte Catherine achselzuckend. »Es war wohl besser so.«

»Es ist trotzdem traurig«, sagte er und zeigte auf den Weg unten am Wasser, wie um die Richtung vorzugeben. »Ich muss zugeben, ich kann mich an Lucien nicht besonders gut erinnern.«

»Also, zu der Zeit, in der du ihn vielleicht gesehen hast, war er mit Zoe zusammen. Ich habe ihn Jahre später in London wiedergetroffen. Er schreibt für den *Guardian*.«

»Ja, ich habe seine Sachen gelesen, er ist gut.«

»Fantastisch«, nickte Catherine. »Wir sind immer noch befreundet, es ist nur so, dass …«

»Ja«, sagte James zerstreut, und dann hing die Silbe zwischen ihnen wie etwas Kaputtes, Peinliches. Wie hatte sie es geschafft, so schnell in dieses Fahrwasser zu kommen? Indem sie, das sagte sie sich jetzt, pausenlos geredet hatte. Weil sie wie immer dem Zwang erlag, sich zu erklären.

»Meine Mutter fand ihn toll«, plapperte sie weiter, ohne zu wissen, wohin das führen sollte. Die Anekdote war überflüssig und nicht einmal ganz wahr. »Wenn wir zu Besuch waren, haben die beiden die ganze Zeit im Wintergarten gesessen und Tennis geschaut.«

»Tennis!«

»Im Fernsehen natürlich. Der Boom hat Bayswell nicht ganz erreicht …«

»Aber immerhin, ein Wintergarten. Da hat Mutter Reilly doch was Schönes bekommen.«

»Ich glaube, sie hätte lieber ihren englischen Schwiegersohn behalten.«

»Ach«, sagte James und zog die Augenbrauen hoch, »sicher findet ihr einen neuen.«

»Sicher nicht«, sagte Catherine, und es klang verbitterter, als sie beabsichtigt hatte.

»Und, wie geht es deinem Vater?«

»Gut«, sagte Catherine achselzuckend. »Letztes Jahr bei den Präsidentschaftswahlen hat er für David Norris gestimmt. Er hat vor Wut getobt, als Norris verloren hat.«

»Ach, wirklich?«

»Wirklich. Menschen ändern sich.«

James sagte nichts, sondern nickte nur knapp. Sie gingen an Anglern vorbei, die am Ufer saßen, wurden von Radfahrern, Hundesittern, einer Frau auf Rollerblades und einem Kind auf einem roten Roller überholt. Der Kies knirschte unter ihren Sohlen. Das Gras rechts und links des Gehwegs sah fleckig und vernachlässigt aus. Aus den Beeten ragten Narzissen und andere Blumen, ein vergeblicher Versuch, den öffentlichen Raum zu gestalten; aber der Boden hier wirkte ungesund, ausgelaugt, wahrscheinlich hatte der Fluss ihn dauerhaft verseucht. Die Erde erinnerte sie an abgebrochene Bauprojekte, wie sie sie von zu Hause kannte: karg, graubraun, von Steinen durchsetzt. Sie liefen über Löwenzahn und Kronkorken. Zur Rechten grenzten große, eckige Steinblöcke den Weg vom Wasser ab. Der Fluss war grau. Am anderen Ufer konnte Catherine ein paar Markennamen an einem hohen Gebäude entdecken: CostCo, Target. Das Gebäude daneben erinnerte an ein Gericht, dahinter ragten noch mehr braune Wohnblöcke in den Himmel. *The Projects*, dachte sie plötzlich. Sie könnten in irgendeiner Stadt irgendwo auf der Welt sein. Nichts erinnerte an New York, hier gab es keine gleißende Skyline, kein betäubendes, cineastisches Leuchten.

»Zoes Kinder sind süß, nicht wahr?«, sagte sie in einem möglichst unbeschwerten Tonfall. »Ich liebe die Fotos, die sie letzte Woche eingestellt hat.«

James machte ein zustimmendes Geräusch, eine Art

Grunzen, und trank einen großen Schluck Kaffee. Catherine sah es und tat es ihm gleich, obwohl die bittere Kälte sie jedes Mal erschreckte; was für ein aggressives Getränk.

»Warum trinkt ihr Amerikaner so was?«, fragte sie und schüttelte den Becher. »Ich habe das nie verstanden.«

»Hast du noch Kontakt zu den anderen?«, fragte James, der die Frage anscheinend nicht gehört hatte. Er runzelte die Stirn und drehte an seinem Strohhalm; dumpf scharrte Plastik auf Plastik. Er sah Catherine an.

Catherine musste schlucken. »Eigentlich nicht«, sagte sie. »Über Facebook, mit ein paar wenigen. Manchmal höre ich was von Conor. Er ist ziemlich erfolgreich als Bühnenautor, wusstest du das?«

»Oh, ja«, sagte James und zog die Augenbrauen hoch. »Ich habe gelesen, dass er für einen Tony nominiert wurde. Aber er hat ihn nicht bekommen, oder?«

Catherine zuckte die Achseln. »Noch nicht.«

»Und Robert Emmet?«

»Sitzt im Dáil. Im Unterhaus. Kannst du es glauben?«

»Was?!«

»Na ja, er ist kein Politiker, aber er arbeitet für einen. Er ist der Redenschreiber des Justizministers.«

»Ach komm, du willst mich verarschen.«

»Nein! Irgendwer muss den Job ja machen.«

»Und wer wäre besser geeignet als ein Satiriker?«

Sie lachte. »Ja. Aber wir haben keinen Kontakt. Du weißt schon. Abgesehen davon bin ich im letzten Studienjahr ans Goldsmiths gewechselt, da haben sich viele Kontakte verlaufen. Wahrscheinlich wäre es ohnehin so gekommen. Danach. Du weißt schon.«

Da war es. *Danach*. Was die Frage nach dem *Davor* aufwarf. Sie konnten es jetzt einatmen, es umgab sie wie eine Wolke, in die sie hineingeraten waren, eine Wolke aus Chemikalien oder aus winzigen Lebewesen. Die Wolke summte. Ein Schillern, ein Schwingen. Catherine atmete tief ein, ganz langsam, fast zögerlich, als könnte sie sich dadurch vor dem Gift schützen, aber es war vergeblich; sie selbst hatte es in die Welt gepustet. Ein Ausflugsdampfer zerpflügte den Fluss; aus der Ferne schienen die Leute, die dichtgedrängt an Deck standen, sich nicht zu regen, wie resignierte Flüchtlinge sahen sie aus, und Catherine dachte daran, James auf den Umstand aufmerksam zu machen, einen Witz zu wagen, dann wiederum würde James das Humorvolle daran vielleicht nicht verstehen. Wenn es da war.

»Weißt du, ich habe Meghan und Veronica nicht ganz die Wahrheit gesagt«, sagte James. »Über den Grund meiner Rückkehr.«

»Na ja, Christian hat Geburtstag«, sagte Catherine schnell.

»Nein, nein«, sagte James und schüttelte den Kopf, als müsste er einem Kind etwas erklären. »Ich bin wegen Christians Geburtstag zurückgeflogen, gestern Abend. Ich meine das hier.« Er zeigte vage hinter sich, zum Ausstellungszelt. »Die Messe.«

»Oh.«

»Mir ist scheißegal, was sie verkaufen und was nicht. Na ja, nicht ganz vielleicht, aber ich habe keinen Grund, hier rumzuhängen und sie zu kontrollieren. Sie haben recht, ein Künstler hat auf so einer Messe nichts zu suchen. Diese verdammten Geier.« Er sah sie flüchtig an. »Nichts für ungut.«

»Schon gut«, sagte Catherine ein bisschen zu hastig.

»Ja. Nun ja. Was wollte ich sagen. Es geht mir nicht um die Messe. Aber gestern Abend im Flugzeug hat Jonathan mir das Programm gezeigt, und da habe ich gesehen, dass du bei einer Veranstaltung auftreten wirst.«

»Oh.«

»Ich habe viele deiner Artikel gelesen, weißt du. Ich fand sie sehr gut.«

»Danke«, sagte Catherine peinlich berührt.

»Keine Lyrik mehr? Nur noch Kunstkritiken?«

Sie schüttelte den Kopf. »Nein. Die Gedichte waren nur … du weißt schon. So ein Teenie-Ding.«

»Ich meine mich zu erinnern, dass deine gut waren.«

»Nein, nicht wirklich.«

»Wie dem auch sei. Sicher bist du wegen deiner Arbeit nicht zum ersten Mal in New York«, sagte er forsch, »und ganz offensichtlich habe ich oft in London zu tun.«

»Ja«, platzte Catherine heraus, »ich habe deine Ausstellung in der Frith gesehen.«

»Oje«, sagte James kopfschüttelnd, »die war schlecht vorbereitet, ich hätte mich nicht darauf einlassen sollen.«

»Oh, nein, ich fand sie …«

»Ich habe damals eine schwierige Zeit durchgemacht, ich war nicht ganz klar im Kopf. Glaube ich. Ich habe da noch getrunken.«

»Ja, stimmt«, sagte Catherine, als wüsste sie längst, dass er jetzt abstinent lebte oder dass es überhaupt ein Problem gewesen war, für einen vergangenen James, der gleichzeitig immer noch – für sie – der zukünftige James war, denn er war der James, zu dem er nach dem Kontaktabbruch geworden war, dem erzwungenen Kontaktabbruch; all die Jahre hatte sie keine Gelegenheit gehabt, ihn noch einmal kennenzulernen, und nun war der vergangene James vollkommen verschwunden. Er musste wirklich zu viel getrunken haben damals, wenn er ganz damit aufgehört hatte. War sie auch dafür verantwortlich?

»Wie dem auch sei, du hast ja vermutlich von der Sache mit Nate gehört, und dann musste Ed Dunne in seiner Badewanne einen Herzinfarkt kriegen, tot in der Badewanne, das wollten die Leute hören, die haben sich alles Mögliche erzählt damals, und es war … na ja. Du kannst dir sicher vorstellen, wie es war.«

»Ja«, log Catherine.

»Ich meine, es war der Wahnsinn. Der absolute Wahnsinn. Ein Reporter hat meine Mutter in Carrigfinn angerufen.«

»O mein Gott.«

»Hat ihr eine Todesangst eingejagt. Sie hat geglaubt, *ich* würde tot in der Wanne liegen.« Er verzog das Gesicht. »Oder Schlimmeres. Ich wette, sie hat etwas noch Schlimmeres gedacht.«

»O James.«

»Und Nate.« Er sah sie an. »Hast du im Job je mit Nate zu tun?«

»Nein, nie.«

»Aha. Du erinnerst dich an ihn?«

Catherine nickte, brachte nichts heraus.

»Nachdem er seine eigene Galerie eröffnet hatte, wurde er noch selbstgefälliger.«

»Das glaube ich gern«, sagte Catherine und hatte keine große Mühe, sich ein Bild von Nate Lewis in Erinnerung zu rufen, eine Collage aus den vielen Bildern, die sie im Internet gesehen hatte; die Anzüge, die Sonnenbräune, das Alligatorenlächeln. Keine jungenhaften, braunen Locken mehr; er trug jetzt Glatze, vermutlich, um zu kaschieren, dass sein Haar an manchen Stellen schütter geworden war. Was hätte sie gesagt, wenn sie ihn heute im Zelt getroffen hätte? Sie hatte der Möglichkeit blasiert entgegengeschaut, war der Meinung gewesen, die vielen Jahre könnten ihr nichts anhaben, die Spuren der Jahre hätten nichts zu bedeuten, weniger als nichts – aber was hätte sie zu Nate gesagt, wenn sie ihm heute Morgen auf der Messe begegnet wäre? Wie lächerlich, im Nachhinein in Panik auszubrechen, zu zittern beim Gedanken an eine Begegnung, zu der es nicht gekommen war, an eine Möglichkeit, die sie bislang gar nicht bedacht hatte, aber ja, sie zitterte; James zu sehen, James'

Existenz änderte alles. James hier neben ihr, der ihr erzählte, dass er ihretwegen gekommen war, dass es ein Danach und ein Davor gab, und der Kaffee in ihrer Hand war so kalt und schwer und sinnlos, und diese Jogger, diese Spaziergänger, dieses Kunstvolk in Acne und Watanabe und Demeulemeester, diese unerträgliche Hitze, die sich von oben durch die New Yorker Wolkendecke drückte …

»Was mich nicht davon abgehalten hat, fast zwei Jahre mit ihm zusammenzubleiben«, sagte James kopfschüttelnd.

»Na ja«, sagte Catherine, »jeder muss …«

Er sah sie an. »Jeder muss irgendwo anfangen, willst du das sagen?«

»Nein, ich will sagen …«, murmelte Catherine und blieb stehen; in der Tat hatte sie so ziemlich genau das sagen wollen. Sie kaute auf ihrem Strohhalm herum.

»Denn ich habe nicht mit Nate angefangen, stimmt's?«

»Nein«, sagte Catherine in den Strohhalm.

»Stimmt's, Catherine?«, fragte er nach.

Catherine hob das Kinn. »Nein.«

»Ich wollte …« Er seufzte. »Ich wollte dich schon viel früher kontaktieren.«

»Oh«, sagte Catherine, und ihr Herz schien sich mit Gewalt aus ihrer Brust herausboxen zu wollen. Sie hatten sich einer Bank genähert; würde es die Sache besser oder schlimmer machen, wenn sie ihm jetzt vorschlug, sich zu setzen? Oder wäre es besser, in Bewegung zu bleiben? Oder doch lieber die Beine ausstrecken?

»Ich hätte den Kontakt nicht einfach so abbrechen dürfen, Catherine«, sagte er mit bebender Stimme. »Das war ein falscher Umgang damit. Was immer *es* auch war.«

»Also«, sagte Catherine, »*es* war Liam. Was mit Liam war. Was Liam zugestoßen ist, wegen dem, was ich getan habe.«

James nickte langsam. »Weißt du, wir haben immer noch Kontakt. Nur über Facebook natürlich.«

»Oh«, sagte Catherine ein bisschen zu fröhlich, »wie geht es ihm?«

James nickte wieder. »Ganz gut. Er unterrichtet in Belfast. Er hat einen Lebensgefährten.«

»Das ist schön.«

James schwieg.

»Und ist er …« Sie unterbrach sich. Was hatte sie da eigentlich fragen wollen? »Was unterrichtet er?«

»Geschichte«, sagte James, es klang einen Hauch ironisch, dann wiederum war das Wort zu abrupt gekommen und wieder verhallt; Catherine konnte es nicht beurteilen.

»Das ist schön«, sagte sie und krümmte sich innerlich. »Er war immer sehr intelligent.«

»Die Narben sieht man kaum noch«, sagte James, als verkündete er ein Testergebnis. »Wenigstens ist auf den Fotos, die er postet, nichts mehr davon zu sehen. Ein bisschen vielleicht«, sagte er und legte sich eine Hand an den Kiefer, »ein bisschen vielleicht, ungefähr hier, wo es am schlimmsten war, aber nicht viel. Die Ärzte daheim … du weißt ja.« Er nickte. »Er sieht gut aus. Fast so wie früher.«

»Gut, sehr gut«, sagte Catherine mit derselben absurden Fröhlichkeit. *Sag ihm, dass ich nach ihm gefragt habe,* hätte sie beinahe gesagt, so sehr hatte sie sich in diesen Zustand hineingesteigert, in diesen Rausch des Verdrängens und Vortäuschens. Das hier passierte nicht. Nicht wirklich. Sie stand nicht auf einer Brache mit Blick auf East Harlem, mit einem lächerlichen Plastikeimer in der Hand und in verschwitzten Sonntagsklamotten, um sich von James Flynns ernster, leiser Stimme in den Sommer vor vierzehn Jahren katapultieren zu lassen.

»Catherine«, sagte er, »das war schrecklich damals.«

»Ja«, sagte sie kraftlos.

»Ich spreche nicht nur von Liam. Ich meine nicht nur« – er musste sich räuspern – »den einen Tag. Ich meine alles.«

»Deine Fotos, die Fotos, die du an dem Tag geschossen hast, waren unglaublich«, sagte sie. »So bewegend.«

Er schüttelte den Kopf. »Was habe ich mir bloß dabei gedacht? Diese beschissenen Fotos zu machen.«

»James!«

»Nein. Was habe ich da getan? Im Krankenhaus zu fotografieren, was zur Hölle …«

»Es war wichtig. Sie waren überwältigend. Sie sind es noch immer.«

»Ich weiß nicht. Ich kann sie nicht ansehen. Ich weiß nicht, ob ich sie mir je wieder ansehen kann.«

»Du solltest stolz darauf sein.«

»Ich weiß nicht.«

»Auch wenn du es nicht bist – ich bin stolz darauf«, sagte sie und streckte die Hand aus und berührte seinen Arm, alles wie in Zeitlupe, die Geste wirkte kümmerlich und künstlich; alles war fremd. James zuckte leicht zurück – nein, das bildete sie sich nicht nur ein –, und so wirkte der Satz, den sie dem ersten hinterherschob, auf einmal wie ein Missgriff, wie ein hässlicher, geschmackloser Patzer. »Ich bin stolz auf *dich*«, da war es, sie hatte es ausgesprochen, noch bevor sie sich auf die Zunge beißen konnte, und James' Reaktion erfolgte prompt; James erstarrte, James sah sie an.

»Nein, Catherine, bitte nicht«, sagte er.

»Es tut mir leid«, sagte sie entsetzt, entgeistert, ohne zu wissen, wofür genau sie sich entschuldigte. »Vergiss es. Hör nicht auf mich.«

»Du wolltest nur etwas Nettes sagen.«

»Nein, das war dumm. Natürlich war das dumm. Wir kennen uns gar nicht mehr. Das steht mir nicht zu.«

»Nein, das ist es nicht«, sagte er kopfschüttelnd und setzte sich wieder in Bewegung. »Oder vielmehr, doch. Natürlich nicht, das stimmt. Du hast recht. Wir kennen uns nicht mehr.« Er seufzte. »Was mich ziemlich traurig macht.«

»Mich auch.«

»Aber weißt du«, sagte er, »so ist das jetzt. Das Leben geht weiter. Und wir gehen mit. Alles verändert sich. Verstehst du?«

Das war es nicht allein, aber Catherine hielt den Mund. Sie nickte. »Was passiert ist, tut mir so leid, James«, sagte sie. Es war hoffnungslos zu wenig, aber es musste ausgesprochen werden. Sie hätte es ihm schon vor Jahren sagen sollen. Sie hatte es versucht; sie hatte Briefe begonnen. Aber in seinem Brief, den er ihr eine Woche danach geschrieben hatte, hatte er sich unmissverständlich ausgedrückt. Aus und vorbei. Funkstille. Keine Chance, keine Erklärungen, kein Zweck. Es wäre unfair gewesen, ihm die Baggot Street zu nehmen und die Mädchen – immerhin waren sie zuerst da gewesen –, deswegen war sie im September ausgezogen, in eine WG in Ranelagh, zu Leuten, die sie aus dem College kannte. Zoe war aus Italien zurückgekommen und ihre Freundin geblieben. Emmet war zurückgekommen und wichtiger für sie geworden, als sie je für möglich gehalten hätte. Am Ende endete auch das mit Liebeskummer, heftig genug, um sie an einen Umzug nach London denken zu lassen; ein Liebeskummer so intensiv, dass er die Trauer um James bei weitem übertraf. Ironie des Schicksals? War es ausgleichende Gerechtigkeit? Oder war das einfach nur das Leben?

Ja, vermutlich war es das. Einfach nur das Leben.

»Tut mir leid«, sagte sie noch einmal. »Das reicht nicht, nicht ansatzweise, aber ich meine es ehrlich. James?«

»Es war nicht deine Schuld.«

Sie starrte ihn an. »Wie bitte?« Fast hätte sie gelacht. »Natürlich war es meine Schuld. Wenn ich nicht gewesen wäre …« Sie schüttelte den Kopf. »Ihr hättet nicht dort sein dürfen. Ihr beide.«

»Nein«, sagte James mit fester Stimme, »weißt du, das stimmt nicht. Wir durften sein, wo wir sein wollten, wo wir Lust hatten zu sein. Jeder, der an jenem Tag dort war, hatte ein Recht darauf. So oder so. Ohne von irren Psychopathen in Stücke gerissen zu werden.«

»Aber das ist etwas anderes«, sagte Catherine stirnrunzelnd. »Das hat damit nichts zu tun.«

»Nein«, sagte James und schüttelte den Kopf, »du hast uns das nicht angetan.«

»Doch, teilweise.«

»Nein«, sagte er entschieden, »das brauchst du dir nicht einzureden. Wenn du das möchtest, kann ich dich nicht davon abhalten. Das hat, wie du so schön sagst, nichts damit zu tun.«

Catherine merkte, dass er nicht versuchte, sie zu trösten. Er hatte gar nicht vor, sie von einem Schmerz zu befreien. Er wollte ihr vielmehr sagen, dass sie niemals das Recht gehabt hatte, sich an diesen Schmerz zu klammern.

»Ihr hättet an dem Wochenende in der Baggot Street sein sollen«, sagte sie, »ihr zwei. Ihr wart zum Essen eingeladen und zum Übernachten …«

James schnaubte ungläubig. »Wozu hätten wir bei euch übernachten sollen? Wir waren nicht auf ein fremdes Zimmer angewiesen. Wir wären zu Liam gegangen oder zu mir …«

»Aber Lorraine hatte es so vorgeschlagen. Dass ihr über Nacht bleibt. Das ganze Wochenende sogar. Und dann das Foto.«

»Welches Foto?«

»Das Foto von Liam.«

Er kniff die Augen zusammen. »Das war später.«

Nicht das Foto, wollte sie sagen, aber es war sinnlos. Wozu sollten sie das jetzt noch klären? Es war so lange her. Und es war sowieso ein unwichtiges Detail gewesen.

Aber James runzelte immer noch die Stirn. »Du musst da was verwechseln, Catherine. Das ergibt doch keinen Sinn.«

»Ich glaube, es ging darum, dass …«

»Wir mussten uns nicht verstecken«, übertönte er sie.

»Doch, musstet ihr«, sagte sie leise.

»Nein«, sagte er in schneidendem Tonfall, »mussten wir nicht. Vor dir vielleicht. Aber das war etwas anderes. Das hatte« – sein Tonfall veränderte sich – »nichts damit zu tun.«

»Dann gibst du mir also doch die Schuld.«

»*Schuld*?«, höhnte er. »Ich gebe den Schweinen die Schuld, die das Auto abgestellt haben. Ich gebe den Schweinen die Schuld, die das Auto geklaut und in die Market Street gefahren haben, um …«

»Aber du warst nur meinetwegen da«, sagte Catherine und entdeckte im selben Moment einen Mülleimer. Sie warf den Kaffeebecher hinein, er landete mit einem lauten Klatschen.

»Den mochtest du wohl nicht so gern«, sagte James. Er konnte fast schon wieder lachen. Sie stierte ihn verwundert an.

»Weißt du überhaupt, was ich Liam erzählt habe? An dem Tag?«

»Du hast ihm gesagt, dass wir im Bett waren«, sagte James in leicht amüsiertem Tonfall. »Und du hast gesagt, ich hätte … wie hat deine Mutter es seinerzeit genannt?«

»Meine *Mutter*?«

»Große Probleme«, sagte James und nickte zufrieden, weil er sich an den Wortlaut erinnert und zudem eine Gelegenheit bekommen hatte, sein Wissen vorzuführen. »Große Probleme, das hast du gesagt. Was er dir natürlich fraglos geglaubt hat. Was den Rest betrifft«, sagte er achselzuckend, »musste er nur mich fragen.«

Sie sah ihn an. Eine sanfte Brise klappte seinen blauen

Hemdkragen um. Das Grau in seinem Bart. Eine Sommersprosse auf seiner Wange, möglicherweise ein Muttermal; er sollte das einem Hautarzt zeigen. Aber das dürfte ihr jetzt nicht so ins Auge springen, es ging sie nichts mehr an.

»Wie auch immer. Es tut mir leid«, sagte sie, weil sie das Gefühl hatte, darauf beharren zu müssen.

Er schüttelte den Kopf. »Das brauchst du mir nicht zu sagen, Catherine. Das ist deine Sache. Dass es dir leidtut, meine ich. Das ist Teil deines Lebens. Das meine ich nicht böse. Ich will damit nicht sagen, dein schlechtes Gewissen und deine Entschuldigungen wären wertlos, oder deine Reue oder wie immer du es nennen willst. Es ist einfach nur deine Sache.«

»Klar«, sagte Catherine tonlos. Er ließ sie, das spürte sie, auflaufen; wieder einmal hatte sie das Gefühl, abgelehnt zu werden.

»Ich habe selbst genug zu bereuen«, sagte er und lachte verbittert, »mehr als genug.«

Er seufzte. »Da ist der Weg«, sagte er und zeigte geradeaus. Eine leuchtend grüne Brücke krümmte sich über den Fluss, an zwei Stellen gehalten von schlanken, hohen Wachtürmen mit Fenstern. Das Gebilde sah seltsam aus, wie aus einem Comic; es hob sich grell von den Wolken und der Stadt ab, die ihnen jetzt mürrisch den Rücken zuzukehren schien. Ein Radfahrer rauschte an ihnen vorbei, bog ab und verschwand hinter kümmerlichen Bäumen.

»Die Leute kommen her, um den Kopf freizukriegen«, erklärte James. »Ein seltsamer Ort.« Er zeigte auf die Stadt. »Sieh mal, das Chrysler Building, dort zwischen den beiden Türmen … kannst du es sehen?«

Catherine blinzelte. »Ich glaube.«

»Das Chrysler ist unverwechselbar. Es ist wunderschön. Wo bist du untergebracht?«

»Im Standard.«

»Oho«, sagte er heiter, »Sex mit Michael Fassbender, vor der Panoramascheibe?«

Catherine verzog das Gesicht. »Ich würde nicht nein sagen.«

»Tja, du bist jetzt frei«, sagte er und nahm ihren Arm. Ihn zu spüren; seinen festen Griff; Catherine bekam keine Luft mehr. Er rempelte sie an, sie rempelte ihn an, bevor sie in einen Gleichschritt verfielen, einen Rhythmus gefunden hatten. Der Gehweg, die gelben Blumen, das schüttere Gras an den Kanten, das Wasser; die Brücke kam näher, die Brücke würde ihn Catherine entreißen.

»Du hast mir vertraut, und ich habe dein Vertrauen missbraucht«, sagte Catherine. »Ich weiß nicht, warum ich mich so verhalten habe.«

Er zuckte die Achseln; sie spürte es als einen Ruck an ihrem Arm. »Ich war auch nicht besonders nett zu dir.«

»Du hast nicht nachgedacht.«

»Wir alle haben nicht nachgedacht. Vielleicht lag genau da das Problem.«

»Vielleicht«, sagte sie skeptisch.

»Wir waren Kinder, Catherine. *Wains,* wie meine Mutter sagen würde. Das ist alles so lange her.«

»Na ja, so lange nicht …«

»Machst du Witze?«, sagte er und zeigte auf sein Gesicht. »Sieh dir diese Falten an.« Er musterte Catherines Augenpartie in gespieltem Ernst. »Ehrlich gesagt hast du dich ganz gut gehalten. Verflucht sollst du sein!«

Sie lachte los; auch James lachte. Es war natürlich eine Show; ein Kunststück, mit dem er sie vom dünnen Eis geholt hatte. So hatte er es immer schon gemacht, und so machte er es jetzt, nur dass er noch besser war als früher. Catherine sah, wie elegant er die Situation handhabte, wie geistesgegenwärtig und geübt er war. In einem gespielten Schmollen schob er die Unterlippe vor, gab vor, erneut ihre

Haut zu untersuchen, und wieder lachte sie, weil er das erwartete, weil er es brauchte.

»Du bist unmöglich, Muriel«, sagte sie mit australischem Akzent.

»Ich bin unmöglich, Muriel«, sagte er. Er drückte ihren Arm noch einmal, sehr fest, und dann ließ er los.

Am Anfang der Fußgängerbrücke umarmten sie einander zum Abschied. Nicht lang, aber auch nicht zu kurz, und als er einen Schritt zurücktrat, seufzte er leise. Sie hatten einander nicht versprochen, in Kontakt zu bleiben oder sich vor Catherines Abflug noch einmal zu treffen; sie hatten keine Mailadressen oder Telefonnummern ausgetauscht und nicht einmal angekündigt, einander bei Facebook suchen zu wollen. Catherine hätte den Vorschlag lächerlich gefunden, auch wenn er ihnen beiden jetzt folgerichtig und natürlich erscheinen musste; immerhin hatten sie Facebook mehr als einmal erwähnt. Aber sie brachte es nicht über sich; sie meinte, dass der Vorschlag, wenn überhaupt, von ihm kommen musste. Und was war Facebook überhaupt, nichts als gestellte Fotos und hirnloses Gequatsche; ohne waren sie besser dran. Für sie war es besser, einander zufällig in die Arme zu laufen, wann und wo das Schicksal es wollte.

»Hör mal«, sagte James mit einem Blick auf die Stadt, »ich habe eine neue Ausstellung. In der Galerie.«

»Oh, das klappt nicht«, sagte Catherine. »Ich dachte, ich hätte es erwähnt – ich fliege am Montagabend nach London zurück …«

»Ich weiß, ich weiß, und die Eröffnung ist erst am Dienstag«, sagte er, »aber wenn du möchtest … wenn du Zeit hast … ich habe Meghan gesagt, dass du vielleicht irgendwann am Montag zu einer Privatführung vorbeischaust. Wenn du möchtest, schließen sie für dich auf.«

»Was?«

»Ja. Bis dahin werden die meisten Fotos hängen.«

»Und du wirst auch da sein?«

»Oh, nein«, sagte er und wich zurück, als wäre er gestochen worden, »das geht nicht. Ich kann den Anblick kaum ertragen, und schon gar nicht möchte ich sehen, wie jemand sie betrachtet.«

»Ach so. Verstehe.«

»Aber ich würde mich freuen, wenn du sie dir anschaust. Wenn du sie siehst.«

»Klar«, sagte Catherine und nickte, und um dem Ganzen einen professionellen Anstrich zu geben, zückte sie ihr Blackberry. Sie tippte wahllos darauf herum; ein Wettersymbol erschien. »Wann denn?«, fragte sie mit Blick auf das Gerät. »Halb elf, elf?«

»Wann immer du willst«, sagte James. »Es wird den ganzen Tag jemand da sein. Geh hin, wann du möchtest. Falls du möchtest.«

»Natürlich möchte ich. Ich freue mich.«

»Okay«, sagte James lächelnd.

»Danke, James.«

»Ich muss jetzt weiter«, sagte er und zeigte auf die Brücke, als würde sie auf ihn warten. »Wir hören voneinander?«

»Wir hören voneinander«, sagte Catherine und nickte und sah ihm nach. Im Weggehen drehte sie sich immer wieder um und sah seine Gestalt auf der seltsamen grünen Brücke, den Rucksack auf seinem Rücken, die schwingenden Arme, er sah aus wie ein Tourist, neugierig auf alles.

Dabei war er hier natürlich nicht fremd. *Sie* war die Touristin.

*

Sein Name klebte bereits an der Milchglasfront der Galerie, tief unten, links vom Eingang: James Flynn, daneben der Titel der Ausstellung, *Zwanzig von euch*. Catherine drückte auf den Klingelknopf und wartete. Auf der Straße war es gespenstisch still; montags hatten die Galerien geschlossen. Die Tür wurde einen Spaltbreit geöffnet, eine junge Frau spähte hinaus. Sie sah Catherine, lächelte, bat sie herein. Sie stellte sich als Alice vor, James habe schon angerufen und Catherines Besuch angekündigt, ob sie Catherine etwas anbieten könne? Einen Kaffee, ein Wasser, irgendetwas?

»Nein, danke«, sagte Catherine und sah sich um. Sie befanden sich im Eingangsbereich, ein breiter Schreibtisch – vermutlich Alices Arbeitsplatz – stand einem Büchertisch gegenüber, auf dem James' Kataloge ausgelegt waren: zwei große Bände von den letzten beiden Ausstellungen bei Greene, dazu Hefte im Zeitschriftenformat, die seine Arbeiten bei McGinley und anderswo zeigten, und ein Katalog seiner ersten Ausstellung bei Lewis. Catherine trat einen Schritt vor, bevor sie merkte, dass die junge Frau – Alice – ihr etwas geben wollte; eine Liste, ausgedruckt auf DIN A4, auf der alle Fotos der neuen Ausstellung verzeichnet waren.

»Oh, danke«, sagte Catherine abwehrend, »ich möchte sie mir zunächst einfach so ansehen, unvoreingenommen, wenn Sie verstehen. Ich mache das immer so.«

»Kein Problem«, sagte Alice und legte die Liste auf ihren Schreibtisch. »Nun, es geht gleich nebenan los, und hinten hängen auch noch ein paar«, sagte sie und zeigte, »ich hoffe, sie gefallen Ihnen.«

Alle Gesichter begrüßten sie, die vielen Männer starrten ihr von den Fotos entgegen; die meisten waren jung. Und wunderschön, ein jeder von ihnen, auf seine Weise, aber das war eben typisch James, so machte er das. Bei näherer Betrachtung merkte Catherine, dass nicht alle starrten; manche blickten in die Kamera, als nähmen sie den Betrachter zur Kenntnis, andere wiederum schienen jeden Blickkontakt zu verweigern, oder vielleicht fühlten sie sich einfach nicht dazu verpflichtet; sie schauten beiseite oder zu Boden, oder sie betrachteten irgendetwas außerhalb des Bildrahmens. Oder vielleicht auch gar nichts; vielleicht hingen sie nur einem Gedanken nach, folgten ihm mit Blicken.

Der Erste war kahlrasiert – vom Eingang aus bewegte Catherine sich nach rechts, zu einem Mann mit kurzgeschorenem Haar, leicht geröteten Augen und kritischem Zug um den Mund. Sie mochte ihn nicht, befand sie; irgendwie machte er ihr Angst. Es war lächerlich, aber so fiel ihre Reaktion aus, und sie hatte während vieler Gänge durch viele Galerien gelernt, dass es immer lohnenswert war, auf die erste Reaktion zu achten; denn dort, wo es unangenehm wurde, verbarg sich das Wesentliche. Sie ging weiter.

Der nächste Mann war jung und attraktiv, er hatte Wachs im Haar, mehr als nötig, aber das tat seiner Schönheit keinen Abbruch; nichts hätte das gekonnt. Er war vielleicht um die fünfundzwanzig Jahre alt, wirkte aber viel jünger, womöglich weil er so erschreckt wirkte, weil die Kamera ihn unvorbereitet erwischt hatte; er war, als der Auslöser betätigt wurde, noch mit etwas anderem beschäftigt gewesen, das auf dem Bild nicht zu erkennen war, vielleicht lag es hinter dem Findling, auf dem er saß; der Tag war sommerlich, James und der junge Mann waren irgendwo draußen gewesen, in einem Park oder im Gebirge, und James hatte die Kamera gehoben und der Mann hatte den Kopf gedreht. Neben seinen Füßen stand ein Rucksack. In seinem Blick keine Spur von Argwohn.

Der nächste Typ rauchte. Er war nicht jung. Er stand an

einer Art Bushaltestelle. Kariertes Hemd, hochgekrempelte Ärmel. Blonde Härchen an den Unterarmen. Die Finger kurz und kräftig, die Nägel fleckig, von Farbe vielleicht. Er sah nicht aus wie jemand, der wartet. Er hatte die Straße im Blick. Er sah aus wie jemand, der noch nicht entschieden hat, ob er in den Bus steigen wird.

Langhaarig und müde der Nächste. Dunkle Schatten unter seinen Augen. Es handelte sich, wie beim ersten Foto, um ein förmliches Porträt. Im Hintergrund nichts, keine Gebrauchsgegenstände, kein Alltag. Keine Requisiten. Die Wand hinter ihm: kahl. Blaues Hemd, Grübchen am Kinn, seine Ungeduld schien ihn aus dem Bildrahmen herauszuschieben. Er umarmte sich selbst. Er wollte woanders sein.

Die fünf sah irisch aus, fand Catherine. Sein Blick war irgendwie beschämt, irgendwie betreten. *Jaysus, James*, so könnte das Foto heißen, dachte sie und lachte leise; aber er war gutaussehend, dunkle Brauen, hohe Stirn, verrutschter Hemdkragen.

Die sechs war schwarz und lag, vollständig bekleidet, auf einer Art Badetuch ausgestreckt. Catherine schaute sich um, entdeckte ein zweites schwarzes Modell und schämte sich sofort – sie hatte nachgezählt, dabei hätte es ihr nicht einmal auffallen dürfen, wahrscheinlich ging es dem Künstler genau darum, diese Reaktion hervorzukitzeln, daran erinnerte sie sich, außerdem hatte ohnehin keiner etwas gemerkt. Alice kam jetzt auf sie zu, lächelnd und mit einem iPad in der Hand. Alice brauchte nicht zu wissen, dass Catherine sich umgesehen und die schwarzen Gesichter gezählt hatte, sie nicht und auch sonst keiner.

»Großartig, nicht wahr?«, fragte Alice. Sie sah sich um und nickte, wie um sich selbst recht zu geben. »Besonders Christian«, sagte sie und zeigte zur Tür.

»Oh«, sagte Catherine, »das hatte ich gar nicht gesehen.«

»Eigentlich soll man von links nach rechts gehen«, erklärte Alice, »aber wahrscheinlich ist egal, in welcher Reihenfolge man sie sieht.« Sie lachte. »Solange man sie sieht.«

Catherine sagte nichts. Sie ging zu Christians Foto hinüber, offenbar war es am selben Tag aufgenommen worden wie das Bild, das sie schon kannte; er trug dieselbe Kleidung, ärmelloses Shirt und Cargohose, da waren seine dunklen Locken und die vollen Lippen, die leichte Sonnenbräune, die er sicherlich nach Carrigfinn mitgebracht hatte; so eine Bräune bekam man nicht in Carrigfinn. Das Foto war im Freien aufgenommen worden, in der grünen Wärme, die auf dem anderen Foto nur zu erahnen war, hinter dem Fenster; er lehnte an einem rostigen Gatter, ein Gatter zu einer Weide, und auf der Weide stand das Gras hoch, das Sonnenlicht überflutete sie, ein Feld aus Licht.

»Das muss im Juni gewesen sein«, murmelte Catherine. »Die Weide ist noch nicht gemäht.«

»Gemäht?«, fragte Alice dicht hinter ihr.

»Nichts«, sagte Catherine, »mir ist nur etwas aufgefallen. Ein schönes Foto.«

»So schön«, sagte Alice. »Im Ernst, dieser Ausdruck auf Christians Gesicht. Man sieht direkt, dass er gleich lächeln wird. Und wie er sich anlehnt, es hat so etwas Verspieltes, ich liebe es …«

»Ja«, sagte Catherine, »ich auch.«

»Und das Foto von Ihnen, das liebe ich auch!«

Catherine starrte sie an. »Von …?«

»Hier entlang«, sagte Alice und ging in den nächsten Raum vor und winkte Catherine mit sich. »Sie haben es noch nicht gesehen?«

»Tut mir leid«, sagte Catherine mit erstickter Stimme, »es gibt ein Foto von mir?«

»O ja«, sagte Alice mit einem Schulterblick, »hat James Ihnen nichts gesagt?«

Catherine schüttelte den Kopf. »Nein.«

»Oh«, sagte Alice und schlug sich eine Hand vor den Mund. »Mist.« Auf einmal sah sie entsetzt aus. »O mein Gott. Das tut mir so leid. Ich hätte nichts sagen sollen. Es war nur … ich dachte, Sie wüssten Bescheid … ich wusste nicht, dass er …«

Catherine ging schon an ihr vorbei. »Wie meinen Sie das, welches Foto? Ein altes? Warum stellt er ein Foto von mir aus?«

»Eigentlich sieht es Ihnen gar nicht ähnlich«, sagte Alice matt. Catherine betrat den Raum, Catherine schnappte nach Luft.

Es war ein Foto von einem Foto. Ein Foto von einem Foto in einem hellblauen Rahmen, es steht in einem Bücherregal, dahinter Bücher; man hätte die Titel auf den Buchrücken lesen können, was Catherine jetzt aber nicht wollte; Catherine wusste nicht mehr, was sie wollte, ob sie das kleine Rechteck betrachten wollte, das zeigte, wie sie einmal gewesen war, oder ob sie sich einfach umdrehen und davonlaufen wollte. Das Foto war an jenem ersten Tag in der Baggot Street aufgenommen worden; nicht am Tag ihres Kennenlernens, sondern am Tag nach der ersten gemeinsamen Nacht, an dem Tag, als sich alles verändert hatte. Sie saß mit krummem Rücken und wirren Haaren da, sie hatte einen Kater und trug ein altes Flanellhemd, sie hatte dieses Hemd geliebt, sie hatte es auf einem Flohmarkt in der Nähe von St. Stephen's Green gekauft, in dem Sommer war sie sechzehn gewesen. Sie hielt den Gary-Larson-Becher umklammert, den Ellen ihr zu Weihnachten geschenkt hatte, darauf der Witz mit Moses, der das Meer teilt, auf dem Küchentisch vor ihr ein Chaos: Milchkartons und Geschirrtücher und die gelbe Obstschale aus Plastik, wie immer leer, weil nie jemand daran gedacht hatte, Obst einzukaufen. Eine leere Marlboroschachtel, so platt, als hätte jemand darauf herumgetrampelt. Eine Zeitung; eine Zeitung, damals schon hoffnungslos veraltet.

Und Catherine blickte direkt in die Kamera.

»*1998*«, las Alice vom iPad ab. »Wow.« Sie räusperte sich. »Tolles Hemd.«

»Danke«, brachte Catherine heraus.

»*Schatz, was ich nicht wusste*«, sagte Alice. »Nett.«

»Wie bitte?«, fragte Catherine und drehte sich um.

»So heißt es«, sagte Alice und hielt Catherine das iPad hin. »*Schatz (was ich …*«

»Zeigen Sie mal«, sagte Catherine und nahm ihr das iPad weg, und Alice hob beide Hände in die Höhe, wie um klarzustellen, dass sie es ihr ohnehin überlassen hätte.

Schatz (was ich nicht wusste), Catherine, 1998, las sie. Catherine zog den Titel mit Daumen und Zeigefinger auf, wie um ihn zu prüfen, greifbar zu machen. Die Buchstaben standen riesig vor weißem Hintergrund; sie schienen näher zu kommen, das *wusste* bedeckte den ganzen Bildschirm. Catherine glotzte. Sie hob den Kopf und betrachtete das Foto, billiger Holzrahmen rund um einen Augenblick, an den sie keinerlei Erinnerung hatte. Wie hatte sie vergessen können, dass sie sein Motiv gewesen war? Wie hatte der Moment so spurlos aus ihrem Fundus verschwinden können, wo er doch alles war – James' Blick, auf sie gerichtet, während sie ihn ansah –, was sie sich je gewünscht hatte?

»Wissen Sie, was der Titel zu bedeuten hat? Die Klammersetzung ist doch irgendwie ungewöhnlich.«

»Ja«, sagte Catherine nickend, »ich weiß es.«

Alice wartete kurz, merkte, dass sie keine Erklärung bekommen würde, nickte, trat einen Schritt zurück.

In dem Raum hingen noch acht bis zehn weitere Porträts, das sah Catherine jetzt erst; Liam an der gegenüberliegenden Wand, nicht das Foto, das sie gefunden hatte, das sie zur Furie hatte werden lassen, sondern James' Porträt aus dem Krankenhaus. Sie hatte es schon einmal gesehen, jetzt zwang sie sich, erneut hinzuschauen, den Blick nicht abzuwenden. Sie betrachtete das Kissen, auf dem sein Kopf lag, seine weichen Locken, seine Haut – seine junge, makellose Haut – und wieder seine Augen, die Verbände an seinem Hals und an den Schultern und seine Hände. Ihr Herz pochte. Alice in ihrem Rücken sagte etwas, aber Catherine hörte sie kaum. Ein Adjektiv, irgendein Adjektiv, immerzu ein Adjektiv. Als käme man der Sache mit einem Adjektiv näher. Als käme man mit einem Adjektiv auch nur einem dieser Menschen näher. Catherine schaute genauer hin und sah etwas, das ihr zuvor nicht aufgefallen war, jetzt erst verstand sie, warum das Bild aus einem schiefen Winkel heraus aufgenommen zu sein schien, irgendwie schräg; der Fotograf hielt die Kamera nur mit rechts, denn seine linke Hand lag auf Liams; da war der Daumen des Fotografen zu sehen, sein Zeigefinger, unten in der Ecke auf Liams Hand. Er begrenzte das Bild. Deswegen war die Linse dem Gesicht so nah. Das erklärte den Ausdruck in Liams Augen.

Catherine hörte, wie Alice sich räusperte, wie sie etwas sagte, sie drehte den Kopf und sah, wie Alices Miene verrutschte angesichts von Catherines Tränen.

»Wie bitte?«, fragte Catherine und wischte sich übers Gesicht. »Verzeihung, haben Sie etwas gesagt?«

Alice lächelte wie zur Entschuldigung. »Nichts. Ich wollte nur … ich wollte nur wissen, ob Sie irgendwelche Fragen haben? Mehr nicht.«

Catherine schüttelte den Kopf. »Keine Fragen«, sagte sie und wandte sich den anderen Gesichtern zu. »Überhaupt keine Fragen.«

Der Ullstein Verlag dankt allen Rechteinhabern für die Erlaubnis, aus folgenden Werken zu zitieren:

James Salter, *Lichtjahre*. Deutsch von Beatrice Howeg © 1998 Berlin Verlag in der Piper Verlag GmbH, Berlin

Die Plath-Zitate sind aus: Sylvia Plath, *Ariel*. Übersetzung und Nachwort von Alissa Walser © der deutschen Übersetzung Suhrkamp Verlag, Frankfurt am Main 2008.

Die Hughes-Zitate sind aus: *Ted Hughes*, Birthday Letters. Gedichte. Deutsch von Andrea Paluch und Robert Habeck, Frankfurter Verlagsanstalt 1998.